Debbie Macomber
Freundinnen fürs Leben

Aus dem Englischen von
Barbara Ritterbach

BASTEI LÜBBE TASCHENBUCH
Band 15 099

1. Auflage: Februar 2004

Vollständige Taschenbuchausgabe

Bastei Lübbe Taschenbücher ist ein Imprint
der Verlagsgruppe Lübbe

Deutsche Erstveröffentlichung
Titel der amerikanischen Originalausgabe: *Between Friends*
© 2002 by Debbie Macomber
© für die deutschsprachige Ausgabe 2004 by
Verlagsgruppe Lübbe GmbH & Co. KG, Bergisch Gladbach
Einbandgestaltung: Gisela Kullowatz
Titelbild: Mauritius/Stock Image
Satz: hanseatenSatz-bremen, Bremen
Druck und Verarbeitung: GGP Media, Pößneck
Printed in Germany
ISBN 3-404-15099-6

Sie finden uns im Internet unter
www.luebbe.de

Der Preis dieses Bandes versteht sich einschließlich
der gesetzlichen Mehrwertsteuer.

Liebe Freunde und Freundinnen,

für mich ist es inzwischen zur Tradition geworden, jedem Buch einen Brief an meine LeserInnen voranzustellen. Darin erkläre ich gewöhnlich, woher die Idee für die Geschichte stammt, und ich erläutere ein paar Hintergründe. Bei *Freundinnen fürs Leben* tue ich das nicht.

Dieses Buch ist ganz anders als alles, was ich bisher geschrieben habe. Die Form ist einzigartig, und die Figuren empfinde ich als die stärksten und überzeugendsten, die ich bislang geschaffen habe – und ich hoffe, Sie stimmen mir zu. Lesley und Jillian sind ihr Leben lang beste Freundinnen. Sie lernen voneinander, ermutigen und unterstützen sich gegenseitig. Sie sind wie die Freundin, die Sie vielleicht selbst in Ihrer Schulzeit hatten und nie vergessen haben. Sie entstammen den geburtenstarken Jahrgängen wie so viele von uns – wie alle Frauen, die in den 50er- und 60er-Jahren aufgewachsen sind. Und wenn Sie selbst nicht in dieser Zeit aufgewachsen sind, dann vielleicht Ihre Mutter oder eine ältere Schwester oder eine Freundin. Ganz gleich ob Lesley und Jillian Ihre eigenen Erfahrungen widerspiegeln oder die einer Ihnen nahe stehenden Person, ich bin sicher, ihre Erlebnisse werden Erinnerungen in Ihnen wachrufen … so wie bei mir.

Kein Buchprojekt hat mich je so berührt wie *dieses*. Sie werden das verstehen, wenn Sie Lesley und Jillian kennen lernen. Also, meine FreundInnen: Lachen Sie und weinen Sie … und erinnern Sie sich.

Debbie Macomber

P. S. Ich würde mich freuen, von meinen Lesern und Leserinnen zu hören. Schreiben Sie mir einfach an meine Adresse:
P. O. Box 1458, Port Orchard, WA 98366, USA
oder besuchen Sie meine Website:
www.debbiemacomber.com

Für all die wunderbaren Frauen,
die mein Leben mit ihrer Weisheit bereichert haben.

Meine Mutter – Connie Adler
Meine Tanten – Betty Stierwalt, Gerty Urlacher,
Paula Malafouris
Betty Zimmerman und Lois Munson
Meine Schwiegermutter – Marie Macomber

1948

Richter Leonard Lawton und Gemahlin

2330 Country Club Lane
Pine Ridge, Washington
geben voller Freude die lang ersehnte Geburt
ihrer Tochter bekannt:
Jillian Lynn Lawton,

2806 Gramm, 48 Zentimeter,
geboren am 15. Januar 1948

***

🌲 Pine Ridge Herald 🌲

GEBOREN AM 1. SEPTEMBER 1948

Adams, Mr. & Mrs. Charles,
112 Folsom Avenue: ein Junge.

**Adamski, Mr. & Mrs. Michael,
220 Railroad Avenue: ein Mädchen.**

Burns, Mr. & Mrs. Harold,
456 North 3rd Street: ein Junge.

Franklin, Mr. & Mrs. Oscar,
33 Main Street: ein Junge.

Johnson, Mr. & Mrs. Gary,
743 Weeping Willow Lane: ein Mädchen.

Lamb, Mr. & Mrs. Dolphus,
809 South 8th Avenue: ein Junge.

* * *

10. September 1948

220 Railroad Avenue
Pine Ridge, Washington

Liebste Mum,

ich möchte gern, dass du weißt, dass Mike und ich am 1. September ein kleines Mädchen bekommen haben. Mir ist bewusst, dass Daddy mir jeden Kontakt mit euch untersagt hat, aber vielleicht möchtest du trotzdem wissen, dass du eine Enkeltochter hast.

Wir haben sie Lesley Louise genannt, sie wog bei der Geburt 3630 Gramm. Lesley, weil wir den Namen so hübsch finden, und Louise heißt sie nach dir, Mum. Mike war nicht zu Hause, um mich ins Krankenhaus zu fahren, deshalb hat mich Gertie Burkhart, die nebenan wohnt, hingefahren. Meine Wehen haben fast zwanzig Stunden gedauert. Ich dachte, ich müsste sterben, aber die ganzen Schmerzen waren in dem Augenblick vergessen, als ich meine Tochter in den Armen hielt. Sie ist ein wunderhübsches Baby, Mum. Sie hat deine Nase und Mikes Stirn und zarte blonde Haare. Ich glaube, sie bekommt blaue Augen, aber die Krankenschwester meinte, das könnte man erst nach sechs Wochen sicher sagen.

Ich frage mich, was die Zukunft meinem kleinen Mädchen bringen wird. Ob sie zu einer klugen, hübschen Frau heranwächst? Ob sie die High School besuchen wird? Kann ich vielleicht sogar darauf hoffen, dass sie eines Tages aufs College geht, wie ich es so gern getan hätte? Mike hält es für Zeitverschwendung, über so etwas nachzudenken. Trotzdem frage ich mich, ob du dir dieselben Fragen gestellt hast, als ich geboren wurde, Mum. Hast du mich ebenso geliebt, wie ich mein Baby liebe? Ich bin sicher, das hast du. Und ich kann einfach nicht glauben, dass du mich jetzt nicht mehr liebst.

Mir und Mike geht es gut. Washington State erscheint mir

so weit weg von Mississippi. Wir haben ein zweistöckiges Haus gemietet, und Mikes Onkel hat ihm einen Job in einem Sägewerk besorgt. Er arbeitet viel, und ich lege jede Woche ein wenig Geld zur Seite für den Fall, dass das Sägewerk mal wieder dichtmacht, was es offenbar regelmäßig tut. Unglücklicherweise hat Mike sich in der Nacht, als Lesley geboren wurde, vor lauter Freude betrunken und wurde verhaftet. Es kostete meine ganzen Ersparnisse, ihn aus dem Gefängnis zu holen.

Du fehlst mir, Mum. Ich bin nicht so, wie Daddy glaubt, und verdiene die ganzen schmutzigen Wörter nicht, mit denen er mich beschimpft hat.

Wenn ich nichts von dir höre, weiß ich, dass du Daddy zustimmst und nichts mehr mit mir zu tun haben willst. Wenn ich mein Baby sehe, denke ich nicht an die Umstände, die zu seiner Geburt geführt haben. Was Mike und ich damals getan haben, war eine Sünde, aber jetzt sind wir verheiratet.

Lesley ist ein hübsches Mädchen, sie ist ein Geschenk Gottes. Pater Gilbert jedenfalls sagt, dass Kinder das sind, und ich glaube ihm. Ich hoffe, du wirst sie trotz allem lieben.

Deine Tochter Dorothy

* * *

Mrs. Leonard Lawton
2330 Country Club Lane
Pine Ridge, Washington

12. Oktober 1948

Liebste Tante Jill,

es tut mir Leid, dass ich deinen Brief erst jetzt beantworte. Nachdem ich fünfzehn lange Jahre auf ein Kind gewartet habe, sollte man annehmen, ich wäre auf die Anforderungen des Mutterseins besser vorbereitet. Ich hatte keine Ahnung, dass ein Kind meine Zeit und meine Energie so sehr beanspruchen könnte. Ich bin mit meiner Korrespondenz Monate im Verzug und kann nur auf dein Nachsehen hoffen.

Jillian ist unser Sonnenschein. Wie du weißt, hatten Leonard und ich die Hoffnung, je ein Kind zu bekommen, bereits aufgegeben. Wir sind beide überzeugt davon, dass ihre Geburt ein Wunder ist, und wir sind unendlich dankbar. Ich weiß, du freust dich, dass wir sie nach dir benannt haben. Du warst immer wie eine Mutter für Leonard seit dem Tod seiner eigenen Mutter. Ohne dich hätte er keinerlei Erinnerungen an sie.

Leonard ist ganz vernarrt in seine Tochter. Jeden Abend eilt er vom Gericht nach Hause, um bei ihr zu sein. Sie kann bereits alleine stehen, und es sieht so aus, als würde sie bald laufen. Ich fürchte, Leonard nervt alle seine Kollegen mit Fotos von Jillian. Für ihn ist sie das wundervollste und schönste Kind, das diese Welt je gesehen hat. Sie hat tiefblaue Augen und dunkelbraune Haare und ist immer fröhlich und zufrieden. Sie hört gern Radio; ihre Lieblingssendung ist *Kukla, Fran und Ollie*. Leonard behauptet, das sei eigentlich *meine* Lieblingssendung und Jillian liefere mir nur die perfekte Entschuldigung, sie ständig zu hören. Eine Sendung mag sie gar nicht – ich glaube, sie ängstigt sich sogar davor –, und zwar *Der einsame Ranger*. Jedes Mal wenn sie die Musik hört, versteckt sie ihr Köpfchen in meinem Schoß.

Danke, dass du mir Eleanor Roosevelts Buch *Daran erinnere ich mich* empfohlen hast. Ich habe es mir in der Bibliothek bestellt, aber meine Zeit zum Lesen ist seit Jillians Ankunft sehr eingeschränkt. Ich versuche immer während ihres Mittagsschlafs zu lesen, doch meistens schlafe ich dann ebenfalls ein. Seit sie zahnt, und das tut sie seit Wochen, habe ich keine Nacht mehr durchgeschlafen. Die arme Kleine quält sich sehr damit, aber der Kinderarzt hat uns versichert, dass alles normal sei.

Leonard und ich freuen uns sehr, dass ihr unsere Einladung

annehmt und Weihnachten bei uns verbringt. Bis dahin kann Jillian bestimmt laufen – und schläft nachts durch!

Ich werde bald wieder schreiben. Richte Onkel Frank und allen anderen liebe Grüße von mir aus.

Alles Liebe,
Leonard, Barbara und Jillian

1955

Mrs. Leonard Lawton
2330 Country Club Lane
Pine Ridge, Washington

4. Januar 1955

Liebe Schwester John,
 beiliegend finden Sie die Einladungen zur Feier von Jillians 7. Geburtstag. Würden Sie sie freundlicherweise an alle Kinder in den beiden ersten Klassen verteilen? Mein Mann hat Puppenspieler engagiert, und es wird Kuchen und Eis für alle geben. Es wäre sehr hilfreich, wenn Sie uns kurz mitteilen könnten, wie viele Kinder wir erwarten dürfen.
 Vielen Dank im Voraus für Ihre Bemühungen in dieser Angelegenheit.
 Mit freundlichen Grüßen
 Mrs. Leonard Lawton

* * *

```
Pine Ridge Sägewerke
Pine Ridge, Washington
      Kündigung
Wirksam: 7. Januar 1955
   Betr.: Mike Adamski
```

10. Januar 1955

220 Railroad Avenue
Pine Ridge, Washington

Sehr geehrter Richter Lawton, sehr geehrte Mrs. Lawton, liebe Jillian,
    vielen Dank für die Einladung zu Jillians Geburtstagsparty. Leider haben wir bereits Pläne für den nächsten Samstag, sodass Lesley nicht daran teilnehmen kann.

Lesley hat den Nachmittag, den sie nach der Stepptanzstunde bei Jillian verbracht hat, sehr genossen. Jillian muss uns bald auch einmal besuchen kommen.

Ich musste Lesley aus dem Tanzkurs abmelden, aber wir hoffen sehr, dass sie bald wieder hingehen kann. Jillian hat ihr die neuen Schritte beigebracht, sodass sie nicht allzu weit zurückfallen dürfte. Die beiden sind wirklich gute Freundinnen geworden, nicht wahr? Ich bin froh, dass Lesley so eine nette Freundin hat.

Ich bin sicher, dass Jillian einen schönen Geburtstag verleben wird. Ich werde Kontakt mit Ihnen aufnehmen, damit wir einen Nachmittag vereinbaren können, an dem Jillian uns besucht.

Mit freundlichen Grüßen
Mrs. Michael Adamski

* * *

KAKE RADIO widmet dem Geburtstagskind Jillian Lawton
die »Ballade von Davey Crockett«. Herzlichen
Glückwunsch zum siebten Geburtstag, Jillian, von
deinen ganzen Freunden hier bei KAKE RADIO.
Jetzt zieht alle eure Waschbärfellmützen auf und singt
Happy Birthday für die sieben Jahre alte Jillian.

* * *

Pine Ridge Bibliothek
300 Main Street
Pine Ridge, Washington

1. Oktober 1955

Sehr geehrte Mrs. Adamski,
 gemäß Ihrer Anfrage liegen *Marjorie Morningstar* von Herman Wouk und *Auntie Mame* von Patrick Dennis bis Ende der Woche in der Bibliothek für Sie bereit.
Mit freundlichen Grüßen
Mrs. Joan McMahon
Bibliotheksleitung

* * *

28. September 1955

Liebe Oma und Opa O'Leary,
 danke für die Betsy McCall-Puppe. Ich habe sie Jilly genannt, so heißt meine beste Freundin in der Schule. Ich kann jetzt lesen.
 Alles Liebe,
 Lesley

* * *

14. November 1955

220 Railroad Avenue
Pine Ridge, Washington

Liebe Mum, lieber Daddy,
 Lesley ist ganz begeistert von ihrem Geburtstagsgeschenk! Sie hat sich schon seit Monaten eine Betsy McCall-Puppe ge-

wünscht. Sie hat den Brief selbst geschrieben, aber das habt ihr euch wahrscheinlich schon gedacht. Sie ist ein sehr schlaues Mädchen und kann bereits erste Worte lesen. Ich gehe häufig mit ihr in die Bibliothek, sie liebt Bücher genauso wie ich. Schon mit zwei Jahren bestand sie darauf, dass ich ihr vor dem Schlafengehen eine Geschichte vorlese. Und jetzt kann sie fast alleine lesen!

Auch Susan ist begierig, lesen zu lernen. Sie kommt nächstes Jahr in den Kindergarten und läuft ihrer großen Schwester ständig hinterher. Mikey und Joe werden so groß und stark wie ihr Daddy.

Mike war drei Monate arbeitslos, doch jetzt arbeitet er wieder im Sägewerk. Wir sind ganz gut zurechtgekommen. Ich habe ihm nichts von dem Geld erzählt, das du mir geschickt hast, Mum, also bitte erwähne du es auch nicht. Ich habe Lebensmittel davon gekauft und ein paar Hühner, die ich züchte, damit sie Eier legen. Brot backe ich selber, genauso wie du es immer getan hast, Mum, aber meine Kekse werden einfach nicht so locker wie deine. Glücklicherweise hat Mike nie dein Hühnchen und deine Klöße probiert, denn meine sind einfach nicht vergleichbar. Ich wünschte, ich hätte dir beim Kochen häufiger zugeschaut.

Mum, ich hätte es dir schon eher sagen sollen, aber ich hatte Angst, du würdest dich zu sehr aufregen. Ich bin wieder schwanger, das Kind wird jeden Moment zur Welt kommen. Ich hatte geglaubt, Mike und ich hätten bereits eine vollständige Familie. Vier Kinder in sechs Jahren waren einfach sehr anstrengend für mich, aber der liebe Gott hat es anders vorgesehen.

Wenn wir ein kleines Mädchen bekommen, werden wir sie Lily nennen. Einen Jungennamen haben wir noch nicht ausgesucht. Mike sagte, es wäre ihm egal, wie ich das Baby nenne. Seit Mike jr. auf der Welt ist kann ich den Babys jeden Namen geben, den ich will. Ich weiß, dass Daddy sich gefreut hat, dass ich Joe nach ihm benannt habe.

Du hast nach Mikes Alkoholkonsum gefragt. Er trinkt immer noch gern sein Bier, aber er ist nicht mehr so häufig betrunken, seit er wieder Arbeit hat. Mach dir keine Sorgen, Mum, es geht uns allen gut.
Eure Tochter Dorothy

1959

🌲 Pine Ridge Herald 🌲
2. Mai 1959
Lesley Adamski
gewinnt Rechtschreibwettbewerb
des 5. Schuljahrs

Lesley Adamski gewann den 1. Preis im zehnten Rechtschreibwettbewerb, gestiftet vom Frauenhilfsverband für Kriegsveteranen. Sie schaffte es als Einzige, ›Serum‹ richtig zu buchstabieren, und übertraf damit Jillian Lawton, Tochter von Richter Leonard Lawton und Frau.

Während die Siegerin Lesley Adamski ein Sparbuch mit 50 Dollar gewann, erhielt Jillian Lawton ein Sparbuch über 20 Dollar.

Der Erlös des diesjährigen Wettbewerbs ging an eine Stiftung zur Polio-Forschung.

Sechs fünfte Klassen aus dem ganzen Land nahmen an dem jährlich stattfindenden Rechtschreibwettbewerb teil.

* * *

Lesleys Tagebuch

3. Mai 1959

Ich habe gewonnen! Jillian und ich haben geübt und geübt, und ich war mir ganz sicher, dass sie gewinnen wird, aber dann habe ich es geschafft. Jillian hat sich riesig für mich gefreut. Ich wäre auch glücklich gewesen, wenn sie gewonnen hätte. Meine Mutter hat das Sparbuch mit den 50 Dollar an einen sicheren Platz gelegt. Mum und Susan, Mikey, Joe und Baby Lily haben mich gewinnen sehen. Anschließend sagte Mum, sie wäre stolz auf mich, und hat uns alle zum Eis eingeladen. Sie hat auch die Lawtons eingeladen, aber dann bestand Richter Lawton darauf, das ganze Eis zu bezahlen. Ich bin immer noch so aufgeregt, dass ich gar nicht schlafen kann.

* * *

Mrs. Leonard Lawton
2330 Country Club Lane
Pine Ridge, Washington

23. Juni 1959

Liebste Tante Jillian und Onkel Frank,

Leonard und ich sind überwältigt von eurer Großzügigkeit Jillian gegenüber. Wir haben die Urkunden über die Erbschaft von 25.000 Dollar erhalten, die ihr Jillian für ihre College-Ausbildung zur Verfügung stellt, und es hat uns den Atem geraubt. Wir wissen nicht, was wir sagen sollen, und danken euch beiden aus ganzem Herzen.

Es ist sehr schade, dass ihr in diesem Jahr den August nicht mit uns auf Hawaii verbringen könnt. Onkel Frank, pass gut auf dich auf!

Wir lieben euch beide sehr, und auch wenn Jillian noch zu jung ist, um die Bedeutung dieses Erbes gänzlich ermessen zu können, Leonard und ich wissen es sehr zu schätzen.
All unsere Liebe,
Leonard, Barbara und Jillian

* * *

Jillian Lawton

7. September 1959

WIE ICH MEINE SOMMERFERIEN VERBRACHTE

Die Schule endete am Memorial Day, und Lesley Adamski und ich verbrachten drei ganze Tage zusammen, während ihre Mutter in der Klinik war, wo sie ihren Bruder Bruce zur Welt brachte. Wir waren mit Dad im Country Club, und er ließ uns seine Golfschläger tragen. Danach waren wir schwimmen und haben einen Sonnenbrand bekommen. Der schönste Tag in diesem Sommer war, als wir am Swimmingpool des Country Clubs waren.

Im August sind meine Eltern und ich nach Hawaii geflogen. Ich war nun schon das dritte Mal auf Hawaii. Mir ist im Flugzeug nicht schlecht geworden. Die Stewardess bat mich, vor dem Start Kaugummi an alle Passagiere zu verteilen, und sagte, ich hätte meine Sache gut gemacht.

Wir waren am 21. August auf Hawaii, als die Inseln zum fünfzigsten Bundesstaat der USA erklärt wurden. Mein Vater wollte Land dort kaufen, aber er meinte, niemand könne sich leisten, vier Dollar für einen Meter Strand zu zahlen.

Ich mag Hawaii, aber in Pine Ridge gefällt es mir besser. Pine Ridge ist mein Zuhause, und hier wohnt meine beste Freundin. Mir tun die kubanischen Flüchtlinge Leid, die ihre Heimat verlassen müssen und nach Amerika kommen. Ich hoffe, dass sie bald nach

Hause zurückkönnen. Es gibt wirklich keinen schöneren Ort als das eigene Zuhause, das habe ich diesen Sommer gelernt.

* * *

St. Mary Pfarrschule
1521 North Third Street
Pine Ridge, Washington

2. November 1959

Sehr geehrte Mr. und Mrs. Adamski,
mit Bedauern muss ich Sie davon in Kenntnis setzen, dass Sie mit der Schulgeld-Zahlung für Lesley, Susan und Mike inzwischen drei Monate im Verzug sind. Wir vertrauen darauf, dass Sie diese Angelegenheit so bald wie möglich regeln werden.
Mit freundlichen Grüßen
Schwester Philippa
Buchhaltung

* * *

Jillians Tagebuch

23. Oktober 1959
Lesley hat bei uns übernachtet, und wir haben Rowdy Yates in Tausend Meilen Staub *gesehen – er sieht so gut aus!!! Danach haben wir* The Twilight Zone *angeschaut und uns an den unheimlichen Stellen die Augen zugehalten. Lesleys Familie hat noch keinen Fernseher. Sie sagt, das macht ihr nichts, aber ich glaube, das stimmt nicht. Nachdem Mum und Dad uns aufgefordert haben, das Licht auszumachen, haben wir auf meinem Bett gelegen, geredet und Radio gehört. Ich habe beim Sender angerufen und mir »Mack the Knife« von Bobby Darin gewünscht, und später kam*

Lesley durch und wünschte sich Paul Ankas »Put Your Head on My Shoulder«. Ich wollte mir noch »Kookie, Kookie, Lend Me Your Comb« wünschen, aber der Discjockey meinte, jeder hätte nur einen Wunsch frei. Ich finde Edd Byrnes süß. Lesley findet das auch.

Lesley Adamski wird mein Leben lang meine beste Freundin sein.

1962

Jillians Tagebuch

1. Januar 1962

Dies ist der erste Eintrag in mein neues Tagebuch, das Mum und Dad mir zu Weihnachten geschenkt haben. Mein Name ist vorne aufgedruckt. Lesley haben sie auch eins mit ihrem Namen geschenkt. Wir haben uns beide vorgenommen, das ganze Jahr über jeden Abend etwas hineinzuschreiben.

Mein Tag hat ziemlich schlecht angefangen. Mum und ich hatten Krach wegen des Luftschutzbunkers. Er ist jetzt fertig und nimmt den halben Keller ein. Dad hat ihn bauen lassen, für den Fall, dass es eine Atombombe geben sollte. Er ist hässlich, mit nackten weißen Betonwänden und Regalen voller Konservendosen und Notausrüstung. Ich habe Mum gesagt, wenn Russland eine Atombombe auf uns werfen würde, würde ich lieber mit meinen Freundinnen sterben. Mum meinte daraufhin, Dad hätte den Schutzraum nur für mich gebaut, und ich sollte dankbar sein. Außerdem sagte sie, sie würde nicht zulassen, dass ich vom Sterben rede, wenn wir in unserem eigenen Haus einen so sicheren Ort haben.

Ich bin in mein Zimmer gegangen und habe die Tür zugemacht. Das heißt, genau genommen habe ich sie zugeknallt. Früher konnte ich über alles mit meiner Mum reden, jetzt kann ich das nur noch mit meinem Dad. Er ist älter als viele Dads meiner Freundinnen, aber er versteht, was es heißt, fast vierzehn zu sein. Manchmal nimmt er mich samstagmorgens mit zum Frühstück, und dann sitze ich bei seinen ganzen Anwaltsfreunden. Dad bezieht mich in das Gespräch mit ein, er nimmt mich richtig ernst! Wir reden darüber, dass ich eines Tages Jura studieren soll, und ich glaube, das werde ich auch tun. Ich höre Dad gerne zu und bin stolz, dass er ein Richter ist. Die Leute mögen ihn und haben Respekt vor ihm. Ich wette, es gibt kein Gesetz, das er nicht kennt.

Lesley hat mich am Nachmittag angerufen, und ich habe ihr erzählt, dass Mr. Hanson mich um Mitternacht geküsst hat. (Ich kenne ihn von den Samstag-Frühstücken mit Dad.) Es war kein richtiger Kuss, aber es war ziemlich eng. Er hat mich auf die Wange geküsst und mir gesagt, aus mir würde einmal eine Schönheit werden. Ich hoffe, dass er Recht hat. Im Moment, mit dem Mund voller Metalldrähte, fühle ich mich nicht gerade schön.

Die Silvesterparty war wirklich cool, außer dass Mum darauf bestanden hat, dass jeder in den Keller geht und einen Blick auf den Bombenraum wirft. Sie findet, dass es sehr schlau von Dad war, ihn bauen zu lassen. Sie behauptet, es wäre seine Idee gewesen, dabei weiß ich ganz genau, dass Mum ihn ständig damit genervt hat. Sie hat es als Erste erwähnt, und dann hat sie die Pläne entdeckt und mit dem Bauunternehmer gesprochen. Der Beton wurde gegossen, während wir auf Hawaii waren.

Ich habe mich auf der Party prächtig amüsiert und bin froh, dass Mum und Dad endlich eingesehen haben, dass ich alt genug bin, um mitzufeiern. Ich bin kein Kind mehr, auch wenn Mum mich noch immer wie eine Einjährige behandelt. Jerry Lee Lewis hat vor ein paar Jahren seine Kusine geheiratet, und die war erst dreizehn!

Lesley hat mir von ihrem Silvester erzählt. Wir haben nur etwa eine halbe Stunde reden können, weil ihre Eltern einen Gemeinschaftsanschluss haben und sie unterbrochen wurde. Sie hat Silvester bei den Randalls verbracht, wo sie babysittet. Sie meinte, sie hätte noch nie so einfach drei Dollar verdient.

Lesley ist auch noch nie richtig geküsst worden. Ich weiß nicht *wieso, denn sie ist super hübsch und intelligent. Sie ist sogar so hübsch, dass sie High-School-Cheerleaderin sein könnte, wenn sie wollte. Ich habe ihr vorgeschlagen, es doch nächstes Jahr zu versuchen, aber sie kann nicht, weil sie ihrer Mutter im Haushalt helfen muss. Sie hat inzwischen fünf Geschwister. Ich wünschte, Lesley wäre meine Schwester. Ihrer Mutter geht es nicht gut, seit Bruce geboren wurde, und ihr Vater hat nicht immer eine Arbeit. Aber Lesley beklagt sich nie. In der ganzen Zeit, in der sie meine Freundin ist, habe ich nur einmal bei ihr zu Hause übernachtet, und da haben wir draußen gezeltet. Aber das macht mir nichts. Ich glaube, dass es Mum und Dad auch lieber ist, wenn sie zu uns kommt, und sie müssen mir nicht erklären wieso. (Mr. Adamski trinkt zu viel. Manchmal wenn ich Lesley anrufe, höre ich ihn im Hintergrund brüllen.)*

Larry Martin hat mich nach dem Mittagessen angerufen und gefragt, ob ich nächsten Samstag zum Basketballspiel der Jungen komme. Ich habe ihm versprochen zu kommen.

Mum und Dad möchten, dass ich nächstes Jahr auf die Holy Name Academy gehe. Ich habe eigentlich keine Lust auf eine reine Mädchenschule, aber wenn Lesley auch hingeht, ist es okay.

Sonst hat niemand angerufen, und ich habe den ganzen Nachmittag auf meinem Bett gelegen und Musik gehört. Am liebsten höre ich Roy Orbison und die Supremes. Ich habe über das nächste Jahr nachgedacht und über die High School und mich gefragt, ob ich je richtig geküsst werde und von wem. Lesley sagt, ich würde bestimmt ganz bald geküsst. Vielleicht von Larry. Vielleicht werden ja Lesley und ich am selben Abend zum ersten Mal geküsst! Dann brauchen wir nicht darüber zu streiten, wer die Erste war.

Es ist mir egal, was Mum sagt, ich werde nicht ohne Lesley in diesen Luftschutzkeller gehen. Wir sind nun schon unser Leben lang Freundinnen, und ich werde mich weigern, sie sterben zu lassen, nur weil ihre Familie es sich nicht leisten kann, sich einen solchen Bunker zu bauen.

* * *

🌲 **Pine Ridge Herald** 🌲
29. Mai 1962
Die besten zehn Schülerinnen und Schüler der St. Mary Junior High School benannt

Die Ordensschwestern haben die zehn besten Schülerinnen und Schüler der Abschlussklasse benannt. Es sind, aufgeführt nach ihrem Rang: Jillian Lawton, Lesley Adamski, Jerry Englehardt, Marilyn Andrews, Bonnie Gamache, Bernard Simmons, Yvette Dwight, David Thoma, Steve Bounds und Diane Kerry. Die zehn Schülerinnen und Schüler erhielten ein Schulgeld-Stipendium von 25 Dollar für die Holy Name Academy oder die Marquette High School.

* * *

10. Juli 1962

220 Railroad Avenue
Pine Ridge, Washington

Lieber Richter Lawton, liebe Mrs. Lawton,
 vielen herzlichen Dank dafür, dass ich mit Ihnen und Jillian die Weltausstellung in Seattle besuchen durfte. Ich habe den Tag sehr genossen, auch wenn wir Elvis nicht zu sehen bekommen haben. Am schönsten fand ich, mit dem Aufzug in den obersten Stock des Space Needle und mit der Einschienenbahn zu fahren. Es tut mir Leid, dass ich nicht mit Jillian nach Hawaii fliegen kann, aber Mum und Dad brauchen mich hier zu Hause. Es war aber sehr freundlich von Ihnen, mich einzula-

den. Vielleicht werde ich die Inseln ein anderes Mal kennen lernen.

Nochmals herzlichen Dank,
Ihre Lesley Adamski

* * *

8. August 1962

Liebe Jillian,

der Sommer ist so langweilig ohne dich. Ich wünschte, ich könnte bei dir auf Hawaii sein, aber ich brauche das Babysitter-Geld für meine Schuluniform. Hast du schon gehört, dass Marilyn Monroe gestorben ist? Mum mochte sie nicht, sie war ihr zu sexy.

Susan und ich waren letzten Samstag im Kino. Wir haben John Wayne in *Der Mann, der Liberty Valance erschoss* gesehen. Es war schön, aber mit dir hätte ich viel mehr Spaß gehabt als mit meiner kleinen Schwester. Dad sagte, 25 Cent für einen Kinofilm auszugeben wäre Verschwendung. Ich habe ihm nicht erzählt, dass eine Tüte Popcorn 10 Cent gekostet hat.

Ruf mich sofort bei Mrs. Johnson an, wenn du nach Hause kommst. Ich habe dir eine Menge zu erzählen.

Auf immer deine beste Freundin,
Lesley

* * *

Englischstunde *4. September*

Lesley,
 jetzt sind wir den ersten Tag auf der HIGH SCHOOL! Könntest du nicht auch vor Glück sterben? Obwohl ich ein bisschen enttäuscht war, dass wir nicht in derselben Klasse sind. Irgendwer muss Schwester Anna Marie gesagt haben, dass wir Freundinnen sind. Sie wollen uns auseinander halten, aber das wird ihnen nicht gelingen. Wenigstens haben wir Englisch und Algebra zusammen.
 Können wir uns nach der Schule treffen? Wir müssen dringend den Watusi üben. Den Bossa Nova kann ich jetzt, aber dieser neue Tanz ist viel komplizierter. Danke, dass du gesagt hast, dass ich besser twisten kann als Chubby Checker. Jetzt brauchen wir nur noch ein paar Jungs, die uns zum Tanzen einladen, damit wir allen zeigen können, wie gut wir sind.
 Ich habe gehört, dass man bei Schwester Bernice leicht gute Noten kriegen kann.
 Jillian

* * *

22. Oktober
Algebrastunde

Jillian,
glaubst du, es gibt einen Krieg? Das ist alles so beängstigend. Selbst mein Dad spricht schon davon. Ich kann mich gar nicht auf Algebra konzentrieren, du? Mum ist heute Morgen in die Kirche gegangen, um zu beten. Kuba würde uns doch nicht ernsthaft bombardieren, was meinst du?
 Lesley

* * *

Algebrastunde

Lesley,
 ich weiß nicht, ob es Krieg geben wird, aber wenn, dann kannst du mit in unseren Luftschutzkeller kommen. Ich habe meinen Eltern schon gesagt, dass ich ohne dich nicht gehe. Möchtest du heute bei uns schlafen? Wir könnten im Schutzraum schlafen. Dann wären wir sicher, wenn etwas passieren würde.
Jillian

P. S. Ich wette, wenn die Politiker Joan Baez und die New Christy Minstrels hören würden, würde das alles nicht passieren.

* * *

Holy Name Academy
230 First Street
Pine Ridge, Washington 98005

1. November 1962

Sehr geehrter Richter Lawton, sehr geehrte Mrs. Lawton,
 vielen Dank für Ihre großzügige Spende an die Holy Name Academy. Wohlwollende Menschen wie Sie sind es, die den Ordensschwestern ermöglichen, den jungen Katholikinnen von Pine Ridge eine erstklassige Erziehung angedeihen zu lassen.
 Sie dürfen sich darauf verlassen, dass wir die Angelegenheit der Stipendien für Lesley und Susan Adamski äußerst diskret behandeln werden. Weder die Mädchen noch deren Eltern müssen je erfahren, dass Sie die Schulgebühren im Voraus gezahlt haben. Ich habe die Angelegenheit mit unserer Mutter Oberin besprochen; sie meinte, es wäre das Beste, wenn die Mädchen ein Stipendium bekämen und nichts weiter dazu gesagt würde. Ich bin mir jedoch sicher, dass Lesley und Susan

Adamski ihre Dankbarkeit persönlich zum Ausdruck bringen würden, wenn sie sich Ihrer Großzügigkeit bewusst wären.

Nochmals herzlichen Dank für Ihren großzügigen Scheck!
Im Namen Jesu Christi
Schwester Martin de Porres

* * *

Lesleys Tagebuch

4. Dezember 1962

Scott hat Jillian geküsst, und sie sagte, es wäre der romantischste, wunderbarste Augenblick in ihrem ganzen Leben gewesen. Sie hatte Scott McDougal zum Sadie-Hawkins-Ball eingeladen und ich Roy Kloster. Jillians Dad hat uns alle mit seinem neuen Cadillac abgeholt. Es war mein erstes offizielles Rendezvous, und Roy hat mir ein Ansteckbukett mitgebracht. Meine Mutter hat es auf meinem Kleid festgesteckt – und mich dann ziemlich in Verlegenheit gebracht, als sie mir vor Roy sagte, wie hübsch ich sei.

Jillian und ich hatten unsere Haare den ganzen Nachmittag auf pinkfarbene Lockenwickler gedreht, auf die harten aus Plastik. Ihre Mutter meinte, wir hätten so viel Haarspray auf unsere Frisuren gesprüht, dass sie jeden Hurrikan überstehen würden.

Ich war kaum vom Ball zurück, als Jillian mich anrief, um mir zu sagen, dass Scott sie geküsst hätte. Sie hat mir alles, was er getan hat, genau beschrieben, und das hat sich besser angehört als alles, was wir bisher im *Modern Screen Magazine* oder in *Movie Life* gelesen haben. Ich glaube nicht, dass ich je geküsst werde. Ich werde mich wohl dem Friedenskorps anschließen und mein Leben den Kindern in Afrika widmen.

Ich wollte gern von Roy geküsst werden, aber er hat nur meine Hand gehalten. Er hat den ganzen Abend kaum mit mir gesprochen. Ich habe auch nicht viel gesagt. Ich kenne Roy von der Junior High School, und als ich ihn anrief, um ihn zum Ball einzuladen, klang er, als würde er sich darüber freuen. Mikey trägt Zeitungen aus, und er beliefert auch das Haus von Roys Familie in der Maple Street. Er glaubt, Roy möchte, dass ich seine Freundin werde.

Mum sagt, Roy sei sehr schüchtern, aber das bin ich auch. Wenn wir beide zu schüchtern sind, werden wir noch siebzehn, ehe einer von uns sich zu mehr traut als den anderen anzustarren. Ich wünsche mir Romantik und Musik, so wie Jillian es mit Scott hatte. Vielleicht lerne ich eines Tages einen Jungen kennen, der keine Angst hat, mich zu küssen ... ich habe jedenfalls keine Angst, mich küssen zu lassen. Bis dahin werde ich die Idee mit dem Friedenskorps weiter im Hinterkopf behalten.

Auch wenn Roy mich nicht geküsst hat, der Ball hat großen Spaß gemacht. Ich werde jetzt schlafen und davon träumen, dass ich geküsst werde. Susan ist noch wach und nervt mich. Sie findet, ich sollte Dr. Kildare aus der TV-Serie küssen. Wenn ich es nicht mal schaffe, dass Roy sich für mich interessiert, wie kann ich denn hoffen, dass ein Fernsehstar wie Richard Chamberlain mich küssen möchte ...

Außerdem gefällt mir Ben Casey viel besser!

1963

Lesleys Tagebuch

1. Januar 1963

Mum und Dad haben sich wieder mal gestritten. Wir Kinder wurden mitten in der Nacht wach, weil sie sich gegenseitig angeschrien und beschimpft haben. Lily und Bruce kamen in mein und Susans Zimmer und kletterten zu uns ins Bett. Ich weiß nicht, worüber sie dieses Mal gestritten haben. Wahrscheinlich um Geld. Oder um Dads Trinkerei. Ich wünschte, er würde nicht so viel trinken, aber er sagt, ein oder zwei Bier würden niemandem schaden. Das tut es aber doch. Es schadet Mum, wenn Dad so böse wird. Es macht Lily und Bruce Angst. Sie sind zu klein, um zu verstehen was los ist und wieso Dad manchmal so ist wie er ist. Er kümmert sich nur noch um sein Bier, seine Legionärsfreunde und die Fernsehserie *Beverly Hillbillies*.

Weihnachten war grässlich. Dad ist vor Thanksgiving in der Sägemühle entlassen worden, und wir konnten uns keine Geschenke leisten. Mum hat leere Schachteln mit handgeschriebenen Gutscheinen eingepackt. Mir hat sie ein Paar neue Schuhe und ein Beatles-Album versprochen, sobald Dad wieder Arbeit hat. Susan soll eine Dauerwelle bekommen und Mikey ein gebrauchtes Fahrrad zum Zeitungaustragen. Joe hat ein Bild von einem Feuerwehrauto bekommen und Lily eine

Puppe, die Mama schreit, wenn man sie auf den Kopf stellt. Bruce konnte nicht verstehen, wieso er seinen großen roten Wagen nicht sofort bekommen konnte. Ich weiß nicht, was aus unserem Weihnachtsessen geworden wäre, wenn die Frau vom Katholischen Hilfsdienst nicht den Lebensmittelkorb bei uns abgegeben hätte. Es wäre schrecklich, wenn irgendjemand aus unserer Schule herausfände, wie arm wir tatsächlich sind. Ich würde lieber sterben, ehe ich Jillian von meinem Als-ob-Geschenk erzählen würde. Ihre Eltern hatten zweiundzwanzig Geschenke für sie unter den Baum gelegt. Ich kann mir gar nicht vorstellen, wie es ist, so viele Geschenke zu bekommen.

Ihre Eltern sind so nett. Sie schenken mir immer etwas zu Weihnachten – diesmal habe ich dieses neue Tagebuch mit meinem Namen darauf bekommen, so wie letztes Jahr, und einen schönen blauen Pulli. Ich weiß, dass Neid eine Sünde ist, und Jillian ist meine beste Freundin, aber ich wünschte trotzdem, ich hätte Eltern wie sie.

Ich bin sicher, dass der Albtraum, den Lily hatte, von Mum und Dads Streit kam. Sie schlief den Rest der Nacht bei mir, und dann wachte sie schluchzend auf, wollte mir aber nicht sagen, was los war. Sie klammerte sich an mich, und ich musste ihr versprechen, nie erwachsen zu werden und fortzugehen. Sie hat mich so lange angefleht, bis ich ihr schwor, für immer zu Hause zu bleiben, aber ich hatte meine Beine über Kreuz, als ich das sagte. Ich möchte gern weggehen. Ich kann es gar nicht erwarten, von meinem Vater wegzukommen. Jillian und ich reden vom College. Ihre Eltern möchten, dass sie das Barnard College in New York besucht. Alles ist bereits für sie geregelt. Sie hat eine Menge Geld geerbt, mit dem sie das College leicht finanzieren kann. Ich tue so, als gäbe es eine Chance, dass ich auch hingehe. Dabei könnten Mum und Dad sich das niemals leisten. Jillian weiß gar nicht, wie glücklich sie sich schätzen kann.

Selbst wenn wir reich wären, ich glaube nicht, dass Dad mich aufs College schicken würde. Er hat mir gesagt, eine Ausbildung bei Mädchen sei Geldverschwendung, da sie schließlich später keine Familie ernähren müssten. Ich wollte ihm widersprechen und erklären, dass heutzutage viele Mädchen zur Universität gehen, aber es hätte keinen Sinn gehabt, mit ihm zu streiten. Er hätte sich nur aufgeregt über mein ›loses Mundwerk‹, wie er immer sagt. Ich glaube, es liegt daran, dass er nicht auf dem College war und Angst hat, ich könnte klüger werden als er.

Mum meint, wenn ich weiter so gut wäre, hätte ich vielleicht die Chance, ein Stipendium zu bekommen. Sie würde alles tun, um mir einen Collegebesuch zu ermöglichen, selbst wenn sie dazu noch einen Job annehmen müsste. Ich weiß, wie ungern sie in der Cafeteria der Schule arbeitet, aber Mum sagte, sie würde sogar dort arbeiten und die Böden schrubben, wenn ich dafür aufs College gehen könnte. Ich hätte fast geheult, so glücklich war ich. Mum war auch sehr ernst, das konnte ich an ihren Augen sehen. Dann drückte sie mich an sich, ganz fest, und sagte, wo ein Wille ist, ist auch ein Weg. Hundert Geschenke unter dem Weihnachtsbaum hätten mich nicht glücklicher machen können.

* * *

20. Februar 1963

Liebe Ann Landers,

ich habe schon dutzende Mal versucht, diesen Brief zu schreiben. Bitte helfen Sie mir. Mein Mann hat ein Verhältnis mit einer anderen Frau. Ich tue so, als wüsste ich das nicht, aber ich weiß es, und es zerfrisst mich innerlich. Wir haben sechs Kinder. Sagen Sie mir bitte nicht, ich soll ihn verlassen, denn das kann ich nicht. Ich fühle mich gefangen und elendig, und dumm.

Dorothy A. aus der Gegend von Seattle

* * *

7. März
Englischstunde

Les,
  willst du am Freitag bei uns schlafen?
Jillian

P. S. Wieso haben Elefanten Rüssel? Weil sie keine Handschuhfächer haben.

* * *

Englischstunde

Jillian,
  ich muss erst Mum fragen, aber ich glaube schon. Lass uns die ganze Nacht wach bleiben und reden, ja? Hast du neue Schallplatten? Ist dir der neue Junge am Freitag in der Messe aufgefallen? Er ist süß!
Lesley

P. S. Wieso klettern Elefanten auf Bäume? Um sich zu verstecken.

* * *

Jillians Tagebuch

10. März 1963
Lesley und ich hatten die tollste Zeit unseres Lebens! Mum und Dad waren das ganze Wochenende mit irgendeiner sozialen Aufgabe im Country Club beschäftigt, deshalb hatten wir das Haus für uns. Am Freitag sind wir die ganze Nacht aufgeblieben und haben Profiles in Courage von John F. Kennedy gelesen. Eigentlich haben wir das nur getan, um von Schwester Sebastian eine extra

gute Note in Englisch zu bekommen, aber es war das beste Buch über Geschichte, das ich je gelesen habe. Zuerst las Lesley ein Kapitel laut vor und dann ich. Wir hatten nicht vorgehabt, das ganze Buch zu lesen, aber wir konnten nicht mehr aufhören. Lesley sagte, ich würde ein bisschen aussehen wie Jackie Kennedy, aber sie ist viel hübscher als ich und so vornehm und elegant.

Ich glaube, Lesley hat das nur gesagt, weil wir beide dunkle Haare haben. Das wäre so, als würde ich behaupten, Lesley sähe aus wie Marilyn Monroe (vor ihrem Tod!), weil sie blond ist.

Ganz egal, nach dem Lesen haben wir Radio gehört. Roy Orbison ist immer noch mein Lieblingssänger, und Lesley mag Peter, Paul and Mary. Danach haben wir lange geredet. Hauptsächlich über Jungs und Schule. Ich würde lieber auf eine gemischte Schule gehen, aber eine reine Mädchenschule ist auch okay. Trotzdem wette ich, dass wir auf einer gemischten Schule mehr Jungs kennen lernen würden.

Ich frage mich, wie es wohl wäre, sich zu verlieben und zu heiraten. Lesley behauptet, sie möchte nicht heiraten, ehe sie mit dem College fertig ist, aber ich schon. Ich wünsche mir eine richtige Romanze, so wie die von John und Jackie Kennedy. Bisher konnte ich mir noch bei niemandem vorstellen, ihn zu heiraten, nicht mal bei Scott. Ich habe Mum gefragt, woher sie gewusst hätte, dass Dad der richtige Mann für sie sei, und sie bekam einen ganz verklärten Gesichtsausdruck und meinte, sie hätte es eben gewusst. Das hat mir nicht weitergeholfen. So ähnlich war es auch letztes Jahr, als ich meine Periode bekam. Mum hat mir so gut wie nichts erklärt. Es schien ihr peinlich zu sein. Sie hat etwas vor sich hin gemurmelt und mir zwei Sicherheitsnadeln und eine Binde gegeben. Wenn Lesley nicht früher dran gewesen wäre, hätte ich nicht gewusst, was ich tun soll. Im Biologieunterricht hat Schwester Mary Clare uns erklärt, unsere Periode hätte etwas mit dem Babykriegen zu tun, aber ich weiß immer noch nicht genau, was. Es ist wie ein tiefes, dunkles Mysterium, über das niemand reden will. Lesley hat versucht, ein Buch aus der Bibliothek auszuleihen, in dem alles erklärt ist, aber die Bibliothekarin sagte, sie dürfe es erst mit acht-

zehn mitnehmen. Als wir dann zusammen hingegangen sind, um das Buch an Ort und Stelle zu lesen, war es weg. Lesley glaubt, die Bibliothekarin hätte uns kommen sehen und es versteckt.

Ach, jetzt hätte ich das fast vergessen! Mein Geburtstagsgeschenk ist endlich angekommen. Ich habe jetzt einen eigenen Fernseher. In der Schule kenne ich sonst niemanden, der einen hat. Dad hat ihn direkt in meine Schrankwand einbauen lassen. Lesley wird nächsten Monat bei mir übernachten, dann können wir uns zusammen die Oscar-Verleihung ansehen. Ich hoffe sehr, dass Sidney Poitier ihn für Die Lilien auf dem Felde kriegt. Dieser Film hat mir und Lesley von allen Filmen, die wir in diesem Jahr gesehen haben, am besten gefallen.

Alle fanden Tom Jones so toll, aber ich fand ihn einfach nur blöd. Allerdings haben Lesley und ich bei diesem Film etwas Wichtiges gelernt: Keine von uns kann lügen, ohne ein schlechtes Gewissen zu haben. Wir hatten nämlich unseren Eltern erzählt, wir würden uns einen anderen Film anschauen und sind stattdessen in Tom Jones gegangen, aber dann haben wir beide bereut, dass wir gelogen haben. Es war hart, weil Dad uns anschließend abgeholt hat und ich die Wahrheit am liebsten in dem Moment hinausposaunt hätte, als ich ihn sah. Ich habe es nicht getan, aber er hat gemerkt, dass mich etwas beschäftigte. Dad hat mich nicht bedrängt, es ihm zu erzählen, und ich bin froh darüber. Ich wollte nicht die Enttäuschung in seinem Gesicht sehen, wenn er erfahren hätte, dass ich ihn belogen habe.

Dad sagte, wir würden diesen Sommer vielleicht nach Disneyland fahren anstatt nach Hawaii. Ich sagte, das wäre toll, aber nur wenn Lesley auch mitkommen könnte. Letztes Jahr hat Mum darauf bestanden, Kathy Galloway mit nach Hawaii zu nehmen, damit ich Gesellschaft hatte. Mum ist mit Mrs. Galloway befreundet und dachte, ich würde mich freuen, ein Mädchen in meinem Alter um mich zu haben. Ich hätte gern etwas Gesellschaft gehabt, aber es hat nicht funktioniert. Kathy ist drei Jahre älter als ich und *hatte keine Lust, mit mir am Hotelpool herumzuhängen. Sie hatte nur Männer im Kopf. Mum hat das schließlich auch festgestellt, als sie sie in der Cocktaillounge mit einem Geschäftsmann flirten sah. Ich wette, Mum wird Kathy nie wieder zu etwas einladen. Was mir nur recht sein kann.*

* * *

Holy Name Academy				
Zeugnis				
Lesley Adamski				
Fach	1. Quartal	2. Quartal	3. Quartal	4. Quartal
Religion	1+	1	1	1
Französisch	1	1	1	1+
Biologie	1	1+	1	1
Englisch	1+	1+	1+	1+
Algebra	1-	1	1	1
Bemerkungen: Lesley ist eine gute und fleißige Schülerin. Wir empfehlen die Aufnahme in ein College.				

* * *

Bell's Book Store
455 Main Street
Pine Ridge, Washington 98005

29. Juli 1963

Sehr geehrte Mrs. Lawton,
 Das Geheimnis der Weiblichkeit ist soeben eingetroffen. Wie vereinbart haben wir ein Exemplar für Sie zurückgelegt. Wir freuen uns auf Ihren baldigen Besuch.
Ethel Cowin,
Geschäftsführung

* * *

Lesleys Tagebuch

29. August 1963

Gestern ist etwas ganz Unglaubliches passiert. Tausende von Menschen haben sich um das Washington-Monument in der Hauptstadt unseres Landes versammelt, um für die Bürgerrechte zu demonstrieren. Es war im Fernsehen und im Radio. Mum und ich haben darüber gesprochen, was es bedeutet, ein Schwarzer in Amerika zu sein. Auf der anderen Seite der Eisenbahnlinie leben mehrere farbige Familien. Dad arbeitet in der Sägemühle mit farbigen Männern zusammen. Er belegt sie oft mit bösen Worten, und Mum verbietet mir, sie zu wiederholen. Sie sagt, sie sind wie alle anderen Menschen. Sie bluten und schwitzen und atmen genauso wie wir, ganz gleich was Dad sagt. Ich kann kaum glauben, dass im Süden Menschen nur deshalb anders behandelt werden, weil ihre Haut eine andere Farbe hat, und das habe ich Mum auch gesagt. Ich habe gehört, dass Schwarze es schwer haben, einen Job oder eine Ausbildungsstelle zu finden. Das ist unfair. Mum ist in Mississippi geboren und aufgewachsen, und sie sagt, im Krieg zwischen den Staaten (so nennt sie den Bürgerkrieg) sei es um mehr gegangen als nur um die Sklaverei. Sie hat mir ein bisschen über den Süden erzählt, und das half mir zu verstehen, wie viel Mut dieser Aufstand in Washington erfordert hat. Dann zitierte sie den Satz eines englischen Schriftstellers namens Samuel Johnson. Ich schreibe ihn hier auf, weil ich ihn nie wieder vergessen möchte: MUT IST DIE GROSSTE ALLER TUGENDEN, DENN WENN MAN KEINEN MUT BESITZT, HAT MAN VIELLEICHT NICHT DIE CHANCE, EINE DER ANDEREN TUGENDEN EINZUSETZEN. Ich wusste gar nicht, wie klug meine Mutter ist. (Und ich wusste auch nicht, wer Samuel Johnson ist, ehe sie mir von ihm erzählte.)

Am 6. September wird ein Farbiger in der Emmanuel-Kirche von Pine Ridge sprechen, und ich habe Mum gesagt, dass ich mir gern anhören würde, was er zu sagen hat. Sie hielt das für keine gute Idee, weil ein katholisches Mädchen nicht in einer protestantischen Kirche gesehen werden sollte. Obwohl Mum mir verboten hat hinzugehen, hatte ich das Gefühl, dass sie selbst gern hingehen würde. Wenn ich einen Führerschein und ein Auto hätte, würde ich es tun. Jillian nimmt in diesem Sommer Fahrstunden. Sie meint, ihre Eltern würden ihr sicher ein Auto kaufen. Im Moment fährt ihre Mutter sie jeden Morgen zur Schule, und ihr Vater holt sie nachmittags ab.

Ich hasse es, vierzehn zu sein. Ich möchte endlich sechzehn sein und Auto fahren können und den Menschen zuhören, denen ich zuhören möchte, und die Menschen treffen, die ich treffen möchte.

* * *

Jillians Tagebuch

22. November 1963

Präsident Kennedy ist heute ermordet worden. Lesley und ich hatten gerade Religionsstunde, als über Lautsprecher verkündet wurde, dass auf Kennedy geschossen worden war. Schwester Dorothy befahl uns, niederzuknien und zu beten. Niemand wusste, wie ernst es war.

Dann wurden wir nach Hause geschickt. Lesley und ich gingen sofort zur Kirche. Sie war voller Menschen, die Gott baten, unseren Präsidenten zu retten. Als ich nach Hause kam, erfuhr ich, dass er tot war. Ich kann gar nicht aufhören zu weinen. Selbst mein Dad hatte Tränen in den Augen.

Arme Jackie. Sie ist diejenige, um die ich weine. Ich kann das nicht ertragen. Es ist so schrecklich. Alle sitzen vor dem Fernseher. Alle weinen. Ich kann nicht schlafen. Ich kann einfach nicht glauben, dass Präsident Kennedy tot ist.

* * *

Abschiedsgruß von John Kennedy
von Lesley Adamski

Sorry, dass ich so schnell musste gehn.
Ich lächle jeden Tag hinab und kann euch sehn.
Der heilige Patrick sagt, »Hi« soll ich sagen.
Und darum, meine Liebsten, dürft ihr nicht verzagen.

Caroline, hör zu, was ich dir sag,
Daddy war stolz auf dich an dem Tag,
als du da standest wie eine Lady
und mich fortgehen sahst von den Meinen,
Und wie Mommy hast du versucht, nicht zu weinen.
John John, du bist nun der große Mann.
Achte auf Mommy so gut du nur kannst.

Du warst wie ein Soldat, dein Salut eine Ehr,
wie das Banner auf meinem Grab, ich danke dir sehr.

Und Jackie, Zeit zum Abschied ist nicht gewesen,
du konntest das Adieu von meinen Augen ablesen.
Behüt' unsre Kinder und lieb' sie für mich.
Ich wahre deine Liebe ewiglich.

Macht weiter so wie bisher geschehn,
bis im Himmel wir uns alle wiedersehn.
Vergesst nie, ich lieb' euch, bin immer da,
auch wenn ihr mich nicht seht, ich bin stets nah.

(In Erinnerung an John Fitzgerald Kennedy, den ich mehr
geliebt habe als Worte auszudrücken vermögen. Ich bete, dass
ich ihn eines Tages im Himmel wiedersehen werde.)

1965

> *Holy Name Academy*
>
> 20. Januar 1965
> Tadel
> Schülerin: Jillian Lawton
> Vergehen: Aufrollen des Uniformrocks
> bis übers Knie

* * *

Holy Name Academy
230 First Street
Pine Ridge, Washington 98005

20. Januar 1965

Sehr geehrter Richter Lawton,
sehr geehrte Mrs. Lawton,
  anbei finden Sie den Tadel für Jillian, den ich leider aussprechen musste. Wir haben sie bereits mehrfach wegen der Länge ihres Schuluniformrocks ermahnt. Einige Mädchen haben die Regeln missachtet, und alle werden am ersten Freitag im Februar nach dem Unterricht in der Schule bleiben, um den Boden der Turnhalle zu putzen.

Ich hoffe auf Ihre Kooperation in dieser misslichen Angelegenheit.
Mit freundlichen Grüßen
Schwester Agnes, Direktorin

* * *

Jillians Tagebuch
---

23. Januar 1965
Diese ganze Geschichte mit dem Tadel ist einfach lächerlich, und das nur weil ich meinen Rock hochgerollt habe. Ich hasse es, diese Uniform tragen zu müssen, und ich habe Mum das auch gesagt, aber es hat sie nicht interessiert. Sie sagt häufig, ›Das interessiert mich nicht‹ oder ›Da gibt es nichts zu diskutieren‹. Manchmal behandelt sie mich wirklich wie eine Zehnjährige. Zuletzt hätte ich mich am liebsten auf unseren neuen Esstisch gestellt und laut gebrüllt, damit sie mir endlich einmal zuhört. Wie soll ich ihr sonst klar machen, dass ich sechzehn Jahre alt bin!?
Der Staat Washington vertraut mir genug, um mir zu gestatten, ein ›motorisiertes Fahrzeug‹ zu lenken. Dad hat mir sogar ein Auto gekauft, mit dem ich in die Schule fahren kann. Und wenn die Regierung findet, dass ich klug genug bin, um Auto zu fahren, müsste ich eigentlich auch klug genug sein, selbst zu wissen, was ich in der Schule anziehe. Wahrscheinlich glauben sie, wenn sie mir freie Hand ließen, würde ich so etwas Exotisches wie Jeans und Sweatshirts tragen. In Wahrheit ist mir jede Freiheit genommen, und ich bin gezwungen, diese lächerliche Schuluniform anzuziehen. Mein Schrank ist voller Kleider, die ich nie anziehen kann. Ich befürchte allmählich, dass ich mein Leben lang in blauen Röcken und roten Blazern rumlaufen muss!
Ich liebe meine Eltern, vor allem meinen Dad. Sie sind wirklich nett, aber manchmal benehmen sie sich völlig irrational. In Bezug auf diese Uniformgeschichte sind sie kein bisschen besser als meine Lehrer. Mädchen im kommunistischen Russland tragen

Schuluniformen. (Ich bin mir da nicht sicher, denn niemand weiß genau, was in Russland passiert, außer den Spionen natürlich.) Wir reden ständig über die Berliner Mauer und den Kampf für die Freiheit, dabei sind wir hier in Pine Ridge auch nicht viel besser.

Als ich sagte, dass das Tragen einer Schuluniform eine Form des Kommunismus ist, weil es Gleichmacherei bedeutet und die persönliche Identität zerstört, meinte Dad, darüber würde er mit mir nicht diskutieren. Daraufhin warf ich ihm vor, feige zu sein, aber nur im Scherz, denn jeder weiß, dass Dad wahrscheinlich der ehrlichste, netteste und fairste Mann im ganzen Gericht ist. Ich habe gemerkt, dass ihn das amüsiert hat, und ich weiß auch, warum. Meine geschickte Argumentation hat meinen Eltern gezeigt, dass ich eine gute Anwältin wäre. Ich streite mich gern. Es macht mir Spaß, die Leute zu erstaunen und zu überzeugen. Das verschafft mir eine gewisse Befriedigung.

Kürzlich habe ich diesen Jungen an der Tankstelle erstaunt, dabei hatte ich das gar nicht beabsichtigt. Er war noch sehr jung, ich schätze ungefähr dreizehn. Er wollte meine Windschutzscheibe putzen, kam aber nicht ganz bis oben hin, also bin ich ausgestiegen, um es selbst zu machen.

Dann tauchte sein großer Bruder plötzlich auf und hat uns beiden die Arbeit abgenommen. Ich glaube nicht, dass mich ein Junge je so nervös gemacht hat wie er. Sein Name war auf seinen Overall gestickt. Nick. Er ist unglaublich sexy. Ein Blick genügte, und ich wusste, dass er ein Typ ist, der sich über alle Regeln hinwegsetzt. Mein Herz klopfte wie verrückt. Ich wollte nicht, dass er merkte, welche Wirkung er auf mich hatte, deshalb bin ich zur Seite gegangen und habe ihn die Scheibe zu Ende putzen lassen.

Als er fertig war, zahlte ich ihm die 3.09 Dollar für meine Tankfüllung. Als ich wegfuhr, schaute ich sofort in den Rückspiegel und sah, dass er mich beobachtete. Dann grinste er – und ich wäre fast in den Straßengraben gefahren. Das Lächeln ist mir durch und durch gegangen, dieses Gefühl habe ich sonst nur, wenn die Katze auf meiner Brust liegt und schnurrt. Ich glaube, ich werde jetzt häufiger bei Texaco tanken. Allerdings noch nicht so bald. Wegen dieses blöden Tadels darf ich zwei Wochen lang nicht Auto fahren. Ich bin wütend darüber, aber ich kann meine Mutter einfach nicht umstimmen.

P. S. Ich habe herausgefunden, dass dieser Nick auch auf die Pine Ridge High School geht.

* * *

Lesleys Tagebuch

5. Februar 1965

Jillian hat einen schriftlichen Tadel wegen ihrer Rocklänge bekommen und musste deshalb heute nach dem Unterricht länger in der Schule bleiben und den Boden der Turnhalle putzen. Also habe ich mich allein auf den Heimweg gemacht. Buck Knowles sah mich und bot mir an, mich nach Hause zu fahren. Buck ist einundzwanzig und arbeitet mit Dad in der Sägemühle. Da ich ihn kenne, dachte ich, es wäre okay, mitzufahren. Er wusste nicht mehr, dass ich Mikes Tochter bin, und dann tat er so, als wüsste er es doch. Er sagte, ich wäre ihm schon früher aufgefallen, weil ich in meiner Schuluniform so ›jungfräulich‹ (sein Ausdruck) aussähe. Das hörte sich an, als würde er sich schon länger für mich interessieren. Er war mir ebenfalls aufgefallen.

Ich habe Buck letzte Woche gesehen, als Mum mich zur Sägemühle geschickt hat, um Dads Gehaltsscheck abzuholen. Er hat mich angeschaut, und ich habe ihn angeschaut. Ich hatte meine Schuluniform an. So wie er mich angestarrt hat, habe ich mich älter als sechzehn gefühlt. Mum hat nicht gesehen, dass er mich heute nach Hause gefahren hat, und ich habe es auch nicht erwähnt. Nachdem ich die Autotür zugemacht hatte, kurbelte er das Fenster herunter und meinte, wir würden uns sicher bald wiedersehen. Ich denke, ich werde nach ihm Ausschau halten.

* * *

4. März

Religionsstunde

Jillian,

weißt du, was passiert ist? Buck Knowles kam gestern Abend mit Dad nach der Arbeit zu uns nach Hause und hat mit uns zu Abend gegessen. Das ist der Typ, von dem ich dir erzählt habe, der mich letzten Monat nach Hause gefahren hat. Ich habe ihn seither nicht mehr gesehen und dachte schon, ich würde ihn nie mehr treffen. Weder Buck noch mein Dad kommen mit dem neuen Vorarbeiter zurecht, und sie haben den ganzen Abend über ihn geschimpft.

Das Beste ist, dass Buck meinte, er würde mich von der Schule abholen. Du musst mich also nicht nach Hause bringen. Ich rufe dich so schnell wie möglich an. Buck ist sooooo süß.

Lesley

P. S. Ich habe mich in der Fahrschule angemeldet, aber ich werde ganz sicher keines dieser aufgemotzten Autos fahren!

* * *

```
        Texaco-Tankstelle Murphy
                Quittung
              3. April 1965

Menge                         37 Liter
Preis pro Liter               $ 0,083
Gesamtpreis                    $ 3,07
Es bediente Sie:          Nick Murphy
Unterschrift:           Jillian Lawton
```

* * *

12. April 1965

Lieber Buck,

Dad hat mir versprochen, dafür zu sorgen, dass du meine Nachricht bekommst. Das mit dem Unfall eures Vorarbeiters tut mir Leid. Ich hoffe, dass er bald wieder gesund ist und zur Arbeit kommen kann. Ich weiß, wie hart es für unsere Familie immer ist, wenn Dad längere Zeit nicht arbeiten kann. Dad meinte, ihr müsstet in den nächsten Wochen wahrscheinlich viele Überstunden machen; wenn ich also eine Weile nichts von dir höre, weiß ich, warum.

Es war schön, in deiner Wohnung zu sein und mit dir fernzusehen. Die Nachrichten aus Vietnam klingen nicht besonders gut, oder? Deine Wohnung ist klein und ein bisschen unordentlich, aber das ist okay. Es ist eine gute Idee, die leeren Bierdosen an der Wand zu einer Pyramide zu stapeln. Du hast Recht, ich habe nicht viel Erfahrung beim Küssen, aber es hat mir gefallen. Also zumindest das meiste.

Lesley

* * *

```
        Texaco-Tankstelle Murphy
                Quittung
               7. Mai 1965

    Menge                      33 Liter
    Preis pro Liter               0,083
    Gesamtpreis                  $ 2,74
    Es bediente Sie:        Nick Murphy
    Unterschrift:         Jillian Lawton
```

* * *

Tanzkarte für
Jillian Lawton
Abschlussball
»Moulin Rouge«
15. Mai 1965

1. Scott McDougal
2. Scott McDougal
3. Scott McDougal
4. Marvin Watterman
5. Scott McDougal

6. Scott McDougal
7. Scott McDougal
8. Scott McDougal
9. Buck Knowles
10. Scott McDougal

* * *

4. Juni

Lateinstunde

Liebste Lesley,
kaum zu glauben, dass heute unser letzter Schultag ist, oder? Ab heute Nachmittag sind wir offiziell Seniors. Wir sollten das feiern. Mum und Dad wollen, dass ich wieder mit ihnen nach Hawaii

komme. Ich hasse Hawaii, ich verstehe nicht, wieso wir nicht mal nach San Francisco fliegen können. Dort würde es mir gefallen, da bin ich ganz sicher. Hast du gehört, dass es ab nächsten Mittwoch mal wieder My Fair Lady mit Audrey Hepburn gibt? Hast du Lust? Oder hast du ein Rendezvous mit Buck? Du triffst dich immer noch mit ihm, oder? Lass uns nach der Schule zusammen feiern.
   Jillian

* * *

Französischstunde

Jillian,
   tut mir Leid, ich kann mich heute Nachmittag nicht mit dir treffen. Ich habe einen Anruf von der Bibliothek bekommen – ich soll mich wegen eines Ferienjobs vorstellen. Ich hatte schon die Hoffnung aufgegeben, noch etwas zu finden. Es ist also wichtig. Außerdem werde ich in der Bibliothek besser bezahlt als beim Babysitten. Ich rufe dich an, sobald ich etwas weiß. Buck wollte heute Abend mit mir ins Autokino. Hast du mit Scott heute Abend etwas Besonderes vor?
   Lesley

* * *

10. August 1965

Liebe Lesley,
nun bin ich mal wieder auf Hawaii. (Seufz!). Ich wünschte, du wärst hier. Ich kann dir gar nicht sagen, wie sehr ich mich langweile, ich liege den ganzen Tag am Strand und lese. Ich vermisse dich und Scott so sehr. Ich zähle die Tage bis zu meiner Rückkehr. Ich hoffe, deine Sommerferien sind aufregender als meine.
Bis bald liebe Grüße
Jillian

0,45 $

Miss Lesley Adamski
220 Railroad Avenue
Pine Ridge, Washington
98005

* * *

25. August 1965

Liebe Jillian,
ich habe mich so gefreut, von dir zu hören. Ist das Wasser auf Hawaii tatsächlich so blau? Es tut mir Leid, dass du dich langweilst, zumal überall sonst so viel passiert. Hast du von den Unruhen in Kalifornien gehört? Die Fernsehnachrichten sind jeden Abend voll davon. Gestern haben sie gemeldet, dass in Watts 20.000 Soldaten der Nationalgarde bereitstehen. Bisher wurden 34 Menschen getötet! Die Unruhen dauern nun schon fünf Tage an, und es ist noch kein Ende abzusehen. Ich hätte nie geglaubt, dass in unserem Land so etwas Schreckliches passieren könnte. Mum meint, es hätte etwas mit Bürgerrechten und moralischen Missständen zu tun. Ich wiederhole lieber nicht, was Dad und Buck gesagt haben, aber du kannst es dir sicher denken.

Jeden Tag forsche ich nach Möglichkeiten für ein Stipendium, ehe ich meine Arbeit in der Bibliothek beginne. Du kannst dir gar nicht vorstellen, wie viele vergeben werden. Mum hat mich ermuntert, es an der University of Washington zu versuchen. Ich weiß, dass deine Eltern fest entschlossen sind, dich aufs Barnard College zu schicken, aber das ist in New York, und, Jillian, ich kann es mir einfach nicht leisten. Andererseits kann ich mir nicht vorstellen, ohne dich aufs College zu gehen.

Die Soroptimisten vergeben ein Tausend-Dollar-Stipendium. Mit tausend Dollar könnte ich meine ganzen Ausgaben im ersten Jahr an der State University bezahlen. Ich habe darüber nachgedacht und würde gern die Krankenpflege-Ausbildung machen. Mum findet, eine Ausbildung zur Krankenschwester wäre eine gute Sache für mich. Dad weiß noch nichts davon. Mum sagt, sie würde es ihm beibringen, wenn es so weit ist. Ich bin ganz aufgeregt, wenn ich mir vorstelle, wo wir in einem Jahr sein werden. Aber wir müssen erst die High School beenden, und ich brauche Supernoten, wenn ich wirklich ein Stipendium kriegen will.

Ich trage jeden Cent, den ich verdiene, auf die Bank; das Einzige, was ich mir geleistet habe, ist eine Hose mit Schlag. Buck meint, ich hätte ein süßes Hinterteil und sollte Miniröcke tragen. Kannst du dir vorstellen, was Schwester Agnes sagen würde, wenn sie mich darin sähe??!

Ich vermisse dich so. Mindestens zehn Mal am Tag fällt mir etwas ein, was ich dir unbedingt erzählen muss. Fünf Wochen sind mir noch nie so lang vorgekommen. Ich weiß, dass du die Nase voll hast von Hawaii und dass du Scott vermisst, aber versuch trotzdem, dich ein bisschen zu amüsieren. Ruf mich sofort an, wenn du wieder zu Hause bist. Bis dahin bin ich auf ewig

deine treue Freundin
Lesley

* * *

27. August 1965 Lieber Scott, 　ich schreibe dir rasch eine Postkarte, damit du weißt, wie sehr ich dich vermisse. Ehe du fragst, ich trage deinen Ring, damit jeder Junge hier weiß, dass ich dein Mädchen bin. Grüß alle von mir. Bis bald. 　In Liebe, 　Jillian	0,45 $ Scott McDougal 4520 Country Club Lane Pine Ridge, Washington 98005

* * *

Lesleys Tagebuch

13. Oktober 1965

Buck hat zweimal angerufen, aber ich habe Susan gebeten, ihm zu sagen, ich wäre nicht zu Hause. Ich will ihn nicht sprechen, nicht nach dem, was letzte Woche geschehen ist. Als er mich abgeholt hat, war er betrunken, aber ich dachte, es würde gut gehen. Das tat es nicht, und es wurde der schlimmste Abend meines Lebens.

Er sagte, es wäre meine Schuld gewesen, ich könnte einen Mann nicht erst heiß machen und dann einfach abblitzen lassen. Er war so grob, und es hat so wehgetan. Jillian und ich haben oft überlegt, wie es beim ersten Mal sein würde. Dieses erste Mal hatte nichts Schönes oder Zärtliches. Buck hat mir nur wehgetan.

Ich weiß, ich sollte zur Beichte gehen, aber ich möchte nicht darüber reden. Pater Morris würde es sowieso nicht verstehen. Er ist ein Mann, und er würde sagen, dass ich genauso Schuld habe wie Buck. Aber es war nicht meine Schuld! Ich habe nichts getan, was Buck das Gefühl hätte geben können, dass ich *das* wollte. Wir haben angefangen uns zu küssen, und als ich merkte, dass er richtig erregt wurde, habe ich versucht ihn aufzuhalten, aber das hat ihn nur noch wilder gemacht. Ehe ich mich versah, waren seine Hände plötzlich an meinen Brüsten, und dann hat er mich auf seinen Schreibtisch gepresst und meinen Schlüpfer heruntergeschoben.

Als Dad heute Abend von der Arbeit nach Hause kam, wollte er wissen, wieso ich nicht mehr mit Buck rede. Ich habe ihm gesagt, wir hätten uns gestritten, was ja auch stimmt, und Dad hat mit mir geschimpft. Mein eigener Vater verbündet sich mit Buck! Ich habe beschlossen, dass ich nie wieder etwas mit Buck zu tun haben will. Ich glaube auch nicht, dass ich meinem Vater verzeihen kann, dass er denkt, ich wäre diejenige, die im Unrecht ist. Schließlich weiß er ja gar nicht, was passiert ist. Niemand weiß das. Mit Mum oder Susan kann ich nicht darüber reden. Meine Schwester ist ja noch nicht mal richtig geküsst worden. So gern ich Jillian alles erzählen würde, ich kann es nicht. Ich kann es nicht einmal meiner besten Freundin erzählen! Mein Kleid ist ruiniert, und selbst wenn nicht, würde ich es nie wieder anziehen wollen. Ich fühle mich beschmutzt und schäme mich so.

* * *

14. Oktober

Lateinstunde

Lesley,

ist alles okay mit dir? Du bist in letzter Zeit so still, und das passt gar nicht zu dir. Ist dein Dad wieder arbeitslos? Ich habe mir gestern »Out of Our Heads« von den Rolling Stones gekauft, das ist eine neue Gruppe aus England. Dad hat sich einen der Songs angehört, »Satisfaction«, und mir dann befohlen, die Plat-

te wegzuwerfen! Der Text sei unanständig!! Ich finde, sie sind super.

Hast du Maxwell Smart gesehen? Ich habe die ganze Zeit gelacht. Das ist viel, viel besser als Meine Mutter, das Auto.
Jillian

* * *

Lesleys Tagebuch

26. Oktober 1965

Buck hat mich angerufen, und dieses Mal bin ich unglücklicherweise ans Telefon gegangen. Er hat mich angefleht, mich mit ihm zu treffen. Ich habe Nein gesagt, aber er stand trotzdem bei uns vor der Tür und bestand darauf, mich auf einen Milchshake einzuladen. Ich wollte erst nicht, aber dann hat Dad mich gefragt, ob mir ein Mann, der in der Sägemühle arbeitet, vielleicht nicht gut genug wäre. Ich habe ihm geantwortet, dass es nichts mit seinem Job zu tun hätte, dass ich Buck nicht mehr sehen will.

In der Milchbar haben Buck und ich uns unterhalten, und er hat sich wieder und wieder entschuldigt. Er versprach mir, dass so etwas nie mehr passieren würde. Es erschien mir so ehrlich. Ich hatte Tränen in den Augen und wollte ihm glauben. Als wir dann in sein Auto stiegen, fingen wir an uns zu küssen, und ehe ich begriff, was geschah, hatte er die Hand unter meinem Kleid. Ich konnte sehen, dass er erregt war, und schob ihn sofort von mir. Buck wurde sehr böse, und ich bekam ein schlechtes Gewissen. Er sagte, er wäre verrückt nach mir und bräuchte mich so sehr. Also haben wir es am Ende doch wieder getan. Ich hätte ihn davon abhalten können, aber ich habe es nicht getan. Zumindest hat es mir dieses Mal nicht wehgetan. Als wir fertig waren, habe ich angefangen zu weinen. Buck wusste nicht, wieso. Ich weiß nicht mal, ob ich es wusste, aber ich konnte einfach nicht aufhören. Ich sagte ihm, es wäre besser, wenn wir uns nicht mehr sähen, und er wollte wissen, ob er nicht gut genug für mich sei, genauso wie Dad. Er hat mich zu Hause rausgelassen und ist dann mit quietschenden Reifen davongefahren.

* * *

Texaco-Tankstelle Murphy	
Quittung	
20. November 1965	
Menge	35 Liter
Preis pro Liter	$ 0,083
Gesamtpreis	$ 2,90
Es bediente Sie:	Nick Murphy
Unterschrift:	*Jillian Lawton*

* * *

Jillians Tagebuch

14. Dezember 1965
Ich habe Mr. Murphy einen Früchtekuchen an die Tankstelle gebracht. Er war überrascht, dass ihm eine Kundin etwas zu Weihnachten schenkt, und überließ mir dafür ein komplettes Set passender Saftgläser. Jimmy weiß, dass ich sie bei jedem Tanken sammle und muss das seinem Vater erzählt haben. Ich war enttäuscht, dass Nick nicht da war.
Letzte Woche habe ich ihn vor der Schule auf seinem Motorrad vorbeifahren sehen und mich gefragt, ob er mich wohl gesucht hat. Ich hoffe es. Mein Herz hat wie wild geklopft, als ich ihn sah. Er füllt mir nun fast jedes Mal Benzin ein, wenn ich an die Tankstelle komme. Manchmal unterhalten wir uns ein bisschen,

aber er hat meist zu viel zu tun, um mehr als Hallo zu mir zu sagen.

Lesley hat mich davor gewarnt, mit dem Feuer zu spielen. Sie sagt, Nick wäre gefährlich. Ich sehe es an seinen Augen und an der Art, wie er mich anschaut, so als wäre ich das einzige Mädchen, das er je wollte. Immer wenn er mich ansieht, kann ich es regelrecht fühlen. Die Luft zwischen uns wird schwül und heiß, wie vor einem schweren Gewitter. Ein Schauer jagt durch meinen ganzen Körper, und er hält danach noch lange an.

Es wäre dumm von mir, mit Scott Schluss zu machen. Ich weiß nicht, was ich tun werde. Ich möchte Scotts Gefühle nicht verletzen, aber ich fühle mich zu Nick hingezogen wie eine Motte zum Licht. Scott war immer ein toller Freund, und jedes Mädchen in der Schule beneidet mich um ihn. Wenn ich mit ihm Schluss mache, wird er keine Mühe haben, eine neue Freundin zu finden, das weiß ich. Deshalb frage ich mich, ob ich das nicht wirklich tun soll.

Nick hat mich noch nie gefragt, ob ich mit ihm ausgehe, er hat mich auch noch nie angerufen. Lange Zeit konnte er nicht mal meinen Namen behalten. Er hat bisher lediglich meinen Tank gefüllt und ein bisschen mit mir geflirtet. Dafür kann ich Scott nicht verletzen. Nicht nachdem er so süß und rücksichtsvoll zu mir war.

Wo ich gerade beim Schlussmachen bin, ich wünschte, Lesley würde Buck Knowles endlich den Laufpass geben. Er behandelt sie ganz mies. Am Anfang fand ich es aufregend, dass Buck sich mit Lesley trifft. Er ist immerhin vor kurzem zweiundzwanzig geworden, und keine aus der Klasse geht mit einem älteren Mann. Die Tatsache, dass er sie attraktiv findet, zeigt, dass wir keine kleinen Mädchen mehr sind, sondern richtige Frauen. Aber es ist mir gleich, wie viel älter und erfahrener Buck ist. Er behandelt Lesley nicht mehr so wie zu Anfang ihrer Beziehung.

Ich weiß nicht, was in letzter Zeit mit ihr los ist, sie ist so verändert. Sie erzählt mir ständig, sie würde mit Buck Schluss machen, und dann tut sie es doch nicht. Wenn ich sie danach frage, hat sie ständig neue Entschuldigungen, wieso sie es nicht kann. Es kommt mir so vor, als säße sie in der Falle und wüsste nicht, wie sie da herauskommen soll.

Die ganze Welt scheint in Aufruhr. Der Krieg in Vietnam wird immer furchtbarer, und in Oakland gab es eine riesige Demonstration. Als ich Dad danach fragte, meinte er, es sei notwendig, den Kommunismus auszulöschen. Er hält es für eine gute Sache, dass sich die Vereinigten Staaten an dem Krieg beteiligen. Mein Vater ist der klügste Mann, den ich kenne. Wenn er an diesen Krieg glaubt, dann werde ich das auch tun.

Ich weiß jetzt endlich, was ich Mum zu Weihnachten schenken werde – ein Buch. Ich weiß, das klingt langweilig, aber sie liest gerne, und ich bin mir sicher, dass ihr In den Schuhen des Fischers *von Morris L. West gefallen wird. Dad hat mir diesen Tipp gegeben, und ich bin dankbar dafür.*

Hoffentlich können Les und ich in den Weihnachtsferien ein bisschen Zeit zusammen verbringen, dann kann sie mir erzählen, was eigentlich los ist. Denn irgendwas ist mit ihr, das ist mal klar. Ich bin seit dem ersten Schuljahr ihre beste Freundin. Ich kenne sie so gut, wie sie sich selbst kennt. Was es auch ist, es hat etwas mit Buck zu tun, da bin ich mir ganz sicher.

1966

3. Januar
Lateinstunde

Liebe Jillian,
willst du meine Vorsätze fürs nächste Jahr wissen? Erstens und am allerwichtigsten: Ich möchte dieses Stipendium der Soroptimisten bekommen. Ich möchte gern Krankenschwester werden. Zweitens: Ich werde mich von Buck trennen. Diesmal meine ich es ernst. Treffen wir uns nach der Schule?
Lesley

* * *

Lateinstunde

Les,
das habe ich doch schon mal irgendwo gehört? Ich habe nach der Lateinstunde einen Zahnarzttermin. Ruf mich heute Abend an, ja?
Jillian

* * *

Jillians Tagebuch

3. Januar 1966

Heute war der erste Schultag nach den Weihnachtsferien, und es war ziemlich hektisch. Lesley und ich haben zusammen Mittag gegessen, und in Latein haben wir uns Briefchen geschickt. Schwester Angelica ist ziemlich blind und bekommt nicht mit, was sich hinter ihrem Rücken abspielt. Ich bin so froh, dass Lesley endlich mit Buck Schluss macht. Diesmal scheint sie es wirklich ernst zu meinen. Ich hoffe es wenigstens.

Sie hat mir ihre Neujahrsvorsätze verraten, aber ich habe ihr meine nicht gesagt. Ich habe es bisher niemandem erzählt. Ich kann nicht. Ich will, dass Nick Murphy mich küsst. Er ist so süß, und er ist so gefährlich sexy. Er sieht in seiner schwarzen Lederjacke und mit seinem Motorrad sogar ziemlich nach Ärger aus. Aber jedes Mal, wenn ich in seiner Nähe bin, fühle ich mich ganz zittrig.

Ich weiß, dass Mum und Dad nie zulassen würden, dass ich mit ihm ausgehe. Ihrer Meinung nach gehört jeder, der Motorrad fährt, zu irgendeiner Rockerbande. Und ich kann mir gut vorstellen, dass Nick bereits mit dem Gesetz in Konflikt geraten ist. Dad hat bereits angedeutet, dass er es nicht gut findet, wenn ich weiterhin dort tanke. Ich habe ihn gefragt, warum, und er antwortete, diese Murphys seien Hitzköpfe. Ich habe mich nicht getraut, weiter nachzufragen, aber ich bezahle meine Benzinrechnungen seither lieber in bar anstatt mit der Kreditkarte.

Ein Kuss ist alles, was ich will, dann bin ich zufrieden, dann kann ich mein Leben weiterleben und er seins. Meine Neugier wäre befriedigt, und Scott bräuchte es nie zu erfahren.

* * *

20. Januar 1966

Liebe Lesley,

am Telefon sprichst du nicht mit mir, deshalb sehe ich mich gezwungen, dir einen Brief zu schreiben und deine Schwester zu bestechen, ihn dir zu geben. Du könntest doch wenigstens mal mit mir reden! Wie sollen wir unsere Probleme lösen, wenn du nicht mit mir sprichst? Ich weiß, dass du sauer bist wegen dem, was bei den letzten Malen, als wir uns getroffen haben, passiert ist. Aber du musst wissen, Baby, diese Art von Frustrationen können zu ernsthaften physischen Problemen führen.

Merkst du denn nicht, dass ich verrückt nach dir bin? Du bist das klügste Mädchen, das ich je kennen gelernt habe, und du gehst auf diese vornehme katholische Mädchenschule. Ich war der glücklichste Mann auf Erden, solange du mit einem High-School-Abbrecher wie mir ausgegangen bist. Ich kann dich jetzt nicht wieder loslassen. Du bist das Wichtigste in meinem Leben.

Gehst du am Freitagabend nach dem Basketballspiel zum Schulball? Dein Bruder meinte, er könnte mich irgendwie in die Turnhalle einschmuggeln. Ich werde dort nach dir Ausschau halten. Ganz gleich, welche Fehler ich gemacht habe, ich werde sie in Ordnung bringen. Darauf hast du mein Wort.

Buck

* * *

Lesleys Tagebuch

21. Januar 1966

Ich bin so dumm. Der heutige Abend war ein unglaubliches Desaster. Ich hatte mir geschworen, kein Wort mit Buck zu reden, wenn er auf dem Schulball auftauchen würde. Natürlich war er dort. In letzter Zeit ist er überall. Letzten Sonntag saß er in der Kirche in der Bank hinter mir. Er muss früh Feierabend machen, denn er parkt an den meisten Nachmittagen vor der Schule und wartet auf mich. Offenbar hat er Krach mit Dad wegen der Arbeit, auf jeden Fall taucht er nicht mehr bei uns zu Hause auf. Das ist immerhin etwas. Seit drei Wochen versuche ich nun, ihm aus dem Weg zu gehen. Trotzdem lässt er mich nicht in Ruhe. Niemand kann sich vorstellen, wie schrecklich es ist, ständig über die Schulter schauen zu müssen, ob er mich gerade mal wieder verfolgt.

Dann kam er zum Schulball, und ich hatte das Gefühl, als würden uns alle beobachten. Jillian war mit Scott da, sonst hätte sie mir sicher geholfen. Ich wollte kein Aufsehen erregen und hatte Angst, Buck würde einen Streit mit Roy Kloster vom Zaun brechen, deshalb willigte ich ein, mit ihm zu tanzen. Es war grauenhaft, es war ein langsames Stück von The Mamas and The Papas. Buck hielt mich dicht an sich gepresst, viel dichter als mir lieb war, und er flüsterte mir ständig ins Ohr, wie verrückt er nach mir sei und dass er nachts nicht schlafen könne, weil er mich so bräuchte.

Ich war ganz stolz auf mich, weil ich den Mut aufbrachte ihm zu sagen, dass wir nicht zusammenpassen würden. Und das stimmt. Wir streiten eigentlich nur. Wir haben unterschiedliche Ansichten. Wir sehen das Leben aus verschiedenen Perspektiven. Wenn er trinkt, habe ich das Gefühl, meinen Dad vor mir zu haben. Das sagte ich Buck, und daraufhin wurde er sehr böse. Er meinte, ich würde mich bloß zieren, und es gäbe eine Menge anderer Mädchen, die sich für ihn interessierten. Da habe ich ihm gesagt, er solle doch zu diesen anderen Mädchen gehen, und bin von der Tanzfläche marschiert.

Buck ist wütend von der Tanzfläche gestürmt, hat aber draußen vor der Turnhalle auf mich gewartet. Als ich nicht schnell genug herauskam, hat er Mikey hinter mir hergeschickt. Buck drohte mir, so lange laut zu schreien, bis ich herauskommen und mit ihm reden würde. Ich hätte es nie tun sollen, schon gar nicht allein, aber ich konnte Jillian nirgends finden, und Mikey oder Susan wollte ich auf keinen Fall in die Sache hineinziehen.

Ich habe sofort gemerkt, dass Buck sich mit Bier Mut angetrunken hatte. Inzwischen weiß ich, dass es besser gewesen wäre, sofort in die Turnhalle zurückzugehen. Stattdessen versuchte ich zu argumentieren, aber Buck war so wütend wie Dad sonst immer und keineswegs in der Stimmung mir zuzuhören. Er wollte das von mir, was er immer gewollt hatte. Ehe ich ihn daran hindern konnte, hatte er mich hinter die Schule gezerrt und begann mich zu küssen. Ich versuchte mich von ihm zu befreien, aber er riss meine Bluse auf und begann an meinen Brüsten zu fummeln. Ich weiß nicht, was geschehen wäre, wenn nicht Pater Morris zufällig vorbeigekommen wäre. Er forderte mich auf, sofort meine Kleidung in Ordnung zu bringen und in die Turnhalle zurückzukehren.

Ich habe keine Ahnung, was er Buck anschließend erzählt hat. Ich will es auch gar nicht wissen. Pater Morris. Meine Güte, wie soll ich ihm je wieder in die Augen sehen? Als ich vom Ball nach Hause kam, wollte ich mit Mum reden, aber sie hatte sich schon wieder mit Dad gestritten und versuchte krampfhaft vor mir zu verbergen, dass sie geweint hatte. Ich saß bei ihr, während sie mir von *Star Trek* erzählte, der neuen Fernsehserie, die sie so gern sieht. Mum hat auch ohne meine Probleme schon genug Sorgen, deshalb habe ich ihr nichts gesagt.

Mein Leben ist schrecklich. Ich will jetzt nur noch meinen Schulabschluss machen und dann von zu Hause fortgehen.

* * *

5. Februar 1966

Jillian,

sei mein Valentinsschatz. Wir treffen uns nach dem Hootenanny hinter der Imbissbude.

Nick Murphy

* * *

6. Februar

Lateinstunde

Jillian,
du wirst das doch nicht etwa tun? Was wird Scott dazu sagen?
Und Jillian – diese Verben sind einfach unmöglich! Ich glaube, ich gebe auf und mache mich auf eine schlechte Note gefasst.
Lesley

* * *

Les,
Scott ist an diesem Wochenende an der University of Oregon. Er wird es also nicht erfahren. Ich habe noch nicht entschieden, ob ich es tue oder nicht.
Und Lesley – ich helfe dir bei den Verben. Wir wollen doch zusammen die Abschlussrede halten, hast du das vergessen?
Jillian

* * *

Ich sehe es dir an, du wirst dich mit ihm treffen. Versprich mir nur eines: SEI VORSICHTIG, und lass um Himmels willen deine Eltern nichts davon merken!
Lesley

* * *

Niemand sonst weiß etwas davon. Ich verspreche dir, ich liefere dir hinterher einen vollständigen Bericht.
Jillian

* * *

Jillians Tagebuch

14. Februar 1966

Nick Murphy hat Nerven – so viel ist sicher. Dad bekäme einen Herzinfarkt, wenn er wüsste, dass ich vorhabe, mich mit Nick zu treffen. Mein Magen war die ganze Zeit wie zugeschnürt, dabei haben wir meine ganzen Lieblingslieder gesungen: »Kum-ba-yah«, »Where Have All the Flowers Gone« und »If I Had a Hammer«.

Alle waren da ... außer Nick. Ich habe die ganze Zeit Ausschau nach ihm gehalten, und nach einer Weile nahm ich an, er hätte mich versetzt. Da hatte ich mich tagelang mit der Entscheidung herumgequält, ob ich mich mit ihm treffen sollte oder nicht, und dann besaß er nicht mal genug Anstand zu kommen.

Anschließend wollte Cindy mich unbedingt in ein Gespräch verwickeln, aber ich habe irgendeine Ausrede benutzt und bin dann zum Parkplatz gelaufen, weil ich verzweifelt hoffte, Nick würde dort auf mich warten. Aber dort war er auch nicht.

Ich war außer mir vor Wut, als ich den Sportplatz verließ. Dann dachte ich plötzlich, ich hätte mich vielleicht im Tag geirrt oder in der Zeit oder so was. Aber vor allem war ich enttäuscht und ärgerlich. Wie konnte er es wagen! Um jedoch ganz sicher zu gehen, beschloss ich, noch einmal zurückzufahren.

Und da war er tatsächlich, lehnte lässig an der Imbissbude. Er hatte sein Motorrad dabei und sah so cool aus in seiner Lederjacke. Er lächelte sein sexy Lächeln, als ich auf den Parkplatz bog. Es war fast so, als hätte er gewusst, dass ich zurückkommen würde.

Wenn ich eines nicht ausstehen kann, dann ist das Arroganz, und Nick besitzt davon so viel, dass es ihm fast aus den Ohren quillt. Beinahe wäre ich auf der Stelle wieder davongefahren, aber Gott sei Dank habe ich es nicht getan. Ehe ich ihm sagen konnte, wie wütend ich war, nahm er meine Hand, küsste sie und fragte, ob ich sein Valentinsschatz sein wolle. Ich habe sicher ziemlich blöd geguckt, auf jeden Fall war ich völlig verwirrt. Dann habe ich irgendwas gestottert, dass ich mir noch nicht sicher sei. Er *lachte.* Ich hätte ihm sagen sollen, dass Scott mir bereits eine Schachtel Pralinen geschenkt hatte, aber mein Freund war in diesem Moment das Letzte, was mir in den Sinn kam.

Wir setzten uns auf die Tribüne, und Nick erzählte mir, er hätte die Tankstelle noch abschließen müssen und sich deshalb verspätet. Er sagte, er sei froh, dass ich zurückgekommen sei. Dann sprach er über seine Familie. Er erwähnte kurz seinen Dad, aber in der Hauptsache redete er von seiner Mutter, die an Krebs gestorben war, als er zehn war und Jimmy fünf. Ich weiß nicht genau, was ich erwartet hatte, als er vorschlug, sich mit mir zu treffen, aber ganz sicher hatte ich nicht damit gerechnet, dass wir nur reden würden. Doch genau das taten wir. Es war ein bisschen so, als hätten wir beide lange gewartet und so viel in uns gespeichert, das wir nun unbedingt loswerden mussten.

Später hat er mich noch auf eine Spazierfahrt auf seinem Motorrad mitgenommen, und ich legte meine Arme um seine Hüften und hielt mich fest. Es war schön, den Wind in meinen Haaren zu spüren und den Geruch seiner Lederjacke einzuatmen. Danach hoffte ich so sehr, dass er mich küssen würde, aber das tat er nicht. Er wollte es, das habe ich an der Art, wie er auf meine Lippen geschaut hat, genau gemerkt. Als wir schließlich aufbrachen, ist er mir fast den ganzen Weg nach Hause gefolgt, um sicher zu sein, dass ich gut ankam, und das war ein sehr angenehmes Gefühl. Ich fühlte mich so kostbar. Er fragte jedoch nicht, ob wir uns wiedersehen würden, und das enttäuschte mich.

Jetzt bin ich wieder zu Hause in meinem Zimmer und kann nicht schlafen. Dieses aufregende Glücksgefühl hält mich wach. Ich musste unbedingt alles aufschreiben, damit ich mich später an jede Einzelheit erinnern kann. Ich habe Lesley versprochen, ihr alles genau zu berichten, aber ich weiß noch nicht, ob ich das wirklich tun werde. Es wäre das erste Mal, dass ich ihr etwas verschweige. Ich weiß, dass in ihrem Leben Dinge geschehen, von denen sie mir nichts erzählt; nun verstehe ich das. Ich habe Nick so gern, dass ich an gar nichts anderes mehr denken kann. Mein Neujahrsvorsatz ist noch nicht erfüllt, aber ich bin sicher, dass es *bald geschehen wird. Die Frage ist nur noch, wann, nicht ob – er will es genauso gern wie ich, das weiß ich jetzt, und ich hoffe, dass es bald passiert.*

* * *

10. März

Lateinstunde

Verbkonjugationen sind so langweilig. Ist es nicht super, dass die Beatles nach Seattle kommen? Ich würde furchtbar gern am Samstag mit dir ins Kino kommen, aber ich kann nicht. Meine Mum braucht meine Hilfe beim Frühjahrsputz. Worum geht es denn in *Charade*? Ich finde Cary Grant so süß! Wenn Schwester Angelica diesen Brief in die Hände kriegt, bekommen wir beide eine Verwarnung.

Liebe Grüße
Lesley

* * *

15. März 1966

Liebe Lesley,
Ich habe dich vermisst! Die Schule war fürchterlich, als du nicht da warst. Es gibt keine, der ich Briefchen schreiben kann, wenn du nicht da bist – es gibt ja auch sonst keine, die ich mag. Ich habe mir Sorgen um dich gemacht. Ist alles okay? Wir reden kaum noch miteinander. Ich weiß, dass du dich darüber aufregst, dass Buck nun mit diesem anderen Mädchen zusammen ist, aber hast du das nicht so gewollt? Schwester Angelica sagt, du sähst blass aus, und sie hat Recht. Du hast auch abgenommen. (Du Glückliche!) Wir sehen uns beim Mittagessen.
Jillian

17. März

Buck, wir müssen dringend miteinander reden. Ruf mich bitte sofort an.
Lesley

* * *

**Soroptimist International Pine Ridge
200 Sixth Avenue
Pine Ridge, Washington 98005**

20. März 1966

Miss Lesley Adamski
220 Railroad Avenue
Pine Ridge, Washington 98005

Sehr geehrte Miss Adamski,
  wir freuen uns sehr, Ihnen mitteilen zu können, dass Sie diejenige sind, die unser diesjähriges College-Stipendium über 1000 Dollar erhält. Das Auswahlkomitee war von Ihrem Essay sehr beeindruckt und möchte Ihre Ausbildung gerne fördern. Kluge, verantwortungsvolle junge Frauen wie Sie sind die Hoffnung und die Zukunft unseres Landes.
  Herzlichen Glückwunsch!
  Mit freundlichen Grüßen
  Sarah Janus
  Präsidentin

* * *

Jillians Tagebuch

23. März 1966

Ich habe Nick wiedergetroffen, und zwar ausgerechnet auf dem Friedhof. Er hat mir gezeigt, wo seine Mutter begraben liegt, und wir haben Blumen niedergelegt. Wir sind Hand in Hand über den Friedhof gelaufen und haben danach noch lange geredet. Er hat mir erzählt, dass sein Dad im Zweiten Weltkrieg gekämpft und einen Orden für Tapferkeit erhalten hat. Mein Dad war auch im Krieg, aber er spricht nie darüber.

Nick und ich haben uns nun zum dritten Mal heimlich getroffen. Ich habe es gern, wenn er mich auf seiner Harley spazieren fährt, weil ich dann meine Arme um seine Hüften legen und meine Wange an seinen Rücken pressen kann. Nick hat mir gestanden, dass es ihm ein Gefühl von Macht und Freiheit gibt, auf seinem Motorrad zu fahren, und er sagt, es wäre absolut super.

Seltsam ist nur, dass wir bisher nur Händchen gehalten haben. Jedes Mal, wenn wir zusammen sind, glaube ich sicher, dass er mich küssen wird, aber bisher ist es noch nie passiert. Und nicht weil ich es nicht möchte. Manchmal frage ich mich, wieso er sich eigentlich mit mir trifft. Nick Murphy ist der Letzte, in dem ich einen perfekten Gentleman vermutet hätte! Heute Abend hatte ich endlich genug Mut gefasst, um ihn zu fragen, ob er je beabsichtigte, mich zu küssen. Er hat nicht gleich geantwortet. Es hat so lange gedauert, dass ich schon dachte, er hätte mich gar nicht gehört. Dann sagte er, er würde mich sehr gern küssen, mehr als alles auf der Welt, aber er würde es nicht tun, solange ich Scotts Ring trüge.

Jetzt wünschte ich, ich hätte nicht gefragt. Nicht weil ich Angst habe, mit Scott Schluss zu machen. Es war immer klar, dass wir irgendwann getrennte Wege gehen würden. Er wird zur University of Oregon in Eugene gehen und ich entweder aufs Barnard College oder an die University of Washington. Ich habe Angst, Scott seinen Ring zurückzugeben, denn ich weiß, was zwischen mir und Nick geschehen wird, sobald ich es tue.

Die Spannung zwischen uns ist so stark, dass ich schwöre, dass es manchmal knistert. Bisher haben wir beide so getan, als wäre sie nicht da, aber sie ist es. Manchmal liege ich nachts wach und stelle mir vor, wie es wäre, wenn Nick Murphy mich lieben würde. Dann bekomme ich ein ganz schlechtes Gewissen, weil ich so schmutzige Gedanken hege, und sage schnell den Rosenkranz auf.

Ehe wir auseinander gingen, sagte ich Nick, dass wir uns nicht mehr treffen sollten. Im Stillen hoffte ich, er würde mir widersprechen und beteuern, wie sehr er mich braucht. Stattdessen stimmte er mir zu – aber wir werden uns weiterhin sehen so oft es möglich ist. Das weiß er ebenso gut wie ich. Ich kann nicht ohne ihn sein und er nicht ohne mich. So verschieden wir auch sind, wir haben beide längst gemerkt, dass wir füreinander geschaffen sind.

Ich bin schon ewig mit Scott zusammen, aber so habe ich für ihn noch niemals empfunden. In jeder Sekunde, die ich mit Nick verbringe, spüre ich diese Intensität, dieses Wunder. Es ist merkwürdig, dass wir so unterschiedlich sein können und dennoch so ähnlich.

* * *

24. März 1966

Meine liebe Lesley,

Überraschung! Erinnerst du dich, als du ein kleines Mädchen warst, und ich dir immer kleine Zettelchen in die Lunchdose gesteckt habe? Ich wette, du hast es vergessen. Lesley, ich habe den Brief von Soroptimist International in deinem Zimmer gefunden, und nein, ich habe nicht in deinen Schubladen gewühlt! Ich habe ihn gelesen und wäre vor Stolz fast geplatzt. Warum hast du mir nichts davon erzählt? Ich bin so aufgeregt, dass ich am liebsten laut schreien würde.

Oh Lesley, wenn du nur wüsstest, wie glücklich ich bin, dass du die Gelegenheit hast, dich zur Krankenschwester ausbilden zu lassen. Ich hätte das auch gern getan, aber wie du ja weißt, haben dein Vater und ich stattdessen geheiratet.

Hattest du Angst, uns von deinem Stipendium zu erzählen? Oder wolltest du uns irgendwann damit überraschen? Wir wissen beide, wie dein Vater über eine College-Ausbildung für euch Mädchen denkt, aber gegen ein Stipendium kann er nichts sagen, oder?

Du bist in letzter Zeit so still, ganz anders als sonst. Wenn du Angst hattest, das Stipendium zu erwähnen, ich versichere dir, ich freue mich riesig. Mach dir keine Gedanken wegen Dad, ich werde schon dafür sorgen, dass er sich dir nicht in den Weg stellt.

Ich freue mich so sehr für dich, meine Süße, und ich bin so stolz.

In Liebe,
Mum

* * *

31. März

Lateinstunde

Lesley,
was ist los? Ich bin seit Jahren deine beste Freundin und merke immer, wenn dich etwas bedrückt. Erzähl es mir. Hat dein Dad wieder seinen Job verloren? Wir treffen uns nach dem Unterricht.
Jillian

* * *

Lesleys Tagebuch

1. April 1966

Ich weiß nicht, was ich tun soll. Ich konnte nicht länger damit warten, es Buck zu sagen. Ich bin schwanger. Ich hatte gedacht, er wäre vielleicht böse und würde mich beschimpfen, aber er schien fast ein bisschen froh zu sein. Ich kann mit niemandem darüber sprechen. Sobald ich darüber nachdenke, was das für meine Zukunft bedeutet, fange ich an zu weinen. Das tue ich in letzter Zeit sowieso ständig.

In dem Moment, als die Worte heraus waren, hat Buck mich in die Arme genommen und geküsst und mir gesagt, wie froh er sei, mich wiederzuhaben. Es ist ihm egal, dass das Baby der einzige Grund ist, dass ich bei ihm bin. Jetzt will er jedenfalls, dass wir heiraten. Ich weiß nicht, ob das die beste Lösung für uns beide ist. Er wollte sofort mit mir nach Idaho fahren, aber ich habe mich geweigert. Im Moment scheint das ein leichter Ausweg zu sein, aber wenn wir jetzt heiraten, kann ich die Schule nicht beenden. Und wenn ich schon nicht aufs College kann, sollte ich wenigstens dafür sorgen, dass ich meinen High-School-Abschluss kriege.

Buck benimmt sich wirklich sehr anständig. Seit ich es ihm gesagt habe, kommt er fast jeden Abend zu uns. Er und mein Dad scheinen sich wieder besser zu verstehen, und Mum behandelt ihn bereits wie einen Sohn. Ich beginne zu glauben, dass er der Richtige ist und wir heiraten sollten. Heute Abend hat er mir erzählt, er hätte sich alles genau überlegt. Er hat am Nachmittag mit einem Mann gesprochen, der Soldaten für die Armee anwirbt, und beschlossen, dass es das Beste wäre, wenn er sich melden würde. Dann könnten wir auch die Kosten der Schwangerschaft bezahlen. Ich möchte nicht, dass Buck Soldat wird. Es wird so viel darüber geredet, was in Vietnam passiert, aber Buck meinte, der Mann von der Armee hätte ihm gesagt, wenn er sich innerhalb des nächsten Monats meldet, würde er wahrscheinlich nach Deutschland geschickt. Und so wie sich die Dinge in Vietnam entwickeln, sagt Buck, wäre es vielleicht besser, das Deutschland-Angebot anzunehmen, solange es noch besteht. Ich habe ihm zugestimmt, auch wenn ich ein schlechtes Gewissen habe, weil er vielleicht sein Leben für mich und das Baby aufs Spiel setzt.

Buck und ich tun es nun die ganze Zeit; es gibt keinen Grund mehr, es nicht zu tun – zumindest sagt Buck das. Mich stört es nicht, aber es fällt mir schwer, in die Kirche zu gehen, zumal ich nicht erklären kann, warum ich keine Kommunion empfangen kann.

* * *

Jillians Tagebuch

12. April 1966

Irgendetwas stimmt mit Lesley nicht. Sie hat vor Wochen mit Buck Schluss gemacht, und jetzt trifft sie sich plötzlich wieder mit ihm. Eine Zeit lang war sie fast wieder ganz die Alte – und plötzlich ist er ohne jede Vorwarnung wieder da. Ich habe versucht mit ihr zu reden, aber sie behauptet steif und fest, es ginge ihr gut und ich würde Gespenster sehen. Also gut. Was auch immer sie beschäftigt, sie möchte es für sich behalten. So geheimniskrämerisch habe ich sie noch nie erlebt. The Sound of Music kommt in die Stadt, und wir freuen uns schon seit Wochen auf das Konzert. Jetzt hat sie plötzlich eine windige Entschuldigung, warum sie nicht mitkommen kann. Ich sorge mich um sie und wünschte, sie würde endlich mit mir reden.

Auch mit Scott stimmt etwas nicht. Irgendwer muss ihm von Nick und mir erzählt haben, denn er ist in letzter Zeit sehr besitzergreifend. Alles fing damit an, dass ich ihm erklärte, ich würde nicht mit ihm zum High-School-Abschlussball gehen. Vielleicht sollte ich mit ihm auf den Ball gehen, aber ich kann doch nicht so tun, als wäre ich sein Mädchen, wenn mein Herz Nick gehört.

Alles ist noch schlimmer geworden, seit Scott als Ballkönig nominiert ist. Ich freue mich für ihn, wirklich. Er hat es verdient, und er ist ein toller Sportler. Aber jetzt lastet dieser ganze Druck auf mir, weil alle denken, ich sei seine Freundin. Scott versteht überhaupt nicht, wieso ich mir die Gelegenheit entgehen lasse, Ballkönigin zu sein.

Von Nick habe ich auch nichts mehr gehört. Offenbar hat er meinen Vorschlag, wir sollten uns nicht mehr treffen, ernst genommen. Ich hatte keine Lust mehr zu warten, bis er mich endlich anruft, deshalb bin ich zur Tankstelle seines Vaters gefahren. Glücklicherweise arbeitete Nick gerade an den Zapfsäulen. Aber außer dass er mich fragte, ob ich voll tanken wolle, sagte er kein einziges Wort.

Alle behandeln mich, als hätte ich eine ansteckende Krankheit. Erst Lesley, dann Scott. Sogar Nick ist böse auf mich. Und ich habe keine Ahnung, was ich falsch gemacht habe!

* * *

20. April 1966

Liebe Jillian,

du hast mich ziemlich verschaukelt, aber wahrscheinlich war ich nicht der Letzte. Wenn du unbedingt meinst, kurz vor dem Ball und der Graduierung Schluss machen zu müssen, dann bitte sehr. Es gibt genug andere Mädchen, die nur zu gern mit mir zum größten Ball des Jahres gehen würden.

Da du offenbar nicht beabsichtigst, mir deinen plötzlichen Sinneswandel zu erklären, bleibt mir nur, Adieu zu sagen. Danke für die rasche Rücksendung des Rings.

Scott

* * *

1. Mai 1966

Meine liebe Lesley,

es ist vielleicht ungewöhnlich, der eigenen Tochter einen Brief zu schreiben, aber ich weiß, dass ich ein Gespräch mit dir nicht ohne zu weinen durchstehen würde. Zu behaupten, deine Ankündigung wäre eine Überraschung gewesen, wäre einigermaßen untertrieben. Ich wünschte mir so sehr, du wärst schon vor Monaten zu mir gekommen, dann hätten wir über alles reden und überlegen können, wie wir die Sache regeln, ohne dass Buck und dein Vater etwas davon erfahren.

Wenn du mich besser vorbereitet hättest, wäre ich in der Lage gewesen, deinem Vater die Nachricht schonender beizubringen. Bitte nimm ihm die grässlichen Worte, die er an diesem Abend zu dir gesagt hat, nicht übel. Er hat es nicht so gemeint. Er war böse und erregt ... du weißt ja, wie er ist, wenn er ein paar Biere getrunken hat.

Das, was ich dir jetzt erzählen möchte, wird dich vielleicht schockieren. Vor Jahren waren dein Vater und ich in derselben misslichen Lage. Ja, Lesley, ich war bereits schwanger mit dir, als dein Dad und ich heirateten. Du bist sechs Monate nach der Hochzeit geboren. (Eines Tages hättest du die Daten nachgerechnet und wärst alleine darauf gekommen.) Mein Vater hat mich damals ebenso beschimpft. Er hat mich sogar aus dem Haus geworfen und mir verboten, jemals zurückzukommen. Ich habe erst wieder mit meinen Eltern gesprochen, als du schon auf der Welt warst.

Ich wollte nicht heiraten – wie du. Ich hatte meine eigenen Träume, aber dann schien es für alle Beteiligten das Beste zu sein. In den Jahren danach habe ich mich häufig gefragt, wie mein Leben wohl verlaufen wäre, wenn ich einen anderen Weg gewählt hätte. Ich habe mich immer bemüht, eine gute Ehefrau und euch Kindern eine gute Mutter zu sein, aber ab und zu denke ich zurück an das Mädchen, das ich einmal war, und ich erinnere mich an die Träume, die ich hatte. Ich habe so jung geheiratet, ich war noch keine sechzehn, und als dein Vater mir den Ring über den Finger streifte, kam es mir vor, als würden sich diese Träume in nichts auflösen. Wie konnte ich ahnen, dass du nicht nur Äußerlichkeiten von mir geerbt hast, die blauen Augen und das blonde Haar, sondern dass du auch meine Fehler wiederholen würdest.

Schau dir mein Leben an, Lesley. Ist es das, was du dir für deine Zukunft erhofftst? Sechs Kinder und einen Mann, der häufig ohne Arbeit ist? Der keiner Bierflasche widerstehen kann? Wenn ich Buck anschaue, erkenne ich deinen Vater in ihm, und mir wird vieles so klar. Du bist klug, das war ich damals auf der High School auch. Weißt du eigentlich, wie stolz ich war, als du als Klassenbeste in der Zeitung standest? Und dann das Stipendium. Wirf deine Träume nicht fort, so wie ich es getan habe!

Lesley, ganz gleich was dein Vater verlangt, der Gedanke, du könntest Buck tatsächlich heiraten, macht mir Angst. Sieh mich an, mein Schatz, denn ich habe die große Befürchtung, dass meine Vergangenheit deine Zukunft ist. Ich flehe dich an, nicht die gleichen Fehler zu machen, die ich gemacht habe. Denk noch einmal gründlich nach, ehe du dich endgültig entscheidest. Ich werde mit deinem Vater reden und alles tun, was ich kann, um dir zu helfen.

In Liebe,
Mum

* * *

1. Mai

Nick,
können wir uns am Ballabend hinter der Imbissbude treffen?
Jillian

* * *

Lesleys Tagebuch

5. Mai 1966

Ich habe zum ersten Mal gespürt, wie sich mein Baby bewegt hat, und ich war so überrascht, dass ich mit dem Bügeln aufgehört und die Hand auf meinen Bauch gedrückt habe. In den letzten Wochen habe ich immer schon gedacht, das leichte Kitzeln müsste das Baby sein, jetzt bin ich mir sicher.

Ich weiß nicht, was ich tun soll. Mum hat mir einen Brief geschrieben. Sie hat Angst, ich könnte den gleichen Fehler machen wie sie, und bedrängt mich, Buck nicht zu heiraten. Ich wünschte, ich wäre stärker. Nicht körperlich, sondern psychisch. Alle bedrängen mich. Dad und Buck meinen, eine Hochzeit wäre das einzig Richtige. Buck benimmt sich immer häufiger so, als wären wir bereits verheiratet. Als ich gerade überlegt hatte, fort und mit dem Baby in ein Heim zu gehen, erfuhr ich, dass Buck sich zur Armee gemeldet hat – ohne irgendeine Garantie, dass er nicht nach Vietnam geschickt wird. Er hat es für das Baby und für mich getan. Er liebt mich, das weiß ich. Ich habe solche Angst, dass er in diesen schrecklichen Krieg muss, und das nur wegen mir.

So viele Menschen sind gegen den Krieg. Man spricht von einer riesigen Demonstration vor dem Washington Monument, bei der viele, viele Menschen gegen unsere Teilnahme protestieren wollen. Jetzt, wo Buck eingezogen ist, kann ich ihm nicht den Rücken zuwenden. Selbst wenn ich die Kraft fände, in eines dieser Heime zu gehen, ich hätte nie den Mut, mein Baby zur Adoption freizugeben. Und alleine kann ich kein Kind großziehen. Auch Mum wird mir nicht helfen können, schließlich kenne ich Dads Meinung zu diesem Thema. Ich habe das Gefühl, es gibt keine Lösung. Wie ich mich auch entscheide, ich werde einen von meinen Eltern bitter enttäuschen.

Ich habe Jillian endlich von dem Baby erzählt, und sie ist in Tränen ausgebrochen. Ich habe auch geweint, obwohl ich mich schon lange von meinem ersten Schock erholt habe. Sie hat mir geschworen, es niemandem weiterzuerzählen. Wenn es jemand an der Schule herausfinden würde, würde man mir nicht erlauben, meinen Abschluss zu machen, das weiß sie. Auch Jillian wollte von mir wissen, was ich nun vorhabe, als hätte ich da irgendwelche Möglichkeiten. Gott im Himmel, wie sehr wünschte ich, es wäre so! Sie hat mit Scott Schluss gemacht, und auch wenn sie mir nicht gesagt hat, wieso, weiß ich genau, dass es wegen Nick Murphy ist. Er ist alles, woran sie im Moment denkt.

Kürzlich habe ich Radio gehört, ich habe auf meinem Bett gelegen und an die Decke gestarrt. Die Beatles haben einen Song, »Eleanor Rigby«, und ich komme mir vor wie das Mädchen in diesem Song. Dann kam Susan ins Zimmer, wir haben uns ein bisschen unterhalten und dann geweint. Wenn ihr das passiert wäre, würde sie weder auf Dad noch auf Buck hören. Sie war schon immer stärker als ich. Sie sagte, sie würde die Schule abbrechen und sich einen Job suchen, um mich und das Baby zu unterstützen, wenn ich sie darum bäte. Das würde ich niemals tun, aber ihr Angebot hat mich sehr berührt. Die anderen wissen noch nichts, allerdings vermute ich, dass Mike einen Verdacht hat. Wir sprechen nicht darüber. Das können wir nicht.

Am Freitag habe ich Mum mit Pater Morris sprechen sehen. Ich glaube, sie haben über mich und Buck geredet. Wenn wir heiraten, würde ich das gern in der Kirche tun. Wenn es etwas gibt, wofür ich dankbar sein müsste, dann, dass meine Eltern mich nicht aus dem Haus geworfen haben, wie Mums Eltern es getan haben.

* * *

Jillians Tagebuch

15. Mai 1966

Die Nacht des High-School-Abschlussballs

Dies war sicher einer der unglaublichsten, romantischsten Abende meines Lebens. Nick hat bereits auf mich gewartet, als ich zum Sportplatz kam. Er trug einen Anzug, eine Krawatte und auf Hochglanz polierte Schuhe. Ich hatte mein Ballkleid an.

Ich habe Mum und Dad angelogen wegen der Sache mit Scott. Sie waren ein bisschen erstaunt, dass Scott mich nicht abholte, aber ich habe ihnen einfach erzählt, er könne nicht, weil er einer der nominierten Ballkönige sei. Ich habe nicht gern gelogen, aber sie würden völlig verrückt werden, wenn sie wüssten, dass ich mich stattdessen mit Nick Murphy im Stadion treffe.

Nick hat sein Transistorradio eingeschaltet und mich in die Arme genommen, und dann haben wir unter dem Sternenhimmel getanzt. Nur wir zwei. Er hielt mich so fest, dass ich sein Herz schlagen hörte. Selbst als ein schneller Song kam, tanzten wir langsam weiter, auch in der Werbepause ... Keiner von uns sagte ein Wort.

Nach einer Weile fragte er mich, was ich Scott erzählt hätte. Da gestand ich ihm, dass ich Scott seinen Ring zurückgegeben habe. Ich habe noch nie so leuchtende Augen gesehen wie bei Nick, als ich ihm das erzählte. Danach hat es nicht lange gedauert, bis er mich geküsst hat. Scott hat mich schon oft geküsst. Auch andere Jungs haben mich schon geküsst, aber dies war der erste Kuss, den ich vom Kopf bis zu den Zehenspitzen gespürt habe. Ich glaube, Nick war genauso überrascht. Anschließend haben wir beide gezittert, und er hat mich nicht wieder geküsst, bis es Zeit wurde zu gehen. Die ganze Zeit, in der wir zusammen waren, habe ich ständig gedacht, wie blöd es ist, dass wir uns so heimlich treffen, aber ich habe nichts gesagt, um die Stimmung nicht zu verderben. Ich habe Nick so gern, aber ich habe Angst, was meine Eltern dazu sagen werden, wenn sie erfahren, dass ich mit ihm gehe, vor allem Dad. Er hat eine falsche Vorstellung von Nick. Ich weiß nicht, wie ich ihn davon überzeugen kann, was für ein wunderbarer Mensch Nick Murphy ist. Ich traue mich nicht, ein Wort zu sagen, andererseits finde ich es schrecklich, meine Eltern so zu betrügen. Noch schlimmer ist, dass ich das Gefühl habe, ich muss es tun.

* * *

*Die Holy Name Academy
gibt bekannt:*

*Feierliche Überreichung der Abschlusszeugnisse
an den Jahrgang 1966*

*Samstag, 28. Mai
19 Uhr
Pine-Ridge-Bürgerzentrum
Pine Ridge, Washington*

* * *

1. Juni 1966

Liebe Jillian,
du weißt, dass ich es nicht ertragen kann, wenn wir uns streiten. Du bist meine beste Freundin, und wir bedeuten uns gegenseitig zu viel, um irgendetwas oder irgendjemanden zwischen uns kommen zu lassen. Deshalb möchte ich dir sagen, dass ich dir natürlich glaube. Wenn du sagst, du hättest Buck am Ballabend mit einem anderen Mädchen gesehen, dann weiß ich, dass das stimmt. Aber könnte es nicht doch sein, dass es nur jemand war, der Buck *ähnlich sieht?*

Ich habe ihn zur Rede gestellt, und er behauptet, du hättest ihn unmöglich sehen können. Er schwört, er wäre mit keinem anderen Mädchen zusammen gewesen. Er meinte, du wärst

vielleicht eifersüchtig und würdest versuchen, ihn schlecht zu machen. Ich weiß, dass du das nicht bist, aber ich weiß auch, dass du dagegen bist, dass ich ihn heirate. Ich glaube, es muss jemand gewesen sein, der ihm sehr ähnlich sieht. Bitte, lass uns diesen Vorfall vergessen. Du bist meine beste Freundin, und ich habe dich schrecklich gern.
Lesley

P. S. Ich fand deine Abschlussrede wunderbar. Du hast das viel besser hingekriegt, als ich es getan hätte. Ich weiß, dass du davon geträumt hast, dass wir gemeinsam die Abschlussrede halten, aber es sollte eben nicht sein.

* * *

Mr. und Mrs. Michael Adamski
bitten um die Ehre Ihrer Anwesenheit
bei der Eheschließung ihrer Tochter
Lesley Louise Adamski
mit
David James Knowles
Samstag, 11. Juni 1966
um 14 Uhr
in der katholischen Kirche St. Catherine's
404 Mitchell Avenue
Pine Ridge, Washington

Empfang im Anschluss an die Zeremonie

* * *

MR. AND MRS. BUCK KNOWLES

2. Juli 1966

Liebe Mum, lieber Dad,

ich bin gerade dabei, Danksagungen für unsere Hochzeitsgeschenke zu schreiben, und mir fiel auf, dass ich euch noch keine geschickt habe. Buck und ich verdanken euch so viel. Das Topf- und Pfannenset ist wunderbar und viel mehr, als Buck und ich erwartet haben, zumal ihr bereits die ganze Hochzeit bezahlt habt.

Wir sind euch auch für die gebrauchte Wiege dankbar. Buck wird sie aufarbeiten, sobald er von seiner Grundausbildung zurück ist. Ich liebe euch beide so sehr.

Buck, Lesley und ?

* * *

Jillians Tagebuch

3. August 1966

Ich glaube nicht, dass meine Eltern mich jemals mehr enttäuscht haben. Ich hatte Nick nach langem Zureden davon überzeugt, dass meine Eltern Ehrlichkeit mehr schätzen als alles andere und wir ihnen endlich sagen müssten, dass wir zusammen sind. Er kam zu uns, so wie ich es vorgeschlagen hatte, und Dad öffnete die Tür und hätte ihn fast nicht hereingelassen wegen seiner Polizeiakte. (Er wurde mal wegen Körperverletzung verklagt. Es passierte bei einem Streit vor drei Jahren, als er eigentlich nur einen anderen Jungen verteidigt hatte. Er erhielt damals eine Bewährungsstrafe.)

Ich stand neben Nick und hielt seine Hand, aber ich konnte merken, dass Nick kurz davor stand, die Nerven zu verlieren. Mum hat ihn nicht mal angeschaut. Und Dad hat ihn wie einen Verbrecher behandelt, der die Dreistigkeit besitzt, seine kleine

Tochter ausführen zu wollen. Meine Eltern scheinen beide nicht zu verstehen, dass ich kein Kind mehr bin. Ich bin achtzehn Jahre alt und durchaus in der Lage, meine eigenen Entscheidungen zu treffen. Das habe ich meinem Vater auch gesagt, aber er hat geantwortet, mein Alter interessiere ihn nicht. Solange ich unter seinem Dach lebe, hätte ich das zu tun, was er verlange, und er verlange, dass ich mich nicht mehr mit Nick Murphy verabredete. Dann fingen Nick und Dad an, sich gegenseitig anzuschreien, und Nick stürmte aus der Tür. Ich habe seither kein Wort mehr mit Mum und Dad gesprochen, aber sie können mich nicht daran hindern, Nick zu sehen, und das wissen sie

Sie glauben, wenn ich in ein paar Wochen aufs College gehe, würde das, was Nick und ich füreinander empfinden, zu Ende sein. Ich habe es Nick noch nicht gesagt, aber ich beabsichtige, ihn zu heiraten. Ich wusste es sofort, als er mich zum ersten Mal geküsst hat. Nein, schon vorher, als er mich nicht geküsst hat, weil ich noch Scotts Ring trug. Drei Mädchen aus unserer Klasse sind bereits verheiratet. Lesley, Judy und Pam. Bald werden auch Nick und ich verheiratet sein, und dann werden wir sehen, was Dad dazu sagt.

* * *

NAME: DAVID MICHAEL KNOWLES
GEBOREN: 29. SEPTEMBER 1966
GEWICHT: 3414 GRAMM
GRÖSSE: 50 ZENTIMETER
ELTERN: BUCK UND LESLEY KNOWLES

* * *

JILLIAN LAWTON
BARNARD COLLEGE
PLIMPTON HALL
NEW YORK, NY 10025

10. Oktober 1966

Liebste Lesley,

ich kann nicht glauben, dass du Mutter bist! Ich habe die Geburtsanzeige geöffnet und hätte vor Aufregung fast geschrien. Das Bild ist süß, aber Les, wenn David älter ist, wird er entsetzt sein, wenn er dieses Foto von sich mit der blauen Schleife in den Haaren sieht. Der arme Kerl. Du hast kein Wort über die Wehen geschrieben. War es schlimm?

Ich hasse das College. Also, ich hasse es nicht wirklich, aber ich vermisse alle so. Am meisten natürlich Nick und dich. Ich lebe in einem Studentenwohnheim und teile mir ein Zimmer mit Janice Stewart, einem Mädchen aus Florida. Sie macht einen netten Eindruck, aber sie ist nicht wie du. Wir unterhalten uns manchmal, aber ich glaube, wir haben nicht viel gemeinsam. Sie hat zu Hause keinen Freund, und sie versteht nicht, wie es ist, wenn man jemanden so vermisst wie ich Nick.

Wo wir gerade von Nick sprechen, er kann sich keine Telefongespräche leisten, und er möchte nicht, dass ich mein ganzes Geld für Telefonate mit ihm ausgebe, deshalb schreibt er mir fast jeden Tag. Sei nicht schockiert, wenn ich dir sage, wie sehr ich ihn liebe. Bitte sei nicht so wie die anderen. Freu dich für mich, so wie ich mich für dich und Buck freue.

Du hast dich nach meinen Kursen erkundigt. Ich habe das Gefühl, bisher läuft alles sehr gut. Die Kurse, vor allem Geschichte, machen großen Spaß, es wird viel diskutiert. Wenn das nicht wäre, würde ich wohl verrückt werden. Dad hat mir nahe gelegt, alle Pflichtkurse schon im ersten Jahr hinter mich zu bringen, und ich folge seinem Rat, aber ich habe zusätzlich Psychologie belegt, was mir großen Spaß macht. New York ist auch gar nicht so übel, zu-

mindest nicht so, wie ich befürchtet habe. Letzte Woche war ich mit Janice in Manhattan; wir sind mit der Fähre nach Ellis Island gefahren und auf die Freiheitsstatue geklettert.

Ich muss jetzt schließen, aber ich verspreche dir, bald wieder zu schreiben. Ich hoffe, die Babydecke gefällt David. Sie ist handgestrickt (allerdings nicht von mir!).

Alles Liebe,
Jillian

* * *

DIE ARMEE DER VEREINIGTEN STAATEN

Abteilung C, 500. Versorgungsbataillon
Einheit 20121
apo ae 09107
Marschbefehl 65–10

knowles, david james; 522-02-3776, sfc 587th sig co 9wftxaao apo ae 09131

Sie werden ab sofort oben stehender Einheit unterstellt. Einzelheiten zum Ort der Stationierung erhalten Sie mit gesonderter Post.

Hiermit werden Sie zum aktiven Einsatz nach Vietnam beordert.

Dienstbeginn: 26. Dezember 1966

1967

JILLIAN LAWTON
BARNARD COLLEGE
PLIMPTON HALL
NEW YORK, NY 10025

16. Januar 1967

Lieber Nick,

ich weiß, dass wir uns gerade erst voneinander verabschiedet haben, aber ich vermisse dich schon jetzt so sehr und habe keine Ahnung, wie ich es hier aushalten soll. Ich kann es nicht ertragen, so weit entfernt von dir zu sein! Die Weihnachtsferien waren wunderschön, wir konnten trotz meiner Eltern so viel Zeit miteinander verbringen. Eigentlich müssten auch sie inzwischen begriffen haben, dass es uns beiden ernst ist.

Ich habe meinen Vater immer für einen klugen Mann gehalten, aber die letzten drei Wochen haben mir die Augen über ihn geöffnet. Okay, er hat Recht, du hast ein Vorleben, aber damals warst du vierzehn. Jeder macht Fehler, und seither hast du dir nichts mehr zu Schulden kommen lassen. Ich sage es ungern, aber mein Vater ist ein Idiot.

Ich möchte nicht, dass du wegen des Streits zwischen mir und Dad ein schlechtes Gewissen hast. Das war schon lange abzusehen. Ich habe mit Mum geredet, und sie hat mir sogar zugehört, aber ich weiß genau, dass sie Dad sofort jedes Wort weitererzählt hat. Ich kann ihr nicht vertrauen. Die einzigen Menschen, mit denen ich noch reden kann, sind du und Lesley. Wie sehr sich unsere Leben im letzten Jahr verändert haben! Letztes Jahr um diese Zeit war unsere bevorstehende Prüfung noch unser drängendstes Problem.

Lesley hat gut ausgesehen, fandest du nicht auch? Es hat mich nicht gestört, dass Buck nicht da war, als wir sie besuchten. Der kleine Davey ist so ein süßes Baby. Als ich ihn in den Armen hielt, bekam ich richtig Sehnsucht nach einem eigenen Baby. Ich muss mir nur noch überlegen, wer sein Daddy sein soll. Gibt es vielleicht einen Freiwilligen?

Ich möchte dir noch einmal sagen, wie sehr mir das Medaillon gefällt, das du mir geschenkt hast. Ich werde es wie einen kostbaren Schatz hüten. Es ist mir besonders wertvoll, weil es einmal deiner Mutter gehört hat. Immer wenn ich dich vermisse, nehme ich es in die Hand und halte es fest, und dann weiß ich wieder, wie sehr du mich liebst. Es hängt an einer langen Kette dicht an meinem Herzen. Dort bist auch du, auch wenn wir nicht zusammen sein können.

Du brauchst die Worte nicht auszusprechen, Nick, weil ich auch so weiß, was du für mich empfindest, denn ich empfinde genauso für dich. Ich liebe dich, Nick, aus ganzem Herzen. Es ist mir egal, was meine Eltern dazu sagen. Es ist mir egal, was alle dazu sagen. Ich bin verrückt vor Liebe nach dir.

Ich möchte, dass du ernsthaft über das nachdenkst, was ich dir an Silvester gesagt habe. Ich weiß, dass Pine Ridge deine Heimat ist und dass dort die Tankstelle deines Vaters ist, aber denk wenigstens mal darüber nach, wie es wäre, nach New York zu kommen! Denk an das ganze Geld für die Anrufe und Briefmarken, das wir sparen würden! Ich kann mir nicht vorstellen, wie das Leben ohne dich in den nächsten dreieinhalb Jahren aussehen soll. Ich weiß nicht, ob ich am College bleiben kann, wenn das bedeutet, dass wir nicht zusammen sein können.

Versprich mir, darüber nachzudenken, ja? Und schreib mir bald. Ich lebe für deine Briefe.

Umarmungen und Küsse,
Jillian

27. Januar 1967

Meine liebste Jillian,

ich soll nach New York ziehen? Ich dachte, du hättest einen Witz gemacht, als du damals davon sprachst, aber jetzt wird mir klar, dass du es ernst gemeint hast. Süße, ich kann das nicht. Nicht dass es nicht verlockend wäre – ich schwöre dir, alles an dir ist verlockend, war schon immer verlockend, von dem Moment an, als ich dich zum ersten Mal sah. Ich wünsche mir nichts sehnlicher, als in deiner Nähe zu sein, aber Dad braucht meine Hilfe an der Tankstelle. Auch Jimmy braucht mich. Er ist vierzehn, da ist es gut, wenn sein großer Bruder ein Auge auf ihn hält. Außerdem hat Dad gerade mit einem seiner Kumpel gesprochen, der an der Handelsschule arbeitet. Ich werde dort wahrscheinlich einen Abendkurs besuchen und Automechaniker werden. Ich habe mich mein Leben lang mit Autos beschäftigt und weiß alles über Maschinen, da wäre das genau das Richtige für mich.

Aber ich habe noch mehr Gründe für meinen Entschluss, außer dass ich Jimmy und meinem Dad helfen muss. Es wäre nicht gut für uns, wenn ich nach New York ginge.

Wir wüssten beide, was geschehen würde, wenn ich einen Weg fände, immer mit dir zusammen zu sein. Als Erstes würden deine Leistungen abfallen. Du bist intelligent, richtig intelligent. Manchmal muss ich mich selber zwicken, um zu glauben, dass die Abschlussrednerin der Holy Name Academy mit einem Bengel wie mir zusammen ist. Die Versuchung wäre einfach zu groß für uns, und das wäre nicht gut für zwei katholische Teenager, die schon so Mühe genug haben, die Hände voneinander zu lassen. So wie ich mich verhalte, müsste ich sowieso längst heilig gesprochen werden! Und da deine Eltern schon jetzt gegen mich sind, was glaubst du, wie sie mich erst hassen würden, wenn deine Leistungen am College abfielen und du schwanger würdest? Das Letzte, was ich möchte, ist, dass ihr euch völlig voneinander entfremdet.

Wo ich gerade von deinen Eltern spreche. Ich werde dir jetzt etwas sagen, das ich dir schon längst hätte sagen sollen. Mach dir keine Sorgen wegen dieser Geschichte zwischen deinem alten Herrn und mir. Ich halte mich wirklich nicht für einen Dummkopf, aber er ist dein Vater. Und wenn du die Dinge einmal aus seiner Sicht betrachtest, musst du zugeben, dass er nicht ganz Unrecht hat. Ich bin nun mal vorbestraft, und dein Vater möchte für dich das Beste. Es ist nun meine Aufgabe, ihm zu beweisen, dass ich das Beste für dich bin. Mit anderen Worten, dies ist eine Sache zwischen deinem Dad und mir. Verstanden?

Im Laufe der Zeit werde ich deinen Eltern beweisen, dass ich ihrer schönen Tochter würdig bin. Mein Dad hat mir früher einmal beigebracht, dass es sich lohnt, auf alles, was einen bleibenden Wert hat, zu warten. Auf dich, Jillian, würde ich ein Leben lang warten.

Und noch etwas. Ich weiß, dass du nichts davon hören willst, aber wir können es nicht länger ignorieren. Ich habe mich letztes Jahr zu einem Sonderkommando der Armee aufstellen lassen, und wer weiß, was jetzt daraus wird. Mein Dad macht sich Sorgen deswegen, und er hat bereits genug Probleme, ohne dass ich ihn im Stich lasse, weil ich bei meinem Mädchen sein möchte.

Ich liebe dich auch aus ganzem Herzen. Ich liebe dich genug, um das zu tun, was richtig für uns ist, auch wenn mir das nicht leicht fällt.

Studiere fleißig. Du wirst eines Tages eine großartige Rechtsanwältin sein.

In großer Liebe,
Nick

P. S. Gott segne die Familien von Virgil Grissom, Edward White und Roger Chaffee. Was für ein schrecklicher Tod, in einer Raumkapsel zu verbrennen. Ich bete darum, nicht bei einem Feuer sterben zu müssen, wenn ich irgendwann gehen muss.

* * *

4. Februar 1967

Lieber Buck,

ich habe seit Weihnachten nichts mehr von dir gehört, und ich hoffe, es geht dir gut. Im Fernsehen wird fast jeden Abend über das berichtet, was in Vietnam geschieht. Zwei Jungs aus Susans Klasse haben bereits beschlossen, sich sofort nach der Schule zur Armee zu melden.

Klein-David wird immer größer und frecher, ganz wie sein Daddy. Er ist bald fünf Monate alt, und man kann bereits das erste Zähnchen erkennen. Ich schicke dir ein paar Fotos, damit du selbst sehen kannst, wie sehr er sich verändert hat. Er ist ein süßes Baby.

Ich weiß, dass du nicht begeistert bist von meiner Teilzeitstelle an der Bibliothek, aber wir können das zusätzliche Geld gut brauchen. Du brauchst dir auch keine Sorgen zu machen, dass ich David in dieser Zeit in fremde Hände gebe. Mum kümmert sich um ihn. Ich lege das Geld, das ich verdiene, zur Seite, damit wir uns in Hawaii treffen können, so wie du es in deinem letzten Brief vorgeschlagen hast. Sei mir bitte nicht böse wegen des Jobs. Ich bin froh, aus dem Haus zu kommen, und du weißt doch, wie gern ich lese.

Dad lässt dir ausrichten, dass in der Sägemühle ein Job auf dich wartet, wenn du die Armee verlässt. Er sagte, er würde sich persönlich darum kümmern.

Schreib mir bald, ja?

Deine Frau Lesley

* * *

JILLIAN LAWTON
BARNARD COLLEGE
PLIMPTON HALL
NEW YORK, NY 10025

9. März 1967

Liebe Lesley,
   es war schön von dir zu hören. Das Foto von Davey mit dem einen Zahn hat mir sehr gefallen. Schön fand ich auch das, wo du ihn auf dem Schoß hältst. Du siehst großartig aus, wie eine Madonna mit Kind. Ich freue mich so, dass bei euch alles okay ist und dass es auch Buck gut geht.
   Die Nachrichten drehen sich nur noch um Vietnam. Ich mache mir Sorgen um das, was mit unserem Land geschieht. Ich verstehe nicht einmal, warum wir überhaupt dort sind. Meine Eltern unterstützen den Krieg. Sie sagen, es sei wichtig, den Kommunismus auszulöschen, bevor er die ganze Welt beherrsche. Ich weiß nicht, was ich glauben soll. Ich möchte auch nicht, dass der Kommunismus sich ausbreitet, aber ich bin nicht sicher, ob das diesen grässlichen Krieg lohnt.
   Ich hatte die ganze Woche schreckliches Heimweh, und dein Brief hat mir sehr geholfen und mich aufgemuntert. Ich bin seit den Weihnachtsferien und diesem Streit zwischen Nick und meinen Eltern ziemlich deprimiert. Nick meinte, ich sollte mich da raushalten, aber es fällt mir schwer, ihn nicht zu verteidigen. Apropos Nick, habe ich dir schon erzählt, dass er die Handelsschule besucht? Außerdem arbeitet er noch an der Tankstelle seines Vaters. Er ist so beschäftigt, dass er mir nur noch dreimal in der Woche schreiben kann. Ich vermisse ihn so. Es bringt mich fast um, wie Mum und Dad sich ihm gegenüber verhalten.
   Als ich sie fragte, ob ich in den Frühlingsferien nach Hause kommen dürfe, haben sie Nein gesagt. Kannst du dir das vorstellen? Sie meinten, ich käme noch früh genug nach Hause! Sie scheinen zu glauben, ich würde Nick vergessen, wenn sie uns auseinander

hielten. Da ich nicht nach Hause fliegen kann, habe ich beschlossen, mich an einer Friedensdemonstration in der Stadt zu beteiligen. Janice, meine Zimmernachbarin, hat mich gefragt, ob ich mit ihr gehe. Wir basteln schon eifrig an einem Spruchband mit der Aufschrift MAKE LOVE, NOT WAR. Pete Seeger wird dort sein und Martin Luther King jr. und Benjamin Spock, der berühmte Kinderarzt. Es wird sicher eine gewaltige Menschenmasse werden. Alle reden bereits darüber, dabei findet die Demonstration erst nächsten Monat statt.

Habe ich dir in meinem letzten Brief geschrieben, dass Mum und Dad versucht haben, mich mit einem Bekannten von ihnen zu verkuppeln? Er ist über dreißig! Er hat mich angerufen und zum Essen eingeladen. Montgomery Gordon – schon sein Name ist gähnend langweilig. Ich brauche ihn gar nicht erst zu sehen, um zu wissen, dass er stockkonservativ ist. Ich weiß nicht mehr ganz genau, wieso er in New York war, er hat es mir gesagt, aber ich habe es vergessen. Das zeigt ja wohl deutlich mein Interesse. Natürlich habe ich die Einladung abgelehnt.

Übrigens finde ich es toll, dass du jetzt in der Bibliothek arbeitest. Weißt du noch, wie wir früher die ganze Nacht wach waren und uns gegenseitig Bücher vorgelesen haben? Ich vermisse diese Zeiten.

Ich fühle mich einsam und elend, und ich hasse New York. Ich wollte nie aufs Barnard College, es war Dads Idee. Ich bin neunzehn und nach dem Gesetz erwachsen, aber meine Eltern bestimmen immer noch mein Leben. Warum können sie nicht akzeptieren, dass ich ein eigenständiger Mensch bin?

Es ist nicht nur, dass ich in den Ferien hier rumhängen muss, es ist auch wegen Nick. Ich wäre gern bei ihm, aber sobald ich seinen Namen auch nur erwähne, sehen meine Eltern rot. Dad hält mir ständig vor, dass Nick diese Vorstrafe hat. Dann sage ich ihm, dass jeder eine zweite Chance verdient.

Man sollte doch erwarten, dass meine Eltern ein gewisses Vertrauen in meine Urteilsfähigkeit haben, schließlich haben sie mich neunzehn Jahre großgezogen. Tja, ich fürchte, es wird sich nichts ändern, wenn ich mich an deiner Schulter ausweine, aber es hilft.

Du warst immer die einzige Freundin, mit der ich reden konnte, egal über was.

Ich freue mich, dass du endlich Hawaii kennen lernen wirst. Es wird dir und Buck dort gefallen, und ihr braucht beide ein wenig Erholung und Entspannung. Waikiki Beach kann übrigens wildromantisch sein. Wie sehr ich dich darum beneide, dass du eine ganze Woche mit deinem Liebsten dort verbringen kannst.

Auch wenn es mir jetzt noch wie eine Ewigkeit erscheint, ich werde im Juni nach Pine Ridge kommen. Wir werden viel Zeit zusammen verbringen, das verspreche ich dir.

Alles Liebe,
Jillian

* * *

Eine Nachricht aus Südostasien

28. März 1967

Liebe Lesley,

Baby, ich freue mich wie verrückt darauf, dich wiederzusehen. Ich habe alles arrangiert. Wenn du in Hawaii ankommst, nimm den Shuttle-Bus vom Flughafen zum Hotel. Ich werde am nächsten Morgen landen, aber so wie die Dinge im Moment hier stehen, würde es mich nicht wundern, wenn ich erst am Nachmittag im Hotel einträfe. Warte auf mich! Ich muss sechs Monate Liebe nachholen, wenn du also glaubst, du kannst deine Zeit damit verschwenden, am Strand in der Sonne zu liegen, hast du dich getäuscht.

Gib Davey eine Umarmung und einen Kuss von seinem alten Herrn.

In Liebe,
Buck

* * *

Lesleys Tagebuch

10. April 1967

Ich kann einfach nicht glauben, dass ich tatsächlich auf Hawaii bin! Es ist genau wie Jillian es beschrieben hat, mit den großen Palmen, dem feinen Sandstrand und den üppigen Orchideen. Ich kann von meinem Zimmer, das einen Balkon zum, na ja, sagen wir in Richtung Meer hat, die Wellen rauschen hören. Eigentlich sollten wir in einem Militärhotel wohnen, aber da so viele Soldaten aus Vietnam hierher kommen, wurde für Buck ein Zimmer in einem ganz normalen Hotel gebucht. Es wird bestimmt ganz großartig werden.

Mein Flugzeug landete um vier, und ich habe den Bus genommen, so wie Buck es gesagt hat. Leider hat er mir nicht gesagt, wo ich Abendessen herbekomme. Der Zimmerservice ist viel zu teuer, ich werde doch nicht einen Dollar für eine Tasse Kaffee bezahlen! Mum und Dad haben mich davor gewarnt, abends allein auszugehen, also bin ich in meinem Zimmer geblieben, ohne Essen.

Davey fehlt mir so sehr. Es ist das erste Mal, dass wir länger als ein paar Stunden getrennt sind. Ich habe das Gefühl, als hätte ich einen Teil von mir in Pine Ridge zurückgelassen. Ich wollte zu Hause anrufen und allen sagen, dass ich gut angekommen bin, aber Buck hat mir verboten, das Telefon zu benutzen. Er meinte, ein Ferngespräch aus einem Hotelzimmer würde ein Vermögen kosten.

Ich habe im Dunkeln draußen auf dem Balkon gestanden und aus voller Kehle Liebeslieder gesungen. Niemand konnte mich hören, dazu war das Rauschen der Wellen am Strand unten zu laut. Ich bin so gespannt, Buck wiederzusehen. Es ist mehr als sechs Monate her, seit wir das letzte Mal zusammen waren. Er schreibt mir nicht oft, aber ich verstehe, wie schwierig das sein muss, wenn man so weit von zu Hause weg ist und alles.

Ich habe Hunger, aber ich bin auch müde. Da ich kein Abendessen hatte, bleibt mir ein bisschen Geld übrig, um Mum eine Kleinigkeit dafür zu kaufen, dass sie auf Davey aufpasst. Sie ist eine wunderbare Grandma. Ich schreibe später mehr.

* * *

Barbara Lawton
2330 Country Club Lane
Pine Ridge, Washington 98005

11. April 1967

Liebe Jillian,

es hat gut getan, heute Nachmittag mit dir zu reden, und es tut mir Leid, dass unser Gespräch so unschön endete. Ich weiß nicht, was in letzter Zeit mit dir und deinem Vater los ist. Ihr zwei streitet euch bei jeder Gelegenheit, aber vermutlich kommt das daher, weil ihr euch so ähnlich seid. Äußerlich magst du zwar mir ähneln, Jillian, aber ich fürchte, du hast die Sturheit deines Vaters geerbt. Ich schwöre dir, manchmal weiß ich nicht, was ich mit euch beiden machen soll.

Ich weiß, wie unglücklich du bist und dass du gern im nächsten Herbst an die University of Washington wechseln würdest, aber dein Vater besteht darauf, dass du dein Studium in Barnard beendest. Ich frage mich, auch wenn du es nicht ausdrücklich erwähnt hast, wie weit dein Wunsch, das College zu wechseln, etwas mit diesem Freund von dir zu tun hat. Du weißt, wie dein Dad und ich über Nick Murphy denken. Jillian, dieser Junge hat keine Zukunft. Sein Vater ist ein kleiner Schrauber, und wie es aussieht, wird das auch Nicks Zukunft sein.

Es ist nichts daran auszusetzen, wenn ein Mann mit seinen Händen arbeitet. Aber dein Vater und ich wollen etwas Besseres für dich. Du hast vielleicht Recht, wenn du sagst, wir wären Snobs, auch wenn wir das nicht beabsichtigen. Du bist unser einziges Kind. Versuch uns zu verstehen. Hab Geduld mit uns, und bemüh dich einmal, die Situation aus unserer Warte zu betrachten. Deine Tante Jillian, Gott habe sie selig, hat dir Geld für deine Ausbildung vermacht. Sowohl dein Vater als auch ich finden, dass das Barnard College der beste Platz für dich ist. Wir können nicht zulassen, dass du heute etwas tust, was du später mit Sicherheit bereuen würdest, nur weil du deinen Freund vermisst. Wenn du und Nick euch wirklich liebt, wie du behauptest, dann wird er auf dich warten. Die Jahre werden so rasch verfliegen, dass du es kaum bemerken wirst. Es wird dir jetzt nicht so vorkommen, aber ihr habt beide das Leben noch vor euch. Was sind da ein paar Jahre?

Du hast mehrfach gesagt, dass du nun erwachsen bist und in der Lage, deine eigenen Entscheidungen zu treffen. Dein Vater und ich geben dir die Chance, das zu beweisen. Sei erwachsen, nimm unseren guten Rat an und bleib auf dem Barnard College.

In Liebe,
Mum

* * *

15. April 1967

Liebe Mum,

ist Hawaii nicht wunderschön? Ich dachte, du würdest dich sicher über diese Postkarte vom Strand freuen. Buck ist am 11. erst spät nachmittags angekommen. Ich bin in meinem Zimmer geblieben, bis ich so hungrig war, dass ich es nicht mehr länger ohne Frühstück aushalten konnte, dann bin ich zum Strand hinuntergegangen. Ich habe einen wirklich netten Marineoffizier kennen gelernt, der sich zu mir gesetzt hat. Er heißt Cole Greenberg. Wir haben über Bücher und Musik und das Leben geredet. Cole weiß eine Menge über die Geschichte Vietnams und Südostasiens. Wir haben uns lange unterhalten, und er sagte, er würde eines Tages gern Fernsehkorrespondent werden. Er wollte mich zum Frühstück einladen, aber ich habe ihm gesagt, ich wäre verheiratet. Er sagte, Buck hätte großes Glück. Ich habe euch viel zu erzählen. Gib Davey einen dicken Kuss von mir.

Alles Liebe, Lesley.

0,45 $

Mrs. Dorothy Adamski
220 Railroad Avenue
Pine Ridge, WA
98005

* * *

JILLIAN LAWTON
BARNARD COLLEGE
PLIMPTON HALL
NEW YORK, NY 10025

20. April 1967

Liebe Mum, lieber Dad,

manchmal frage ich mich, ob ich wirklich eure Tochter bin. Zum ersten Mal in meinem Leben schäme ich mich für euch. Nach unserer ›Diskussion‹ zu Weihnachten sagte Nick, die Angelegenheit ginge nur ihn und euch etwas an. Er bat mich, mich aus allem herauszuhalten. Ich habe es versucht, aber ihr macht es mir unmög-

lich. Wie könnt ihr es wagen, Nick zu verurteilen, nur weil er Automechaniker ist? Die Berufsbezeichnung lautet Mechaniker, Mum, nicht kleiner Schrauber! Und er hat auch einen Namen, einen sehr schönen Namen, um genau zu sein: Nick Murphy. Ihr solltet euch daran gewöhnen, denn ich habe die feste Absicht, ihn mit oder ohne eure Einwilligung zu heiraten!

Du schreibst, Mum, ich sollte mich wie eine Erwachsene benehmen und eure Entscheidung akzeptieren. Ihr lasst mir ja keine andere Wahl. Wie einfach! Das Erbe ist zwar auf meinen Namen überschrieben, aber ihr verwaltet es. Entweder besuche ich die Schule eurer Wahl, oder ... Nun, vielen Dank!

Jillian

* * *

Eine Nachricht aus Südostasien

15. Mai 1967

Liebe Lesley,

hör zu, Kleines, ich habe eine unangenehme Nachricht für dich. Es gibt eine Menge übler Krankheiten, die sich ein Typ hier in den Tropen einfangen kann, und es sieht so aus, als hätte ich mir eine davon zugezogen. Reg dich jetzt bitte nicht auf, aber es besteht die Möglichkeit, dass ich dich angesteckt habe, deshalb musst du zum Arzt gehen und ihm erzählen, was ich dir hier schreibe. Er wird wissen, was zu tun ist. Du musst dir keine Sorgen machen, Kleines. Du wirst wahrscheinlich nur ein paar Penicillin-Spritzen brauchen.

Es tut mir Leid, wenn ich körperlich zu viel von dir verlangt habe, aber du musst verstehen, dass es lange her ist, dass ich mit meiner Frau zusammen war, und, Kleines, ich vermisse dich so. Dieser ganze Touristenkram hat mich ohnehin nicht interessiert. Ich weiß nicht, was an dieser Pearl-Harbor-Gedenkstätte so interessant sein soll. Ich kriege genug vom Krieg mit, ohne noch daran erinnert zu werden. Es gab jedenfalls keinen Grund, dich so aufzuregen. Außerdem habe ich ja gesagt, dass du den Job in der Bibliothek behalten kannst, solange du meinem Kind eine anständige Mutter bist.

Schreib mir bald.

Buck

* * *

17. Juni 1967

Liebe Jillian,

ich brauche eine Schulter zum Ausweinen. Wenn ich genug Geld hätte, würde ich dich anrufen, aber unser Budget reicht einfach nicht für Ferngespräche. Es gibt einen Grund, warum du so lange nichts von mir gehört hast. Oh Jillian, ich bin wieder schwanger.

Für mich gab es keinen Anlass, die Pille zu nehmen, solange Buck in Vietnam war. Außerdem weißt du ja selbst, wie die Kirche zur Geburtenkontrolle steht, und ich hatte gehofft, diesem Thema vorerst aus dem Weg gehen zu können. Dann habe ich mich mit Buck in Hawaii getroffen. Ich weiß, dass meine Karte so geklungen hat, als hätte ich mich prächtig amüsiert, aber das habe ich nicht.

Der erste Tag war wunderbar. Buck kam viel zu spät, und ich hatte keine Lust mehr, allein im Hotelzimmer zu sitzen, und bin zum Strand spaziert. Dort habe ich einen Marineoffizier kennen gelernt, der sich für Bücher und Musik interessierte. Wir haben die ganze Zeit geredet. Später habe ich mich gefragt, was wohl passiert wäre, wenn ich Cole eher kennen gelernt hätte als Buck. Er liest die gleichen Bücher wie ich. Micheners *Hawaii* und Leon Uris' *Exodus*, und er verfolgt aufmerksam die Weltnachrichten, so wie ich. Wir haben über das diskutiert, was im Nahen Osten geschieht, und das war vor dem Sechstagekrieg in Israel. Er kannte die PLO, von der ich noch nie etwas gehört hatte. Seine Bekanntschaft hat mir jedenfalls gezeigt, wie viel mir entgeht, weil ich Buck geheiratet habe. Oh Jillian, ich fürchte, ich habe einen schrecklichen Fehler gemacht.

Was ich dir jetzt schreiben werde, darfst du nie jemandem erzählen, das musst du mir versprechen. Während ich mich mit Cole unterhielt, ist die Zeit viel zu schnell vergangen, und danach bin ich zum Hotel gelaufen, um zu sehen, ob Buck inzwischen eingetroffen war. Als ich durch das Foyer ging, sah ich ihn in der Cocktaillounge sitzen. Er knutschte mit einer Frau in einer entlegenen Ecke. Er hat mich nicht gesehen, und ich tat so, als hätte ich ihn auch nicht gesehen.

Ich weiß, dass ich ihn noch an Ort und Stelle auf diese Frau hätte ansprechen sollen, aber ich tat es nicht, weil wir uns dann die ganze Woche gestritten hätten. Das konnte ich nicht ertragen. Stattdessen bin ich nun wieder schwanger.

Aber es kommt noch schlimmer. Einen Monat später hat Buck mir geschrieben und mir geraten, mich bei einem Arzt auf irgendeine Tropenkrankheit untersuchen zu lassen, die er sich angeblich eingefangen hat. Der Arzt hat meine Frage zwar nicht direkt beantwortet, aber ich vermute, es handelt sich um eine Geschlechtskrankheit.

Oh Lillian, ich fühle mich so erniedrigt, und ich habe Angst. Ich kann das alles nicht mehr aushalten. Ich weiß, dass du bald nach Hause kommst. Ich habe dich noch nie so dringend gebraucht. Bitte ruf mich an, sobald du in der Stadt bist.

Lesley

* * *

1. Juli 1967

Liebe Lesley,
du hast also wieder was im Ofen. Hey, das ist super! Davey könnte einen kleinen Bruder oder eine Schwester gut gebrauchen. Mach dir keine Sorgen, und pass auf dich auf, ja?
Ich liebe dich!
Buck

P. S. Ich halte es für keine gute Idee, wenn du in deinem Zustand weiter in der Bibliothek arbeitest.

* * *

3. Juli 1967

Nick, mein Liebling,
es sieht nicht so aus, als käme ich um diesen 4.-Juli-Termin mit meinen Eltern herum. Wir werden unser Feuerwerk einfach nachholen. Treffen wir uns nach Mitternacht an der Imbissbude hinter dem Sportplatz?
Jillian

* * *

Jillians Tagebuch

5. Juli 1967

Mum und Dad und ich reden kaum noch miteinander. Sie haben mich ertappt, als ich um drei Uhr nachts nach einer Verabredung mit Nick ins Haus geschlichen bin. So wie sie reagiert haben, könnte man meinen, sie hätten uns nackt im Bett erwischt! Dad hat mir einen halbstündigen Vortrag gehalten, und als er fertig war, begann Mum. Dann konnte ich es nicht länger ertragen und bin explodiert. Ich bin fast zwanzig Jahre alt!!!

Dad hat damit gedroht, mich aus dem Haus zu werfen. Mein eigener Vater! Mum hat geschluchzt, und ich war viel zu wütend, um auf meine Worte zu achten, und habe ihnen gesagt, was ich wirklich von ihnen denke, nämlich dass sie hochnäsige Snobs sind.

Ich wünschte, ich könnte mit Lesley reden, aber die hat selbst genug Sorgen. Sie ist über ihre zweite Schwangerschaft ebenso unglücklich wie über die erste, vielleicht sogar noch mehr. Diese Ehe war ein großer Fehler. Ich wusste es, als ich Buck mit Tessa McKnight zusammen sah, aber Lesley wollte die Wahrheit ja nicht hören. Schließlich war sie im sechsten Monat schwanger mit Bucks Baby, und die Hochzeitseinladungen waren schon in der Post. Ehrlich gesagt kann ich es ihr nicht verübeln. Was für ein Chaos, und jetzt ist sie wieder schwanger.

Ich wünschte, ich wüsste, wie ich ihr helfen kann, aber ich schaffe es ja nicht mal, meine eigenen Probleme zu lösen. Nick möchte noch einmal mit meinen Eltern reden, von Angesicht zu Angesicht und ein für alle Mal. Ich sehe nicht, was das bringen soll, aber er meint, es würde vielleicht helfen. Ich weiß nicht mehr weiter. Ich weiß es einfach nicht.

Was ich tun werde, ist aufbegehren. Ich werde mich weigern, im September nach Barnard zurückzukehren. Wenn Mum und Dad mich nicht an die University of Washington lassen, werde ich mein Studium beenden. Ich wusste nicht, dass meine Eltern so unvernünftig sein können. Ich weigere mich, noch länger so weit entfernt von Nick zu sein. Wir haben fast das ganze Jahr getrennt verbracht, und wir lieben uns mehr als je zuvor. Das muss etwas heißen. Das, was ich für ihn empfinde, ist mehr als Schwärmerei. Ich liebe ihn aus tiefstem Herzen. Manchmal ist es richtig beängstigend, wie intensiv ich fühle. Er ist alles für mich.

* * *

15. Juli

Nick,

ich stecke dir diesen Zettel an die Windschutzscheibe, um dir mitzuteilen, dass Dad das Telefon aus meinem Zimmer geholt hat und ich nicht mehr mit dir telefonieren kann, ohne dass sie unser Gespräch mitanhören. Aber keine Sorge, ich glaube, ich habe eine Lösung für unsere Probleme gefunden:

Lass uns heiraten.

Weißt du, dass fast ein Drittel der Mädchen aus meiner High-School-Klasse inzwischen entweder verheiratet oder verlobt ist? Es wird funktionieren, dafür werden wir schon sorgen. Ich rufe dich an, sobald ich von den Republikanern zurück bin. Dad hat mich dazu verdonnert, in der Parteizentrale mit Montgomery Gordon Broschüren zu falten. Ich hoffe, du bist verrückt vor Eifersucht.

Viel Liebe,
Jillian

* * *

15. Juli 1967

Jillian,

es kommt nicht alle Tage vor, dass ein Mann einen Heiratsantrag an seiner Windschutzscheibe findet. Süße, bleib vernünftig. Ich habe noch zwei Monate Mechanikerschule vor mir. Ich brauche dieses blöde Zertifikat, wenn ich einen anständigen Job kriegen will. Ich möchte dich heiraten, aber ich werde dir erst dann einen Heiratsantrag machen, wenn ich dich ernähren und dir einen anständigen Verlobungsring kaufen kann. Ich möchte dir einen Diamantring kaufen, der so groß ist, dass er die Freunde deines Vaters beeindruckt. Außerdem musst du erst dein Studium beenden.

Ich weiß, dass du nicht mehr so lange warten willst mit dem Heiraten, das möchte ich auch nicht; aber wir müssen. Wenn wir vor den Altar treten, dann soll es mit Zustimmung deiner Eltern geschehen. Das ist ein Muss für dich und für mich. Lass uns beide geduldig sein, ja? Ich weiß, es ist hart, aber notwendig.

Dein Telefon ist also fort. Du bist das einzige Mädchen, das ich kenne, das ein Telefon im Zimmer hatte, also ist das nicht weiter tragisch. Wir können immer noch zusammen reden. Wir treffen uns am Freitagabend beim Tanz im Park – und: Be sure to wear some flowers in your hair.

Nick

* * *

Lesleys Tagebuch

15. September 1967

Jillian ist heute Morgen zum College zurückgefahren. Ich hatte keine Gelegenheit, sie zu fragen, wieso sie doch wieder nach New York gegangen ist, obwohl sie doch fest entschlossen war, an die University of Washington zu wechseln. Aber ich habe da meine Vermutungen. Ich schätze, Nick hielt es für das Beste. Ich vermute, die beiden haben eine Art Pakt geschlossen. Jillian wollte unbedingt, dass sie zusammen fortgehen und heiraten, aber Nick war dagegen. Er möchte sie auch heiraten, aber er wird ihr erst dann einen offiziellen Heiratsantrag machen, wenn er die Zustimmung ihrer Eltern hat. Dafür bewundere ich ihn. Aber ich weiß, dass Jillian ihn dazu überredet hat, mit ihr zu schlafen. Ich hätte nie geglaubt, dass ich bereits Mutter sein würde, ehe meine beste Freundin ihre Jungfräulichkeit verliert. Jillian hat nicht viel darüber gesprochen, aber sie sagte, es sei so schön gewesen, wie sie es sich immer erträumt hätte. Ich versuche, nicht an mein erstes Mal mit Buck zu denken, denn das Einzige, was ich in Erinnerung habe, sind die Schmerzen und die Erniedrigung.

Davey und ich sind zusammen mit Jillian und ihrer Mutter zum Flughafen gefahren. Die Luft zwischen den beiden war zum Schneiden dick. Ich hätte Mrs. Lawton gern gesagt, was für ein wunderbarer Mann Nick ist und dass sie und Richter Lawton ihm eine Chance geben sollten, das zu beweisen.

Mrs. Lawton hat mich auf dem Nachhauseweg mit Fragen bestürmt. Sie sorgt sich, dass Jillian Nick zu häufig sehen könnte, aber ich habe ihr nichts verraten. Nick und Jillian sind sehr verliebt, und es schmerzt mich, Jillian so unglücklich zu sehen. Ich glaube, ihre Eltern täuschen sich in Nick. Meinen Respekt hat er sich jedenfalls in diesem Sommer schon allein dadurch verdient, wie er Jillian behandelt hat. Ich hätte nie geglaubt, dass Richter Lawton so störrisch sein kann, aber wenn es um Nick geht, ist er völlig irrational.

Die letzten drei Monate sind viel zu schnell vergangen. Ich habe gar nicht genug Zeit mit Jillian verbringen können. Es war ein langer, heißer Sommer der Gewalt und des Zorns im ganzen Land. Alle scheinen wütend und zornig zu sein. Ich auch, auf mich selbst, weil ich Buck nachgegeben und meinen Job in der Bibliothek gekündigt habe. Er hat wegen des Babys und der ganzen Probleme, die ich bei dieser Schwangerschaft habe, darauf bestanden, und ich habe irgendwann nachgegeben. Jillian ist wütend über die Art, wie ihre Eltern Nick behandeln. Richter Lawton und seine Frau sind wütend auf Jillian, weil sie Nick liebt.

Mir ist oft übel, und ich mache mir Sorgen, dass die vielen Spritzen, die der Arzt mir verabreichen musste, dem Baby geschadet haben könnten. Ich hatte zweimal Hautausschlag, was mich sehr beängstigt hat. Beim letzten Mal verkündete der Arzt, ich sei anämisch. Diese Schwangerschaft ist so ganz anders als die vorherige, aber beim Arzt geht immer alles so schnell, dass ich kaum Gelegenheit habe, ihm Fragen zu stellen. Ich frage mich, ob das Baby vielleicht spürt, wie sehr ich diese Schwangerschaft ablehne.

Gott möge mir vergeben, aber manchmal liege ich nachts

wach, denke an Cole Greenberg und träume von jenem Morgen am Strand von Hawaii. Ich frage mich, ob er auch noch an mich denkt. Diese paar Stunden mit ihm waren wie eine Oase in einer kargen Wüste. Es ist eine Erinnerung, die mich in den letzten Monaten sehr gestützt hat.

Jetzt ist Jillian wieder auf dem College. Buck wird bald aus Vietnam zurück sein, aber er hat keine Ahnung, wo er dann stationiert sein wird. Ich möchte weder daran denken, noch an das Baby oder sonst etwas. Ich möchte nur meine Augen schließen und daran denken, wie ich an diesem Strand saß und mich mit einem Marineoffizier über Bücher unterhalten habe, der mich zum Lächeln gebracht und sich wirklich für meine Meinung interessiert hat. Und der in mir den Wunsch geweckt hat, mein Leben wäre anders verlaufen ...

* * *

1. Oktober 1967

Liebe Susan,

kleine Schwester, jetzt beginnt für dich also der Start ins Marineleben. Es kommt mir vor, als sei es erst letzte Woche gewesen, dass wir gemeinsam in einem Zimmer schliefen. Jetzt bin ich Mutter, und du gehst fort, um Onkel Sam zu dienen. Du wirst deine Sache gut machen, da bin ich ganz sicher. Ich bin stolz auf dich, Susan, und freue mich, dass du diese Möglichkeit hast. Ich weiß, dass du dich bewähren und für die Krankenpflegeschule ausgewählt werden wirst. Schreib, sobald du kannst.

Alles Liebe,
Lesley

* * *

16. Oktober 1967

Liebe Jillian,

jetzt ist es offiziell. Ich hatte heute mein Automechaniker-Zeugnis in der Post und habe die beste Abschlussprüfung gemacht. Dad möchte, dass ich weiterhin an den Wochenenden für ihn arbeite, aber der Typ von der Chevy-Werkstatt hat mir einen Job angeboten mit einem Anfangsgehalt von fünf Dollar in der Stunde. Mit so viel Geld werde ich meinem Mädchen ein ganz besonderes Weihnachtsgeschenk kaufen können.

Das Leben fühlt sich im Moment verdammt gut an. Ich wünschte, du wärst hier bei mir und könntest es mit mir teilen. War ich wirklich derjenige, der dich dazu überredet hat, wieder zum College zurückzukehren? Ich sollte mich auf meine Zurechnungsfähigkeit untersuchen lassen. Weihnachten kann für meinen Geschmack gar nicht schnell genug kommen.

Denk immer daran, wie sehr ich dich liebe.
Nick

* * *

EINBERUFUNGSBESCHEID

Der Präsident der Vereinigten Staaten

(Stempel der örtl. Behörde)

An Mr. Nicholas Murphy
247 Virginia Court
Pine Ridge, Washington
98005

. . . .
Datum

IDENTIF.-NR.			

Sie werden hiermit aufgefordert, sich bei den Streitkräften der Vereinigten Staaten zu melden. Bitte melden Sie sich unverzüglich bei:

. . . .
(Adresse)

am . . . . um . . . .

Sie werden von dort weiter an Ihren vorgesehenen
Einsatzort befördert.

. . . .
(Unterschrift)

* * *

Geburtsanzeige
Ich konnte es nicht erwarten,
Mum und Dad kennen zu lernen
Name: Lindy Marie Knowles
Geboren: 15. Dezember 1967
Gewicht: 1910 Gramm
Größe: 42,5 Zentimeter
Eltern: Buck und Lesley Knowles

* * *

1968

Lesleys Tagebuch

15. Januar 1968

Meine Lindy, fünf Wochen zu früh geboren, ist heute offiziell einen Monat alt. Ich gehe jeden Morgen ins Krankenhaus, um bei ihr zu sein, sie zu berühren, ihr Mut zuzusprechen. Das arme Ding ist so winzig, und überall hat sie diese Schläuche. Ich weiß inzwischen, dass die letzten Schwangerschaftswochen ganz entscheidend sind.

Alle sind erstaunt, dass Lindy schon so lange durchgehalten hat, ich nicht. Dieses Mädchen ist stark. Ich spüre ihre ganze Kraft und ihre Entschlossenheit, alle Prognosen zu widerlegen. Buck meint, ich sollte realistischer sein und mich mit der Tatsache abfinden, dass wir sie vielleicht verlieren werden, aber ich weigere mich so zu denken. Würde er mehr Zeit mit ihr verbringen, wüsste er, wie verzweifelt seine Tochter leben möchte, wie vehement sie jeden einzelnen Tag um das Leben kämpft.

Ich gehe jeden Morgen in die Kirche um zu beten. Ich liebe die Kleine so sehr, dass ich nicht mal den Gedanken ertragen kann, sie könnte sterben. Dad meinte, es wäre das Beste. Ich konnte gar nicht fassen, dass mein eigener Vater so etwas sagt! Ich finde es zunehmend schwieriger, mit meinem Vater umzugehen, und meide ihn so gut ich kann. Wegen Dad ist Susan auch zur Marine gegangen. Seine Einstellung uns Mädchen gegenüber ist wirklich barbarisch. Dad besteht weiterhin darauf, dass höchstens Mike oder Joe oder vielleicht noch Bruce eine anständige Ausbildung bekommen. Aber weder Susan noch Lily oder ich. Ich hatte meine Chance und frage mich häufig, was geschehen wäre, wenn ich in der Lage gewesen wäre, dieses Stipendium von Soroptimist International anzunehmen.

Susan jedenfalls war, nachdem Dad ihr unwiderruflich klar gemacht hatte, dass ein College für sie nicht infrage käme, noch entschlossener als zuvor, etwas aus ihrem Leben zu machen. Nach dem Gespräch mit dem Anwerber sah sie endlich eine Möglichkeit, ihre Zukunft selbst in die Hand zu nehmen. Sie trat der Marine bei, weil sie von ihrem Vater wegwollte und seine Ansichten über Frauen nicht länger ertragen konnte. Die Marine ist für sie die einzige Chance, eine Ausbildung zu bekommen und Krankenschwester zu werden. Es ängstigt mich, dass sie vielleicht in Vietnam landen könnte, aber so weit denke ich nicht. Sie tut das, wovon Mum und ich nur geträumt haben.

Die Armee hat Buck nach Lindys Geburt Urlaub gegeben, aber er ist nicht gern im Krankenhaus. Manchmal fahren Mum oder eine Freundin mit mir hin. Oder Buck bringt mich und kommt mich später wieder abholen, denn er ist auch nicht gern ohne Auto. Ich bin so dankbar, dass Mum in der Zwischenzeit auf Davey aufpasst.

Es sieht im Moment so aus, als würde Buck für den Rest der Zeit in Kalifornien stationiert. Ich habe bereits beschlossen, hier in Washington zu bleiben, bei meiner Familie. Buck hätte es lieber, wenn ich mit nach Kalifornien käme, aber er versteht mich. Er ist sehr lieb zu Davey. In den letzten Wochen hatte er zum ersten Mal Gelegenheit, seinen Sohn richtig kennen zu lernen. Trotz seiner vielen Fehler kann Buck sehr süß sein, wenn er will. Davey jedenfalls vergöttert seinen Vater.

* * *

21. Januar 1968

Liebe Jillian,

ich erinnere mich noch gut daran, wie böse du warst, weil ich mich geweigert habe, nach Kanada zu gehen, als mein Einberufungsbescheid kam. Weißt du auch noch, dass ich dir gesagt habe, es würde alles gut werden? Nun, jetzt kommt es genau so, wie ich vorhergesagt habe. Ich habe unglaubliche Neuigkeiten.

Erstens wirst du feststellen, dass die Absender-Adresse auf dem Umschlag neu ist. Ich bin jetzt bei der Infanterie und mache meine Grundausbildung in Fort Rucker. Gestern habe ich erfahren, dass man mich für eine Spezialausbildung zum Hubschrauberpiloten ausgewählt hat.

Als du mir das Medaillon meiner Mutter zurückgegeben hast, hast du gesagt, es würde mich beschützen. Ich glaube, das stimmt. Auf jeden Fall bringt es mir Glück. Dennoch kann ich den Tag kaum erwarten, an dem ich es wieder um deinen Hals legen kann, wo es hingehört.

Wie auch immer, jetzt kommt das Beste an meiner Pilotenausbildung. Sobald ich die Ausbildung beendet habe, werde ich Stabsfeldwebel. Dann müssen alle vor mir salutieren. Über kurz oder lang werde ich eine Huey fliegen, das ist eine wunderbare Maschine, Süße. Ich dachte immer, die Armee würde mich als Mechaniker brauchen, schließlich bin ich auf diesem Gebiet qualifiziert, aber ich habe mich geirrt. Stell dir bloß vor! Ich werde Pilot! Ich bin unglaublich aufgeregt.

Die Grundausbildung ist höllisch, aber deine Briefe halten mich aufrecht. Außerdem kann ich das alles durchstehen, wenn sie mich dafür zum Piloten machen.

Ich habe meinen Dad angerufen, und er ist so ungeheuer stolz, dass ihm fast die Knöpfe vom Hemd springen. Ich habe auch mit Jimmy gesprochen und ihm angedroht, ihm den Hintern zu versohlen, wenn er in der Schule nicht besser würde. Dieser Junge hat es wirklich faustdick hinter den Ohren.

Freu dich für mich, Jillian, und mach dir keine Sorgen. Mir wird nichts passieren. In einem Jahr werde ich meine Pflicht in Vietnam erfüllt haben, und dann können wir unsere Hochzeit planen. Dein Vater hat vielleicht Probleme, einen Automechaniker als Schwiegersohn zu akzeptieren, aber ich wette mit dir, einen Piloten wird er mit Kusshand nehmen.

Denk immer daran, wie sehr ich dich liebe.

Nick

* * *

19. Februar 1968

Oh Jillian, stell dir vor, was passiert ist! Ich habe am Freitagabend 350 Dollar beim Bingo gewonnen. Mum hatte mich dazu überredet, mit ihr hinzugehen, und Mike und Joe haben so lange auf Davey aufgepasst. Die Ärzte im Krankenhaus meinten, ich könnte Lindy nächste Woche mit nach Hause nehmen, und da wollten wir ein bisschen feiern. Ich habe mich riesig gefreut. Wir könnten das Geld für hunderte von Dingen brauchen, aber ich traue mich nicht, Buck davon zu erzählen. Stell dir vor, was ich gemacht habe! Du wirst es nicht glauben, aber ich habe mir ein Auto gekauft. Ich brauche so dringend eins, und Buck hat unseres mit nach Kalifornien genommen. Ich war ständig von Mum abhängig und allen, die sonst gewillt waren, mich ins Krankenhaus zu fahren, damit ich bei Lindy sein konnte.

Du denkst jetzt bestimmt, für 350 Dollar? Das wird ein schönes Auto sein ... Aber ich sage dir, ich habe ein richtiges Schnäppchen gemacht. Es ist ein brauner 57er Chevy mit Knüppelschaltung. Ich habe ihn zu Nicks Vater gebracht und von ihm prüfen lassen, und er meinte, der Wagen wäre in einem sehr guten Zustand. Ich müsste nur die Bremsen und ein paar Kleinigkeiten machen lassen. Ich bin ihm so dankbar für seine Hilfe.

Weißt du, meine Mutter überrascht mich immer wieder. Als Kind habe ich sie oft nicht verstanden und völlig unterschätzt. Es hat mich immer geärgert, dass sie zuließ, dass Dad so viel trank, ich habe das als Schwäche angesehen. Aber Mum ist kein bisschen schwach, sondern stark, viel, viel stärker als ich geglaubt habe. Sie ist diejenige, die die Familie immer zusammengehalten hat. Wenn sie wollte, dass Dad etwas machte, hat er es gemacht. Ohne meine Mutter hätte ich nie die Hochzeit bekommen, die ich hatte. Sie hat sich gegen Dad gewehrt. Sie hat ihm gesagt, sie würde es nicht zulassen, dass er mich so behandelt, wie ihr Vater sie behandelt hat. Sie hat inzwischen eine Teilzeitstelle und behält das Geld für sich.

Ich weiß, dass du dir Sorgen machst, weil Nick nach Vietnam geht, und ich kann dich gut verstehen, zumal sich die Lage dort zuzuspitzen scheint. Ich habe letzte Woche in den Nachrichten gehört, dass wir bis Ende des Jahres wahrscheinlich 500.000 Soldaten dort stationiert haben werden. Was passiert auf unserer Welt? Weißt du noch, wie schockiert wir 1965 über die Unruhen in Watts waren? Danach kamen Detroit und Newark. Studenten demonstrieren jetzt auch gegen den Krieg.

Auch wenn diese Vietnam-Geschichte beängstigend ist, ich bin sicher, mit Nick wird alles gut gehen. Buck ist auch heil zurückgekehrt, und er wird schon bald entlassen werden. Die zwölf Monate in Vietnam sind schnell vorübergegangen, und Nicks Jahr wird ebenso rasch vorbei sein.

Ich war schrecklich aufgeregt über den Bingo-Gewinn und wollte dir unbedingt davon erzählen.

Alles, alles Liebe,
Lesley

* * *

JILLIAN LAWTON
BARNARD COLLEGE
PLIMPTON HALL
NEW YORK, NY 10025

7. April 1968

Liebe Mum, lieber Dad,
   ich habe eine Entscheidung getroffen. Ich werde in diesem Sommer nicht wie ursprünglich geplant nach Hause kommen. Nach dem anstrengenden letzten Sommer werdet ihr vermutlich froh darüber sein. Ich bin zwar noch zu jung, um bei der diesjährigen Wahl stimmberechtigt zu sein, aber ich kann meinen bevorzugten Kandidaten wenigstens unterstützen. Ich weiß, dass euch das überrascht, aber ich werde mich dafür einsetzen, dass Robert Kennedy Präsident der Vereinigten Staaten wird.
   Ja, Dad, ich bin mir der Tatsache vollkommen bewusst, dass Robert Kennedy ein Demokrat ist. Und ich weiß auch, dass unsere Familie traditionsgemäß Republikaner wählt. Aber ich weigere mich, blind irgendwelchen Regeln zu folgen und etwas zu wählen, nur weil du und Mum es wählt.
   Vor drei Tagen, als Martin Luther King jr. ermordet wurde, ist mir klar geworden, dass ich eine Demokratin bin. Was ist los in unserem Land, wenn Menschen auf der Straße wegen ihrer Ansichten getötet werden? In den letzten Jahren habe ich geschwiegen, weil ich unseren zerbrechlichen Familienfrieden nicht noch mehr gefährden wollte. Im Gegensatz zu euch habe ich meine Meinung für mich behalten. Martin Luther King jr. ist tot. 125 Städte im ganzen Land stehen in Flammen. Auf unseren Straßen patrouillieren Soldaten und die Nationalgarde. Als ich darüber nachdachte, wurde mir klar, dass ihr von mir verlangt hättet, mich für Nixon einzusetzen. Aber ich kann eure politischen Ansichten nicht länger unterstützen, und ich kann auch nicht länger tatenlos bleiben. Ja, Daddy, ich werde ab sofort für meine persönlichen Ansichten eintreten.

Auch wenn ihr nicht danach gefragt habt, sollt ihr wissen, dass Nick seine Pilotenausbildung abgeschlossen hat und im nächsten Monat nach Vietnam geht. Mein Herz wird bei ihm sein. Ich habe ihn bedrängt, sich nach Kanada abzusetzen, aber das wollte er nicht. Er ist der Meinung, dass er die Vorzüge der Freiheit in diesem Land genießt und deshalb auch verpflichtet ist, für sein Land zu kämpfen. Wenn ihm etwas passiert, werde ich unserem Staat das niemals verzeihen können.

Ich erwarte nicht, dass ihr meine politischen Ansichten teilt, aber ich hoffe, ihr respektiert mein Recht auf eine eigene Entscheidung.

Eure Tochter Jillian

* * *

8. Mai 1968

Lieber Buck,

es ist alles vorbereitet, damit ich und die Kinder zu dir nach Kalifornien kommen können. Ich wäre lieber in Washington State geblieben, aber du hast Recht: Der Platz einer Ehefrau ist neben ihrem Mann. Davey, Lindy und ich werden mit dem Zug fahren und am Nachmittag des 21. ankommen.

Mum, Mike und Joe fahren mit meinem Auto. Sie werden dem Lastwagen folgen, der unsere Möbel transportiert. Ich freue mich auch, dich zu sehen. Ich bin so froh, dass es dir möglich war, uns eine Unterkunft zu besorgen.

Lindy wiegt inzwischen fast acht Pfund, und sie wächst jeden Tag. Auch wenn sie fünf Wochen zu früh geboren wurde, sie holt das sehr gut auf. In den ersten Tagen nach ihrer Geburt, als wir nicht wussten, ob sie leben oder sterben würde, habe ich oft zu Gott gebetet, er möge sie leben lassen, und er hat meine Gebete erhört. Bei ihrem letzten Besuch meinte Frau Dr. Owen, sie glaube nicht, dass Lindy wegen ihrer Frühgeburt irgendwelche Spätfolgen davontrage.

Ein Grund, weshalb ich Lindy hier erwähne, ist ein Thema, über das wir bisher noch nie gesprochen haben, nämlich Geburtenkontrolle. Wir haben innerhalb von zwei Jahren zwei Kinder bekommen. Vielleicht möchte ich später noch ein Baby haben, aber im Augenblick nicht. Du wirst sicher verstehen, dass Davey und Lindy mich voll und ganz beanspruchen. Andererseits möchte ich mich nicht gegen die Gebote der Kirche stellen. Deshalb möchte ich dich bitten, Buck, dass wir in Zukunft die Knaus-Ogino-Methode praktizieren. Das bedeutet, dass wir zu bestimmten Zeiten des Monats enthaltsam sein müssen. Ich kenne dich, Buck, und ich weiß, dass du ungern wartest, aber für das Wohlergehen deiner Frau musst du es tun. Bitte denk darüber nach, ja? Ich spreche dies jetzt an, weil ich davon ausgehe, dass meine fruchtbare Zeit genau dann beginnt, wenn wir in Kalifornien ankommen. Bereite dich also darauf vor, dass du nicht gleich am ersten Abend mit mir ins Bett fallen kannst. Wir werden es nicht eher tun, bis ich sicher bin, dass ich nicht wieder schwanger werde.

Ich freue mich darauf, dich wiederzusehen, und die Kinder können es nicht erwarten, endlich wieder mit ihrem Daddy zusammen zu sein.

Alles Liebe,
Lesley

* * *

Außerhalb von Khe Sanh in Südvietnam

15. Juni 1968

Liebste Jillian,
ich habe deinen Brief vom 6. Juni heute Morgen erhalten. Ich kann kaum glauben, dass Robert Kennedy tot sein soll. Ermordet wie sein Bruder. Ich habe von den Nachrichtensendungen, von denen du mir erzählt hast, keine einzige gesehen. Du

sagst, der Zug mit seiner Leiche wäre quer durch das ganze Land gefahren, und überall hätten Leute am Straßenrand gestanden. Leider erfahren wir hier kaum etwas von dem, was zu Hause geschieht. In gewisser Weise ist das gut so, in anderer Hinsicht nicht.

Ich kann dir keinen Vorwurf machen, dass du in diesem Sommer in New York bleiben willst, aber, Süße, vielleicht täte es dir gut, für eine Weile nach Hause zu fahren. Du hast einen Schock erlitten. Das ganze Land hat einen Schock erlitten. Flieg nach Hause, versöhne dich mit deinen Eltern. Sie lieben dich genauso wie ich.

Du willst wissen, wie es mir geht, und ich kann ehrlich behaupten, dass es mir heute gut geht. Gestern war das noch ganz anders. Wir bekamen den Befehl, in dieses Tal hineinzufliegen, wo fünfzig Vietcong auf einer Kammlinie außerhalb unserer Stellungen gesichtet worden waren. Es regnete so heftig, wie ich es noch nie erlebt hatte, aber es gelang mir, die Kiste hineinzubringen. Die Soldaten, die ich flog, konnten abspringen. In diesem Moment sah ich die Vietcong, die sich in den Büschen versteckt hielten. Und ehe ich mich versah, brach die Hölle los.

Ich weiß nicht, wer von fünfzig Vietcong gesprochen hat, ich schätze, es waren hundert oder mehr. Inzwischen kamen andere Hubschrauber herein, und aus allen Richtungen wurde geschossen. Ich bin irgendwie da herausgekommen, aber es war nicht schön.

Unser Kompaniechef wurde niedergeschossen, und ich konnte ihn gerade noch rausholen, ehe wir völlig eingekreist waren. Er meint, wenn ich nicht gewesen wäre, wäre er jetzt tot. Auf dem Weg ins Lazarett klammerte er sich die ganze Zeit an meine Hand, weil er solche Schmerzen hatte. Sein Bein war völlig zerfetzt, und sein Blut mischte sich mit dem Regen. Ich tröstete ihn damit, dass er eine Millionen-Dollar-Verletzung hätte. Er biss vor Schmerzen die Zähne zusammen, aber er lächelte. Mit einer Millionen-Dollar-Verletzung, wie wir sie nennen, wird man nach Hause zurückgeschickt; wenn man also getroffen wird, wünscht man sich, dass es so schlimm ist, dass sie einen in die Heimat bringen.

Gestern ist vorbei, und heute ist es wieder besser. Mir geht es gut, mach dir bitte keine Sorgen. Wahrscheinlich hätte ich dir gar nicht von diesem Einsatz erzählen sollen. Ich werde immer erfahrener und fliege zunehmend sicherer. Die Fliegerei macht mir Spaß. Es ist ein unglaublich aufregendes Gefühl, wenn die Huey vom Boden abhebt. Besonders toll finde ich die Aussicht, nach diesem wahnsinnigen Krieg weiterhin als Pilot arbeiten zu können.

Ich denke an eine Karriere in der zivilen Luftfahrt, sobald ich wieder Zivilist bin. Verheirateter Zivilist. Ich finde jeden Tag tausend Gründe zu bereuen, dass ich letzten Sommer nicht einfach mit dir davongelaufen bin und dich geheiratet habe. Ich kann es kaum erwarten, unseren Kindern zu erzählen, dass ihre Mutter diejenige war, die mir als Erste einen Antrag gemacht hat.

Ich habe hier ein paar Freunde gefunden. Wir passen gegenseitig auf uns auf, du brauchst dich also nicht zu beunruhigen. Anbei findest du ein Foto von mir – ich bin der große Gutaussehende, und der hässliche Typ neben mir ist Brad Lincoln aus Atlanta, Georgia. Er ist ebenfalls Hubschrauberpilot. Wir haben uns überlegt, vielleicht gemeinsam ein Unternehmen zu gründen. Brad ist ein guter Freund, und wie ich bereits sagte, passen wir aufeinander auf. Es tut gut zu wissen, dass er für mich da ist.

Denk immer daran, wie sehr ich dich liebe.
Nick

* * *

JILLIAN LAWTON
BARNARD COLLEGE
PLIMPTON HALL
NEW YORK, NY 10025

1. August 1968

Liebster Nick,
bitte erzähl mir auch von deinen schlimmen Tagen. Ich möchte alles erfahren.

Heute hatte ich einen üblen Tag. Ich weiß nicht, ob es richtig war, nach Pine Ridge zu fliegen, aber nach dem Mord an Robert Kennedy fühlte ich mich so niedergeschlagen. Jetzt bin ich mir nicht mehr so sicher, ob diese Idee wirklich gut war.

Lesley ist in Kalifornien, und meine ganzen anderen Freundinnen sind entweder verheiratet oder verlobt. Ich habe Cindy kurz gesehen, aber es gab nichts, worüber wir reden konnten. Ich gehe häufig zur Tankstelle und besuche deinen Dad und Jimmy.

Dass Lesley nicht mehr hier ist, ist schon schlimm genug, aber dann hat Dad auch noch versucht, wieder ein Rendezvous mit diesem Freund von ihm zu arrangieren. Ich war zu beiden ziemlich unhöflich. Es hat mich fürchterlich geärgert, dass Dad so etwas tut, wo er doch genau weiß, wie ich für dich empfinde.

Aber das ist noch nicht das Schlimmste. Mum schlug mir vor, ein wenig shoppen zu gehen, und ich hielt das für eine gute Idee. Ich beschloss also, nach Seattle zu fahren, zum Jay Jacobs Store, wo ich immer gern eingekauft habe. Vor dem Seattle Center traf ich auf eine Gruppe Kriegsdemonstranten. Ich weiß, dass das dumm von mir war, aber ich konnte einfach nicht zulassen, dass sie das sagten, was sie sagten. Sie nannten euch »Kindermörder«, und das widerstrebte mir, und ich begann sie anzuschreien. Und ehe ich mich versah, bewarf mich einer der Demonstranten mit Tomaten. Oh Nick, es war so schrecklich.

Ich bin nicht zu Schaden gekommen, nur mein Kleid hat ein paar Flecken. Aber der Vorfall hat mir gezeigt, wie erhitzt die Ge-

müter der Menschen sind und wie sie über diesen Krieg denken. Ich gab mir alle Mühe, sie davon zu überzeugen, wie wichtig es ist, unsere Truppen zu unterstützen. Dass der Krieg zwar falsch ist, aber unsere Soldaten dort nur das tun, was die Regierung von ihnen verlangt. Natürlich war es naiv von mir, mit dieser Menschenmenge eine Diskussion anzufangen, und wie du dir sicher vorstellen kannst, hat sich mein Vater über diese ganze Affäre unglaublich aufgeregt. Jetzt möchte er, dass ich nur noch in Mums Begleitung nach Seattle fahre.

Vielleicht hätte ich dir das alles gar nicht erzählen sollen. Sei bitte nicht wie Dad, reg dich nicht auf, ja?

Ich liebe dich so sehr und zähle die Tage, bis du wieder nach Hause kommst. Wenn du mich nicht in dem Augenblick heiratest, wenn du aus dem Flugzeug steigst, werde ich dir das nie verzeihen.

Denk immer daran, wie sehr ich dich liebe.

Jillian

* * *

Lesleys Tagebuch

3. August 1968

Ich bin so wütend auf Buck, dass ich kaum noch klar denken kann. In der Sekunde, als er seinen Gehaltsscheck bekam, verschwand er mit seinen Saufkumpanen und kam erst am frühen Morgen zurück. Er kroch zu mir ins Bett, stank nach Bier und wollte sofort mit mir schlafen. Ich erklärte ihm, ich könne nicht, weil ich gerade meine fruchtbaren Tage hätte. Er weiß schließlich, dass ich so kurz nach Lindy kein Baby mehr möchte. Er war hartnäckig und versuchte mich umzustimmen, aber ich blieb bei meinem Nein. Er wurde wütend und meinte, dann würde er sich eben eine richtige Frau suchen. Und daraufhin schlug ich ihm vor, er solle sie doch in der Hotellounge in Waikiki suchen.

Er begriff nicht, dass ich ihm damit zu verstehen gab, dass

ich ihn auf Hawaii mit dieser Frau gesehen hatte. Stattdessen meinte er plötzlich, dass er keine andere Frau außer seiner eigenen wolle. Idiotischerweise willigte ich schließlich ein, mit ihm zu schlafen, wenn er sich rechtzeitig zurückziehen würde. Er versprach es, tat es dann aber doch nicht. Wenn ich wieder schwanger sein sollte, weiß ich nicht, was ich tun soll. Bei dieser unsicheren Zukunft, mit den ganzen Attentaten, Rassenunruhen und dem Krieg in Vietnam möchte ich keine Kinder mehr in diese Welt setzen.

Am nächsten Morgen hatte Buck einen Kater und starke Kopfschmerzen und sagte mir wieder und wieder, wie Leid ihm alles täte und dass es nie wieder passieren würde. Was mich betrifft, wird es keine Gelegenheit mehr für einen weiteren »Unfall« geben.

* * *

Außerhalb von Khe Sanh in Südvietnam

19. August 1968

Liebste Jillian,

als ich heute ins Basislager zurückkehrte, warteten dort deine Briefe auf mich. Ich habe jeden gleich zweimal gelesen. Jillian, ich bin derselben Meinung wie dein Vater – halte dich von diesen Demonstranten fern. Du bringt dich ohne Grund in eine gefährliche Situation. Du wirst sie ohnehin nicht von deinen Ansichten überzeugen können, also gehe lieber auf Nummer sicher. Ich muss wissen, dass du in Sicherheit bist, Liebling! Also versprich mir, dass du so etwas Dummes nicht noch einmal machen wirst. Obwohl ich es natürlich sehr schätze, dass du dich so für uns einsetzt. Ich stimme dir zu – dieser Krieg ist falsch. Wir sollten hier nicht sein. Wenn es den Demonstranten gelänge, uns wieder nach Hause zu bringen, dann sollten sie in der Tat mehr Gehör finden.

Ich kann dir gar nicht sagen, wie viel es mir bedeutet, Post von dir zu bekommen, vor allem nach einem Tag wie heute. Ich werde dir nicht beschreiben, was geschehen ist. Zumindest nicht alles. Ich habe heute Nachmittag einen tapferen Mann sterben sehen. Einen guten Mann, und es hat mich sehr erschüttert, Darling. Es hat uns alle erschüttert. Es hätte jeden von uns treffen können. Ich habe den Tod schon früher erlebt, aber ich habe noch nie so dabei empfunden wie heute Nachmittag. Es war wie eine riesige ausgestreckte Hand, die nach Bob griff, völlig willkürlich. Warum nach Bob und nicht nach mir? Es macht alles keinen Sinn.

Als wir dann später zurückkamen, las einer meiner Kameraden einen Brief von seinem Mädchen. Ich wusste, dass etwas nicht in Ordnung war, als er ihn zu Boden warf und hinausging. Seine Braut hatte die Verlobung aufgekündigt, und er weinte. Nicht so, dass es alle sehen konnten, aber als ich ihn fand, liefen ihm die Tränen über das Gesicht. Es war ein harter Schlag für ihn. Dieser Krieg ist höllisch genug, ohne dass man auch noch so etwas erleben muss.

Niemand von uns hat diese Nacht viel geschlafen. Ich habe die ganze Zeit über dich und mich nachgedacht und darüber, wie sehr ich dich liebe. Ich weiß, dass ich so nicht denken darf, aber ich war froh, dass ich nicht derjenige war, der getötet wurde. Ich liebe dich viel zu sehr, um dich allein zu lassen. Jetzt würde ich dich so gern in den Arm nehmen, dass es schmerzt. Es tut mir Leid, dass Bob tot ist, es tut mir Leid, dass Larrys Mädchen ihn verlassen hat. Ich will endlich aus dieser Hölle raus. Wenn ich die Augen schließe, sehe ich nichts als Krieg. Das Einzige, was ich höre, sind die Trommelfeuer und das Schreien von Männern wie ich, die nur darauf hoffen, lebend hier herauszukommen. Ich träume nur noch davon, zu dir nach Hause zurückzukehren.

Denk immer daran, wie sehr ich dich liebe.
Nick

* * *

Jillians Tagebuch

14. September 1968

Ich bin so froh, dass ich wieder auf dem College bin. Dad und ich können uns kaum noch in die Augen sehen. Es ist einfach unmöglich, eine normale Unterhaltung mit ihm zu führen. Früher war mein Vater mein großes Idol, aber das ist vorbei. Nick sagt immer, ich würde eines Tages eine großartige Anwältin sein. Aber ich weigere mich, auch nur über eine juristische Karriere nachzudenken. Wenn Anwältin zu sein bedeutet, so zu denken und zu handeln wie mein Vater, dann lehne ich dankend ab. Mum, die ständig die Rolle der Vermittlerin zu spielen versucht, meint, es läge daran, dass Dad und ich uns zu ähnlich seien.

Ich hoffe aufrichtig, dass sie sich irrt. Mein Vater hat mir tatsächlich ins Gesicht gesagt, er habe seine Tochter nicht dazu erzogen, eine Demokratin zu sein. Er spuckt dieses Wort aus, als hätte er Angst, es könnte seinen Mund beschmutzen.

Politik ist aber nur eines der Themen, über die wir streiten. Er weiß, dass ich Nick liebe und wir vorhaben zu heiraten, sobald er aus Vietnam zurück ist. Aber mein Vater weigert sich weiterhin, ihn zu akzeptieren, und versucht ständig, mich anderen Männern vorzustellen. Männer, die in seinen Augen »passender« für mich sind als Nick. Reiche, verwöhnte Jungen, die schon bei dem Wort »Einberufung« nach Kanada flüchten.

Er mag auch meine Musik nicht. Er hält The Doors und Jefferson Airplane für Abgesandte der Hölle. Über meine Kleidung regt er sich ebenfalls auf. Was ist an Schlaghosen und Sandalen so revolutionär? Aber es ist mir egal, was er denkt. Ich bin nur froh, dass ich nicht länger unter seinem Pantoffel stehe.

Nick meinte, es würde mir gut tun, den Sommer zu Hause zu verbringen, aber er hat sich geirrt. Ich glaube nicht, dass ich Weihnachten komme.

Auch für Lesley war dies kein guter Sommer. Der selbstsüchtige Buck bestand darauf, sie und die Kinder zu entwurzeln und zu ihm nach Kalifornien zu holen. Das bedeutet, dass wir kaum eine gemeinsame Minute hatten. Lesleys Leben ist so ganz anders als meins. Ich hatte immer Angst, wir würden uns nach ihrer Heirat auseinander leben, aber sie ist immer noch die einzige Person auf der Welt, die meine Gefühle wirklich versteht. Sie ist die Einzige, die meine Liebe zu Nick akzeptiert.

In ihrem letzten Brief schrieb Lesley, sie hätte Angst, schon wieder schwanger zu sein. Ich hoffe für sie, dass es nicht so ist. Buck gehört zu der Sorte Männer, die Frauen am liebsten am Herd und mit dickem Bauch sehen. Dabei ist ein drittes Kind das Letzte, was Lesley im Moment brauchen kann. Ich weiß nicht, wieso sie sich weigert, die Pille zu nehmen. Die Position der katholischen Kirche ist wirklich mittelalterlich.

Ich muss damit aufhören, mir im Fernsehen ständig die Nachrichten über Vietnam anzusehen. Gestern Abend kam dieser Bericht über die Auswirkungen der Tet-Offensive und über die steigende Zahl der Opfer. Meine Träume waren voller Krieg und Sorgen um Nick. Ich wachte schweißgebadet auf, und mein Herz schlug so heftig, dass ich kaum noch Luft bekam. Es dauerte lange, ehe ich mich beruhigen und mir klar machen konnte, dass alles nur ein Traum gewesen war und dass es Nick gut geht. Wenn ihm etwas passierte, wüsste es mein Herz sofort, da bin ich mir ganz sicher.

* * *

Außerhalb von Khe Sanh in Südvietnam

15. September 1968

Lieber Jimmy,

ich hatte dir versprochen, so oft wie möglich zu schreiben, und jetzt ist es doch wieder so lange her. Ich habe festgestellt, dass es mich beruhigt, ein paar Zeilen nach Hause zu schreiben. Wir bemühen uns alle, uns so oft wie möglich vom Krieg abzulenken. Ich trage die Briefe von dir, Dad und Jillian immer bei mir. Ich habe sie alle so häufig gelesen, dass sie fast auseinander fallen. Eure Briefe sind das Einzige, was mich hier bei Verstand hält. Ich war in meinen Briefen nicht so ehrlich zu euch, wie ich es beabsichtigt hatte, aber ich weiß, dass ihr mich verstehen werdet.

Übrigens, ich habe von deinen »Problemen« erfahren. Wie, zum Teufel, kommst du dazu, ausgerechnet mit Dirk Andrews durch die Gegend zu ziehen? Hast du denn letztes Mal deine Lektion nicht gelernt? Wir wissen beide, dass Dirk Andrews ein schlechter Umgang für dich ist. Er war bereits zweimal hinter Gittern. Ich wusste gar nicht, dass du da auch hinwillst. Gott sei Dank hat Dad dich da im letzten Moment rausgeholt, aber rechne nicht damit, noch einmal so viel Glück zu haben. Bevor du dich entschließt, aus dem Haus zu gehen oder etwas zu tun, halte an und denke über die Konsequenzen deines Handelns nach. Dad sagte zu mir nur eins, ehe ich nach Vietnam aufbrach: »Sei ein Mann.« Dann umarmte er mich und bat mich, wieder nach Hause zu kommen. Ich bitte dich jetzt auch, ein Mann zu sein, Jimmy.

Ich möchte nicht zu hart zu dir sein. Du bist mein kleiner Bruder, und ich habe immer auf dich aufgepasst. Jetzt, wo ich so weit von zu Hause entfernt bin, ist das sehr schwierig, deshalb muss ich mich darauf verlassen können, dass du dir nicht die Finger verbrennst. Also halte dich von Typen wie Dirk fern und mach keinen Unsinn. Ich muss jetzt Schluss machen, wenn ich den Brief heute noch in die Post kriegen will.

Ich sage das nicht häufig, Jimmy, aber ich liebe dich.
Dein Bruder Nick

* * *

1. Oktober 1968

Liebe Susan,

es war schön, etwas von dir zu hören. Ich wusste, dass es dir bei der Marine gefallen würde, und wenn alles nach Plan verläuft, wirst du bald die Krankenpflegeschule besuchen. Ich beneide dich darum.

Buck, den Kindern und mir geht es gut. Wir freuen uns darauf, bald nach Washington zurückzuziehen. Dad meinte, in der Holzmühle würde ein Job auf Buck warten, aber du weißt ja, wie Dad ist. Er verspricht viel. Andererseits hat Buck schon vor seiner Einberufung in der Mühle gearbeitet, sodass wir durchaus hoffen können, dass er dort wieder beschäftigt wird.

Lindy wird immer größer, Davey auch. Ich habe keine Ahnung, wie Mum das mit uns sechs damals geschafft hat. Mum hat geschrieben, dass Mike diesen Sommer einen Job im Albertson's Store hat und dass Joe hofft, nächstes Jahr, wenn er alt genug ist, auch dort arbeiten zu können. Er hat Mikes Zeitungsjob übernommen und verdient jetzt sein eigenes Geld für die Schulkleidung. Das hilft Mum. Bruce und Lily verbringen die meiste Zeit im Lion's Park, wo sie schwimmen gehen, so wie wir es früher taten.

Deine Schwester Lesley

* * *

JILLIAN LAWTON
BARNARD COLLEGE
PLIMPTON HALL
NEW YORK, NY 10025

6. Oktober 1968

Lieber Mr. Murphy,
ich hoffe, Sie nehmen mir nicht übel, dass ich Ihnen schreibe, aber ich habe nun seit fast zwei Wochen keinen Brief von Nick erhalten. Haben Sie etwas von ihm gehört? Es passt so gar nicht zu ihm, sich nicht zu melden. Seit er in Vietnam stationiert ist, hat er mir mindestens jeden zweiten Tag geschrieben, damit ich mir keine Sorgen mache.
Zunächst habe ich vermutet, es könnte Probleme mit der Post gegeben haben, weil ich jetzt wieder auf dem College bin, aber meine Mutter hat mir versichert, dass auch bei uns zu Hause nichts angekommen ist.
Ich würde mich freuen, von Ihnen zu hören.
Mit freundlichen Grüßen
Jillian Lawton

* * *

Nachricht des Verteidigungsministeriums

An: Mr. Patrick Murphy
Mit tiefem Bedauern informieren wir Sie
über den Tod Ihres Sohnes
Nicholas Patrick Murphy
am 16. September 1968
in Vietnam.

---

* * *

Jillians Tagebuch

8. Oktober 1968

Lieber Nick,

ich habe laut geschrien, als ich erfuhr, dass du tot bist. Geschrien und geschrien und geschrien. Mein Herz hat noch nicht aufgehört zu schreien. Ich schlafe nicht. Ich esse nicht. Das kann nicht sein, das kann nicht wahr sein. Sag mir, dass es nicht wahr ist! Es ist, als wäre meine Brust von einem Panzer umgeben, der enger und enger wird. Manchmal tut mir sogar das Atmen weh. Meine Mutter hat es mir gesagt. Dein Dad hatte sie angerufen und ihr erklärt, dass zwei Soldaten zur Tankstelle gekommen wären, um die Nachricht zu überbringen. Er war zu gebrochen, um es mir selbst zu sagen, deshalb rief er meine Mutter an.

Ich wusste sofort, dass etwas nicht stimmte, als Mum anrief, weil sie weinte. Aber ich dachte, es hätte etwas mit Dad zu tun. Ich hätte nie geglaubt, dass sie anrufen könnte, um mir zu sagen, dass man dich mir fortgenommen hat. Nie geglaubt, dass ein Telefonanruf von zu Hause, von meiner eigenen Mutter, mein Leben für immer verändern würde.

Nach deiner Beerdigung wollte Mum, dass ich für den Rest des Semesters zu Hause bleibe und erst nach den Weihnachtsferien aufs College zurückkehre, aber ich würde verrückt werden, wenn ich drei Monate lang zu Hause rumsitzen müsste. Dad schien erleichtert zu sein, als ich ihm sagte, dass ich nach Barnard zurückwolle. Er meinte, das wäre vermutlich das Beste. Ich kann nicht mit meinem Vater reden. Aber mach dir keine Sorgen, wir haben uns nicht gestritten. Dazu habe ich nicht die Kraft.

Ich schreibe dies alles im Flugzeug, auf dem Rückflug an die Ostküste am Tag nach deiner Beerdigung. Alles erschien mir so unwirklich, bis gestern Morgen, als ich in der Kirche zwischen deinem Vater und Jimmy saß. Dein Vater sah alt und gebrochen aus. Es war das erste Mal, dass ich ihn in einem Anzug gesehen habe. Er versuchte tapfer zu sein, für mich und Jimmy. Du wärst stolz auf deinen Bruder gewesen. Ich glaube nicht, dass dein Vater die Beerdigung durchgestanden hätte, wenn er nicht gewesen wäre. Erst als wir auf den Friedhof kamen, begann Jimmy zu weinen.

Deine Familie hat dich geliebt, Nicholas Patrick Murphy. Ich habe dich auch geliebt. Oh Nick, sag mir doch bloß, was ich jetzt tun soll. Sag es mir.

Bitte, bitte sag es mir.

Jillian

* * *

9. Oktober 1968

Liebste, liebste Jillian,

wie sehr wünschte ich mir, bei dir zu sein. Es tut mir Leid, dass ich nicht zu Nicks Beerdigung kommen konnte. Ich kann immer noch nicht glauben, dass er tot sein soll. Weißt du, irgendwie habe ich ihn selbst geliebt, als ich sah, wie sehr er dich liebte.

Ich erinnere mich noch gut daran, wie du mir in der High School erzählt hast, dass du dich am Valentinstag mit Nick hinter der Imbissbude getroffen hast und dass du den Abschlussabend mit ihm verbracht hast, anstatt zum Ball zu gehen. Als du mit Scott Schluss gemacht hast, wusste ich, dass Nick nicht nur eine Schwärmerei war. Es tut schrecklich weh, oder? Ich kann es nur damit vergleichen, David, Lindy oder Buck zu verlieren.

Jillian, wie kann ich dir helfen? Was kann ich tun, um deinen Schmerz zu lindern? Wir sind unser Leben lang Freundinnen gewesen und haben alles gemeinsam durchgestanden. Du hast mir damals geholfen, als ich zum ersten Mal schwanger war (ebenso letzten Monat, als ich dachte, ich wäre es wieder – was sich Gott sei Dank nicht bewahrheitet hat). Du warst Trauzeugin auf meiner Hochzeit. Du hast mit mir gute und schlechte Zeiten durchgemacht, wie kann ich dir bloß helfen, diesen schweren Schlag zu überstehen? Was kann ich bloß tun?

Deine Tränen sind meine Tränen. Dein Schmerz ist meiner. Unsere Freundschaft ist noch viel stärker als die Bande zwischen mir und meinen eigenen Schwestern. Lass mich dir helfen. Sag mir nur, wie.

Aus ganzem Herzen,
Lesley

* * *

JILLIAN LAWTON
BARNARD COLLEGE
PLIMPTON HALL
NEW YORK, NY 10025

1. Dezember 1968

Liebste Lesley,

danke für deine Briefe. Ich weiß nicht, wie ich diese letzten Monate ohne sie überlebt hätte. Ich habe in dieser Woche einen Brief von Nicks Freund Brad Lincoln bekommen. Er wollte mir schon früher schreiben, aber er ist schwer verletzt und hat einer Krankenschwester den Brief diktiert. Es hat lange gedauert, bis ich genug Mut hatte ihn zu lesen.

Tief in mir ahnte ich, was Brad mir sagen wollte, und ich hatte Recht. Nick ist als Held gestorben, aber diese Nachricht hat mich nicht getröstet. Die Tatsache, dass Nick starb, weil er einen anderen rettete, erzürnte mich dermaßen, dass ich mein ganzes Zimmer verwüstet habe. Es ist schwer zu glauben, dass ich zu so etwas fähig sein kann, oder? Die Wut tobte in mir, bis ich irgendetwas tun musste. Ich weiß, das klingt verrückt, aber ich habe die Laken von den Betten gerissen und jedes Buch im Zimmer gegen die Wand geschmettert. Dann bin ich zusammengebrochen und habe geweint, bis meine Kehle ganz wund war. Später kam Janice herein und kniete sich zu mir auf den Fußboden. Sie hielt mich fest in den Armen und weinte mit mir. Anschließend zeigte ich ihr Brads Brief.

Dass Nick seinem Freund das Leben gerettet hat, war das Letzte, was ich wissen wollte. Wenn Brad glaubt, dass ich ihn von seinen Schuldgefühlen freispreche, kann er lange warten.

Du willst wissen, was du tun kannst, um mir zu helfen. Ich weiß es nicht, Les, ich weiß es einfach nicht. Ich habe noch nie solch einen Schmerz erlebt. Ich habe das Gefühl, als würde ich durch Nebel waten. Leute sprechen mich an, und ich höre sie nicht. Ich lese, aber ich nehme die Worte nicht auf. Ich schaue, aber ich sehe nichts. Alle sagen mir, dass die Zeit alle Wunden heilt, als könnte in sechs Monaten alles wieder gut sein. Mein Leben wird ohne Nick nie mehr so sein wie früher. Niemals, das weiß ich.

Es war ein Jahr der Toten. Erst Martin Luther King jr., dann Bobby Kennedy und nun Nick. Und all die anderen Soldaten in Vietnam ... Oh Lesley, so viele Tote! Ich bin nicht sicher, ob ich noch leben möchte. Du bist die Einzige, der ich sagen kann, wie ich mich wirklich fühle. Ich denke selbst ans Sterben und wünschte mir, ich könnte alles beenden, damit dieser Schmerz endlich aufhört.

Ich schreibe Nick weiterhin Briefe – bitte sag mir nicht, dass ich das nicht tun soll. Manchmal ist es das Einzige, was mir durch die Nacht hilft. Ich schreibe ihm seit Monaten jeden Tag, und jetzt erscheint es mir nur natürlich, am Ende des Tages meine Gedanken mit ihm zu teilen. Manchmal bilde ich mir fast ein, er wäre gar nicht tot und würde bald nach Hause kommen.

Ich schlafe nicht gut. Wenn es mir gelingt einzudämmern, fahre ich irgendwann hoch, und dann fällt mir ein, dass Nick tot ist. Und mein Herz würde am liebsten aufhören zu schlagen. Eine dunkle, schwere Traurigkeit lastet auf mir, eine Traurigkeit, die viel zu groß ist, um sie alleine zu tragen.

Ja, ich werde Weihnachten nach Hause kommen und bin so froh, dass du auch da sein wirst. Es wird mir gut tun, Davey und

*Lindy in den Armen zu halten. Ich bete darum, dass sie nicht mit
der Angst aufwachsen müssen, in einem Krieg zu kämpfen.*
Ich liebe dich.
Jillian

* * *

4. Dezember 1968

Liebe Jillian,

danke für deinen Brief. Dad geht es seit Nicks Tod nicht gut. Meine Mutter ist gestorben, und nun ist auch noch Nick fort. Ich denke, ich bin okay, aber ich glaube nicht, dass ich Dad noch lange beieinander halten kann. Er schläft fast nicht, und ich kann mich nicht daran erinnern, wann er sich das letzte Mal zum Essen an den Tisch gesetzt hat. Er beachtet mich kaum, und gestern hat er mich Nick genannt, und dann wurde ihm klar, dass Nick tot ist, und er fing fürchterlich an zu weinen. Die Kunden beklagen sich auch schon. Kommst du bald nach Hause? Kannst du zur Tankstelle kommen und uns besuchen, sobald du hier bist? Kannst du das tun? Bitte!

Jimmy Murphy

1970

**Einladung zur Ruhestandsfeier
nach 25 Dienstjahren!**

Richter Leonard Lawton
Pine Ridge Country Club
140 Country Club Lane
Pine Ridge, WA

Sonntag, 4. Januar 1970
14–16 Uhr
Von Geschenken bitte ich abzusehen!

* * *

12. Januar 1970

Liebe Jillian,

wenn du diesen Brief erhältst, wirst du bereits wieder mitten in deinem anderen Leben stecken – Kurse, Vorlesungen, Essays und (so hoffe ich) Partys.

Es war wunderbar, dass du in den Weihnachtsferien zu Hause warst. Es war viel weihnachtlicher dieses Jahr, fandest du nicht auch? Auf jeden Fall war die Stimmung wesentlich besser als letztes Jahr, als die Feiertage so dicht auf Nicks Tod folgten.

Davey und Lindy vermissen dich. Lindy ist den ganzen Morgen quengelnd im Wohnwagen herumgelaufen und wollte immer wieder wissen, wann Tante Jilly uns das nächste Mal besuchen kommt. Es wird sicher Sommer werden, ehe du wieder mal kommst, oder? Das erscheint mir unendlich lang. Ich bewundere, wie toll du mit den Kindern umgehst, und sie vergöttern dich!

Du siehst gut aus, Jillian, so gut wie schon lange nicht mehr, und bist wieder viel mehr du selbst. Ich weiß, wie schwer die letzten fünfzehn Monate ohne Nick für dich waren, und ich habe sehr oft an dich gedacht. Als du hier warst, konnte ich nicht die richtigen Worte finden, vielleicht weil ich immer weinen muss, wenn ich von ihm spreche. Was ich dir gern sagen wollte, ist, wie stolz ich auf dich bin. Stolz, dass du gegen deine Eltern zu Nick und eurer Liebe gestanden hast. Stolz auf die Art und Weise, wie du dich ihnen widersetzt und an ihn und eure Liebe geglaubt hast.

Ich bin sicher, Nick würde sich freuen, dass du Kontakt zu seinem Vater und zu Jimmy hältst. Du bist für sie da und bist Teil ihres Lebens. Sie brauchen dich ebenso wie du sie brauchst. Nicks Tod hat seinen Vater und Jimmy schwer getroffen. Ich glaube nicht, dass Mr. Murphy je darüber hinwegkommen wird. Auch du wirst noch eine lange Zeit brauchen, und euch gegenseitig zu helfen ist sicher ein guter Weg, dies durchzustehen.

Ich weiß nicht, was ohne dich aus Jimmy geworden wäre. Mein Bruder Joe ist mit ihm in einer Klasse, und er hat mir erzählt, Jimmy wäre ein paar Mal fast von der Schule geflogen. Ich hoffe, er hält lange genug durch, um im Juni den Abschluss zu schaffen. Wo wir gerade von Abschlüssen sprechen, ich kann gar nicht glauben, dass du in wenigen Monaten mit dem College fertig sein wirst! Ich verstehe gut, warum du dich für Pädagogik statt Jura als Hauptfach entschieden hast, trotzdem kann ich mir dich beim besten Willen nicht als Lehrerin vorstellen. Ich weiß, dass dein Vater enttäuscht ist, und ich bin sicher, meine Frage wird dich nicht verletzen, Jillian, aber hast du das Fach vielleicht nur deshalb gewechselt, um ihn nachträglich für sein Verhalten Nick gegenüber zu bestrafen?

Wir sind schon zu lange Freundinnen, als dass ich meine Meinung zurückhalten müsste. Jetzt gebe ich dir Gelegenheit, dasselbe zu tun. Es gibt etwas, das ich dir hätte erzählen sollen, als du hier warst, aber nicht getan habe. Überraschung, Überraschung! Ich werde im August wieder Mutter. Das Baby war nicht geplant, aber das waren Davey und Lindy ja auch nicht. Wir haben aufgepasst, aber offenbar nicht gut genug. Ich habe immer versucht, die Haltung der Kirche zur Geburtenkontrolle zu respektieren, aber bei dem Gedanken an drei Kinder in vier Jahren muss ich ernsthaft überlegen, ob ich nicht besser die Religion wechsele! Natürlich freut Buck sich über die Neuigkeit. Die Krankenversicherung in der Sägemühle ist ziemlich mies, es sieht also so aus, als müssten wir einen großen Teil der Kosten dieser Schwangerschaft selbst zahlen. Allein das Honorar für den Arzt beträgt 300 Dollar. Das ist Wucher! Nun, ich werde mir jetzt keine Gedanken darüber machen.

Schreib mir bald.
Alles Liebe,
Lesley

* * *

Jillians Tagebuch

12. Januar 1970

Liebster Nick,

es ist jetzt schon einige Wochen her, seit ich dir zuletzt geschrieben habe, so lang war der Abstand zwischen meinen Briefen noch nie. Ein Psychologe würde vermutlich sagen, dass dies ein Zeichen dafür ist, dass ich allmählich über deinen Tod hinwegkomme – als wäre das je möglich. In Wahrheit bedeutet es nur, dass ich während der Weihnachtsferien kaum Zeit hatte. Ich habe deinen Dad und Jimmy ein paar Mal besucht, als ich in Pine Ridge war. Sie haben sich beide sehr zusammengenommen. Das habe ich auch, für sie. Ich sorge mich um deinen Vater, Nick. Er ist so mager, und Jimmy sagt, er würde nichts anderes tun als arbeiten. Offenbar glaubt er, wenn er achtzehn Stunden an der Tankstelle arbeitet, könnte er vergessen, dass seine Frau und sein ältester Sohn tot sind. Ich kann es ihm nicht verdenken. Ich hatte auch nie bessere Noten, und ich arbeite und lerne so viel aus denselben Gründen wie dein Vater. Ich versuche verzweifelt zu vergessen, wie leer mein Leben ohne dich ist.

Ich glaube, Jimmy hat sich am besten an die Situation gewöhnt. Dein Bruder ist nun fast zwei Meter groß, und als ich ihn das letzte Mal sah, musste ich tief Luft holen. Er sieht dir so ähnlich. Ich musste eine Weile um Atem ringen, aber dann habe ich mich rasch erholt.

Am Weihnachtsabend haben wir drei uns um dein Grab versammelt. Wir haben einen Halbkreis gebildet und uns gegenseitig festgehalten. Am Neujahrstag fand ich deinen Vater auf einer Bank am Grab deiner Mutter sitzen. Ich habe ihm seine Privatsphäre gelassen und meine eigene gesucht.

Ich wusste, dass die Weihnachtsferien schwierig werden würden, aber ich bin froh, dir berichten zu können, dass ich keinen einzigen Streit mit meinem Dad über Politik oder den Krieg oder sonst etwas hatte. Mum tut mir Leid. Sie versucht immer wieder, uns beide zusammenzubringen, und ist schrecklich traurig, wenn ihr das nicht gelingt. Da sie uns beide liebt, sind die Spannungen zwischen Dad und mir für sie besonders schwer zu ertragen.

Ich spielte die Rolle der gut erzogenen Tochter und ging mit zu Dads Ruhestandsfeier. Dads Freund Montgomery Gordon war auch da, und ich habe mich eine Weile mit ihm unterhalten. Er dreht sich nur um sich selbst, wie mein Vater.

Lesley möchte, dass ich im Sommer wieder nach Pine Ridge komme, aber ich kann nicht. Ich gehöre dort nicht mehr hin. Abgesehen von den Spannungen zwischen Dad und mir, gibt es in Pine Ridge einfach zu viele Erinnerungen für mich. Wie auch immer, ich werde mich im ganzen Land um eine Stelle als Lehrerin bewerben.

Deshalb weiß ich noch gar nicht, wo ich landen werde. Oh Nick, du wärst begeistert von Lesleys Kindern. Davey ist drei und Lindy zwei, und sie sind beide so süß. Weihnachten habe ich mich erneut in sie verliebt. Wir hätten hübsche Kinder bekommen, du und ich. Mein Herz tut mir weh, wenn ich an die Babys denke, die wir nicht haben können.

In Pine Ridge habe ich ein paar Freunde von der High School wiedergetroffen, hauptsächlich, um meine Eltern zufrieden zu stellen, die mich ständig bedrängen, mich wieder zu verabreden. Warum sollte ich das tun? Ich habe nicht vor zu heiraten. Das weiß niemand außer dir und Lesley. Für andere würde es überstürzt und melodramatisch klingen. Aber wie könnte ich je einen anderen als dich lieben? Niemand könnte je deinen Platz einnehmen.

Denk immer daran, wie sehr ich dich liebe.
Jillian

* * *

> Wir freuen uns bekannt geben zu können, dass
> Richter a. D. Leonard Lawton
> ab sofort der Sozietät
> Shields & Ellis angehört.
>
> Leonard Lawtons Zuständigkeiten betreffen
> Schiedsgerichtsverfahren und Mediation,
> allgemeine Rechtsberatung und -beistand
> in Angelegenheiten des
> Wirtschafts-, Verwaltungs- und Zivilrechts.

* * *

JILLIAN LAWTON
BARNARD COLLEGE
PLIMPTON HALL
NEW YORK; NY 10025

1. Februar 1970

Lieber Monty,

bitte verzeih mir, aber ich kann dich einfach nicht Montgomery nennen. Ich habe deinen Brief erhalten, in dem du mir mitgeteilt hast, dass du nächste Woche in New York sein wirst. Danke für die Einladung zum Essen, aber leider habe ich an dem Abend schon etwas anderes vor.

Wenn ich richtig informiert bin, darf ich dir gratulieren. Meine Mutter hat mir erzählt, dass du seit neuestem gleichberechtigter Partner bei Lawton, Shields und Ellis bist. Mein Vater hat deinen Namen häufig und mit großem Wohlwollen erwähnt. Ich bin sicher, dass die Kanzlei von deinen Fachkenntnissen profitieren wird.

Noch einmal, es tut mir Leid, dass ich dich nächste Woche nicht treffen kann. Ich hoffe sehr, dass du deinen Aufenthalt an der Ostküste genießt.

Mit herzlichen Grüßen
Jillian Lawton

* * *

JILLIAN LAWTON
BARNARD COLLEGE
PLIMPTON HALL
NEW YORK, NY 10025

1. Februar 1970

Liebe Mum, lieber Dad,
ich bestehe darauf, dass ihr das ab sofort unterlasst. Ich weiß, dass ihr Montgomery Gordon gebeten habt, mich zum Essen einzuladen, während er in New York ist. Es hätte kaum offensichtlicher sein können. Ich bin nicht über Nicks Tod hinweg, und ich werde nie über Nicks Tod hinweg sein. Bitte macht mir die Sache nicht noch schwerer, als sie ohnehin schon ist. Ich bin nicht daran interessiert, mich mit eurem Freund zu treffen (zumal er fast fünfzehn Jahre älter ist als ich!).

Weil er euer Freund ist, habe ich höflich und in aller Form abgesagt, aber ich wäre euch sehr verbunden, wenn ihr dafür sorgen könntet, dass so etwas künftig nicht wieder passiert.
Jillian

* * *

```
Pine Ridge Sägewerke
Pine Ridge, Washington
Kündigung wegen Personalabbau
Wirksam: 1. März 1970
Betr.: David »Buck« Knowles
```

* * *

AUSHANG IM GEMEINDEZENTRUM VON PINE RIDGE

Kinderbetreuung
jederzeit
Kontakt: Lesley Knowles
Tel.: 555-6766

* * *

22. April 1970

Liebe Lesley, lieber Buck,
vermutlich habt ihr inzwischen von Mum und Dad erfahren, dass ich verheiratet bin. Ich kenne Bill Lamar seit drei Jahren. Wir sind beide zur gleichen Zeit der Marine beigetreten. Es handelt sich nicht um eine spontane Entscheidung, und wir sind beide sehr glücklich.

Mum hat geschrieben, dass Buck in der Sägemühle gekündigt wurde. Das tut mir Leid, Les, aber es überrascht mich nicht, schließlich war auch Dad, solange ich mich erinnern kann, immer wieder arbeitslos. Sicher bringt dich eine weitere Schwangerschaft in finanzielle Bedrängnis. Aber das scheint eine Begleiterscheinung des Kinderkriegens zu sein! Wir haben es Mum und Dad noch nicht gesagt, aber ich bin auch schwanger, seit fast vier Monaten, also genau wie du.

Bill ist nicht katholisch, und wir haben nicht kirchlich geheiratet. Dad hat einen seiner Wutanfälle bekommen, als wir ihm eröffnet haben, dass wir nur von einem Friedensrichter getraut worden sind. Er meinte, er hätte sich nicht jahrelang krumm gelegt und uns auf die Holy Name Academy geschickt, damit wir schließlich einen Andersgläubigen heiraten. Das ist wirklich lachhaft! Wenn wir keine Schulgeldstipendien bekommen hätten, wäre keiner von uns in der Lage gewesen, eine konfessionelle Schule zu besuchen. Und wir beide wissen, dass wir es nur Mum zu verdanken haben, dass wir diese Zuschüsse erhalten haben. Außerdem hat sie nebenbei gebügelt und später in der Cafeteria der Schule gearbeitet, um unsere Schuluniformen zu bezahlen und das, was wir sonst noch brauchten. Ausgerechnet Dad wirft mir mangelnden Glauben vor – das ist wohl ein Scherz! Ich glaube, keiner von uns kann sich erinnern, wann er das letzte Mal in einer Kirche gesehen wurde.

Aber ich habe dir nicht geschrieben, um mich über Dad zu beklagen. Ich wollte dir von dem Baby berichten und dir sagen, dass Bill und ich hoffen, irgendwann in diesem Sommer nach Pine Ridge zu kommen.

Ich vermisse Joe, Lily und Bruce, und ich frage mich, wie es ihnen zu Hause mit Dad ergeht. Zumindest Mike ist inzwischen aus dem Haus – wie du und ich. Von ihm höre ich gar nichts. Du? Das Letzte, was ich erfahren habe, ist, dass er Pine Ridge verlassen hat und mit ein paar Freunden Richtung Kalifornien gezogen ist. Ich kann gar nicht glauben, dass auch Joe bald mit der Schule fertig ist. Was hat er anschließend vor, weißt du das? Lily schreibt mir ab und zu und erzählt mir von der Schule. Sie ist so klug wie du. Ich vermisse euch alle sehr.

Schreib mir bald.

Susan, Bill und ?

* * *

JILLIAN LAWTON
BARNARD COLLEGE
PLIMPTON HALL
NEW YORK, NY 10025

4. Mai 1970

Lieber Dad,
ich habe gerade die Abendnachrichten gesehen. Die Wut in mir lässt sich nicht bezähmen. Vier Studenten wurden heute am Kent State College ermordet und neun weitere verletzt. Beschossen von

der Nationalgarde. Bis du jetzt stolz, Dad? Befriedigt der Anblick der niedergeschossenen Demonstranten dein Gerechtigkeitsgefühl? Wie kann die Jugend Amerikas es wagen, ihren Unwillen über die Eskalation des Kriegs in Vietnam kundzutun? Ist es das, was du denkst? Ich höre dich geradezu sagen, dass diese Studenten das bekommen haben, was sie verdienen.

Von Anfang an hast du deine verschrobenen Ansichten über Vietnam deutlich geäußert. Du und deine Kumpane seid davon überzeugt, dass der Kommunismus ausgelöscht werden muss, aber alles was euch bisher gelungen ist, ist die Jugend von Amerika auszulöschen. Wie viele Mütter, die an den Särgen ihrer Söhne weinen, sind noch nötig, damit du und deine Freunde den Irrsinn dieses Krieges begreift?

Ich war noch klein, als du mir wortreich die Bedeutung unseres Rechtssystems auseinander gelegt und mir erklärt hast, dass es auf unserer Verfassung beruht. Wahrscheinlich war ich die einzige Drittklässlerin in diesem Staat, die auswendig das komplette Grundgesetz aufsagen konnte. Offenbar gelten diese Rechte, auf die du so stolz warst, jetzt nicht mehr für unser Land. Die Meinungsfreiheit ist für unsere Gesellschaft anscheinend so gefährlich, dass bewaffnete Soldaten blindlings in eine Gruppe College-Studenten schießen müssen. Die freie Meinungsäußerung ist so gefährlich, dass sie ausgetreten werden muss.

Du hast mir einst voller Verachtung erklärt, dass du mich nicht großgezogen hättest, damit ich die Frau eines Automechanikers werde. Dieser Automechaniker starb bei einem Hubschrauberabsturz auf fremdem Boden, weil unser Land es von ihm verlangt hat. Nick hat sich nicht gedrückt vor dem, was er für seine Pflicht hielt. Er ist willig in den Krieg gegangen und hat mit Stolz gekämpft. Sag mir, wo die Söhne deiner Freunde sind, Dad. Du brauchst mir keine Antwort zu geben, denn ich weiß es: in Harvard. Wie viele deiner teuren Freunde sind bereit, das Leben ihrer Kinder zu riskieren, um die Verbreitung des Kommunismus zu verhindern? Nicht ein einziger.

Solange Nick sich auf dem Schlachtfeld befand, habe ich unsere

Truppen unterstützt, und obwohl ich mit unserer Anwesenheit in Vietnam nicht einverstanden war, habe ich diesen Krieg gebilligt. Das werde ich nun nicht länger tun. Nicht nach dem, was heute geschehen ist. Die Demonstranten haben Recht: Es wird höchste Zeit, dass wir uns aus Vietnam und Kambodscha zurückziehen. Ich bedaure, dass dieser Rückzug nicht viel früher stattfand, denn dann hätte ich den »kleinen Schrauber«, den du so verachtet hast, heiraten können.

Jillian

* * *

Mrs. Leonard Lawton
2330 Country Club Lane
Pine Ridge, Washington 98005

11. Mai 1970

Liebe Jillian,

dein Vater und ich waren sehr verstimmt über deinen Brief. Keiner von uns billigt, was am Kent State College geschehen ist. Dein Vorwurf hat deinen Vater so verletzt, dass er sich in seinem Arbeitszimmer eingeschlossen hat.

Er wollte nicht mit mir darüber sprechen, aber sein Gesundheitszustand ist nicht besonders gut, was auch der Grund für seine frühzeitige Pensionierung ist. Ich kann gar nicht sagen, wie sehr mich dieser neuerliche Streit zwischen euch beiden bestürzt. Du scheinst Dad für Nicks Tod verantwortlich machen zu wollen, als wäre er persönlich an diesem schrecklichen Krieg beteiligt. Ich weiß nicht, ob dir klar ist, wie unfair das ist.

Und noch etwas: Montgomery Gordon war in den letzten Jahren wie ein Sohn für uns. Er hat aus reiner Höflichkeit letzten Februar vor seiner Reise in den Osten Kontakt mit dir aufgenommen und ganz bestimmt nicht, weil dein Vater oder ich ihn darum gebeten hätten. Obwohl mich deine Anschuldigung vor Monaten schon erzürnt hat, habe ich geschwiegen. Jetzt kann ich nicht länger stillhalten. Du hast uns schon früher klar gemacht, dass du kein Interesse an Montgomery hast, und das ist, wie immer, deine Entscheidung. Aber wirf bitte weder ihm noch uns Dinge vor, die wir nicht getan haben.

Du hast angedeutet, dass dein Vater und ich eine große Enttäuschung für dich seien. Ich wünschte, du würdest die Dinge einmal aus unserer Warte betrachten. Denk daran, dass du unser einziges Kind bist. Dir haben wir unsere ganze Liebe gegeben, wir haben dich genährt und erzogen – und seit Jahren bekommen wir außer Verachtung nichts zurück.

Es schmerzt mich, über diese Dinge zu sprechen. Ich bitte dich deshalb, nicht noch einmal solch grausame, hasserfüllte Dinge an deinen Vater zu schreiben. Sein Herz kann nicht noch mehr von deinem Gift vertragen.

Mum

* * *

Mai-Demonstration
gegen den Vietnamkrieg
Sonntag, 17. Mai 1970
12 Uhr
vor dem Gebäude der Studentenschaft

* * *

15. Mai 1970

Jillian,

wenn dir ein Ende des Krieges am Herzen liegt, unterstütz uns und hilf, uns Gehör zu verschaffen. Das Töten hier im Land und in Vietnam muss ein Ende haben. Wenn du wie ich dieser Meinung bist, schließ dich unserem Demonstrationsmarsch am Sonntag an. Du darfst aber das Risiko einer Verhaftung nicht scheuen.

Nach dem Vorfall am Kent State setzen wir unser Leben aufs Spiel, um unsere Überzeugung zu vertreten.

Zu viele sind bereits gestorben. Lass die Studenten vom Kent State nicht umsonst gestorben sein. Unterstütz uns bei der Auflehnung gegen das Establishment.

Thom Eliason
Studentenschaft

* * *

HAFTINFORMATION

ANGEKLAGTE/R: *Jillian Lawton*   AZ: *01/15/48*
ANKLAGE: *Verstoß gegen das Versammlungsverbot*
KAUTION: *$ 500*
DATUM DER VERHAFTUNG: *17. Mai 1970*
NÄCHSTER GERICHTSTERMIN IM FALLE DER HINTERLEGUNG
EINER KAUTION: *10. Juni 1970*
VERHAFTUNGSORT: *vor dem Gebäude der Studentenschaft,
Campus der University of New York*
ZUSTÄNDIGER BEAMTER: *Sgt. Bodine*   PERSONALNR: *#3967*
KFZ BETEILIGT?   Ja   Nein
WENN JA, WO ABGESTELLT, GEMELDET: _____
AUTOKENNZEICHEN: _____
ICH BESTÄTIGE, DASS DER/DIE ANGEKLAGTE SICH WEIGERTE, SICH
VON MEDIZINISCHEM PERSONAL BEHANDELN ZU LASSEN (falls
zutreffend).
AUFNAHMEZEIT: _____
UNTERSCHRIFT DES BEAMTEN: _____

---

* * *

23. Mai 1970

Liebste Jillian,

verhaftet – du! Ich konnte meinen Augen kaum trauen, als ich deinen Brief las. Was für ein schreckliches Erlebnis das gewesen sein muss. Natürlich werde ich weder gegenüber deinen Eltern noch sonst jemandem ein Wort darüber verlieren.

Immerhin hat das Ganze auch etwas Gutes. Ich gratuliere dir zu deiner Entscheidung, dich für das Studienfach Jura zu bewerben. Sicher waren deine Eltern über diese Nachricht sehr glücklich. Es ist das, was sie von Anfang an für dich erträumt haben. Du wärst sicher eine gute Lehrerin geworden, aber du wirst eine brillante Anwältin sein.

Glücklicherweise kennst du dich ja schon in Rechtsfragen aus, wer weiß, wie lange du und die anderen Studenten sonst in Gewahrsam geblieben wärt.

Sowohl Dad als auch Buck arbeiten wieder in der Sägemühle. Ich bin sehr froh darüber. Es ist schwer genug, im Wohnwagen etwas getan zu kriegen, wenn einem ständig vier Kinder zwischen den Füßen herumlaufen: meine eigenen plus die beiden Tageskinder, um die ich mich seit neuestem kümmere. Wenn dann auch noch Buck zu Hause ist, ist es unmöglich, irgendetwas zu schaffen. Obwohl er eigentlich gar nicht so häufig hier ist. Meist ist er unterwegs, in »Männerangelegenheiten«, wie er es nennt.

Ich habe kürzlich einige von Bucks Freunden kennen gelernt und ihm unmissverständlich zu verstehen gegeben, dass er keinen von ihnen je wieder mit nach Hause bringen soll. Ein paar Mal in der Woche spielt er mit seinen Kumpels Poker, aber das stört mich nicht. Ich gehe alleine aus, und Lily passt auf die Kinder auf. Mum und ich besuchen seit einiger Zeit einen Nähkurs, und ich habe schon einige schöne Dinge für unser Wohnzimmer geschneidert. Es ist eine preiswerte Art, alles zu dekorieren. Ich habe auch eine Babydecke für Susan gemacht. Ich habe noch einige von Davey und Lindy, deshalb brauche ich selbst keine neue.

Diese Schwangerschaft ist wesentlich problemloser als die beiden vorherigen. Allerdings bin ich diesmal viel dicker. Ich habe die Ärztin gefragt, ob es vielleicht Zwillinge sein könnten, daraufhin hat sie meinen Bauch ausgemessen und ein bisschen gerechnet und gesagt, es könnte durchaus sein, dass es sich um eine Mehrlingsschwangerschaft handelt. Dabei hatte ich doch nur einen Witz gemacht! Es gibt keine Möglichkeit, es vor Juli herauszufinden, dann bin ich im siebten Monat und kann eine Röntgenaufnahme machen lassen. Bis dahin weigere ich mich, weiter darüber nachzudenken. Buck ist natürlich ganz aus dem Häuschen, weil Zwillinge ein Beweis für seine Männlichkeit wären. Männer! Manchmal glaube ich, dass sie das Gehirn zwischen den Beinen hängen haben.

Ich möchte den Brief noch gern in den Briefkasten bringen, ehe er geleert wird, deshalb schließe ich für heute. Danke für deinen Brief, ich bin stolz auf dich, Jillian! Du bist für deine Überzeugungen eingetreten – und hast sogar eine Verhaftung riskiert.

Wenn ich nicht so sehr mit meiner Familie und den Tageskindern beschäftigt wäre, würde ich mich auch an einer Demonstration beteiligen. Dieser Krieg hat unserem Land schon so viel Schaden zugefügt. Ich bin froh, dass Mike nicht nach Vietnam musste, aber dann denke ich an die vielen jungen Männer, einschließlich Buck und Nick, denen das nicht erspart geblieben ist. Es ist nicht richtig, dass wir den Krieg von anderen führen.

Ich muss mich beeilen; Lindy ist gerade von ihrem Mittagsschlaf aufgewacht und braucht mich nun.

Lesley

* * *

*Das Barnard College
gibt bekannt:*
*Feierliche Überreichung der Abschlusszeugnisse
an den Jahrgang 1970*

*Sonntag, 7. Juni 1970
15 Uhr
Altshul Court
gegenüber der Barnard Hall*

Nur geladene Gäste

* * *

25. Juni 1970

Liebe Jillian,

Dad ist schon seit Tagen hinter mir her, damit ich mich bei dir für das Geschenk zum Schulabschluss bedanke. Ich hätte es längst tun sollen, aber ich war wirklich sehr beschäftigt. Es war toll, mir das Geld zu schicken und Nicks Zeugnis von der Helikopter-Ausbildung. Du hast Recht. Ich möchte es haben. Ich habe auch die unausgesprochene Botschaft verstanden: Nick hat nach der High School etwas erreicht, also kann ich das auch.

Es wird dich freuen zu hören, dass ich einen Job mit guten Aussichten habe. (Ein guter Job ist einer, der nichts mit der Tankstelle zu tun hat.) Rate mal, was ich mache. Ich baue Häuser! Ich bin ein guter Handwerker, und es hat mir immer Spaß gemacht, Dinge zusammenzubauen.

Es ist witzig, wie es dazu gekommen ist. Ich habe einem Typen den Wagen voll getankt, der sich als Bauunternehmer entpuppte. Wir kamen ins Gespräch, und er sagte, er wäre auf der Suche nach jemandem, den er zum Zimmermann ausbilden könnte. Er meinte, er bräuchte jemanden mit großer Arbeitsmoral und Lernbereitschaft. Ich sagte, ich sei interessiert, und er sagte, ich solle am nächsten Tag in sein Büro kommen und ein Bewerbungsformular ausfüllen.

Ich war ganz früh da, noch vor allen anderen. Dann kam Brian. Er meinte, meine Einsatzbereitschaft würde ihm gefallen, und gab mir den Job sofort. Und jetzt kommt das Beste. Brians Unternehmen ist Mitglied der Gewerkschaft, das heißt, ich werde nach Tarif bezahlt. Er hat mich persönlich zur Gewerkschaftszentrale gefahren und angemeldet. Er hat auch die Gebühren für mich gezahlt, allerdings will er sie mir von meinem ersten Lohn wieder abziehen.

Du glaubst nicht, wen ich vor ein paar Tagen mit Brian sprechen gesehen habe. Deinen Dad! Offenbar sind sie Freunde. Ich glaube, dein Dad hat ein gutes Wort für mich eingelegt, denn ich sah Brian nicken und in meine Richtung schauen. Dein Vater ist echt in Ordnung. Ich weiß, dass er und Nick sich nicht gut verstanden haben, aber wir Murphy-Jungs haben manchmal auch eine schwierige Art. Ich wette, wenn Nick noch lebte, hätten er und dein Dad sich irgendwann versöhnt.

Tut mir Leid, dass es so lange gedauert hat, mich bei dir zu bedanken. Dad geht es wieder besser, glaube ich. Er geht noch immer häufig zum Friedhof, aber wenigstens isst er jetzt wieder mehr. Komm uns besuchen, wenn du das nächste Mal in Pine Ridge bist.

Bis dann,
Jim Murphy

P. S. Da ich nun die High School beendet habe und Zimmermann werde, habe ich beschlossen, dass ich mich von nun an Jim statt Jimmy nenne.

* * *

**Pine Ridge Bibliothek
Anforderungsformular**

Name: Lesley Knowles
Angeforderte Bücher:

1. *Alles, was Sie schon immer über Sex wissen wollten, aber nicht zu fragen wagten* von Dr. David Reuben
2. *Begrabt mein Herz an der Biegung des Flusses* von Dee Brown

* * *

JILLIAN LAWTON
BARNARD COLLEGE
PLIMPTON HALL
NEW YORK, NY 10025

12. Juli 1970

Liebe Lesley,
es war toll, heute Nachmittag mit dir zu plaudern. Wir reden in letzter Zeit viel zu wenig miteinander. Jetzt, wo ich einen gut bezahlten Ferienjob habe, kann ich es mir leisten, dich ab und zu anzurufen. Ich hätte nicht gedacht, dass es mir so großen Spaß machen würde, in einer juristischen Bibliothek zu arbeiten, aber das tut es. Mein erstes eigenes Apartment ist so winzig, dass ich mich kaum darin drehen kann, aber so ist eben New York.

Also, was ist los mit dir? Ich bin lange genug deine beste Freundin, um zu spüren, wenn dich etwas beschäftigt. Vor jedem anderen kannst du das vielleicht verstecken, aber nicht vor mir. Ich kenne dich viel zu gut. Ich habe es an deiner Stimme gehört. Ich würde immer merken, wenn du ein Problem hast, also heraus mit der Sprache.

Machst du dir Sorgen wegen des/der Babys? Bucks Job? Der

Kinder? Ich habe mich schon so oft bei dir ausgeweint, dass es dir leicht fallen sollte, dich mir anzuvertrauen.
Ich hoffe auf einen baldigen Brief.
Alles Liebe,
Jillian

P. S. Ich schätze, es wird langsam Zeit, dass ich mir neues Briefpapier zulege, oder? Ich bin nicht mehr Studentin am Barnard College, und ich lebe auch nicht mehr dort. Sieh dich vor, Harvard! Ich komme!

* * *

24. Juli 1970

Liebe Jillian,
du kennst mich gut, nicht wahr? Manchmal vergesse ich, wie gut. Als du mich am Sonntagnachmittag anriefst, hatte ich gerade unerwarteten Besuch gehabt. Er hatte an unsere Tür geklopft und schien überrascht zu sein, als ich öffnete. Ich hielt Lindy im Arm, und Davey klammerte sich an mich. Der Besucher warf einen Blick auf meinen Bauch und schien nicht so recht zu wissen, was er sagen sollte. Dann wollte er wissen, ob Buck Knowles hier wohnen würde, und ich sagte Ja. Er bat darum, Buck sprechen zu dürfen, aber Buck war mit seinen Kumpels zum Angeln gegangen. Der Mann stellte sich als Sam Gavin vor und meinte, er habe eine Nachricht für Buck. Ich versprach, dafür zu sorgen, dass Buck sie erhielt. Und darauf sagte Sam, ich solle meinem Mann ausrichten, er möge gefälligst die Finger von seiner Frau lassen. Wenn er Buck je wieder in ihrer Nähe sähe, würde er ihm das Gesicht polieren.
Jillian, ich war sprachlos. Buck hat etwas mit einer anderen Frau? Natürlich musste ich das ausgerechnet zu dem Zeitpunkt herausfinden, an dem ich dick und schwanger bin und

mich unglaublich hässlich fühle. Ich hatte das Gefühl, als würde sich der Boden auftun.

Jetzt verstehst du sicher, wieso ich am Telefon nicht allzu fröhlich geklungen habe. Buck ist erst spät nach Hause gekommen. Er hatte ein paar Fische gefangen, aber bei seinen Kumpels hatte keiner angebissen, deshalb hat er ihnen seinen ganzen Fang geschenkt. (Manchmal wünschte ich, er wäre nicht so großzügig.) Als ich ihm erzählte, Sam Gavin wäre da gewesen, ließ Buck sich mit keiner Regung anmerken, dass er diesen Mann kannte. Als ich ihm Sams Nachricht wiederholte – Wort für Wort –, sah Buck mich erstaunt an. Er meinte, er habe keine Ahnung, wovon ich redete.

Ich weiß, was du mich jetzt fragen wirst. Diese Frage habe ich mir selbst schon hundert Mal gestellt. Hat Buck die Wahrheit gesagt? Ich weiß es nicht. Ich weiß es wirklich nicht. Er schwört mir, er hätte keine andere Frau. Und mit zwei Kindern, einem weiteren im Bauch und keinerlei finanziellen Möglichkeiten kann ich es mir nicht leisten, ihm nicht zu glauben.

Seit jenem Abend ist er vorbildlich zu den Kindern. Er hat Holz aus der Sägemühle mitgebracht und Davey eine Werkbank gebaut. Sie ist wunderschön, und Davey ist völlig begeistert. Er hämmert stundenlang herum und ist mächtig stolz. In der letzten Woche war Buck jeden Abend zu Hause; einmal hat er mir sogar beim Tischabräumen geholfen. Lindy ist ein richtiges Daddy-Kind, und er kann spielend jeden ihrer Wutanfälle stoppen. Ich kann also nur sagen, wenn er sich mit dieser Frau getroffen hat, dann tut er es jetzt jedenfalls nicht mehr. Sag mir nicht, ich würde einfach den Kopf abwenden und wegsehen. Das tue ich nicht. Buck ist mein Mann und der Vater meiner Kinder, und ich glaube ihm. Ich muss das tun.

Noch eine gute Nachricht: Ich habe endlich die Röntgenaufnahme machen lassen können, und die Ärztin sagte, es sei ein einziges dickes Baby. Ich bin sicher, dass es ein Junge ist, obwohl Buck ein weiteres Mädchen bevorzugen würde.

Arbeite diesen Sommer nicht zu viel, und versprich mir, dich bald wieder zu melden. Ich werde dich benachrichtigen, sobald das Baby auf der Welt ist.

Alles Liebe,
Lesley

* * *

GEBURTSANZEIGE
Hurra, ein Junge!
Douglas Steven Knowles
Geboren am
1. August 1970
4980 Gramm
Größe: 63 cm
Die glücklichen Eltern sind:
Buck und Lesley Knowles

---

* * *

Lawton, Shields, Ellis & Gordon
600 Main Street
Suite 302
Pine Ridge, Washington 98005

1. September 1970

Liebe Jillian,

ich schreibe dir, auch wenn ich damit riskiere, deine Eltern zu verärgern. Du weißt vielleicht, dass dein Vater in den letzten Jahren gesundheitliche Probleme hatte. Im letzten Monat hat er sich einer Reihe von medizinischen Untersuchungen unterzogen. Die Ärzte sind dabei zu dem Ergebnis gekommen, dass bei deinem Vater eine Bypass-Operation erforderlich ist. Deine Mutter wollte dich darüber informieren, aber dein Vater hat ihr untersagt, es zu tun.

Da ich ein enger Freund der Familie bin, sehe ich es als meine Pflicht an, dir dies mitzuteilen. Der Zustand deines Vater macht es erforderlich, dass der Eingriff bald erfolgt. Er geht am Dienstag, dem 8. September ins Seattle General Hospital, die Operation ist für den nächsten Morgen vorgesehen. Im Moment ist das Seattle General das einzige Krankenhaus in der Gegend, das diese Operationen durchführt.

Deine Mutter würde sich niemals gegen den Wunsch deines Vaters stellen. Ich hingegen finde, du hast ein Recht, dies alles zu erfahren.

Ich weiß, dass ihr in den letzten Jahren große Probleme miteinander hattet, aber ich kann mir nicht vorstellen, dass du möchtest, dass es zu diesem entscheidenden Zeitpunkt im Leben deines Vaters eine Missstimmung zwischen euch gibt.

Bitte verzeih mir, wenn ich mich eingemischt habe.
Mit besten Grüßen
Montgomery Gordon

* * *

Anzeige
Pine Ridge Newspaper

Jagdgewehr, neuwertig
$ 150 oder bestes Angebot
Kontakt: John Smithson
Tel.: 777–7078

* * *

Notiz im Waschsalon

Nähmaschine
$ 75,00

* * *

	Rainier Bank	
	Sparbuch	
	Lesley Knowles	
1.1.70	$ 10,00	
1.2.70	$ 10,00	$ 20,00
5.3.70	$ 5,00	$ 25,00
Zinsen	*.15-*	*§ 25,15*
15.4.70	$ 3,00	$ 28,15
1.6.70	$ 20,00	$ 48,15
Zinsen	*.36-*	*$ 48,51*
30.7.70	$ 5,00	$ 53,51
1.9.70	$ 40,00	$ 93,51
Zinsen	*.70-*	*$ 94.21*
22.10.70	$ 10,00	$ 104,21
1.11.70	$ 5,00	$ 109,21
26.12.70	$ 25,00	$ 134,21
Zinsen	*1.01*	*$ 135,22*

* * *

Auszahlungsbeleg der Rainier-Bank
$ 130,00
Unterschrift: Buck Knowles

* * *

Rainier-Bank
1321 Main Street
Pine Ridge, Washington 98005

Sehr geehrte Mrs. Knowles,

wir bedanken uns für Ihren Brief bezüglich der Auszahlung von Ihrem Sparkonto. Unseren Recherchen zufolge wurden die fraglichen $ 130,00 an Buck Knowles ausgezahlt. Da Sie über ein gemeinsames Konto mit Ihrem Mann verfügen, das mit Ihrem Sparkonto verbunden ist, wird ihm automatisch Zugang zu Ihrem Konto gewährt.

Es tut uns Leid, wenn dies zu irgendwelchen Problemen geführt haben sollte.

Mit freundlichen Grüßen
Peter Johnson
Kundenberater

1973

Jillians Tagebuch

1. Januar 1973

Liebster Nick,

ich bin heute Nachmittag nach einer späten Silvesterparty im Haus einer Freundin aufgewacht. Während ich so im Bett lag, drehten sich meine Gedanken um das neue Jahr, doch dann war mein Herz plötzlich wieder bei dir. Ich glaube, ich habe ein schlechtes Gewissen wegen Thom und mir. Ich habe Thom Eliason in letzter Zeit ziemlich häufig getroffen. Wir haben uns vor einigen Jahren bei einer Demonstration kennen gelernt, und wir studieren beide in Harvard Jura. Du und Lesley, ihr habt immer gesagt, ich würde einmal eine gute Anwältin sein, und allmählich glaube ich, dass ihr Recht hattet.

Ich liebe mein Fach und arbeite sehr viel, um die Grundlagen unseres Rechtssystems zu verstehen. Ich würde gern mithelfen, die Gesetze unseres Landes für Frauen gerechter zu machen. Das wird im Laufe der Zeit auf jeden Fall geschehen. Die Veränderungen der letzten paar Jahre würden dich sicher überraschen, aber ich kann mir nicht vorstellen, dass du dich wie viele andere Männer darüber aufregen würdest. (Es wird dich nicht verwundern, dass mein Vater auch zu ihnen gehört!) Ehrlich, ich weiß nicht, wovor die Männer eine solche Angst haben.

Ich möchte nicht vom Thema Gleichberechtigung der Frauen abschweifen. Ich bin davon überzeugt, dass das Amendement zur

Gleichberechtigung bald in unsere Rechtssprechung einfließen wird. Zu viele Frauen haben sich für diese Verfassungsergänzungen eingesetzt, um nun doch zu scheitern. Du merkst also, ich bin politisch viel bewusster als früher. Mein Studium hat mich dazu gebracht. Nun zu Thom: Ich habe das Gefühl, ich muss dir sagen, dass ich mit ihm geschlafen habe. Es ist nicht vergleichbar mit dem, was uns verbunden hat. Das erste Mal geschah es nach einigen Joints, als meine Hemmschwelle stark herabgesetzt war. Aber ich habe es auch danach getan, weil ... nun, weil es mir gut tut, jemanden zu haben, der mich in den Armen hält. Ich glaube, Thom versteht, dass es eine rein körperliche Sache ist und meine Gefühle keine Rolle dabei spielen. Wir sprechen nicht darüber.

An das Thema Heiraten denke ich nicht, obwohl laut Lesley inzwischen fast neunzig Prozent der Mädchen aus unserer High-School-Klasse verheiratet sind. Lesley macht sich Sorgen, dass ich als alte Jungfer enden könnte, wenn ich nicht bald einen Ehemann finde. Als Mutter von drei Kindern fällt es ihr schwer zu akzeptieren, dass ich weder an einer Ehe noch an einer Familie interessiert bin. Du meine Güte, schließlich bin ich erst fünfundzwanzig! Ich habe ihr mehrfach gesagt, dass ich nicht beabsichtige zu heiraten, aber (wie meine Eltern) glaubt sie mir nicht. Wir streiten uns nicht darüber, aber ich amüsiere mich über ihre Einstellung.

Ich habe große Pläne für das kommende Jahr. Ich wünschte nur, du wärst hier, um sie mit mir zu teilen. Ich denke und spreche im Kopf so viel mit dir, dass ich mir manchmal fast einbilde, du wärst noch am Leben. Manchmal beginne ich zu fantasieren, und dann stelle ich mir vor, wir wären verheiratet und hätten ein oder zwei Kinder, und du wärst gerade zum Abendessen nach Hause gekommen. Ich stelle mir weiter vor, du und Brad Lincoln hättet ein Unternehmen gegründet, wie ihr es geplant hattet. Aber früher oder später holt mich die Wirklichkeit wieder ein. Du bist doch nicht nach Hause gekommen, und das glückliche Leben, das wir geplant haben, ist nichts weiter als die Erinnerung an einen Traum, der mit dir begraben wurde.

Bitte sei mir wegen Thom nicht böse. Du bist der einzige Mann,

den ich je wirklich geliebt habe. Der einzige Mann, den ich je lieben werde. Ich bin nicht mehr das Mädchen, das ich damals war. Ich bin nun eine Frau, und ich möchte gern glauben, dass dir diese Veränderungen gefallen.
Denk immer daran, wie sehr ich dich liebe.
Jillian

* * *

14. Februar 1973

Liebste Jillian,
alles Gute zum Valentinstag! Ich hoffe, das große rote Herz, das Davey für dich gebastelt hat, gefällt dir. Er ist so stolz darauf. Seins war das schönste aus der ganzen Klasse. (Auch wenn du jetzt vielleicht glaubst, ich wäre voreingenommen.) Lindy hat dir auch ein Valentinsgeschenk gebastelt. Sie ist stolz, dass sie jetzt ihren Namen schreiben kann. Ich habe es nicht übers Herz gebracht, ihr zu sagen, dass Ydnil nicht ganz richtig ist. (Ihr Lehrer in der Vorschule meinte, ich sollte mir keine Sorgen machen, Linkshänder würden anfangs häufig so schreiben.) Ist es nicht schön, dass meine Kinder dieselbe katholische Schule besuchen wie wir? Ich kann halbtags in der Cafeteria arbeiten, um das Schulgeld für Davey und Lindy zahlen zu können. Das Timing ist perfekt für mich. Ich arbeite in der Zeit, in der Dougie seinen Mittagschlaf macht, Mum passt so lange auf ihn auf, und er merkt gar nicht, dass ich fort bin.
Buck hat wieder Arbeit, und ich bin sehr froh darüber. Es war schrecklich, nicht zu wissen, wo wir das Geld für den nächsten Einkauf hernehmen sollten. Wir haben Lebensmittelmarken bekommen, aber ich hasse es, auf Almosen angewiesen zu sein, selbst wenn sie vom Staat kommen. Ich habe mich kaum noch in Albertson's Store getraut. Buck hat sich schließlich angeboten, die Einkäufe zu erledigen. Also gut, er hat sich

nicht wirklich angeboten, es war eine Art Handel. Buck hatte seinen Cousin Moose Garrison aus Montana zu uns eingeladen. Dieser Typ aß wie ein Scheunendrescher, er hat sich richtig durch meine wöchentliche Lebensmittelration hindurchgefressen.

Stell dir vor, beim Essen am ersten Abend setzte Lindy sich an den Tisch, sah Moose an und verkündete: »Meine Mum sagt, du würdest uns die Haare vom Kopf fressen.« Ich wäre vor Scham am liebsten im Boden versunken.

Moose blieb zwei Wochen und ließ sich von oben bis unten von mir bedienen. Ich habe es hingenommen, aber dafür musste Buck die Einkäufe erledigen. Das hat ihm natürlich nicht gefallen, aber ich habe ihm erklärt, das wäre so lange sein Job, bis er wieder arbeiten würde. Drei Wochen später rief die Sägemühle an. Ich habe Buck noch nie so freudig zur Arbeit gehen sehen.

Hast du kürzlich die Fernsehnachrichten über die freigelassenen amerikanischen Kriegsgefangenen auf der Clark Air Force Base auf den Philippinen gesehen? Ich habe dagesessen und vor Freude geweint. Hoffentlich hält dieser Waffenstillstand, damit dieser grauenvolle Krieg endlich vorbei ist. Es ist schwer vorstellbar, dass man so etwas Grässliches wie ein Kriegsgefangenenlager überleben kann. Diese Männer reden auffallend viel über die Stärke der menschlichen Willenskraft, findest du nicht auch?

Jillian, du hast in der Weihnachtszeit bei einem unserer Gespräche etwas gesagt, das mir nicht mehr aus dem Kopf gegangen ist. Du hast erklärt, du würdest wegen der Haltung der katholischen Kirche zur Geburtenkontrolle und zu anderen frauenbezogenen Themen nicht mehr in die Kirche gehen. Ich habe lange über unsere Diskussion nachgedacht, und ich stimme dir nicht zu, vor allem nicht dem, was du über die Geburtenkontrolle gesagt hast. Glaubst du ernsthaft, die Kirche würde versuchen, sich die Frauen zu unterjochen, indem sie ihnen mehr Kinder aufhalst, als sie bewältigen können? Wie du weißt, haben Buck und ich um dieses Thema gekämpft. Wir haben die Knaus-Ogino-Methode praktiziert, mit begrenztem Erfolg.

Kurz bevor Dougie geboren wurde, schlug Dr. Boone mir vor, die Eileiter veröden zu lassen. Als praktizierende Katholikin konnte ich das nicht. Ich bin so vorsichtig wie möglich, aber ich denke, Gott weiß, wie viele Kinder Buck und ich haben sollen. Es ist mehr als eine Doktrin der Kirche; es ist auch eine Frage des Glaubens.

Ich weiß, dass du mich für hoffnungslos naiv und altmodisch hältst, aber so denke ich eben.

Schreib mir bald wieder. Ich freue mich immer so über deine Briefe.

Alles, alles Liebe,
Lesley und alle anderen

* * *

JILLIAN LAWTON
330 FAIRCHILD AVE.
APARTMENT 3B
BOSTON, MASS. 02138

17. Februar 1973

Lieber Thom,
ich weiß nicht, wie ich anfangen soll, um dir zu sagen, wie Leid mir alles tut. Der Verlobungsring, den du mir am Valentinstag geschenkt hast, war wunderschön. Aber ich glaube, ich war in meinem ganzen Leben noch nie so überrascht.

Eigentlich war es ein regelrechter Schock, schließlich haben wir nie übers Heiraten gesprochen. Vielleicht hätte ich merken müssen, dass unsere Überlegungen, ob wir vielleicht zusammenziehen, deine Art war, einen Heiratsantrag vorzubereiten. Danke für deine Geduld und dafür, dass du mir Zeit gegeben hast, über alles nachzudenken.

Bitte sei mir nicht böse, aber ich bin einfach nicht interessiert an einer Heirat. Ich möchte nicht heiraten. Ich habe noch anderthalb Jahre, ehe ich mein Examen mache (du auch!). Ich weiß nicht, ob ich erwähnt habe, dass es meinem Vater gesundheitlich nicht besonders gut geht, deshalb fahre ich auch so häufig an die Westküste. Sobald ich mein Studium abgeschlossen habe, werde ich wahrscheinlich nach Washington State zurückgehen, um in der Kanzlei meines Vaters zu arbeiten.

Ich bin nicht die richtige Frau für dich. Ich habe deine Freundschaft genossen, vor allem in den letzten sechs Monaten, aber ich kann deinen Antrag nicht annehmen. Bitte versuch mich zu verstehen.

Jillian

* * *

24. Februar 1973

Liebe Jillian,

du hast mir in deinem Brief geschrieben, wie überrascht du von meinem Heiratsantrag warst. Die Tatsache, dass du dich dafür entschieden hast, mir zu schreiben, anstatt von Angesicht zu Angesicht mit mir zu sprechen, zeigt mir, wie aufgewühlt du bist. Das wollte ich nicht. Ich hatte wirklich nicht die Absicht, dich mit meinem Antrag in die Flucht zu jagen!

Was hast du gedacht, Jillian? Dachtest du, ich könnte eine Abweisung nicht verkraften? Ich hatte gehofft, dass gerade du mich besser kennen würdest. Aber mach dir keine Sorgen, ich komme damit schon klar. Wenn du zunächst nur mit mir zusammen wohnen möchtest, ist das auch okay. Ruf mich an, damit wir darüber reden können.

Thom

* * *

Mrs. Leonard Lawton
2330 Country Club Lane
Pine Ridge, Washington 98005

1. März 1973

Sehr geehrter Mr. Brad Lincoln,

Ihr an Jillian adressierter Brief kam letzte Woche im Haus unserer Familie an. Bitte verzeihen Sie mir, dass ich etwas gelesen habe, das nicht für mich bestimmt war. Ich habe Ihren Namen erkannt; Jillian hatte uns kurz nach Nicks Tod von Ihnen erzählt.

Es ist ihr unglaublich schwer gefallen, den Verlust ihres High-School-Freundes zu verwinden, und sie beginnt gerade erst damit, seinen Tod zu akzeptieren und wieder Verabredungen zu treffen. Ich habe Angst, dass Ihr Brief sie zu sehr aufwühlen würde, und als ihre Mutter muss ich versuchen, dies zu verhindern. Ich hoffe, Sie verzeihen mir, dass ich mich in diese Angelegenheit einmische.

Nach sorgfältiger Überlegung habe ich beschlossen, dass ich Ihren Brief nicht an meine Tochter weiterleiten werde. Ich fürchte, dass es Jillian mehr schadet als nützt, wenn Sie jetzt Kontakt zu ihr aufnehmen. Ich verstehe, dass Sie sich für Nicks Tod verantwortlich fühlen, aber ich glaube nicht, dass Jillian diejenige ist, die Sie von Ihren Schuldgefühlen freisprechen kann. Aus welchem Grund auch immer hat Gott entschieden, Sie am Leben zu lassen, und wir können seine Entscheidung nicht infrage stellen.

Nicks Tod hat unsere Tochter beinahe zerstört. Sie hat fünf Jahre gebraucht, um mit dem großen Verlust fertig zu werden. Im Augenblick ist sie mit einem netten Jurastudenten zusammen, und ihr Vater und ich sind sehr froh über diese Beziehung.

Als ihre Mutter bitte ich Sie, sie in Ruhe zu lassen. Bitte versuchen Sie nicht, erneut Kontakt zu ihr aufzunehmen. Ich werde Sie in meine Gebete einschließen und wünsche Ihnen, dass Ihre Schuldgefühle mit der Zeit nachlassen.

Bitte versuchen Sie, mich zu verstehen.

Ich danke Ihnen.

Mit freundlichen Grüßen

Mrs. Leonard Lawton

* * *

4. März 1973

Liebe Jillian,

jetzt schreiben wir uns also weiterhin Briefe. Ich bin enttäuscht, aber wenn du es so haben möchtest, dann werden wir es genau so machen.

Ich dachte, du liebst mich, aber ich bin mir dessen nicht mehr sicher. Du hast mich vielleicht gern, aber bei weitem nicht so, wie den Jungen aus deiner Heimatstadt, der in Vietnam gestorben ist. Du dachtest, ich wüsste nichts von ihm, habe ich Recht? Ich habe es nie erwähnt, aber du sprichst im Schlaf von ihm. Es hat eine Weile gedauert, ehe ich zwei und zwei zusammenzählen konnte. Ich habe dich genug geliebt, um zu hoffen, dass es dir eines Tages gelingen würde, über die Vergangenheit hinwegzukommen und im Hier und Jetzt zu leben. Offenbar habe ich meine Zeit verschwendet.

Es tut mir Leid, Jillian, dass ich geglaubt habe, du wolltest mich heiraten. Ich habe mich geirrt. Vielleicht hast du eines Tages eine klarere Vorstellung von dem, was du vom Leben erhoffst.

Ich stimme dir zu. Es wird das Beste für alle Beteiligten sein, wenn wir uns nicht mehr sehen.

Thom

* * *

10. März 1973

Lieber Buck,

da du mich nicht anrufst und auch nicht mehr zum Bowling kommst, bleibt mir nichts anderes übrig, als dir einen Brief zu schreiben. Als du das letzte Mal bei mir warst, habe ich dir gesagt, dass ich überfällig wäre. Du hast so getan, als würde es dich nicht kümmern und sagtest, du seist verrückt nach mir. Ich war dumm genug, dir zu glauben. Ich bin immer noch überfällig, und der Virus, den ich eingefangen habe, scheint der Neun-Monats-Virus zu sein. Ich bin schwanger, Buck, im zweiten Monat, und ich möchte gern wissen, wie du dazu stehst.

Moose hat mir inzwischen gestanden, dass du verheiratet bist. Das ist unglaublich! Du hättest es wenigstens erwähnen können. Später erfuhr ich dann auch noch, dass ich nicht die einzige Frau bin, mit der du hinter dem Rücken deiner Ehefrau herumgetändelt hast. Denise Gavin hat mir erzählt, dass du auch mal etwas mit ihr hattest, nur dass sie ebenfalls verheiratet war. Nun, ich bin nicht verheiratet, und ich wusste nicht, dass du es bist. Wenn ich es gewusst hätte, wären wir niemals zusammen ins Bett gegangen, das schwöre ich dir. Aber das ist jetzt zu spät, oder? Du hast gekriegt, was du wolltest. Du kannst dir gratulieren, dass es dir gelungen ist, mir vorzumachen, dass du mich gern hast.

Ich war in einer Klinik und habe erfahren, dass eine Abtreibung 150 Dollar kostet. Entweder bekomme ich bis nächsten Montag das Geld, oder ich gehe zu deiner Frau. Ob sie weiß, dass ihr Mann in der Gegend herumschläft? Erst Denise und dann ich, und wer weiß wie viele noch. Vielleicht wird es allmählich Zeit, dass jemand deiner Frau erzählt, was für eine Sorte Mann du bist.

Terri

* * *

11. April 1973

Lesley,
eines möchte ich dir unmissverständlich klar machen. Es steht außer Frage, dass ich aus dem Wohnwagen ausziehe. Wir haben ihn mit dem Geld, das ich mit meinem Schweiß verdient habe, bezahlt. Wenn du so scharf darauf bist, dich von mir scheiden zu lassen, bitte sehr, aber ich behalte das, was meins ist, und dazu gehört auch der Wohnwagen. Du kannst die Kinder haben und das, was du für sie brauchst, aber alles andere ist mein Eigentum. Mach mir von mir aus Vorwürfe wegen dem, was mit Terri passiert ist, aber ein Mann braucht eine richtige Frau im Bett, nicht eine, die sich ständig darum sorgt, bloß nicht schwanger zu werden.

Wenn du darauf bestehst zu gehen, von mir aus. Dann geh.

Wie du sagtest, es gibt nichts mehr zu bereden. Das finde ich auch. Schick mir deinen Anwalt. Aber eine Frage noch – wie willst du dir einen Anwalt leisten? Ich werde ihn nicht bezahlen, das sage ich dir gleich.

Buck

* * *

14. April 1973

Liebste Jillian,
die Belagerung am Wounded Knee ist endlich vorbei, und die Nachrichten sind voll mit Berichten über die Affäre in Watergate und über die Verstrickungen Präsident Nixons. Ich wünschte, ich könnte dir berichten, dass mein Leben wieder in ruhigen Bahnen verläuft, aber es ist alles nur noch schlimmer geworden. Im Moment ist es zur Abwechslung einmal still im Haus. Die Kinder schlafen, und der Fernseher ist aus. Aber ich schreibe dir nicht von zu Hause. Die Kinder und ich wohnen im Moment bei meinem Bruder Mike, der kürzlich aus Kalifor-

nien zurückgekehrt ist. Wir können bei ihm bleiben, bis zwischen mir und Buck alles geregelt ist. Wir wohnen zu fünft in einem Ein-Zimmer-Apartment, du kannst dir also vorstellen, wie es in den letzten Tagen gewesen ist.

Ich schreibe dir, um dir zu erzählen, was passiert ist, und um mich zu entschuldigen. Ich schulde dir diese Entschuldigung seit fast acht Jahren. Erinnerst du dich an den Sommer nach unserem High-School-Abschluss, als du Buck kurz vor unserer Hochzeit zusammen mit Tessa McKnight gesehen hast? Buck hat mir damals versichert, er sei es nicht gewesen, sondern jemand, der ihm ähnlich sähe. Jahre später stand ein Mann bei mir vor der Tür und ließ Buck ausrichten, dass er gefälligst die Hände von seiner Frau lassen solle. Ich weiß noch, wie schockiert er war, als er mich sah. Ich glaube, er hatte keine Ahnung, dass Buck verheiratet war.

Das hatte auch Terri Noble nicht. Ich habe letzte Woche einen Brief von ihr bekommen, in dem sie mir mitteilte, dass Buck sie geschwängert habe. Er wolle nun nicht für die Abtreibung zahlen, weil er als Katholik dagegen sei. Die Kirche hat eine ähnliche Haltung zum Ehebruch, aber das scheint ihn weniger zu bekümmern.

Als Buck von der Sägemühle nach Hause kam, zeigte ich ihm den Brief. Er plusterte sich auf und wollte wissen, wie ich dieser Frau bloß glauben könnte. Einer Fremden, die ich nicht mal kennen würde. Dabei wäre es mir ehrlich gesagt nie in den Sinn gekommen, ihr nicht zu glauben. Ich bat Buck auszuziehen, aber er weigerte sich.

Ich werde die Scheidung einreichen, sobald ich mir einen Anwalt leisten kann. Das muss ich tun, Jillian, um mein Seelenheil zu bewahren. Ich wollte, dass diese Ehe funktioniert, aber nicht unter Aufgabe meiner Würde.

Der Frieden heute Abend kommt mir vor wie die Ruhe vor dem Sturm. Ich kann meinen Bruder nicht länger mit meinen Problemen belasten. Mike verdient kaum genug Geld, um sich selbst ernähren zu können, geschweige denn mich und die drei

Kinder. Mum würde uns gern helfen, aber Dad hat ihr verboten, mit mir zu sprechen. Seit ich ihm erzählt habe, dass ich mich scheiden lasse, hat er nicht mehr getan, als davon zu reden, dass es die Pflicht einer Frau sei, zu ihrem Mann zu stehen, ganz gleich welche Fehler er begangen hat.

Im Moment erscheint mir die Zukunft wie ein endloser Kampf, aber das macht nichts. Ich weiß, dass ich auf keinen Fall in dieser Ehe bleiben kann. Es tut mir Leid, dass ich dir damals nicht geglaubt habe. Es hätte mir eine Menge Kummer erspart. Bitte schick keine Post mehr zum Wohnwagen. Ich bezweifle ernsthaft, dass Buck mir deine Briefe gibt, zumal er weiß, wie sehr ich sie hüte.

In Liebe,
Lesley

* * *

1. Mai 1973

Liebe Lesley,

es tut mir Leid, das von dir und Buck zu hören. Ich wünschte, wir wohnten näher zusammen, damit ich dir wirklich helfen könnte. Es macht mich wütend, dass Dad euch nicht zu Hause wohnen lässt, und noch zorniger werde ich, wenn ich höre, dass er auch Mum nicht erlaubt, dir und den Kindern zu helfen. Das ist schlicht grausam.

Ich weiß noch genau, wie er sich benahm, als ich und Bill kurz nach unserer Hochzeit zu Besuch kamen. Dad weigerte sich, meinen Mann kennen zu lernen. Er weigerte sich, irgendetwas mit Bill oder mir zu tun zu haben. Seine Argumentation war, dass Bill und ich nicht kirchlich geheiratet hätten. Der wahre Grund war, dass er nicht wollte, dass er die Gewalt über mich verlor. Er war immer dagegen gewesen, dass ich zur Marine ging. Er hat alles getan, um mich daran zu hindern, von zu Hause wegzuziehen. Leider hatte er keine Gelegenheit, den

Ehemann für mich auszusuchen, so wie er es bei dir getan hat. Dad hat dir keine andere Wahl gelassen, als Buck zu heiraten. Ich weiß, was geschehen ist, Les. Ich weiß es genau. Buck hat dich vergewaltigt, nicht wahr? Dann warst du plötzlich schwanger mit Davey und saßest in der Falle. Nun, ich habe mitangesehen, was mit dir passiert ist, und bin weggegangen, ehe Dad auch mein Leben kaputtmachen konnte.

Du hast mich nicht um Hilfe gebeten, aber du bist meine Schwester, und ich kann die Vorstellung nicht ertragen, dass du oder die Kinder leidet oder Hunger habt. Bill und ich haben darüber gesprochen, und ich lege einen Scheck über $ 100 bei. Es ist nicht viel, aber vielleicht hilft es etwas.

Ich bin so stolz, dass Mike euch hilft. Er sagte, Joe und Bruce und Lily würden euch jeden Penny geben, den sie übrig hätten. Wir stehen hundertprozentig zu dir. Mach dir keine Sorgen, Les. Alles wird gut. Buck verdient dich nicht. Das hat er nie getan.

Alles Liebe,
Bill, Susan und Aaron

* * *

JILLIAN LAWTON
330 FAIRCHILD AVE.
APARTMENT 3B
BOSTON, MASS. 02138

2. Mai 1973

Liebste Lesley,

dein Brief hat mich erwartet, als ich von einer Woche in Nantucket zurückkam. Oh Les, es tut mir so Leid. Ich habe nie versucht, meine Meinung über Buck zu verstecken. Ich wollte nicht, dass du ihn heiratest. Ich hatte immer das Gefühl, er wäre nicht gut genug für dich. Es stimmt, meine Gründe waren nicht völlig selbstlos –

ich wollte, dass du auf die University of Washington gehst oder auf sonst ein College. Ich wollte, dass wir beide zusammenblieben, so wie wir als Kinder zusammen waren.

Du bist eine wunderbare Mutter, Lesley. Ich habe dich deswegen oft bewundert. Deine Kinder habe ich so lieb, als wären es meine eigenen, vor allem Lindy, die mein Herz vollkommen erobert hat.

Ich weiß, wie schwierig das alles für dich war. Ich bin beeindruckt von deinem Mut, vor allem angesichts der Widerstände, gegen die du zu kämpfen hast. Ich weiß auch, dass du dir diesen Entschluss nicht leicht gemacht hast. Aber, Lesley, Buck ist wirklich kein guter Ehemann.

So, und nun gibt es hier etwas, von dem ich möchte, dass du es tust, und bitte, streite diesmal nicht mit mir. Das ist kein Almosen. Ich habe heute Nachmittag mit Mum gesprochen, sie möchte dir einen Job anbieten. Ihre Haushälterin ist in Rente gegangen, und sie braucht einen Ersatz. Sie möchte dich gern haben, und bevor du Nein sagst, es war ihre Idee, nicht meine. Das Geld wird vielleicht nicht ganz für dich und die Kinder reichen, aber schließlich kriegst du ja von Buck noch Unterhalt.

Ich habe einen guten Anwalt für dich. Montgomery Gordon ist der beste Anwalt der Stadt und wahrscheinlich sogar des Landes. Er ist einer von Dads Partnern und stockkonservativ, aber er ist gut. Mum hat ihm deinen Fall geschildert, und er hat angeboten, dich ohne Honorar zu vertreten. Ich kann es kaum erwarten, bis er Buck zwischen den Klauen hat.

Ich bleibe in Kontakt. Mach dir keine Sorgen, Lesley, alles wird gut werden.

Alles Liebe,
Jillian

* * *

1. Juni 1973

Lieber Mr. Gordon,

ich danke Ihnen für Ihre Bemühungen. Ich weiß, dass Sie sich geärgert haben, dass Sie Buck nicht aus dem Wohnwagen hinauswerfen konnten, aber Sie haben so viel erreicht. Die Kinder und ich haben nun einen besseren Platz zum Leben, ohne meinem Bruder auf der Tasche zu liegen.

Sie haben mich gebeten, darüber nachzudenken, ob wir versuchen sollen, ein Unterlassungsurteil gegen Buck zu erwirken, aber ich glaube nicht, dass das nötig ist. Obwohl Buck manchmal zu Wutanfällen neigt, verraucht sein Ärger normalerweise schnell wieder. Er war nur erregt, weil der Richter von ihm verlangte, für mich und die Kinder die Miete für die Wohnung zu zahlen.

Es war ein Schock für ihn, dass er diesen hohen Unterhalt für die Kinder zahlen muss und die Miete, bis die Scheidung rechtskräftig ist. Offenbar hatte er geglaubt, er käme ohne Zahlungen davon. Mit Bucks Geld und dem, was ich als Haushälterin bei Mrs. Lawton verdiene, werde ich meine Kinder versorgen können. Leider war es nötig, sie von der katholischen Schule zu nehmen, aber das ließ sich nicht vermeiden. Sie werden ab September auf eine öffentliche Schule gehen.

Nochmals, meinen Dank.
Mit freundlichen Grüßen
Lesley Knowles

* * *

Dorothy Adamski

2. Juli 1973

Meine liebste Lesley,

ich kann dir gar nicht sagen, wie sehr ich dich und die Kinder vermisse. Dein Vater benimmt sich absolut unmöglich. Als er erfuhr, dass ich bei dir und den Kindern war, hat er sich so aufgeregt, dass er beinahe einen Herzinfarkt bekam. Er hat mir jeden Kontakt mit euch strengstens verboten. Die langen Warteschlangen an den Tankstellen bessern seine Laune auch nicht gerade. Es hat gestern zwei Stunden gedauert, bis er an der Reihe war, und er kam ziemlich gereizt nach Hause. Wenn du mich fragst, ich finde die OPEC zum K...!

Weiß Jillian eigentlich, dass Mr. Murphy seine Tankstelle schließt? Es ist so traurig, dass das Lebenswerk eines Menschen zerstört wird nur wegen der Geldgier anderer.

Ich bin traurig ohne dich und sehne mich sehr danach, meine kleinen Enkel zu sehen. Lily hat mir versprochen, dir diesen Brief und zehn Dollar zu bringen. Ich wünschte, es wäre mehr, aber mehr konnte ich diese Woche nicht abzweigen, ohne dass dein Vater misstrauisch geworden wäre.

Buck war gestern zum Essen hier. Ich konnte ihm kaum ins Gesicht sehen, und es entsetzt mich, dass dein Vater sich noch mit diesem Mann abgibt. Buck und dein Dad haben den ganzen Nachmittag vor dem Fernseher gesessen, Baseball geguckt und Bier getrunken. Buck beklagte sich die ganze Zeit über diesen angeblich hochtrabenden Anwalt, der für dich arbeitet. Ich hatte große Mühe, nicht aufzustehen und ihm meine Meinung zu sagen. Mir ist aufgefallen, dass er sich gehen lässt. Sein Hemd war schmutzig, und er hatte sich seit Tagen nicht rasiert. Dein Vater versicherte Buck, du würdest bald wieder zur Vernunft kommen.

Gib jetzt nicht nach, Lesley. Dein Vater würde wahrscheinlich explodieren, wenn er wüsste, dass ich das gesagt habe. Du hast mehr Mut, als ich je hatte. Ich bin stolz auf dich.

Ich liebe dich, Süße. Bleib stark.
Alles Liebe,
Mum

* * *

5. Juli 1973

Lieber Daddy,
du fehlst mir so. Ich habe im Park ein Feuerwerk gesehen.
Alles Liebe,
Davey

* * *

10. Juli 1973

Liebe Lesley,
okay, Baby, du hast gewonnen. Ich vermisse dich und die Kinder zu sehr, um so zu tun, als wäre es nicht so. Ich wache morgens auf, und es gibt keinen Grund für mich aufzustehen. Seit Jahren war dieser Wohnwagen viel zu eng, jetzt habe ich das Gefühl, er ist so groß, dass ich fast darin ertrinke.

Das mit Terri tut mir Leid, viel mehr, als du dir vorstellen kannst. Ich entschuldige mich nicht dafür, es ist passiert, und es war meine Schuld. Ich habe es bereut. Ich wollte dir und den Kindern niemals wehtun, und ich sehe, dass ich genau das getan habe.

Können wir reden? Bitte! Meine Familie fehlt mir so. Ohne euch ist nichts in Ordnung. Die Kinder vermissen mich auch. Ich möchte sie gern sehen. Darf ich euch besuchen? Wie wäre es an diesem Wochenende? Ich gehe mit Davey angeln, du weißt doch, wie gern er das immer getan hat. Danach gehe ich mit Lindy und Dougie Eis essen, damit sie sich nicht zurückgesetzt fühlen. Und dann können wir beide reden. Sag, dass ich kommen darf, Lesley. Halt meine Kinder nicht von mir fern.

Ich verdiene dich nicht, aber ich flehe dich an, Baby, rede mit mir, mehr verlange ich nicht. Gib mir eine Chance, alles wieder gutzumachen.

Buck

* * *

JILLIAN LAWTON
330 FAIRCHILD AVE.
APARTMENT 3B
BOSTON, MASS. 02138

4. August 1973

Lieber Montgomery,
ich möchte mich bei dir bedanken für deine Bemühungen, meiner Freundin bei ihrer Scheidungsangelegenheit zu helfen. In ihrem letzten Brief sprach Lesley davon, dass sie und Buck kurz vor einer Versöhnung stünden. Ich fände es schrecklich, wenn das geschähe, aber ich kann diese Entscheidung nicht für sie treffen.

Ich weiß es sehr zu schätzen, dass du mich über den Gesundheitszustand meines Vaters auf dem Laufenden hältst. Er kam mir in letzter Zeit etwas munterer vor, und ich bin sicher, dass das daran liegt, dass du einiges an beruflicher Verantwortung von ihm übernommen hast. Aber das muss nicht für immer sein, denn wenn alles nach Plan läuft, werde ich nächstes Jahr um diese Zeit in die Kanzlei eintreten.

Meine Eltern halten dich für einen wertvollen Freund, und ich möchte gern, dass du weißt, dass ich das auch tue.
Viele Grüße
Jillian

12. September 1973

Liebe Jillian,

ich lege ein Bild von mir und den Kindern bei. Ich bin diejenige mit der wilden Mähne. Diese neue Frisur ist toll. Wenn ich mir morgens die Haare wasche, kann ich sie einfach so trocknen lassen. Gut, mein Kopf sieht aus wie eine Pusteblume, aber das macht mir nichts.

Die Kinder sehen glücklich aus, oder? Davey hat seinen Vater eine Zeit lang ziemlich vermisst – seinen Daddy und seine Werkbank. Davey war gerade drei, als die beiden dieses wackelige alte Ding bauten, aber es war immer der Rückzugsort meines Sohnes. Ohne seine Werkbank kommt er mir vor wie eine verlorene Seele.

Lindy hat wieder angefangen, am Daumen zu lutschen. Ich bin sicher, dass unsere Trennung schuld daran ist. Und Dougie macht seit neuestem wieder ins Bett. Kinder brauchen ihren Vater.

Ich erzähle dir das alles aus einem ganz bestimmten Grund. Ich kann mir vorstellen, dass du schon ahnst, was es ist. Buck und ich sind wieder zusammen. Ich habe mir diese Entscheidung nicht leicht gemacht, ebenso wenig wie die, fortzugehen.

Du und ich, wir wissen beide, dass Buck seine Fehler hat, aber die hat jeder von uns. Ich habe sein Wort, dass er mich nie wieder betrügen wird. Er hat mich angefleht, ihm noch eine letzte Chance zu geben, sich zu beweisen. Er hat mich angefleht, unsere Familie nicht zu zerstören.

Seit Wochen bin ich hin und her gerissen und weiß nicht, was ich tun soll. Meine Kinder weinen abends, wenn Buck zu Besuch da war, weil sie ihn so vermissen. Alle wollen gern wieder nach Hause zurück.

Ich dachte immer, ich wäre klug, aber Algebraaufgaben zu lösen erscheint mir viel einfacher als Entscheidungen zu fällen, die das Leben meiner Kinder betreffen. Vielleicht bin ich schwach. Ich weiß es nicht. Ich würde ihn nicht zurücknehmen, wenn ich mir nicht sicher wäre, dass er seine Lektion gelernt hat. Ich habe ihm unmissverständlich klar gemacht, dass es vorbei ist, wenn er noch einmal eine Affäre hat – auf der Stelle.

Danke für deine Unterstützung und Aufmunterung während dieser ganzen Zeit. Du bist die beste Freundin, die ich je hatte, Jillian. Ich weiß nicht, was ich ohne dich getan hätte.

Deine Mum muss sich eine neue Haushälterin suchen, und es gibt einen Grund dafür. Oh Jillian, ich habe etwas ganz Dummes getan. Du brauchst dich nicht über mich aufzuregen, weil ich mich selbst genug über mich aufrege.

Anfang des Monats kam Buck eines Abends zu Besuch. Die Kinder schliefen schon, und er sagte, er wolle mit mir reden. Wir redeten, aber dann ist er über Nacht geblieben und, also, du kannst es dir schon denken. Ich bin schwanger. Ich habe es Buck noch nicht gesagt, aber ich weiß schon jetzt, dass er absolut begeistert sein wird.

Wir werden beide alles dafür tun, dass unsere Ehe diesmal funktioniert. Das würde ich nicht tun, wenn ich auch nur den geringsten Zweifel an seiner Liebe zu den Kindern und mir hätte.

Ich bin Montgomery Gordon sehr dankbar. Er hat sich während der ganzen Zeit wunderbar verhalten. Ich weiß, dass er enttäuscht ist, aber er hat sich nie etwas anmerken lassen. Er war sehr lieb zu den Kindern, und sie mochten ihn auch gern. Du sagtest, er wäre stockkonservativ, und ich stimme dir zu, dass er anfangs ein bisschen steif ist, aber im Grunde ist er ein ausgesprochen netter Mann.

Ich danke dir dafür, dass du die beste Freundin bist, die ich je hatte.

Alles Liebe,
Lesley

1974

Jillians Tagebuch

1. Januar 1974

Lieber Nick,
wieder einmal beginnt ein neues Jahr. Ich habe immer geglaubt, dass ich in die Kanzlei meines Vaters eintreten würde, sobald ich meine juristische Ausbildung beendet hätte. Stattdessen bin ich nun wieder nach New York gezogen und arbeite für eine Organisation, die sich für die Rechte der Frauen einsetzt. Dad hat mich dazu ermutigt, denn er weiß, wie ich zu diesem Thema stehe.

Überraschenderweise komme ich in letzter Zeit besser mit meinen Eltern zurecht, vor allem mit meinem Vater. Ich weiß nicht genau, wer sich verändert hat, deshalb vermute ich einfach, dass wir es beide waren. Er bleibt trotz des Watergate-Fiaskos ein eiserner Republikaner, obwohl er Nixon nicht mehr ganz so laut und vehement verteidigt, seit Agnew zurückgetreten ist und die Ermittlungen des Senatsausschusses begonnen haben. Montgomery Gordon arbeitet eng mit Dad zusammen, und ich habe ein bisschen Angst davor, dass es zu einem Machtkampf zwischen uns kommen könnte, wenn ich nach Pine Ridge zurückkehren würde. Für mich ist er immer noch ein Langweiler, auch wenn ich meine Meinung über ihn etwas revidieren musste. Er hat Lesley im letzten Jahr vertreten, als sie sich fast hätte scheiden lassen, und sie hat regelrecht geschwärmt von ihm.

Meine Entscheidung, an der Ostküste zu bleiben, hat auch etwas damit zu tun, dass ich Pine Ridge nicht mehr als meine Heimat betrachte. Ich verbinde die Stadt mit dir und dem wunderbaren Sommer, den wir dort zusammen verbracht haben, ehe ich aufs College gegangen bin. Der Sommer, bevor du nach Vietnam gegangen bist. Wir waren jung, unschuldig und so verliebt. Diese Zeit und diese Unschuld sind nun für immer entschwunden.

Ich fahre gern nach Pine Ridge und freue mich jedes Mal auf meine Freunde, vor allem auf Lesley, aber ich passe einfach nicht mehr in diese Kleinstadt. Außerdem lebe ich gern in New York.

Oh Nick, du kannst dir gar nicht vorstellen, welche Warteschlangen sich inzwischen an den Tankstellen bilden. Die Leute stehen zwei Stunden und länger an, um Benzin zu bekommen. In der Zeitung war kürzlich ein Foto von Autofahrern, die ihr Auto am Vorabend vor der Tankstelle geparkt haben, in der Hoffnung, am nächsten Morgen ihren Tank füllen zu können, ehe die Zapfsäulen versiegen. Es wird sogar von einer Treibstoff-Rationierung gesprochen. Angeblich hat das alles mit der OPEC zu tun, aber die vorherrschende Meinung ist, dass es mehr an den unersättlichen Ölgesellschaften liegt als an irgendwelchen ausländischen Regierungen.

Seit unserem Jura-Examen habe ich Thom nicht mehr gesehen. Er ruft ab und zu an, wir erzählen ein bisschen, und dann lege ich auf und fühle mich elend und frustriert. Ich habe ihn absolut mies behandelt. Ich weiß, dass ich ihn verletzt habe. Er hofft noch immer, dass ich eines Tages meine Meinung über uns beide ändern werde, aber das werde ich nicht.

Ich habe mich ein paar Mal mit Curtis Chandler, ebenfalls ein Anwalt, verabredet. Ich schlafe nicht mit ihm, obwohl ich weiß, dass er gern eine sexuelle Beziehung zu mir hätte. Ich hätte das auch gern, aber ich habe bei Thom eine wichtige Lektion gelernt. Zum Sex gehört mehr als nur der körperliche Aspekt. Ich wollte Thom nur meinen Körper geben, nicht mein Herz, das ist mir gelungen, aber ich fühlte mich sehr leer. Thom hat mich in den Armen gehalten, aber das reichte nicht. Am Ende habe ich nur jemandem wehgetan, den ich als meinen Freund betrachtet hatte. Tatsache ist, dass ich nicht so cool bin, wie ich immer geglaubt habe. Ich kenne viele Frauen, die viele Sexualpartner hatten. Schließlich gehören wir alle der Generation an, die »Freie Liebe« verkündet. Aber ich habe beschlossen, in Zukunft ohne Sex zu leben. Ich werde nie wieder erleben, was wir beide zusammen erlebt haben, wozu also das Ganze? Sex macht die Dinge nur unnötig kompliziert.

Und noch einer weiteren Wahrheit bin ich vor kurzem auf die Spur gekommen: Ich habe nur wenige Freunde. Viele Bekannte, aber nur wenige echte Freunde. Lesley ist meine engste und liebste Freundin, und das wird sie wahrscheinlich auch immer bleiben. Unsere Leben haben sich sehr auseinander entwickelt, aber wir verstehen, akzeptieren und lieben uns wie Schwestern.

Die einzige richtige Unstimmigkeit, die wir hatten, seit ich das College verlassen habe, betrifft die katholische Kirche. Ich betrachte mich nicht mehr als Katholikin. Eigentlich betrachte ich mich als überhaupt nichts. Da mir kein besseres Wort einfällt, könnte man vielleicht sagen, ich bin Christin, aber eine, die ziemlich sauer ist auf Gott. Meine Einstellung zu Religion, Gott und allem Geistlichen ist bitter, und ich komme mir vor wie eine Heuchlerin, wenn ich in die Messe gehe. Lesley meint, ich fände in der Kirche Frieden, aber ich will keinen Frieden, ich will dich.

Lesley und ich haben häufig über meine Einstellung gesprochen. Ihre Situation ist ganz anders als meine. Sie findet Seelenfrieden, wenn sie in die Messe geht, und es ist wichtig für sie. Außerdem hat sie drei Kinder, und das vierte ist unterwegs. Ja, ein viertes – sie besteht auf ihrer Knaus-Ogino-Methode, allerdings glaube ich, dass sie (trotz der Kirche) Buck davon überzeugt hat, sich nach dieser letzten Überraschung endlich sterilisieren zu lassen.

Während der Ferien habe ich deinen Vater und Jimmy besucht. Die alte Tankstelle deines Dads ist nun ein Blumencenter. Ich war dort und habe mit der Frau gesprochen, die das Gebäude gekauft hat, und sie hat an jeder nur möglichen Stelle Pflanzen untergebracht. Nebenbei gibt sie Makramee-Kurse. Ich weiß, dass es deinem Vater schwer fällt, an seiner ehemaligen Tankstelle vorbeizugehen. Er fährt nun einen Milchwagen, aber er spricht nicht viel über seinen Job. Am Neujahrstag sind wir zusammen zum Friedhof gegangen. Das ist inzwischen für uns zur Tradition geworden. Es wird dich freuen zu hören, dass Jimmy nun eine feste Stelle hat und glücklich zu sein scheint. Er ist mit einem Mädchen aus seiner High-School-Klasse zusammen, und es scheint etwas Ernstes zu sein.

Ich liebe dich, Nick, so sehr. Ich weigere mich, dich zu vergessen. Der Krieg ist nun vorbei, die Gefangenen sind frei und unsere Truppen wieder zu Hause. Saigon ist besiegt.

Trotz der allgemeinen Erleichterung – eine Erleichterung, die ich teile – fühle ich mich betrogen und sehr einsam. Weil du nicht zu mir zurückgekommen bist ...

Denk immer daran, wie sehr ich dich liebe.
Jillian

* * *

28. Februar 1974

Liebe Jillian,

ich faulenze heute Nachmittag und bin gerade erst von meinem Mittagsschlaf aufgewacht. Vorher haben Dougie und ich Schokoladenkekse gebacken und unter dem Küchentisch zu Mittag gegessen. (Dort war sein Fort, und wir waren auf dem Wachposten, um feindliche Indianer zu erspähen!) Dann haben wir uns zusammen in mein Bett gekuschelt und die Decke über uns gezogen (um uns vor den anschleichenden Apachen zu verstecken). Erstaunlich, was eine Mutter alles tut, um ihr Kind zum Mittagsschlaf zu kriegen.

Diese Schwangerschaft ist schwieriger als alle anderen zusammen. Ich bin die meiste Zeit müde und lustlos. Meine Knöchel sind geschwollen, und der Arzt hat mir eine salzlose Diät verordnet, dabei esse ich doch so gern Salz. Es sind nur noch fünf Wochen bis zum errechneten Geburtstermin, und wir haben uns noch nicht in der Klinik angemeldet. Das könnte etwas damit zu tun haben, dass wir die Rechnung von Dougies Geburt noch nicht bezahlt haben.

Ich habe wunderbare Neuigkeiten. Buck war letzten Monat zum ersten Mal bei einem Treffen der Anonymen Alkoholiker und ist nun schon seit dreißig Tagen nüchtern. Er spricht jeden Tag mit seinem Therapeuten, liest in einem Buch, das er das große Buch nennt (nicht die Bibel, falls du das meinst), und geht regelmäßig zu seinen Treffen. Seine Bemühungen haben mich überzeugt, dass es die richtige Entscheidung war, bei ihm zu bleiben. Er tut wirklich, was er kann, um unsere Ehe zu retten und unsere Familie zusammenzuhalten. Die Kinder laufen ihm jeden Abend entgegen, wenn er nach Hause kommt, und er ist wunderbar zu ihnen. Lindy vergöttert ihren Vater.

Wenn ich die Informationen richtig deute, die er von seinen Abenden mit nach Hause bringt, dann ist mein Vater ebenfalls Alkoholiker. Buck hat mich dazu ermuntert, einer Gruppe beizutreten, die sich um Familienangehörige von Alkoholikern kümmert, und das werde ich tun, sobald das Baby da ist. Im Augenblick reicht meine Kraft gerade noch für Haushalt und Kinder.

Typisch, dass ich mir von allen Männern auf dieser Welt ausgerechnet einen aussuchen muss, der die gleichen Probleme hat wie mein Vater. Inzwischen bin ich mir sicher, dass Dad Buck nur deshalb so mochte, weil er in seinem zukünftigen Schwiegersohn einen Saufkumpan gesehen hat. Buck hat mir nicht erzählt, was ihn bewog, Hilfe zu suchen, aber ich bin froh, dass er es getan hat. Ich wünschte, mein Dad würde das auch tun, aber er weigert sich anzuerkennen, dass er ein Alkoholproblem hat.

Ich erlebe jeden Tag Veränderungen an Buck. Seit unserer Versöhnung ist er ein besserer Vater und Ehemann. Buck war letzten Sonntag sogar mit mir und den Kindern in der Kirche. Ich habe bei dieser Messe auf der Gitarre gespielt und gesungen, und Buck sagte mir anschließend, wie stolz er auf mich sei. Dabei bin ich diejenige, die stolz ist auf ihn. Es hat mir ungeheuer viel bedeutet, dass er mit uns in die Messe gegangen ist.

Ich wollte, dass es eine Überraschung wird, aber ich kann es nicht länger für mich behalten. Wenn das Baby ein Mädchen ist, werde ich es nach dir benennen: Jill Marie.

Letzten Sonntag habe ich deine Eltern in der Kirche gesehen, und deine Mum hat mir erzählt, wie beschäftigt du bist. Sie sah wie immer gut aus, elegant mit Hut und weißen Handschuhen. Auch dein Dad sah wunderbar aus. Er hat mich sehr überrascht. Er bückte sich, um sich mit den Kindern zu unterhalten. Er wird sicher ein toller Großvater sein, solltest du dich je entschließen, zu heiraten und Kinder zu kriegen.

Ich weiß, dass dich deine Arbeit sehr befriedigt, aber vergrab dich nicht so sehr darin, dass du alles andere um dich herum vergisst. Denk auch an dich.

Schreib mir, sobald du kannst.

Alles Liebe,

Lesley

* * *

🌲 Pine Ridge Herald 🌲
12. März 1974
Todesanzeige

Patrick Francis Murphy, 56, ehemals Eigentümer der Texaco-Tankstelle, starb am Montag, dem 11. März 1974, an einem Herzinfarkt. Er hinterlässt einen Sohn, Jim Murphy aus Pine Ridge, und einen Bruder, Matthew, in Dallas, Texas.

Vor ihm starben bereits seine Frau Eileen an Krebs sowie sein Sohn Nicholas Murphy. Er kam im September 1968 in Vietnam ums Leben. Patrick Murphy war Mitglied der katholischen Kirche St. Catherine's und des Verbandes der Kriegsveteranen.

Die Beerdigung findet am Donnerstag um 12 Uhr statt.

> GEBURTSANZEIGE
> CHRISTOPHER JAMES KNOWLES
> GEBOREN AM 8. MAI 1974
> 4160 GRAMM
> 52 ZENTIMETER
> DIE GLÜCKLICHEN ELTERN:
> LESLEY UND BUCK KNOWLES
> UND DIE GESCHWISTER
> DAVID, LINDY UND DOUG

* * *

> 12. Juni 1974
>
> Alles Gute zum 8. Hochzeitstag, meine schöne, wunderbare und vergebende Frau! Es tut mir Leid, dass ich es vergessen habe, aber ich habe in letzter Zeit so viel im Kopf. Sei mir nicht böse, ja?
> Buck

* * *

13. Juni

Buck,
 die Nelken sind wunderschön, aber sie kommen ein bisschen spät. Du hättest mir wenigstens sagen können, dass du nach der Arbeit nicht nach Hause kommst. Ich bin froh, dass du zu deinen Sitzungen gehst, aber du hättest mir Bescheid geben sollen. Ich habe mir große Mühe gemacht, um ein besonderes Essen zu unserem Hochzeitstag vorzubereiten, und dann habe ich stundenlang auf dich gewartet. Ich hatte einen schrecklichen Abend.
 Lesley

Mein Schatz,

wir oft soll ich dir noch sagen, dass es mir Leid tut? Wenn du das nächste Mal ein besonderes Abendessen kochen möchtest, solltest du *mir* Bescheid geben. Okay, ich habe dich verstanden. Ich habe dich noch nie wegen einer Kleinigkeit so wütend erlebt. Lass mich das wieder gutmachen, ja? Ich werde alles tun. Sag Lindy, dass ich es sehr schätze, wenn sie mir mein Lunchpaket macht, aber es ist mir lieber, wenn du das tust. Gestern hat sie mir zwei Lakritzstangen eingepackt, eine Pflaume und eine Karotte. Ich arbeite zu schwer, um damit überleben zu können. Komm Baby, sei vernünftig.

Buck

* * *

Lesleys Tagebuch

26. Juni 1974

Es ist Ewigkeiten her, seit ich das letzte Mal etwas in mein Tagebuch geschrieben habe. Mein letzter Eintrag war 1973, und jetzt ist das Jahr 1974 bereits zur Hälfte um. Vier Kinder sind sehr anstrengend, und ich habe kaum noch Zeit für mich. (Im Moment sind sie beschäftigt, weil sie *Unsere kleine Farm* sehen. Ich bin froh, dass wir es uns endlich leisten konnten, den Fernseher reparieren zu lassen.)

Ich schätze, ich habe deshalb das Bedürfnis zu schreiben, weil mein Hochzeitstag so katastrophal war. Buck behauptet, er hätte ihn ganz vergessen, aber ich bin mir nie sicher, ob er wirklich die Wahrheit sagt. Bei all den Lügen, die er mir in den letzten Jahren erzählt hat, wäre es ziemlich naiv von mir, seine lahmen Entschuldigungen weiterhin so zu glauben wie zu Anfang unserer Ehe. Die Zeit hat mich gelehrt, alles, was er sagt, genau zu hinterfragen.

Als Jillian und ich Teenager waren, blieben wir oft die ganze

Nacht auf und lasen uns gegenseitig aus Büchern vor. In den frühen Morgenstunden, wenn wir so müde waren, dass wir kaum noch die Augen aufhalten konnten, sprachen wir darüber, wie unser Leben in zehn oder zwanzig Jahren sein würde. Das, was wir uns damals ausmalten, hatte nichts mit dem gemeinsam, was dann tatsächlich auf uns zukam. Wir beide sahen uns verheiratet, als Mütter, aber auch mit einem eigenen Beruf. Ich war Krankenschwester mit zwei perfekten Kindern und einem Ehemann, der mich anbetete.

Jillian ist Anwältin geworden, wie sie es sich erträumt hatte. Sie hat eine Menge gelernt, als sie für diese Frauenrechtsorganisation gearbeitet hat, und diese Erfahrung hat sie nun mitgenommen in eine New Yorker Anwaltskanzlei, die so namhaft ist, dass ihr Vater stolz auf sie sein kann. Sie ist absolut erfolgreich, eine brillante Anwältin – klug, schnell, gewandt. Sie hat mir einige ihrer Fälle geschildert, und mir taten die Gegner beinahe ein bisschen Leid. Bei einigen wenigen Gelegenheiten habe ich als Teenager jene unerbittliche, harte Seite an Jillian kennen gelernt. Heute sieht man sie nur noch so. Aber trotz ihres Durchsetzungsvermögens und ihrer Entschlossenheit ist sie die Freundin geblieben, die ich aus meiner Kindheit kenne. Meine beste Freundin auf der ganzen Welt.

Der Verlust von Nick hat sie verändert. Es kommt mir manchmal so vor, als hätte sie sich gegen die Liebe abgeschottet. Doch immer dann, wenn sie mit mir und den Kindern zusammen ist, taucht die alte Jillian wieder auf und ist wieder das Mädchen, das sie früher war. Wie sehr wünschte ich, sie würde heiraten und eigene Kinder haben. In meinem Herzen weiß ich, dass auch Nick sich das für sie wünschen würde. Ich habe versucht, mit ihr darüber zu reden, aber bei diesem Thema verschließt sie sich völlig.

Meine eigenen College-Träume wurden zunichte gemacht, als ich erfuhr, dass ich mit Davey schwanger war. Aber ich liebe meine Kinder, und ich würde sie niemals hergeben. Mein Leben mit Buck ist das Leben, das das Schicksal für mich bestimmt hat, und ich bin entschlossen, das Beste daraus zu machen. Das macht mich jedoch nicht blind für seine Fehler. Er kann einen Tag ganz wunderbar sein, und am nächsten behandelt er mich mit gedankenloser Grausamkeit. Unser Hochzeitstag ist ein typisches Beispiel dafür. Obwohl Buck vorgibt, an den meisten Abenden zu den Anonymen Alkoholikern zu gehen, bin ich mir ziemlich sicher, dass er woanders ist, zumindest manchmal. Aber ich weigere mich, die Sorte Ehefrau zu werden, die ihrem Mann hinterherspioniert und versucht, ihn der Lüge zu überführen. Und dennoch werde ich den Kopf nicht wieder in den Sand stecken. Die richtige Balance zu finden ist nicht immer leicht.

Ich schätze, ein Grund, weshalb ich das alles aufschreibe, ist etwas, was ich im Fernsehen gesehen habe. Oder besser gesagt, jemand. Vor ein paar Tagen war Buck wie üblich abends fort, und ich beeilte mich, das Essen auf den Tisch zu bekommen, als eine Nachricht über den Bildschirm flackerte. Es ging um Patty Hearst und die Symbionese Liberation Army. Mir wäre fast die Form mit dem Tunfischauflauf aus der Hand gefallen. Nicht wegen Patty Hearst, sondern wegen des Mannes, der über sie berichtete.

Cole Greenberg. Es war der Marineoffizier, den ich 1967 am Strand von Hawaii kennen gelernt hatte. Ich habe ihn nie vergessen, und, auch wenn das vielleicht falsch war, immer bedauert, dass ich ihm nicht meine Adresse gegeben habe. Wahrscheinlich wird er sich gar nicht mehr an mich erinnern. Schließlich haben wir nur drei Stunden gemeinsam verbracht. Als Coles Gesicht auf dem Bildschirm erschien, kostete es mich große Anstrengung, den Kindern nicht zu sagen, dass dieser Mann mein Freund sei. Ich habe es nicht getan, natürlich nicht, und es entspricht auch nicht ganz der Wahrheit – aber es hätte so sein können. Und ich wünschte, es wäre so ...

Ich frage mich, ob er verheiratet und glücklich ist. Für meinen eigenen Seelenfrieden hoffe ich das. Ich weiß noch genau, wie gut er aussah und wie viel wir gemeinsam hatten. Man konnte sich so leicht mit ihm unterhalten, und er behauptete damals das Gleiche von mir. Er war der Beste seiner Klasse und wurde von allen nur »das Gehirn« genannt. Er hatte mir erzählt, dass er nicht viele Freundinnen gehabt hätte, und ich wusste, dass er die Wahrheit sprach. Er sagte außerdem, dass er eines Tages gern Nachrichtenkorrespondent werden würde, und so ist es ja auch gekommen. Ich war so aufgeregt, ihn zu sehen, habe mich so gefreut, dass seine Pläne Wirklichkeit geworden waren.

Der einzige richtige Freund, den ich je gehabt habe, war Buck, und ihn habe ich geheiratet. Ich wünsche mir so, dass Cole Greenberg glücklich verheiratet ist und so erfolgreich, wie es scheint. Ich komme mir ein bisschen albern vor, das alles aufzuschreiben, aber in den letzten beiden Nächten habe ich von Cole geträumt. Diese Träume waren wunderbar. Wir waren wieder am Strand, sprachen über den Vietnamkrieg und die Bücher, die wir gelesen hatten. Ich habe geträumt, ich sei alleinstehend und wir hätten uns ineinander verliebt.

Das muss aufhören. Es muss, ich kann mir nicht erlauben, mich in so etwas zu flüchten. Es ist viel zu gefährlich für mein seelisches Gleichgewicht und für meine Ehe. Die Realität ist, dass ich mit Buck verheiratet bin und wir vier wunderbare Kinder haben.

* * *

10. August 1974

Liebe Jillian,

dieser Brief ist schon lange überfällig. Ich möchte dir gern sagen, wie sehr ich es zu schätzen weiß, dass du zur Beerdigung meines Dads gekommen bist. Es wäre für mich viel schwieriger gewesen, wenn du nicht da gewesen wärst. Danke für deine Hilfe bei allem, zum Beispiel beim Aussuchen des Sargs und bei der Organisation des Leichenschmauses.

Ich hatte nicht erwartet, dass Dad so jung sterben würde, aber er war nach Nicks Tod nicht mehr derselbe. Das waren wir alle nicht. Die Tankstelle zu verlieren war ein weiterer schwerer Schlag für ihn. Er hasste seinen neuen Job als Milchwagenfahrer und sagte zwar immer, er könne damit seine Rechnungen bezahlen, aber ich glaube, diese Arbeit hat ihm das letzte Stück Lebensfreude genommen.

Die Ärzte behaupten, sein Herzinfarkt käme von seiner jahrelangen Raucherei, und ich bin sicher, dass es etwas damit zu tun hat. Aber du und ich, wir kennen den wahren Grund. Vietnam. Es hat meinen Vater ebenso getötet wie meinen Bruder.

Nick ist nun schon fast sechs Jahre tot, und ich vermisse ihn immer noch. Manchmal würde ich ihm gern etwas erzählen, und dann fällt mir plötzlich wieder ein, dass das nicht geht. Mein Bruder ist tot. Dann überfällt mich eine fürchterliche Traurigkeit. Ich weiß nicht, ob es bei meinem Dad einmal genauso sein wird, aber ich werde auch ihn sehr vermissen.

Ich sage dir, es ist ein merkwürdiges Gefühl, eine Waise zu sein. Erst meine Mum, an die ich mich kaum noch erinnere, dann Nick, und nun Dad. Wenn ich dich und Angie nicht hätte, dann hätte ich ganz allein am Grab gestanden. Du bist wie eine Schwester für mich, Jillian, und ich möchte gern, dass du weißt, wie dankbar ich dir für alles bin, was du in all den Jahren für mich getan hast. Sowohl du als auch deine Eltern waren für mich wie eine Familie. Ich glaube, dein Vater hat sich in den letzten sechs Jahren sehr bemüht, um meinem Dad und mir zu helfen. Er hat es nie zugegeben, aber ich bin mir dessen sicher, und ich vermute, es war seine Art uns zu zeigen, dass er sich, wenn er noch einmal von vorne beginnen könnte, Nick gegenüber anders verhalten würde. Tief in mir hatte ich immer dieses Gefühl. Wir sind uns vor ein paar Tagen zufällig begegnet, und er hat mich besonders freundlich begrüßt. Das rechne ich ihm hoch an.

Es gib noch etwas, was du wissen solltest. Ich habe mir einige Papiere von Dad angesehen und bin dabei auf zwei Kreditverträge gestoßen, die er zu Beginn der Energiekrise aufgenommen hat. Dein Vater hat für diese Kredite gebürgt. Es sieht so aus, als wäre Dad sämtlichen finanziellen Verpflichtungen nach dem Verkauf der Tankstelle nachgekommen. Wenn nicht, werde ich dafür sorgen, dass mit der Bank und deinem Vater alles geregelt wird.

Ich weiß, dass du Differenzen mit deinem Dad hattest, aber Richter Lawson ist ein guter Mann. Durch ihn habe ich meinen ersten Job bekommen. Ich habe deinen Vater einmal danach gefragt, und er hat abgestritten, etwas mit meiner Einstellung zu tun zu haben, aber ich weiß es inzwischen besser.

Ich freue mich, dass du Angie endlich kennen gelernt hast. Sie war ganz traurig, dass sie in den Ferien nicht da war, weil ich ihr so viel von dir erzähle. Sie ist hübsch, nicht wahr? Wir sind seit letztem Sommer zusammen, und ich bin ziemlich sicher, dass wir heiraten werden. Was meinst du? Du magst sie, nicht wahr?

Sie hat diesen Sommer ihren College-Abschluss gemacht und möchte gern Lehrerin werden. Angie und ich haben über viele Dinge gesprochen. Sie ermutigt mich, auf eine Abendschule zu gehen. Seit mein Chef mich zum Vorarbeiter gemacht hat, habe ich gemerkt, wie viel Spaß mir die Arbeit mit Plänen und Skizzen macht. Eines Tages werde ich sie selbst anfertigen können. Das ist doch eine aufregende Vorstellung, oder?

Nochmals vielen Dank für alles, Jillian.

Dein »Stiefbruder« Jim Murphy

P. S. Was hältst du vom Rücktritt Nixons? Als Agnew zurücktrat, meinte Dad, Nixon sei der Nächste, und er hat Recht behalten. Wer ist nun an der Reihe? Der Papst?

* * *

JILLIAN LAWTON

18. September 1974

Liebe Mum, lieber Dad,
danke für den Elektrogrill, den ich sehr gut gebrauchen kann. Ich weiß gar nicht, wie ich jemals ohne leben konnte. Wenn ich jetzt noch eine Möglichkeit fände, Popcorn damit zu machen, wäre das absolut himmlisch.

Aber das Geschenk ist nicht der einzige Grund, weshalb ich mich bei euch bedanken möchte. Mir ist kürzlich klar geworden, für wie vieles ich dankbar sein muss. Liebevolle Eltern, gute Freunde, einen aufregenden neuen Job und noch viel, viel mehr.

Dad, ich möchte dir für deine Geduld mit mir danken, vor allem am Ende der 60er-Jahre. Ich habe vier Jahre dazu gebraucht, aber ich möchte mich für den Brief entschuldigen, den ich dir nach der Schießerei am Kent State College geschrieben habe. Du hast meine ganze Wut und meinen Schmerz abbekommen, und ich danke dir, dass du mich auch in diesen turbulenten Zeiten immer weiter geliebt hast. Mum hat immer gesagt, wir beide wären uns sehr ähnlich und würden deshalb so häufig zusammenstoßen. Ich habe lange gebraucht, um zu verstehen, dass sie Recht hat. Früher hätte mich das schockiert, heute bin ich stolz darauf. Es ist eine Ehre für mich, wenn mein Name im Zusammenhang mit deinem erwähnt wird. Ich möchte gern eine gute Juristin werden. Du bist mir ein großes Vorbild, und ich bin stolz, deine Tochter zu sein.

In großer Liebe,
Jillian

P. S. Übrigens würde ich mich sehr freuen, wenn du und Mum im nächsten Monat ostwärts fliegen würdet. Am Broadway gibt es eine Neuinszenierung von Gypsy mit Angela Lansbury. Lasst mich bald wissen, ob ihr kommen könnt, dann bestelle ich Karten für uns.

* * *

JILLIAN LAWTON

20. Oktober 1974

Liebste Lesley,
  es ist ein schöner Sonntagnachmittag, und ich faulenze heute einmal so richtig herum. Mum und Dad waren letzte Woche in New York; ich habe mich riesig gefreut, sie wiederzusehen. Ich habe so viel Zeit mit ihnen verbracht, wie mein Terminplan mir gestattete. Die Kanzlei, für die ich arbeite, ist eine der größten in der Stadt, und ich muss oft lange arbeiten. Aber das wusste ich ja vorher. Ich verdiene unglaublich viel Geld, jetzt fehlt mir nur noch die Zeit, es auszugeben!
  Mit meinen Eltern lief alles sehr gut, bis meine Mum Nick erwähnte. Sie glaubt, ich würde mich nur deshalb in meiner Arbeit vergraben, weil ich immer noch trauere. Das war ihre subtile Art anzudeuten, dass sie es gern hätte, wenn ich endlich heiraten würde, schätze ich. Ehrlich gesagt habe ich in meinem Leben keine Zeit für einen Mann, und das hat Mum vermutlich gemeint.
  Trotzdem habe ich über unser Gespräch nachgedacht. Das Problem ist, dass ich noch keinen Mann kennen gelernt habe, für den ich auch nur annähernd so empfunden habe wie für Nick. Ich weiß nicht mal, ob es überhaupt möglich ist, diese Ebene von Liebe und Verständnis bei einem anderen zu finden. Ich weine nicht mehr, und meine Trauer ist nicht mehr ganz so tief. Manchmal erinnere ich mich an etwas, was Nick gesagt oder getan hat, und dann ertappe ich mich dabei, wie ich lächle.
  Ich habe meiner Mutter gesagt, dass ich eine Heirat nicht völlig ausschließe, und ich weiß, dass sie darüber sehr froh ist. Aber ich bin mir da gar nicht sicher. Das Problem ist, dass ich mir einfach nicht vorstellen kann, jemanden mit derselben Intensität zu lieben, mit der ich Nick geliebt habe – und immer noch liebe.
  Danke für die Bilder von den Kindern. Christopher ist so süß, dass ich ihm fast verzeihe, kein Mädchen geworden zu sein. Völlig erstaunt war ich über das Foto von Lindy. Lesley, sie sieht dir

so ähnlich! Es ist kaum zu glauben, dass sie fast sieben ist. Davey ist schon ein richtiger kleiner Gentleman, oder? Er sieht in seinem Anzug und der Fliege schon so erwachsen aus. Der kleine Doug ist einfach zu goldig, wie er da steht, die Decke in der einen Hand hält und am Daumen der anderen nuckelt. Klar dass er seine Babydecke wiederhaben wollte, nachdem Christopher geboren war.

Buck hat sich immer noch nicht sterilisieren lassen, oder? Ich begrüße deine Entscheidung, das Thema Geburtenkontrolle nun selbst in die Hand zu nehmen.

Nein, ich gehe nicht in die Messe, das habe ich seit Jahren nicht getan. Ich weiß, dass du meinst, ich sollte mich mit der Kirche versöhnen. Das Problem ist nur, dass ich nicht glaube, dass ich das kann. Ich betrachte mich selbst nicht mehr als Katholikin. Eine Weile war ich verbittert wegen Nick, das bin ich nun nicht mehr. Aber meine Ansichten über die von Männern dominierten Religionen machen es mir einfach unmöglich, weiter der Kirche anzugehören, weder der katholischen noch sonst einer. Wir hatten diese Diskussion schon früher, und ich glaube, es wäre das Beste, wenn wir dieses Thema künftig umgingen. Ich weiß, dass du dich der Kirche sehr verbunden fühlst, aber das ist bei mir völlig anders.

Vielleicht kann ich über Weihnachten nach Hause fliegen. Ich kann nichts versprechen, aber ich werde mich bemühen. New York ist eine unglaubliche Stadt, vor allem im Dezember. Sollte es mir mein Terminplan nicht gestatten zu kommen, brauchst du dir aber keine Sorgen zu machen. Es stört mich nicht, die Feiertage allein zu verbringen, genau genommen genieße ich es sogar, wenn ich allein bin. Meine Eltern wollen das nicht so recht glauben, aber die meiste Zeit bin ich eigentlich sogar glücklich. Sechs Jahre lang hatte ich dieses Gefühl nicht mehr, jetzt kommt es ganz langsam zurück. Das Leben geht weiter, auch wenn es lange gedauert hat, bis mir das klar wurde.

Genug über mich. Mir ist aufgefallen, dass du Buck mit keinem Wort erwähnt hast. Was ist los? Du solltest inzwischen wissen, dass du mir alles erzählen kannst.

Schreib mir bald. Ich bekomme gern Briefe von dir und freue mich über Nachrichten von den Kindern. Und NEIN, du kannst mir nicht verbieten, sie zu Weihnachten zu verwöhnen. Es macht mir viel zu viel Spaß, für sie einzukaufen.

Ich glaube, ich gehe heute Abend ins Kino, ich weiß nicht, wann ich das zum letzten Mal getan habe, und ich habe viel Gutes über Alice lebt hier nicht mehr gehört. Ich werde dir berichten, wie es war.

Küss die Kinder von mir.
Alles Liebe,
Jillian

* * *

MONTGOMERY GORDON, ESQUIRE
248 Phillips Avenue
Pine Ridge, Washington 98005

12. November 1974

Liebe Jillian,

es hat nur sieben Jahre gedauert, bis du meine Einladung zum Essen angenommen hast. Ich möchte gern, dass du weißt, dass unser Abend in der Stadt jede Minute des Wartens gelohnt hat.

Zu behaupten, dass ich überrascht war, als du bei meinem letzten Besuch an der Ostküste endlich eingewilligt hast, mit mir essen zu gehen, wäre untertrieben. Ich kann dir gar nicht sagen, wie sehr ich deine Gesellschaft genossen habe.

Herzliche Grüße
Montgomery

* * *

VERWARNUNG FÜR BUCK KNOWLES

Der Unterzeichnende bezeugt im Namen des Staates Washington, dass
Führerschein-Nr. KNOWLES *DA461TB **State** WA
Gültig bis 5/75 ID #533-24-6009
Nachname KNOWLES **Vorname** DAVID (BUCK)
Anschrift KNOTTY PINES WOHNWAGENPLATZ
Stadt PINE RIDGE **Staat** WA **Postcode** 98005
Arbeitgeber SÄGEMÜHLE PINE RIDGE
Rasse W **Geschlecht** M **Geburtsdatum** 28.02.43
Größe 1,81 **Gewicht** 90KG **Augenfarbe** BLAU **Haarfarbe** BRAUN
Telefon 206-458-0522
Datum des Verstoßes T 24 **M** 12 **J** 74
Uhrzeit 10.30H
Ort STATE STREET **Stadt/Gemeinde** PINE RIDGE

unten stehendes Fahrzeug auf einer öffentlichen Straße fuhr
Fahrzeugnr. # 478GZR **Staat** WA **Gültig bis** 06/75
Erstzulassung 1960 **Marke** CHEVY **Modell** IMPALA **Farbe** BLAU

Und folgende(n) Verstoß/Verstöße gegen die Straßenverkehrsordnung
beging:
Fahren eines Fahrzeugs unter Alkoholeinfluss
Vorladung T 07 **M** 01 **J** 75 **Uhrzeit** 9.30H
Ohne Schuldeingeständnis für oben stehende(n) Verstoß/Verstöße,
versichere ich, dieser Aufforderung nachzukommen

Beschuldigter

Ich versichere eidesstattlich, dass ich jeden Grund zur Annahme habe, dass die oben erwähnte Person den/die oben angeführten Verstoß/Verstöße begangen hat und dass mein umseitiger Bericht wahr ist und den Tatsachen entspricht.

Polizeibeamter

1976

Jillians Tagebuch

1. Januar 1976

Lieber Nick,

weißt du, dass es fast zehn Jahre her ist, seit wir die High School verlassen haben? Lesley macht sich unglaublich viel Mühe damit, im August ein Klassentreffen zu organisieren. Ich habe keine Ahnung, woher sie die Energie nimmt, Ehefrau und Mutter zu sein und auch noch so etwas auf die Beine zu stellen. Seit der Energiekrise 1974 weigert sie sich beständig, irgendjemandem auf der Tasche zu liegen. Sie hat einen Garten, um den sie jeder beneidet. Sie züchtet ein paar Hühner und verkauft die Eier, die sie selbst nicht braucht. Sogar das Brot backt sie selbst. Sie näht viele Kleider der Kinder, strickt und stopft und kocht Obst ein. Ich bin schon erschöpft, wenn ich nur höre, was sie alles tut.

Buck ist die pure Zeitverschwendung, aber das haben wir beide ja schon damals gewusst. Meiner Meinung nach hätte sie sich von ihm scheiden lassen sollen, als sie die Gelegenheit dazu hatte. Er arbeitet vier oder fünf Monate am Stück, und dann wird ihm entweder gekündigt oder er bekommt irgendeine mysteriöse Krankheit, die ihn zu einer Pause von mehreren Wochen zwingt. Komischerweise fallen seine Krankheiten immer genau in die Jagdsaison, und dann verschwindet er mit seinen nutzlosen Freunden und streift durch die Wälder. Inzwischen trinkt er auch wieder.

Ich werde nie verstehen, wie Lesley es mit ihm aushält. Ich kann ihre Entscheidung nicht nachvollziehen, trotzdem wächst meine Bewunderung für sie jedes Mal, wenn ich sie sehe. Sie kommt mit dieser schwierigen Situation zurecht und macht das mit den Kindern fabelhaft. Ich habe Fotos von Davey, Lindy, Doug und Christopher auf meinem Schreibtisch in der Kanzlei stehen, und ich liebe die Kinder wie meine eigenen. Was für hübsche, süße Kinder es sind.

Als ich über Weihnachten zu Hause war, habe ich Jimmy, ich meine Jim, besucht. Oh Nick, du wärst so stolz auf ihn. Er ist verheiratet und besucht einen Abendkurs für Geschäftsmanagement. Ich habe einen Tag mit ihm und Angie verbracht und war beeindruckt, was für ein nettes Paar sie sind. Es ist für uns beide Tradition, zusammen zum Friedhof zu gehen. Wir haben Blumen auf das Grab deines Vaters gelegt. Der Grabstein aus Marmor, auf dem die Namen deiner Eltern stehen, ist nun errichtet. Jim bestand darauf, ihn selbst zu bezahlen, obwohl ich mehr als gewillt war, mich an den Kosten zu beteiligen. Dann ging er fort, damit ich ein bisschen Zeit mit dir allein hatte.

Du brauchst dir um deinen kleinen Bruder wirklich keine Sorgen zu machen, Nick: Er ist für sein Alter äußerst klug und verantwortungsbewusst.

Sicher wunderst du dich, wieso ich endlos über Lesley und Jim plappere, anstatt dir von mir selbst zu erzählen, was ich normalerweise zu Beginn eines Jahres als Erstes tue.

Nick, mir ist etwas passiert, das ich nicht mehr für möglich gehalten habe. Ich bin verliebt. So sehr, dass es mich völlig schockiert. Ich dachte, das wäre nicht möglich, nachdem ich dich verloren hatte. Wahrscheinlich wirst du laut lachen, wenn du hörst, wer es ist. Montgomery Gordon. (Ich bin der einzige Mensch auf der Welt, der ihn Monty nennt.)

Du kannst mir nichts mehr sagen, was ich mir nicht schon selbst gesagt hätte. Ich bin mir voll bewusst, dass er zu alt für mich ist. Ich bin gerade Ende zwanzig, und er ist Anfang vierzig. Dazu leben wir an den entgegengesetzten Enden unseres Landes. Jetzt kommt der Teil, über den du dich richtig amüsieren wirst. Er ist Republikaner und genauso chauvinistisch wie mein Vater – nun, fast genauso. Er lernt noch.

Es begann alles im Herbst '74, als er wegen eines Geschäftstermins in New York war und wir zusammen essen gingen. Wie du ja weißt, war Monty immer ein guter Freund meiner Eltern. Erinnerst du dich, dass Mum und Dad kurz nach deinem Tod und sogar schon vorher versucht haben uns beide zu verkuppeln? Ich habe mich damals heftig dagegen gewehrt und mich geweigert, ihn zu treffen. Ich war richtig unhöflich zu ihm.

Dann willigte ich im Herbst '74, als er in New York war, in einer schwachen Minute doch ein, mit ihm essen zu gehen. Es überraschte mich, dass ich seine Gegenwart sehr genoss. Als er wieder in Pine Ridge war, schrieb er mir einen ganz süßen Brief. Ich schrieb zurück und, nun ... so fing alles an.

Letztes Jahr kam er am Valentinstag extra her, um den Tag mit mir zu verbringen. Wir haben bis zum frühen Morgen geredet. Danach haben wir noch einen Spaziergang im Schnee durch den Central Park gemacht, und da hat er mich dann geküsst. Ich war nicht so überwältigt wie damals, als du und ich uns zum ersten Mal geküsst haben, aber es war ein schöner Kuss.

Nach Valentin haben Monty und ich ein Vermögen fürs Telefonieren ausgegeben. (Ich wünschte, irgendwer würde endlich das Monopol der Telefongesellschaft brechen. Die Gebühren für Ferngespräche sind ungeheuerlich, selbst abends.) Inzwischen ist es für uns zur Gewohnheit geworden, am Ende des Tages alle Neuigkeiten auszutauschen. Unsere Gespräche dauern manchmal zwei oder drei Stunden. Es ist verrückt, ich weiß.

Bei unseren vollen Terminplänen können wir uns leider nicht häufig sehen. Wir sind beide mit Fällen beschäftigt, die viel Zeit in Anspruch nehmen. Frühestens im Juni kann ich ein paar Tage frei machen, um ihn zu treffen.

Ich hätte nie erwartet, mich wieder zu verlieben, Nick. Aber ich habe etwas festgestellt –, dass ich dich deswegen nicht weniger liebe. Eher noch mehr, denn jetzt habe ich einen Eindruck von der erwachsenen Beziehung bekommen, die wir zwei vielleicht zusam-

men gehabt hätten. Es ist so, als hätte mir erst die Liebe zu dir ermöglicht, mein Herz für Monty zu öffnen.

Letzte Woche, als ich über Weihnachten zu Hause war, sprach Monty zum ersten Mal vom Heiraten. Ich hatte auch schon darüber nachgedacht, es scheint mir die natürliche Fortsetzung unserer Beziehung zu sein. Und trotzdem bin ich in dem Moment erstarrt, als er das Wort aussprach.

Ich habe Angst vor einer Heirat. Ich liebe dich, Nick. Meine Liebe ist nicht gestorben, als dein Sarg in die Erde gesenkt wurde. Das ist nun acht Jahre her, aber du bist noch immer so sehr ein Teil meines Lebens wie früher. Doch liebe ich auch Monty. Ich habe all die Jahre gebraucht, um zu diesem Punkt zu gelangen und wieder einen Mann lieben zu können, aber ich bin nicht sicher, ob ich bereit bin für eine Ehe und die vielen Veränderungen, die sie in mein Leben bringen wird. Ich habe ihm gesagt, ich bräuchte Zeit, um über all das nachzudenken, aber ich konnte spüren, dass Monty ein wenig ungeduldig war. Ich habe Angst, ihn zu verlieren. Oh Nick, was soll ich bloß tun?

Ich lebe gern an der Ostküste, und ich möchte meine Karriere nicht aufgeben. Ich habe zu hart und zu lange gearbeitet, um jetzt hier wegzugehen. Monty bevorzugt das Leben im Westen. Ich weiß nicht, was ich tun soll. Dann betrachte ich die Fotos von Lesleys Kindern, und mich überkommt eine unendliche Sehnsucht. Ich hätte gern eigene Kinder. Und ich will nicht länger allein sein.

Das bedeutet nicht, dass ich aufgehört hätte, dich zu lieben. Aber Nick, wenn irgend möglich, finde einen Weg und lass mich wissen, ob du Monty magst. Ich brauche deinen Rat.

Denk immer daran, wie sehr ich dich liebe.

Jillian

* * *

4. Februar 1976

Liebe Susan,

ich habe Christopher gerade zum Mittagsschlaf hingelegt, deshalb habe ich nun ein paar Minuten, um dir zu schreiben und dir zu sagen, wie sehr ich mich über deine Schwangerschaft freue. Ich wette, Aaron und Jessica sind schon ganz aufgeregt, dass sie noch ein Geschwisterchen bekommen.

Ich verstehe gut, wenn du sagst, du hättest das Gefühl, drei Kinder seien genug. Mum und Dad wissen nichts davon, aber ich habe mir nach Christophers Geburt die Eileiter veröden lassen. Pater Morris würde missbilligen, was ich getan habe, aber Pater Morris und die katholische Kirche müssen die Kinder schließlich nicht erziehen. Buck und ich sind allein verantwortlich für die Größe unserer Familie. (Du siehst also, dass sich meine Einstellung doch ein bisschen verändert hat!) Ich glaube, Gott hat uns einen Verstand und ein Budget gegeben, und wir müssen mit beidem auskommen.

Es gibt einen Grund, warum ich dieses Thema angeschnitten habe. Kürzlich hat mich eine protestantische Nachbarin zu einem Bibelkreis zu sich nach Hause eingeladen. Ich bin nur deshalb hingegangen, weil ich hoffte, auf die Art andere Mütter kennen zu lernen. Diese Kontakte tun mir gut, aber ich habe auch festgestellt, wie viel Spaß mir das Lesen der Bibel macht.

Als Pater Morris erfuhr, dass ich mich mit Protestanten treffe, kam er zu mir und meinte, es sei gefährlich, an einem Bibelkreis teilzunehmen, der nicht von einem katholischen Priester geleitet wird.

Das hat mich geärgert, zumal er mir zu unterstellen schien, ich sei nicht in der Lage, meine Entscheidungen selbst zu treffen – oder zu verstehen, was in der Bibel geschrieben steht. Nach seinem Besuch wurde mir klar, wie viel ich in meinem Leben akzeptiert habe, nur weil es von einem Mann kam, und dann wurde ich richtig wütend. Wütend auf Pater Morris, auf

Buck, auf Dad und auf beinahe jeden anderen Mann in meinem Leben.

Jillian hat sich große Mühe gegeben, mich für das Thema Frauenrechte zu gewinnen, und zum ersten Mal begriff ich, was sie meinte. Ich habe mich vor Pater Morris gestellt und ihm erklärt, dass ich nicht die Absicht hätte, den Bibelkreis aufzugeben. Und weißt du was? Er ging schnurstracks zu Mum und Dad, als wäre ich ein ungehorsames Kind.

Am nächsten Tag rief unsere Mutter an und warnte mich ebenfalls vor dieser Gruppe. Ich traute meinen Ohren nicht. Ich genieße diese Treffen, und die anderen Frauen sind inzwischen meine Freundinnen geworden. Und ich brauche gewiss keinen Pater Morris, der mir sagt, mit wem ich befreundet sein darf und mit wem nicht! Und jetzt erzähle ich dir noch etwas, was dich richtig schockieren wird. Ich gehe nicht mehr in die Kirche. Mum und Dad wissen noch nichts davon, aber ich finde, mit 27 Jahren ist das allein meine Angelegenheit.

Apropos Mum und Dad: Es geht ihnen gut. Dad freut sich auf das Legionärstreffen diesen Sommer, das im Juli in Philadelphia stattfinden wird. Mein zehnjähriges Klassentreffen findet in der ersten Augustwoche statt. Oh Susan, sag mir, wo all die Jahre geblieben sind. Es ist doch noch gar nicht so lange her, dass wir uns darum gestritten haben, wer zuerst ins Bad durfte. Erinnerst du dich noch an die dicken pinkfarbenen Lockenwickler, mit denen wir abends ins Bett gingen?

Ich bin froh, dass wir zwei so engen Kontakt haben. Von Mike höre ich kaum etwas, seit er nach Nevada gezogen ist. Mum bekommt gar keine Post von ihm, und ich glaube nicht, dass sie welche bekommen wird, solange Dad lebt. Dad hat Mike nie verziehen, dass er mir damals geholfen hat, als ich Buck verlassen hatte. Seither können die beiden nicht in einem Raum sein, ohne sich zu streiten.

Du hast dich nach Joe erkundigt. Es geht ihm gut, und er hat eine nette neue Freundin. Ich hoffe, dass Karen ihn dazu bringt, sich einen anderen Job als den in der Sägemühle zu suchen. Das ist eine Sackgasse, und er ist zu intelligent, um sein Leben dort zu verschwenden wie Dad und Buck es getan haben. Lily ist toll. Es ist schwer zu glauben, dass unsere kleine Schwester dieses Jahr einundzwanzig wird, oder? Sie arbeitet immer noch als Kosmetikerin, was mir sehr zugute kommt. Laut Mum ist aus Bruce ein richtiger Herzensbrecher geworden. Er hat in diesem Sommer für einen Bauunternehmer gearbeitet und so viel Geld verdient, dass er sich ein eigenes Auto kaufen konnte. Stell dir vor, eine von uns hätte mit sechzehn ein eigenes Auto gehabt?!

Buck trinkt wieder und ist blöd genug sich einzubilden, ich würde es nicht merken. Wir führen keine besondere Ehe, auch wenn wir beide tun, als wäre es so. Ich schätze, er ist der Grund, weshalb ich diesen Bibelkreis so dringend brauche. Ich wünsche mir so sehr, eine gute Ehefrau und Mutter zu sein.

Die Kinder sind wach, deshalb muss ich jetzt schließen. Du bist meine Schwester, und ich liebe dich. Wenn du für das neue Baby etwas brauchst, lass es mich wissen.

Alles Liebe,
Lesley und alle

* * *

MONTGOMERY GORDON, ESQUIRE
248 Phillips Avenue
Pine Ridge, Washington 98005

19. März 1976

Meine liebste Jillian,

ich weiß, dass du übers Wochenende weg bist. Nicht mit dir sprechen zu können fällt mir sehr schwer, noch dazu an einem Freitagabend, wo wir oft so lange telefonieren. Aber vielleicht ist es sogar besser so. Ich schreibe alles auf, was ich dir zu sagen habe, damit du es in Ruhe lesen und dir eine Antwort überlegen kannst.

Als wir uns vor vielen Jahren zum ersten Mal begegnet sind, wusste ich sofort, dass ich dich eines Tages lieben würde. Ich weiß, dass du dich unbehaglich fühlst, wenn du das liest, aber ich kann die Wahrheit nun mal nicht leugnen. Nach all dieser Zeit erscheint es mir wie ein Wunder, dass du nun dasselbe für mich empfindest.

Erinnerst du dich an letzte Weihnachten, als ich zum ersten Mal vom Heiraten gesprochen habe, weil ich hoffte, diese Idee würde dir gefallen. Du warst sofort völlig angespannt, als hättest du Angst gehabt, ich könnte dich bedrängen. Deine Reaktion war, wie ich befürchtet hatte. Du hast alle Gründe aufgezählt, wieso eine Hochzeit noch verfrüht ist. Du lebst an der Ostküste, ich an der Westküste. Dein Job, mein Job. Deine Freunde, meine Freunde. Innerhalb von fünf Minuten hattest du mich davon überzeugt, dass eine Heirat zwischen uns unpraktisch und unwahrscheinlich ist. Dabei habe ich gemerkt, was für eine überzeugende Anwältin du bist.

Seither hatte ich viel Zeit, über deine Einwände nachzudenken. Du hast natürlich Recht, es gibt viele Dinge, die der genauen Überlegung bedürfen. Aber nichts ist so schwerwiegend, dass es nicht zu lösen wäre. Mir ist klar geworden, dass wir für jedes dieser Probleme eine Lösung finden können. Der wahre Grund ist Nick Murphy, habe ich Recht? Ich weiß, dass du ihn geliebt hast, Jillian, und dass du ihn immer noch liebst.

Ich kann mit einem Toten nicht konkurrieren. Das werde ich nicht versuchen. Aber ich kann dir versichern, dass ich Nick nicht ersetzen möchte. Er ist ein Teil von dir. Seine Liebe zu dir und deine Liebe zu ihm haben dich zu der Frau gemacht, die du heute bist. Zu der Frau, die ich liebe. Ich liebe dich nicht so, wie Nick dich geliebt hat. Das, was du mit ihm hattest, ist einzigartig. Aber die Liebe, die uns verbindet, wird auf ihre Art auch einzigartig sein.

Ich möchte, dass du weißt, dass ich nicht von dir erwarte, dass du Nick nicht mehr liebst, wenn du einwilligst mich zu heiraten.

Zugleich möchte ich, dass du weißt, dass ich die Fühler ausgestreckt habe, um zu prüfen, welche Arbeitsmöglichkeiten es für mich an der Ostküste gibt. Zu meiner großen Freude wurde mir eine ausgezeichnete Position am Justizministerium angeboten.

Wenn ich wüsste, dass du meinen Antrag annimmst, würde ich die Gelegenheit sofort beim Schopfe packen. Ich liebe dich, Jillian, und wünsche mir nichts mehr, als mit dir verheiratet zu sein. Aber ich kann und werde mich nicht entwurzeln, bis du dir sicher bist, dass auch du es willst. Denk darüber nach. Denk ernsthaft darüber nach. Das Problem ist, ich brauche die Antwort bald. Willst du mich heiraten, Jillian? Sag es mir. Ja? Nein?

In großer Liebe,
Montgomery

* * *

JILLIAN LAWTON

21. März 1976

Mein liebster Monty,
verzeih mir, dass ich so feige bin, dir zu schreiben anstatt persönlich oder am Telefon mit dir zu sprechen. Ich habe deinen Brief heute Nachmittag erhalten. Ich habe damit gerechnet und konnte den Inhalt leicht erraten. Dennoch war ich erstaunt. Du möchtest eine sofortige Antwort. Ich verstehe das, und du verdienst sie auch, aber ich kann eine solche Entscheidung nicht unter Druck treffen.

Ehe ich weiterschreibe, ist es wichtig, dass du weißt, wie groß meine Liebe zu dir im Laufe der Zeit geworden ist. Ich liebe dich sehr ... und trotzdem habe ich Angst. Ich weiß selbst nicht, was mich so daran ängstigt, dich zu heiraten, aber die Angst ist da. Ich vermute, du weißt schon, was jetzt kommt.

Ich bin dir dankbar, dass du so mutig warst, Nick zu erwähnen. Das tun nur sehr wenige Menschen. Dein großes Verständnis für meine Gefühle ihm gegenüber hat mich tief berührt und mir geholfen, mir über meine Gefühle zu dir klar zu werden. Ich hatte niemals damit gerechnet, mich wieder zu verlieben. Vielleicht war das kurzsichtig. Wenn ich zu einem Psychologen ginge, würde er mir vielleicht raten, die Vergangenheit endlich loszulassen und mein Leben zu leben. Leider bin ich dazu nicht in der Lage, vor allem dann nicht, wenn das bedeutet, Nick loszulassen. Ich bin dir so dankbar, dass du meine Liebe zu ihm verstehst und akzeptierst.

Meine Eltern werden sicher aufschreien, aber ich möchte dir einen Vorschlag machen. Nimm den Job im Justizministerium an und zieh zu mir. Lass uns das Verheiratetsein einfach erst einmal proben.

Es tut mir Leid, aber dies ist das Beste, was ich dir im Moment anbieten kann.

In Liebe,
Jilian

* * *

western union — **Telegram**

AN: JILLIAN LAWTON

VON: MONTGOMERY GORDON

ICH BIN ZU ALT ZUM PROBEN. DIE FRAGE BLEIBT ALSO: JA ODER NEIN?
MONTGOMERY

* * *

🌲 Pine Ridge Herald 🌲
29. Mai 1976

Jillian Lawton heiratet prominenten Anwalt

Richter a. D. und Mrs. Leonard Lawton geben sich die Ehre, die Vermählung ihrer Tochter Jillian Lynn Lawton mit Montgomery Gordon bekannt zu geben.

Die Braut ist Absolventin der Holy Name Academy in Pine Ridge sowie des Barnard Colleges und ehemalige Harvard-Studentin. Im Moment lebt sie in New York City, sie ist Mitgesellschafterin der Anwaltssozietät Kline and Shoemaker.

Der Bräutigam hat vor kurzem eine Stelle im Justizministerium der Vereinigten Staaten angenommen. Das Paar wird in New York City leben.

Lesley Knowles, eine lebenslange Freundin der Braut, und Charles Johnson, ein Cousin des Bräutigams, waren die Trauzeugen. Das Kleid der Braut bestand aus Satin, bestickt mit französischer Spitze und Perlen.

Im Anschluss an die Trauung fand ein Empfang im Pine Ridge Country Club statt.

* * *

JILLIAN LAWTON GORDON

19. Juni 1976

Liebste Lesley,
ich nutze diesen Moment, um dir ein paar längst überfällige Zeilen zu schreiben. Monty und ich gewöhnen uns allmählich an das Eheleben. Ich liebe meinen Mann, aber auch jetzt bin ich mir noch nicht sicher, ob ich das Richtige getan habe.
Ich habe der Hochzeit zugestimmt, weil ich Monty nicht verlieren wollte. Nie hat mich jemand so geliebt wie er, nicht einmal Nick.

Monty ist mir völlig und total ergeben. Ich erzähle dir all dies als Einleitung zur Schilderung unseres ersten Streits. Ich habe mir die Haare abschneiden lassen, und es wäre mir nie in den Sinn gekommen, Monty vorher über mein Vorhaben zu unterrichten. Ich liebe meine neue kurze, pflegeleichte Frisur, aber Monty hat sich so aufgeregt, dass er den ganzen Abend kaum ein Wort mit mir gesprochen hat. Ich bin es nicht gewohnt, einen Mann zu haben, der mir vorschreibt, wie ich meine Haare zu tragen habe. Das habe ich ihm deutlich gesagt. Daraufhin war er eingeschnappt, und ich war es auch. Eines habe ich dabei gemerkt, ich hasse das gegenseitige Anschweigen. Glücklicherweise haben wir uns später wieder versöhnt, ich habe ihn ins Bett gelockt, um ihm zu beweisen, dass alles vergeben war. Wir streiten selten und haben dabei wichtige Dinge gelernt.

Apropos Bett, wir hoffen beide, dass ich bald schwanger werde. Monty ist Anfang vierzig, da wollen wir nicht mehr länger warten. Du, meine liebe und fruchtbare Freundin, schienst damit nie ein Problem gehabt zu haben. Hast du vielleicht einen guten Tipp? Ich werde dich über unseren Erfolg auf dem Laufenden halten.

Monty und ich werden zur Zweihundertjahrfeier in der Stadt bleiben. Man spricht bereits über besondere Sicherheitsmaßnahmen gegen Terroranschläge, vor allem um das Gebäude der Vereinten Nationen herum. Wir haben für den Sommer noch keine besonderen Pläne, außer dass wir im August nach Pine Ridge kommen.

Buck hat sich also ein CB-Funkgerät gekauft. Das kann ich mir gut vorstellen! Ich wette, Davey und Dougie sind ganz wild, mit ihm im Pick-up herumzufahren und mit den Truckern auf der Interstate zu plaudern. Du hast in letzter Zeit nicht viel von Buck erzählt, deshalb vermute ich, dass er nichts Gutes im Schilde führt.

Mum und Dad kosten das Rentnerdasein jetzt richtig aus. Monty und ich holen sie morgen am Flughafen ab. Sie haben die letzten zwei Wochen in Italien verbracht. Apropos Verreisen, deinem Vater wird es in Philadelphia gefallen. Es ist eine wunderbare Stadt. Schade, dass deine Mutter nicht mit zum Legionärstreffen fährt, aber offenbar bringen Männer ihre Frauen zu solchen Veranstaltungen nur selten mit.

Ich freue mich riesig auf unser Klassentreffen, vor allem, weil ich dann viel Zeit mit dir verbringen kann.
Versprich mir, dass du mir bald schreibst.
Alles Liebe,
Jillian

* * *

HOLY NAME ACEDEMY UND MARQUETTE HIGH SCHOOL
LADEN EIN
ZUM ZEHNJÄHRIGEN KLASSENTREFFEN
DES JAHRGANGS 1966
6.– 8. AUGUST 1976
PINE RIDGE, WASHINGTON

FREITAGABEND WIEDERSEHENSPARTY
SAMSTAG DINNER UND TANZ
SONNTAG PICKNICK
VERANTW.: LESLEY KNOWLES (GEB. ADAMSKI)

* * *

IN MEMORIAM
MICHAEL JOHN ADAMSKI

10. März 1925 – 6. Juli 1976

TRAUERFEIER: Emerson-Trauerhalle
ORGANISTIN: Sally Johnson
SARGTRÄGER: Michael Adamski Jr.   Clarence Behrens
                Joseph Adamski   David »Buck« Knowles
                Bruce Adamski   Roy Bensen
BESTATTUNG
Friedhof Pine Ridge
Pine Ridge, Washington

Lesleys Tagebuch

9. August 1976

Wir sind alle erschüttert über den plötzlichen Tod meines Vaters. Er war mit seinen Kumpels nach Philadelphia zu einem Treffen amerikanischer Legionäre gefahren. Als Mum ihn zum Flughafen fuhr und sich mit einem Kuss von ihm verabschiedete, hätte sie nie vermutet, ihn in einem Sarg wiederzusehen. Dad war einer der Ersten, der diese rätselhafte Krankheit bekam, und einer der Ersten, der daran starb. Er war tot, noch ehe Mum einen Flug buchen konnte, um in den Osten zu fliegen. Sein Tod hat unsere ganze Gemeinde erschüttert. Bud Jones, der mit Dad das Zimmer geteilt hat, ist auch krank geworden, aber er hat überlebt. Niemand weiß genau, wie es dazu kommen konnte – die Angelegenheit wird noch untersucht. Ich weiß nur, dass mein Vater tot ist und Mum um ihn trauert.

Ich habe gemischte Gefühle wegen meines Vaters. Manchmal glaubte ich, ihn zu hassen. Er war nie die Art Vater, wie ich ihn gebraucht hätte, und wir waren uns in vielen Dingen nicht einig, aber ich habe ihn geliebt. Wie sehr, wurde mir erst klar, als er starb. Er war vielleicht nicht der tollste Dad, aber er war mein Dad. Ich war froh, dass ich die Arbeit mit dem Klassentreffen hatte, um mich abzulenken. Solange ich damit beschäftigt war, brauchte ich mich nicht mit meinen Gefühlen für ihn auseinander zu setzen.

Unser zehnjähriges Klassentreffen ist nun vorüber, und ich finde, die ganze Arbeit hat sich gelohnt. Es war wunderbar, alle wiederzusehen. Kaum jemand wusste, dass ich schwanger war, als wir damals die Schule verließen, und nun haben Buck und ich vier Kinder. Kein Wunder, dass ich den Preis für diejenige mit den meisten Kindern bekam.

Obwohl seit Dads Beerdigung noch keine drei Wochen vergangen waren, bestand Mum darauf, dass ich ein neues Kleid haben müsste. Ich kam mir plötzlich wieder vor wie bei unserem Abschlussball. Ich habe Buck das Kleid vorgeführt, und er hat mich darin durchs Haus gejagt. Die Kinder waren begeistert und lachten vor Freude, als sie zusahen, wie ihr Vater mich hochhob.

Der nächste Abend verlief ganz anders. Buck wusste, dass ich früher da sein wollte, um beim Aufbauen der Tische zu helfen, aber er kam zu spät und musste dann noch duschen. Alles in allem kamen wir eine halbe Stunde zu spät, und der Abend begann mit einem unschönen Beigeschmack.

Dann verschwand Buck und war fast eine Stunde lang fort. Als er zurückkam, stank er nach Schnaps, und ich wusste genau, dass er auf dem Parkplatz gewesen war mit einer Flasche und seinen nichtsnutzigen Kumpels. Ich versuchte mir davon nicht die Laune verderben zu lassen. Es war schließlich mein Klassentreffen, und wenn er die Zeit auf dem Parkplatz verbringen und blöde Witze mit seinen Freunden reißen wollte, war das seine Sache.

Der Höhepunkt des Abends war, als ich mit Roy Kloster getanzt habe. Inzwischen Dr. Roy Kloster. Ich kenne ihn schon fast mein ganzes Leben. Wir lernten uns im ersten Schuljahr kennen und haben die ersten acht Schuljahre zusammen verbracht. Dann ging er auf die Marquette High School und ich auf die Holy Name Academy. Ich habe ihn einmal zu einem Schulball eingeladen und mir damals sehnlichst gewünscht, er würde mich küssen. Das hat er nicht getan. Danach trafen wir uns regelmäßig bei irgendwelchen Sportwettkämpfen, hatten uns aber nie viel zu sagen.

Jetzt, zehn Jahre nach meinem High-School-Abschluss, hat Roy mir gestanden, er habe während der ganzen High-School-Zeit für mich geschwärmt. Für mich! Er hat für seine Klasse die Abschiedsrede gehalten und ich für meine die Begrüßungsrede. Eigentlich hatten Jillian und ich immer geplant, gemeinsam die Abschiedsrede zu halten, aber weil ich damals schwanger war, hatte ich die Schule am Ende ziemlich vernachlässigt, und meine Noten waren zu schlecht. Roy ist nicht verheiratet, er kam alleine zum Klassentreffen. Er hat mich damit aufgezogen, dass ich den Preis für die meisten Kinder bekam.

Danach habe ich mich noch lange mit Jillian und Cindy und Judy und einigen anderen Mädchen unterhalten. Irgendwann saß ich dann in einer stillen Ecke und beobachtete meine Freundinnen, die ich nun schon seit Kinderzeiten kenne. Ich merkte plötzlich, dass ich den Tränen nahe war, ohne zu wissen, warum. Ich bin in letzter Zeit ziemlich sensibel, was verständlich ist, weil ich meinen Vater gerade verloren habe, aber diese Traurigkeit war irgendwie anders. Ich schätze, es ist eine Art Bedauern. Bedauern über falsche Entscheidungen und verlorene Träume.

Seit ich sechs war, fand ich Roy toll. Er erinnert sich nicht mehr daran, aber er hat mich im dritten Schuljahr gegen Todd Kramer verteidigt und dabei ein blaues Auge kassiert. In der achten Klasse hat er mir am Valentinstag in der Pause heimlich eine kleine Schachtel Pralinen auf den Tisch gestellt, aber ich wusste, dass sie von ihm war. Was ich nicht wusste, war, dass Roy Arzt werden wollte. Und er hatte keine Ahnung, dass ich davon träumte, Krankenschwester zu werden.

Ich weiß, dass das falsch ist, und Gott möge mir vergeben, aber als ich die Nachricht vom Tod meines Vater erfuhr, wünschte ich mir, Buck wäre an seiner Stelle gestorben. Seither quält mich das schlechte Gewissen deswegen. Buck ist mein Mann und der Vater meiner Kinder. Ich habe ihn geheiratet, nicht Roy Kloster oder Cole Greenberg. Ich muss mich mit der Realität abfinden und mit diesen albernen Gedankenspielen aufhören. Wenn ich Buck nicht geheiratet hätte, gäbe es auch Davey, Lindy, Doug und Christopher nicht. Und meine Kinder bedeuten mir alles.

Es ist nun fast zwei Uhr morgens, und ich bin müde. Buck ist immer noch nicht zu Hause, aber ich weigere mich, darüber nachzudenken, wo er sein könnte und mit wem. Es ist besser, nicht zu tief unter der Oberfläche zu kratzen, denn ich weiß, dass mir das, was ich finden werde, nicht gefallen wird. Ich bemühe mich sehr, mich an die schönen Momente unseres Klassentreffens zu erinnern und an sonst nichts. Ich werde so bald nicht mehr von Roy hören, und das ist gut so.

1978

Jillians Tagebuch

1. Januar 1978

Liebster Nick,

ich bin immer noch nicht schwanger. Monty und ich geben die Hoffnung bald auf. Schließlich sind wir jetzt schon seit zwei Jahren verheiratet. Wir haben uns beide testen lassen, eine entwürdigende Prozedur, die wir nur ertragen haben, weil wir uns so sehnlich ein Kind wünschen. Es wäre schrecklich für mich, wenn Monty und ich keine Kinder haben könnten. Du siehst also, dass ich darüber sehr niedergeschlagen bin. Andererseits haben meine Eltern auch Jahre auf mich gewartet, und dann bin ich doch noch gekommen. Das gibt mir Hoffnung.

Das Eheleben ist überraschend gut. Monty will, dass ich meine Arbeitszeit reduziere. Er glaubt, dass der Stress daran schuld ist, dass ich nicht schwanger werde. Vielleicht hat er Recht, und deshalb werde ich vom ersten Januar an nur noch drei Tage in der Woche arbeiten. Wir sind in eine neue Wohnung umgezogen, die traumhaft schön ist.

Ich habe es so eilig, Kinder zu bekommen, weil Monty schon so alt ist und meine Eltern auch. Sowohl meine Mutter als auch mein Vater hätten furchtbar gern ein Enkelkind. Dad wird dieses Jahr siebzig, und er möchte die Kinder gern noch aufwachsen sehen.

Monty und ich waren über Weihnachten für vier Tage in Pine

Ridge. Letztes Jahr waren Mum und Dad in New York, aber Dad fliegt nicht gern. Er tut es nur für Mum und mich. Er vertritt diese Theorie, wonach es in den Maschinen von Bakterien wimmelt, die nur darauf warten, sich auf sämtliche unglücklichen Fluggäste zu stürzen. Seine Ansichten sind oft amüsant. Ich sitze dann da und nicke ab und zu und tue so, als wäre ich auch seiner Meinung. Ich frage mich, ob ich in dem Alter auch so sein werde. In vielerlei Hinsicht hoffe ich das.

Unglücklicherweise konnte ich wegen unseres abgekürzten Aufenthalts nur wenige Stunden mit Lesley zusammen sein. Buck war wegen Rückenschmerzen nicht zur Arbeit gegangen, war dann aber gesund genug, um mit seinen Freunden zum Bowling zu gehen (muss ich noch mehr sagen?). Ich kann dir gar nicht sagen, wie oft ich mir in Bezug auf Buck auf die Lippen gebissen habe. Lesley ist frommer als je zuvor, aber das kann ich verstehen. Wenn ich mit Buck verheiratet wäre, würde ich mich auch zu Gott flüchten.

Sie ist sehr geschickt und näht aus Stoffresten süße kleine Zahnfee-Kissen. Die verkauft sie auf Weihnachtsbasaren und Kunsthandwerkermärkten. Offenbar verdient sie damit nicht schlecht. Ich wünschte, wir hätten mehr Zeit für uns gehabt, aber Christopher hatte eine Ohrinfektion, und sie musste am zweiten Weihnachtstag mit ihm zum Arzt, obwohl wir den Tag eigentlich für uns geplant hatten. Glücklicherweise gibt es inzwischen in Pine Ridge ein öffentliches kostenloses Krankenhaus. Buck hat in der Sägemühle nicht genug gearbeitet, um seine Krankenversicherung bezahlen zu können, deshalb musste Lesley Stunden warten, bis sie an die Reihe kam. Ich bin erst am nächsten Tag zu ihnen gegangen. David, Lindy und Doug haben sich so über die Geschenke gefreut, die ich ihnen mitgebracht habe, dass es mir fast das Herz brach. Stell dir vor, Davey möchte nun lieber David genannt werden. Er ist ein tolles Kind, und das kann man von einem elfjährigen Jungen nicht häufig sagen. Er ist sensibel und rücksichtsvoll, sanftmütig und sehr besorgt um seine jüngeren Geschwister. Man kann schon jetzt erkennen, dass Lindy es faustdick hinter den Ohren hat. Ich beneide Lesley nicht, vor allem, wenn ihre Tochter in *die Pubertät kommt. Dougie ist im ersten Schuljahr und ein richtiger kleiner Charmeur. Der dreijährige Christopher hing wegen seiner Krankheit sehr an Lesley und weigerte sich, in meine Nähe zu kommen.*

Leider hatte ich keine Zeit, Mrs. Adamski zu besuchen. Lesley hat mir zwar nicht viel erzählt, aber aus ihren Andeutungen schließe ich, dass das Leben ihrer Mutter sich seit Mr. Adamskis Tod völlig verändert hat. Sie hat offenbar sogar wieder einen Freund, und einen attraktiven dazu. Das freut mich für sie!

Jim und ich haben uns Heiligabend auf dem Friedhof getroffen und Blumen auf das Grab deiner Eltern und natürlich auch auf deins gelegt. Wir waren nur eine Stunde zusammen, aber soweit ich erkennen konnte, geht es ihm sehr gut. Ich freue mich, dass er Angie geheiratet hat, das würdest du sicher auch. Sie ist genau die Richtige für ihn, und ich wäre nicht erstaunt, wenn sie dich bald zum Onkel machen würden.

Ich dachte eigentlich, dass ich dir nach Beendigung des letzten Jahres nicht mehr schreiben würde. Ich bin nun verheiratet, und irgendwie erschien es mir nicht richtig. Ich habe dich so sehr geliebt, Nick, aber du hast mich verlassen. Es ist nun fast zehn Jahre her, seit du getötet wurdest. So sehr ich damals glaubte, Zeit und Raum würden stehen bleiben, ich habe mich geirrt. Ich bin zehn Jahre älter geworden, und die Welt verändert sich so schnell, dass ich es manchmal kaum mitkomme. Ich habe jetzt einen Mann, den ich ehrlich liebe. Trotzdem könnte ich den Gedanken, dich ganz loszulassen, nicht ertragen. Schließlich warst du einst mein ganzes Leben, und ich war deins.

Als ich heute Morgen mein neues Tagebuch aufgeschlagen habe, habe ich deshalb beschlossen, dass ich dich auch weiterhin an einem Tag im Jahr, nur an einem einzigen, einlade, an meinem Leben teilzuhaben. Einmal im Jahr, am ersten Januar, werde ich mich hinsetzen und mit dir sprechen, so als wärst du hier bei mir.

Du siehst also, Nick, ich habe entdeckt, dass das Leben weitergeht, und es hat durchaus seine schönen Seiten. Denn auf gewisse Weise erlebe ich die Vergangenheit und die Gegenwart zugleich.

Wenn ich dir schreibe, zwinge ich mich, auf die Zeit zurückzublicken, als ich ein Mädchen war. Inzwischen bin ich eine Frau, und ich hoffe, ich bin weiser und pragmatischer geworden. Trotzdem hält ein Teil von mir an dir fest. Im Moment erscheint mir das richtig, doch vielleicht gibt es in der Zukunft einen Zeitpunkt, an dem ich beschließe, dich freizugeben. Aber denk daran, das bedeutet nicht, dass ich dich dann vergessen habe oder aufhöre dich zu lieben.

Ich weiß, das klingt jetzt ein bisschen verrückt, aber ich schwöre, es gibt Augenblicke, da habe ich das Gefühl, du bist bei mir. Nicht im körperlichen Sinne, sondern im geistigen. Vielleicht ist das etwas Ähnliches wie bei Lesley der Glaube, in dem sie so sehr lebt. Lesleys Leben ist so chaotisch, meist wegen Buck, aber sie bleibt äußerlich immer ruhig und gelassen. Ich wünschte, ich könnte auch so sein. Vielleicht finde ich diese Ruhe eines Tages auch. Vielleicht bin ich nächstes Jahr, wenn ich dir schreibe, schwanger. Dafür bete ich.

Bis dann ...
Jillian

* * *

15. Januar 1978

Liebste Jillian,
herzlichen Glückwunsch zum Geburtstag! Ich schreibe dir nur ein paar Zeilen zu deinem 30. Uns allen geht es gut. Buck arbeitet noch immer nicht. Ich kenne nun fünfzig verschiedene Rezepte, um Bohnen zuzubereiten. Wie gut, dass es Konserven gibt.

Schreib mir bald.
Lesley

* * *

ÜBERRASCHUNG!
Alles Gute zum 2. Hochzeitstag
(ein bisschen verfrüht!)
In Liebe
Monty

> Ihr Spezialist für Karibik-Kreuzfahrten
> Fahrschein für:
> Jillian Lawton Gordon und Montgomery Gordon
> **Ihr Schiff: Prinz Rupert**
> Willkommen an Bord!

* * *

Lesleys Tagebuch

26. März 1978

Heute war kein guter Tag. Ich bin früh aufgewacht und saß dann bei einem Kaffee über meiner Bibel und habe versucht, einen klaren Kopf zu kriegen. Das war nötig, sonst hätte mich der Ärger zerfressen. Buck war um zwei Uhr morgens nach billigem Parfüm und abgestandenem Bier riechend ins Bett gekrochen. Ich bin mir sicher, dass er alles das tut, was ich eigentlich nicht billige. Und er tut es nicht nur, er hält es mir sogar vor die Nase, als wollte er mich herausfordern. Aber ich schare meine Kinder um mich und tue so, als würde ich nichts merken. Ich habe mein Leben satt, habe es satt, so gedemütigt zu werden und nach außen trotzdem immer den Kopf oben zu behalten. Ich habe wirklich alles, was mir möglich war, für diese Ehe getan.

Buck ist Alkoholiker. In letzter Zeit wird er immer aggressiv, wenn er trinkt. Er ist nur selten zu Hause, und wenn, ist er ungerecht zu den Kindern und zu mir. Es kommt mir fast so vor, als warte er nur darauf, dass ich ihn aus dem Haus jage.

Ich hätte nie gedacht, dass das einen solchen Mut erfordert. Wenn ich bei Buck bleibe, ist meine größte Angst, dass die Kinder in dem Gefühl aufwachsen, dass dies die normale Art ist, wie ein Mann seine Frau und seine Familie behandelt. Ich kann nicht zulassen, dass sein hässlicher Charakter meine Kinder verdirbt, so wie der meines Vaters meine Geschwister und mich verdorben hat.

Ich muss raus aus dieser Ehe! Ich habe vor fünf Jahren den großen Fehler gemacht, bei ihm zu bleiben, aber diesmal werde ich stärker sein. Buck hat jedes seiner Versprechen gebrochen. Ich verdiene etwas Besseres. Ich habe meine Lektion gelernt. Ein solches Unheil werde ich nie wieder riskieren.

Buck zu verlassen bedeutet, dass ich Christopher in eine Tagesstätte geben und mir einen Job suchen muss, aber das werde ich tun. Ich würde noch viel mehr tun, um meine Kinder zu schützen.

* * *

STELLENANGEBOTE

Kassiererin	**East Park-**	**Seniorenheim –**
Schichtdienst 11 bis 23 Uhr. Informationen: Jan, Tel.: 784–2387	**Gebäudereinigung** sucht Teilzeit-Kraft. Festanstellung möglich. Stundenlohn: $ 2,65. Tel.: 784–2665	Haushälterin gesucht. Flexible Arbeitszeit für Mütter mit Schulkindern. Stundenlohn: $ 2,75. Tel.: 784–7549

* * *

New York Cornell Medizinisches Zentrum
505 East 70th Street
New York, NY 10021

27. April 1978

Sehr geehrte Mrs. Lawton Gordon, sehr geehrter Mr. Gordon,
herzlichen Glückwunsch! Mit großer Freude bestätigen wir Ihre Schwangerschaft. Der errechnete Geburtstermin ist der 15. November.
Mit freundlichen Grüßen
Dr. Oliver Keast

* * *

1. Mai 1978

Liebe Lesley,
also gut, du hast dich entschieden. Du kannst deinem räudigen Anwalt absagen. Ich werde mich mit deinen Bedingungen einverstanden erklären, doch im Gegenzug möchte ich, dass du etwas für mich tust.
Warte.
Ich weiß, dass du dir diese Scheidung in den Kopf gesetzt hast. Ich will sie nicht, aber du wirst deine Gründe haben. Aber ich bitte dich, Baby, gib mir noch etwas Zeit, um mein Leben neu zu organisieren. Gib mir eine allerletzte Chance, dir zu beweisen, dass ich es ehrlich meine. Ich brauche dich und meine Familie.
Nimm mir meine Kinder nicht fort. Auch wenn du mir nicht glaubst, aber ich liebe dich. Ich habe dich immer geliebt, und du kannst nicht an dem zweifeln, was ich für die Kinder empfinde. Ihr seid mein Leben.
Ich wünschte, ich wüsste, wieso ich das tue, was ich tue. Ich nehme dir nicht übel, dass du mich rausschmeißt. Ich schätze,

das ist meine gerechte Strafe dafür, dass ich dich betrogen habe. Aber du bist das einzig Gute, was ich je im Leben hatte. Ohne dich und die Kinder kann ich ebenso gut aufgeben.

Denk darüber nach. Bitte. Was spielen sechs Monate für eine Rolle? Und mehr verlange ich nicht. Sechs lausige Monate. Ich werde dir beweisen, dass ich nüchtern und ehrlich sein kann. Ich verdiene keine weitere Chance, aber ich flehe dich an, sie mir zu geben.

Falls es dich interessiert, ich lebe in Tom Cullens Kellerwohnung. Vielleicht erinnerst du dich an Tom. Er und ich waren im letzten Herbst zusammen jagen. Er verlangt nur 50 Dollar im Monat, mehr kann ich mir bei dem, was der Staat mir für die Kinder abnimmt, nicht leisten. Der Gedanke, dass du in diesem Seniorenheim arbeitest, ist mir zuwider, Lesley. Unsere Kinder brauchen ihre Mutter. Aber wenn es das ist, was du willst, bitte.

Bitte überstürze nichts. Gib mir sechs Monate. Ist das nach zwölf Jahren Ehe zu viel verlangt? Bitte, Baby.

Buck

* * *

14. Mai 1978

ALLES LIEBE ZUM MUTTERTAG!
WIR LIEBEN DICH.
David, Lindy, Dougie und Christopher

* * *

GRUSSKARTE AN EINEM ROSENSTRAUSS

Alles Liebe zum 12. Hochzeitstag!
Ich liebe dich.
Buck

ALLES LIEBE ZUM VATERTAG
David, Doug und Christopher

Ich liebe dich, Daddy
Lindy

* * *

JILLIAN LAWTON GORDON
331 WEST END AVENUE
APARTMENT 1020
NEW YORK, NY 10023

15. Juni 1978

Liebste Lesley,
heute bin ich genau vier wunderbare Monate schwanger! Du kannst dir gar nicht vorstellen, wie aufgeregt Monty und ich sind. Meine Eltern sind überglücklich, und Montys Mutter, die sich bei mir nie so ganz sicher war, springt vor lauter Freude auf und ab. Ich habe ein paar unangenehme Symptome, aber ich kann mich nicht erinnern, wann ich je einen gesünderen Appetit hatte. In Manhattan gibt es eine große Auswahl ausländischer Restaurants, und im Moment habe ich die italienische Küche entdeckt. Letzte Woche haben wir uns dreimal etwas bei Balducci bestellt.
Du solltest Monty sehen. Er umsorgt mich dermaßen, dass es mir fast zu viel ist. Ich schätze, die Tanzabende in Studio 54 sind gestorben, bis das Baby da ist. Als hätte ich Monty je dazu bewegen können, mit dieser »zügellosen Elite«, wie er sie nennt, herumzuhopsen. (Hast du von Studio 54 gehört? Das ist eine supermoderne Disco mit Lichtorgeln und computergesteuerten Synthesizern. Stell dir vor, Donna Summer, Andy Warhol und John Travolta wären alle gleichzeitig an einem Ort!)
Ich habe deinen letzten Brief vor mir liegen. Du hast Recht, ich bin enttäuscht, dass du beschlossen hast, die Scheidung zu ver-

schieben. Glaubst du im Ernst, Buck würde sich innerhalb von sechs Monaten ändern? Das hat er in zwölf Jahren nicht geschafft! Aber es ist dein Leben, deshalb werde ich nicht mehr dazu sagen.

Trotzdem möchte ich, dass du weißt, wie stolz ich auf dich bin, Lesley. Die Entscheidung, dich von Buck zu trennen, kann dir nicht leicht gefallen sein. Ich weiß, dass es für die Kinder hart ist, aber du sagst ja, sie hätten Buck ohnehin kaum noch gesehen, und wenn, dann sei er meist schlecht gelaunt gewesen.

Mum hat erzählt, sie hätte dich im Oaks-Seniorenheim getroffen. Sie war dort, weil sie ehrenamtlich für katholische Wohlfahrtseinrichtungen arbeitet (aber das weißt du ja wahrscheinlich). Sie sagte, du hättest sehr gut ausgesehen und wärst bei den anderen Angestellten und den Patienten sehr beliebt. Als sie ihre Freundin Mrs. Wagner, die in der Personalabteilung arbeitet, auf dich ansprach, meinte die, du hättest eine tolle Art, mit den Patienten umzugehen. Du wärst freundlich, aufgeschlossen und mitfühlend, und alle Männer wären in dich verliebt.

Apropos Liebe ... Weißt du noch, was Roy Kloster auf unserem Klassentreffen sagte? Er ist nicht verheiratet. Schreib ihm doch mal, was meinst du? Ich habe ziemlich lange darüber nachgedacht und hatte schon vor, selbst Kontakt mit ihm aufzunehmen. (Keine Angst, ich tue es nicht, das musst du schon selber machen.) Ich bin mir sicher, dass er sich freuen würde, von dir zu hören.

Wie geht es den Kindern? Was für ein Glück, dass deine Mutter angeboten hat, sich um Christopher zu kümmern, solange du arbeitest. Es hilft sicher, dass auch die drei Großen nach der Schule zu ihr gehen können, oder? Was würden wir ohne unsere Mütter bloß tun?

Es muss komisch für dich sein, dass deine Mutter einen Freund hat. Ich kann mir jedenfalls nicht vorstellen, dass meine mit einem anderen als Dad zusammen ist. Aber es ist natürlich toll, dass deine Mutter nicht alleine zu Hause rumsitzt und deinem Vater nachtrauert. Stimmt es eigentlich, dass sie mit einem ehemaligen Priester zusammen ist???

Jetzt, wo ich nicht mehr arbeite, werde ich dir öfter schreiben können. Ich habe vor, nach der Geburt wieder in der Kanzlei zu arbeiten. Zumindest stundenweise.

Halt mich auf dem Laufenden. Es wird alles gut werden, Lesley. Schreib mir oder ruf mich an, wann immer du willst. Wozu sind Freundinnen sonst da?

Alles Liebe,
Jillian, Monty und Jr.

* * *

🌲 Pine Ridge Herald 🌲
16. Juli 1978
Richter a. D. Leonard Lawton erliegt überraschend einem Herzinfarkt

Wie uns berichtet wurde, erlag der ehemalige Richter Leonard Lawton, 70, am 15. Juli in seinem Haus einem Herzinfarkt. Lawton wurde in Pine Ridge geboren und war 25 Jahre am Gericht tätig, ehe er 1970 pensioniert wurde.

Während des Zweiten Weltkriegs war er als Leutnant im Südpazifik stationiert und wurde mit der Tapferkeitsmedaille ausgezeichnet. Er hinterlässt seine Frau Barbara Lawton sowie eine Tochter, Jillian Gordon. Mrs. Gordon lebt zurzeit in New York City.

Richter Lawton war Mitglied der Gemeinde von St. Catherine, des Verbandes der Kriegsveteranen sowie der Moose-Loge.

Die Familie bittet im Sinne des Verstorbenen anstelle von freundlich zugedachten Blumen und Kränzen um eine Spende zugunsten der Amerikanischen Herz-Stiftung.

Die Beisetzung findet am 19. Juli 1978 in der katholischen Kirche St. Catherine's statt.

* * *

Jillians Tagebuch

1. August 1978

Geliebter Dad,
ich kann noch immer nicht glauben, dass du nicht mehr bei uns sein sollst. Es war so ein schrecklicher Schock für Mum und mich. Als der Anruf kam, wurde Monty ganz blass, und er konnte mir die Nachricht kaum überbringen. Es ist einfach nicht gerecht. Ich weiß, wie sehr du dich darauf gefreut hast, dein erstes Enkelkind in den Armen zu halten, und nun wirst du diese Gelegenheit niemals haben. Wie unfair, wie falsch. Wenn je ein Großvater verdient hat, sein Enkelkind kennen zu lernen, dann du. Du wärst so ein wunderbarer Großvater gewesen. Ich weiß das, weil du auch ein wunderbarer Daddy warst.

Wir hatten unsere Schwierigkeiten miteinander. Ich denke dabei vor allem an die turbulenten Zeiten während des Vietnamkriegs und an meine radikalen politischen Ansichten während meiner Collegezeit. Du hast so viel von meinem Schmerz und Zorn über Nicks Tod abbekommen. Du gehörtest für mich zum »Establishment«, das mir den Menschen, den ich liebte, weggerissen hatte. Geblendet durch meinen Verlust, habe ich mich gegen dich gewandt und gegen alles, wofür du standest.

Erst Jahre später habe ich dir gesagt, wie Leid mir das alles tut. Heute zucke ich zusammen, wenn ich an all die schrecklichen Din-

ge denke, die ich dir gesagt und geschrieben habe. Und was ich nicht gesagt habe, habe ich dir mit meiner Haltung entgegengeschrien. Das hattest du nicht verdient.

Daddy, es tut mir unendlich Leid, dass ich dich verletzt und beschuldigt habe für das, was mit Nick geschehen ist. Ich wollte mit dir über ihn reden, aber immer, wenn ich es versuchte, fand ich einfach nicht die richtigen Worte. Sie saßen wie ein Anker fest in meiner Brust und ließen sich nicht herausziehen. Jetzt würde ich alles dafür geben, wenn ich diesen Schmerz ein für alle Mal aus der Welt geschafft hätte.

Sicher hat es auch für dich vieles gegeben, das du mir sagen wolltest. Du hast nie darüber gesprochen, aber ich weiß, dass du deine Einstellung zu Nick bereut hast. Du wolltest mich dafür um Verzeihung bitten. Das weiß ich, weil du Jim und Nicks Vater so sehr geholfen hast. Wenn dir noch die Zeit dazu geblieben wäre, hättest du mich sicherlich gebeten, an deiner Stelle auf Mum aufzupassen. Das werde ich tun. Du kannst dich auf Monty und mich verlassen; wir werden uns um sie kümmern.

Ich nehme an, du wolltest mir noch sagen, wie sehr du mich liebst. Diese Worte sind nicht nötig. Du hast es mir auf tausenderlei Arten gezeigt. Ich habe es immer gewusst, Dad. Ich habe deine Liebe immer gespürt.

Ich bin nun in Pine Ridge und regele deine Angelegenheiten. Ich werde in der nächsten Zeit bei Mum bleiben. Heute habe ich begonnen, deine Papiere durchzusehen, und es überrascht mich nicht, dass sie in perfekter Ordnung sind.

Das Leben ohne dich wird für Mum nicht leicht werden. Sie hat sich immer sehr auf dich verlassen. Monty und ich verstehen das und werden uns mit derselben Hingabe wie du um sie kümmern.

Daddy, es tut mir Leid, dass wir nicht nach Pine Ridge zurückziehen können. Ich weiß, dass dir das am liebsten wäre, aber da Monty und ich fest in New York verwurzelt sind, ist das einfach unmöglich. Lesley hat mir jedoch versprochen, jede Woche nach Mum zu sehen und mich auf dem Laufenden zu halten. Sollte es

auch nur das geringste Problem geben, werde ich mich sofort darum kümmern.
Ich liebe dich, Dad. Ruhe in Frieden.
Jillian

* * *

Dorothy Adamski

14. September 1978

Meine liebe Lesley, Susan, Mike, Joe, Lily und Bruce – meine Kinder,
ich hoffe, ihr verzeiht mir, dass ich euch schreibe anstatt mit jedem von euch persönlich zu sprechen. Aus Gründen, die ihr gleich verstehen werdet, halte ich das für den besseren Weg.

Lesley, du hast sicher schon erraten, was ich euch mitteilen möchte. Susan, du auch. Mit euch habe ich in den letzten Wochen häufig gesprochen, weil ich dieses ganze Glück einfach nicht bei mir behalten konnte.

Mikey, ich freue mich, dass du nach Pine Ridge zurückgezogen bist. Ich habe nie verstanden, was an dem Leben in Las Vegas so attraktiv sein sollte. Dort ist Wüste, und das in mehr als dem eigentlichen Sinne. Als deine Mutter heiße ich dich mit offenen Armen willkommen, auch wenn erst der Tod deines Vaters nötig war, um dich zurückzuholen.

Mikey, wir hatten viele Diskussionen seit deiner Rückkehr, und nicht alle waren sehr erfreulich, vor allem nicht die über Eric. Mein Sohn, ich weiß, dass du der Meinung bist, ich sollte mich nicht mit einem jüngeren Mann treffen. Ich stimme dir zu, dass es vielleicht ein bisschen ungewöhnlich ist, aber wenn es Eric und mich nicht stört, dann sollte es auch sonst niemanden stören. Zehn Jahre mögen eine lange Zeit sein, aber wenn ich mit Eric zusammen bin, fühle ich mich wieder jung. Ich bin glücklich mit ihm. Ich weiß, dass es dich noch mehr stört, dass

Eric einmal Priester war. Von all meinen Kindern hätte ich von dir am wenigsten erwartet, dass du so etwas verurteilst. Versuch, ein bisschen toleranter zu sein.

Joe, auch wenn du nichts Negatives über Eric gesagt hast, habe ich deine Missbilligung gespürt – und auch deine, Bruce. Ihr beiden habt eure Gefühle nicht so deutlich ausgesprochen wie Mikey, aber ihr habt mir klar zu verstehen gegeben, dass ihr mich für eine alte Närrin haltet. Ich bin eine glückliche alte Närrin. Genauer gesagt bin ich geradezu überschäumend vor Glück.

Von all meinen Kindern waren es meine drei Töchter, die mich dazu ermuntert haben, mein Leben so zu leben, wie ich es möchte. Lesley, Susan und Lily. Ich werde euch ewig dankbar sein für euer Verständnis, eure Unterstützung und eure Ermutigung.

Wie ihr wisst, war das Leben mit eurem Vater nicht leicht, aber er ist nun tot, und ich habe nicht die Absicht, den Rest meines Lebens um einen Mann zu trauern, der mich seelisch und geistig misshandelt hat. Ich habe noch immer eine Menge Leben in mir und habe vor, das Beste daraus zu machen.

Der Anlass für meinen Brief ist, dass Eric mich gebeten hat, seine Frau zu werden. Ja, Kinder, wir möchten heiraten. Aber es gibt noch etwas, das ihr wissen solltet. Eric ist kein ehemaliger Priester. Er *ist* ein Priester. Das ist sicher ein Schock für euch. Aber Eric hat mich nie irregeführt, beschuldigt ihn also bitte nicht der Lüge. Ich war diejenige, die euch sagte, er wäre ein ehemaliger Priester. Ich habe die Wahrheit ein wenig gedehnt. Er gehört keiner Pfarre mehr an und lebt seit achtzehn Monaten allein. Er wartet auf den Dispens aus Rom.

Pater Morris kennt Eric und billigt unsere Beziehung nicht. Wenn ihr eine objektive Meinung über die ganze Situation hören möchtet, würde ich ihn deshalb nicht empfehlen.

Meine Kinder, alles was ich von euch verlange, sind eure Unterstützung und eure Gebete, denn Gott lenkt Eric und mich in die Richtung, in die er uns lenken möchte.

Was immer geschieht, ich bete darum, dass ihr alle sechs hinter meiner Entscheidung steht.

Ich liebe euch alle.

Mum

* * *

Geburtsanzeige

*Montgomery und Jillian Gordon
geben mit großer Freude die Geburt
von
Leni Jo Gordon
bekannt.
Geboren am 20. November 1978,
3430 Gramm, 46 cm*

* * *

LESLEY KNOWLES

5. Dezember 1978

Liebste Jillian,

herzlichen Glückwunsch dir und Monty! Leni Jo ist ein wunderhübsches kleines Mädchen. Die Fotos aus der Klinik sind normalerweise so grässlich, aber man kann schon jetzt erkennen, dass aus Leni Jo einmal eine schöne, intelligente Frau werden wird. Wie stolz ihr sein müsst.

Ich freue mich, dass ihr die Babydecke bekommen habt, die ich für Leni Jo gestrickt habe. In jeder einzelnen Masche steckt meine ganze Liebe zu euch und zu eurer Tochter. Habt keine Angst, sie zu benutzen! Du hast Recht, es ist ein Familienerbstück – und ihre Taufe wäre eine perfekte Gelegenheit, sie einzuweihen. (Ja, ich weiß, dass du schon seit Jahren nicht mehr in die Kirche gehst, aber es gibt keine bessere Gelegenheit zur Umkehr, meine Freundin.)

Du hattest dich nach deiner Mutter erkundigt. Ich wünschte, ich könnte dir berichten, dass es ihr besser geht, doch sie scheint sich ohne deinen Vater noch immer sehr verloren zu fühlen. Aber sie gibt sich große Mühe und macht durchaus Fortschritte. Ich habe sie ein paar Mal begleitet und ihr zum Beispiel gezeigt, wie man den Tank eines Autos füllt. Schecks auszuschreiben fällt ihr sehr schwer, aber auch daran gewöhnt sie sich allmählich. Ich habe ihr eine Liste mit Telefonnummern zusammengestellt und an einen gut erreichbaren Platz gelegt, falls sie jemanden oder etwas braucht und ich einmal nicht erreichbar bin.

Jetzt zu meinen Neuigkeiten. Ja, es stimmt, meine Mutter hat eine Beziehung zu einem Priester, und es sieht so aus, als würden sie bald heiraten. Eric muss vorher jedoch noch den Dispens aus Rom bekommen, und das kann Monate dauern. Sie lieben sich sehr, und trotz des Geschwätzes im Ort und der Missbilligung meiner Brüder haben sie die feste Absicht, den Rest ihres Lebens zusammen zu verbringen. Ich wünsche ihnen dabei viel Kraft.

Buck war kürzlich abends hier, um die Kinder zu besuchen. Er kommt zwei- oder dreimal in der Woche vorbei, aber ich weigere mich, ihn am Abendessen teilnehmen zu lassen. Es wäre viel zu einfach, ihn in die alten Gewohnheiten und in die Familie zurückrutschen zu lassen, ohne dass er sich auch nur im Geringsten verändert hat.

Die gute Nachricht ist, dass die Kinder Zeugnisse bekommen haben und David sehr gute Noten hat. Wir haben mit Paella (seinem Lieblingsessen) und selbst gemachten Tortillas gefeiert. Dann kam Buck vorbei und meinte, er hätte nur eine Schüssel Cornflakes zum Abendessen gehabt. Ich habe mich den ganzen Abend taub gestellt. Als er wieder weg war, hat

Lindy mir so ein schlechtes Gewissen eingeredet, dass ich ihm aus den Resten einen Teller zusammengestellt habe und damit zu ihm gefahren bin. Das war ein Fehler. Buck lockte mich in sein Zimmer, und es kostete mich viel Willenskraft, ihm Sex zu verweigern. Es wäre so einfach gewesen, mit ihm ins Bett zu fallen, Jillian, so einfach. Wenn ich nicht arbeite, fehlt mir die Gesellschaft eines Erwachsenen und ich fühle mich sehr einsam. Manchmal sehne ich mich abends geradezu nach seiner Umarmung. Wir hatten große Probleme in unserer Ehe, aber der Sex war meistens gut.

Auf halbem Weg nach Hause wurde ich schwach. Ich dachte kurz nach, dann beschloss ich zurückzufahren. Ich hatte vor, ihn über Nacht zu uns nach Hause einzuladen. Ich wollte nicht, dass dies zu einer regelmäßigen Einrichtung würde, aber ich war einsam, und meine Entschlossenheit begann zu bröckeln. Oh Jillian, was für eine gute Lehre war das! Als ich bei Tom ankam, stand ein weiteres Auto in der Einfahrt. Ich parkte und spähte in das Kellerfenster und sah Buck mit einer anderen Frau. Stell dir vor, er hatte innerhalb von dreißig Minuten eine andere Frau im Bett!

Das war genau, was ich brauchte, um die Scheidung weiter voranzutreiben. Diese Ehe ist vorbei. Ich rufe Janis Bright heute an und fülle die restlichen Anträge aus.

Ich sollte jetzt vielleicht eine gewisse Erleichterung verspüren, aber das tue ich nicht. Stattdessen bin ich nur traurig. So schrecklich schrecklich traurig.

Lass bald wieder von dir hören und mach dir keine Sorgen um deine Mutter. Es wird ihr bald wieder besser gehen, und das wird es mir auch.

Alles Liebe,
Lesley

1980

Jillians Tagebuch

1. Januar 1980

Lieber Nick, lieber Dad,
 bei dem Gedanken, dass ihr zwei nun zusammen seid, muss ich jedes Mal lächeln. Es war mir in den letzten Monaten immer ein Trost, Dad, dass Nick bereits da war, um dich zu begrüßen, als du ins Jenseits übergetreten bist. Ich habe mir oft vorgestellt, wie Nick dort gestanden hat, gekleidet wie ich ihn am besten in Erinnerung habe – in seiner schwarzen Lederjacke. Dann kamst du, und Nick streckte die Hand aus, um dir seine Freundschaft anzubieten, wie er es schon so häufig versucht hatte. Ich habe mir weiter ausgemalt, wie du auf Nicks ausgestreckte Hand geschaut hast und ihn, anstatt seine Hand zu schütteln, einfach umarmt hast. Habe ich nicht eine unglaubliche Fantasie? Aber es gibt mir eine Menge Trost, mir vorzustellen, dass ihr zwei nun gemeinsam auf mich herabblickt und wisst, dass ich euch beide sehr geliebt habe.
 Heute beginnt ein neues Jahrzehnt. Ich kann nur spekulieren, was die 80er-Jahre uns bringen werden. Leni Jo ist unser ganzes Glück. Sie ist ein fröhliches, glückliches Kind und sehr klug. Oh Daddy, wie sehr wünschte ich, du hättest die Gelegenheit gehabt, sie zu sehen und in den Armen zu halten. Jeden Tag gibt es etwas an ihr, das mich an dich erinnert – das kleine Stirnrunzeln, wenn sie erstaunt ist, der ernste Gesichtsausdruck, wenn sie sich auf eines ihrer Bil-

derbücher konzentriert, das fröhliche Lachen, wenn sie sich über etwas freut. Mum ist eine perfekte Großmutter. Sie würde gern mehr Zeit mit Leni Jo verbringen, aber da das schwierig ist, verwöhnt sie sie nach Strich und Faden. Mums größter Konkurrent im »Wer kann Leni Jo am meisten verwöhnen«-Wettstreit ist mein Mann.

Wo wir gerade von Monty sprechen – ich mache mir Sorgen um ihn. Er arbeitet viel zu viel. Vor allem seit der Geiselnahme in der amerikanischen Botschaft im Iran – ist das nicht empörend? Es macht mich wütend, dass so etwas geschehen konnte. Die Situation im Iran scheint in der gesamten Regierung Wellen zu schlagen, deshalb muss Monty so viele Überstunden machen. Manchmal schlafen Leni Jo und ich schon lange, wenn er abends nach Hause kommt. Er isst fast nur noch auswärts. Und wenn er zu Hause ist, ist er erschöpft, geistig und körperlich. Ich habe darauf bestanden, dass er sich zu Beginn des Jahres medizinisch untersuchen lässt.

Ich arbeite inzwischen wieder an drei Tagen in der Woche. Für Leni Jo haben wir ein wunderbares Kindermädchen. Trotzdem frage ich mich ständig, ob es richtig ist, dass ich meine Tochter einer im Grunde völlig Fremden überlasse. Ich liebe meine Arbeit, deshalb hätte ich nie gedacht, dass ich das jedes Mal empfinden würde, wenn ich morgens aus der Tür gehe. Vielleicht stammt das schlechte Gewissen von meiner katholischen Erziehung, aber ich vermute, jede Mutter kennt diese ambivalenten Gefühle, ist hin und her gerissen zwischen dem Wunsch, eine gute Mutter und eine gute Angestellte zu sein. Ich hoffe, dass es mit der Zeit leichter für mich wird, spätestens wenn Leni Jo in die Schule geht. Ich weiß, dass es Monty am liebsten wäre, wenn ich meine Arbeit für ein paar Jahre ganz aufgäbe, aber ich habe Angst, den Anschluss zu verpassen. Ich brauche den intellektuellen Anreiz, die Kommunikation mit anderen Erwachsenen. Und meine Kolleginnen meinen, es sei auch besser für Leni Jo. Aber diese Frauen sind wie ich Mütter und müssen vor sich selbst rechtfertigen, dass sie ihre Kinder allein lassen.

Ich weiß nicht, wie Lesley das alles schafft. Monty und ich haben nur ein Baby, und Leni Jo hat uns im ersten halben Jahr ziem-

lich auf Trab gehalten. Wir haben beide nachts nicht durchgeschlafen. Wir haben immer wieder nachgesehen, ob sie auch wirklich schläft (und noch atmet. Als neue Eltern hatten wir auch da furchtbare Angst!). Erst nach den ganzen schlaflosen Monaten wurde uns klar, dass wir diejenigen waren, die sie immer wieder geweckt haben.

Lesley hat mit vier Kindern praktisch alles alleine gemacht, Buck war ihr nie eine große Hilfe. Vier! Ich bewundere meine beste Freundin. Ich weiß wirklich nicht, wie sie das geschafft hat – pardon, schafft!

Jetzt, wo sie geschieden ist, arrangiert Lesley sich gut mit ihrem neuen Leben. Sie geht jeden Morgen zum Puget Sound College, wo sie eine Ausbildung zur Krankenschwester macht. Das Seniorenheim hat ihr allerbeste Zeugnisse ausgestellt, und sie hat inzwischen nachmittags eine Stelle bei einem Arzt. Ich hatte immer gehofft, sie würde schnell einen neuen Freund finden, wenn sie Buck erst los wäre, aber leider tut sich bisher nichts. Kurzzeitig hatte ich schon befürchtet, sie könnte noch immer Buck im Kopf haben, aber sie hat mir hoch und heilig versichert, dass das nicht so ist.

Ich schätze, Lesley hat Angst vor einer neuen Beziehung. Ich wünschte, sie würde jemanden kennen lernen, der sie auch verdient. Sie hat nie an Roy Kloster geschrieben, obwohl ich ihr so zugeredet habe. Meine Freundin sollte dem Beispiel ihrer eigenen Mutter folgen. Damit will ich nicht sagen, dass sie einen Expriester heiraten sollte, aber ich wünsche mir wirklich, sie würde ihre Ehe endlich hinter sich lassen und wieder glücklich werden.

Wenn ich es richtig verstehe, ist Buck immer noch in ihrer Nähe. Er besucht die Kinder, wenn es ihm in den Kram passt, und das ist nicht oft der Fall. Lange bevor Buck und Lesley geschieden wurden, hat sie nach Möglichkeiten gesucht, ihre Rechnungen selber zu zahlen. Sie hat Brot gebacken und verkauft, wurde zu einer bemerkenswerten Schneiderin und hat als Tagesmutter gearbeitet. Diese Einkommensquellen hat sie immer noch – außer dem Tagesmutterjob – und das ist gut so, denn von Buck bekommt sie kaum etwas. Er hat nie viel gearbeitet, solange er das irgendwie vermeiden konnte.

Es heißt, er hätte jede Woche eine andere Frau, käme aber immer noch dann und wann zu Lesley. Sie hört ihm zu, tätschelt seine Hand und schickt ihn dann wieder fort.

Gott sei Dank kommt David mehr auf Lesley. Er ist fleißig und ernsthaft. Lindy ist genau das Gegenteil. Sie ist erst zwölf, läuft aber bereits den Jungs hinterher, und Weihnachten hat sie verkündet, sie würde Greg Brady von Drei Mädchen und drei Jungen heiraten. Doug ist ein richtiger Junge, er interessiert sich für Fußball und Softball, und der süße kleine Christopher ist nun im ersten Schuljahr. Er hat gerade seinen ersten Zahn verloren und lispelt beim Sprechen.

Dad, es wird dich freuen zu erfahren, dass Mum neue Freunde gefunden hat. Sie vermisst dich immer noch sehr, aber sie hat ein paar andere Witwen kennen gelernt und trifft sich nun regelmäßig mit ihnen. Sie verreisen auch zusammen und waren schon in Napa Valley und in Victoria in British Columbia. Jeden Mittwochnachmittag spielen sie zusammen Canasta. Irgendwann letzten Herbst hat Mum deine alte Staffelei wiederentdeckt und beschlossen, es auch einmal mit der Malerei zu versuchen. Dad, du wärst erstaunt, wie begabt sie ist. Ich weiß noch, dass du gern gemalt hast, vor allem diese Öllandschaften, aber ich hätte nie geglaubt, dass Mum ebenfalls eine künstlerische Ader hat.

Nick, du bist Onkel geworden. Jim und Angie haben im Oktober ein Baby bekommen. Sie haben den kleinen Jungen Ryan Patrick genannt. Er ist ein richtiger Wonneproppen, mit einem Geburtsgewicht von über 4000 Gramm. Jim war so stolz, dass er mich schon wenige Minuten nach der Geburt aus dem Krankenhaus angerufen hat. Wir haben viel Kontakt und telefonieren häufig miteinander. Jim ist für mich wie ein Bruder.

Dies ist mein Lebensbericht eines weiteren Jahres.
Denkt immer daran, wie sehr ich euch beide liebe.
Jillian

* * *

Park West Klinik
284 Central Park West
Suite 1A
New York City, NY 10024

11. Februar 1980

Sehr geehrter Mr. Gordon,
 wir haben aus unserem Labor die Ergebnisse Ihrer Blutuntersuchung erhalten. Die Werte sind ohne Befund, Dr. Lyman bestätigt Ihnen vollkommene Gesundheit.
 Mit freundlichen Grüßen
 Joan McMahon

* * *

LESLEY KNOWLES

10. März 1980

Mr. Cole Greenberg
ABC News Network
7 West 66th Street
New York, NY 10023

Lieber Cole Greenberg,
 ich weiß nicht, ob Sie meinen Brief erhalten werden, aber nachdem ich heute die Nachrichten gesehen habe, musste ich Ihnen schreiben. Wir haben uns 1967 an einem wunderschönen Strand auf Hawaii kennen gelernt. Sie waren Marineoffizier, und ich war eine Ehefrau, die auf die Insel geflogen war, um ihren Mann dort zu treffen. Das ist nun dreizehn Jahre her, und ich habe die Stunden, die wir zusammen verbracht haben, nie vergessen. In all den Jahren vorher und nachher habe ich mich nie wieder einem Menschen so verbunden gefühlt wie Ihnen.

Vor ein paar Jahren habe ich Sie zufällig im Fernsehen wiedergesehen. Ich habe mich sehr gefreut, wie weit Sie es gebracht haben. Heute Abend habe ich Sie erneut gesehen, als Sie über die Geiselnahme im Iran berichteten. Jedes Mal, wenn ich Sie in den Nachrichten sehe, überkommt mich ein Gefühl von Freude und Stolz.

Ich weiß, dass es dreist von mir ist, Ihnen zu schreiben, und ich hoffe, Sie verzeihen mir, dass ich nach all den Jahren einfach wieder in Ihr Leben eindringe. Ich wollte Sie nur wissen lassen, wie sehr ich mich über Ihren Erfolg freue. Sie haben mir damals auf Hawaii erzählt, dass Sie gern Korrespondent werden würden, und das ist Ihnen gelungen. Meinen Glückwunsch!

Wie alle Amerikaner bete ich für die Geiseln im Iran. Ich bete auch für Ihre Sicherheit. Ich habe Sie nie vergessen.

Mit herzlichen Grüßen
Lesley Knowles

* * *

Absender: COLE GREENBERG
NACHRICHTENKORRESPONDENT
ABC TELEVISION

Datum: 17. April 1980

Liebe Lesley Knowles,
natürlich erinnere ich mich an Sie. Wie könnte ich die anregendste Unterhaltung meiner gesamten Vietnamreise vergessen? Ich hätte Ihnen schon früher geantwortet, aber die Post ist hier in Teheran verständlicherweise nicht sehr zuverlässig. Auch ich habe in den ganzen Jahren häufig an Sie gedacht.

Sie haben mir damals nichts von sich erzählt, aber da Sie mir geschrieben haben, vermute ich, dass Sie allein stehend sind. Das bin ich auch. Meine ständigen Reisen sind für eine langfristige Beziehung leider nicht förderlich.

Ich weiß, dass das ein bisschen verrückt klingt, aber manchmal habe ich mich, wenn ich vor der Kamera stand, gefragt, ob Sie mich wohl sehen würden. Ich kann Ihnen gar nicht sagen, wie sehr ich mich freue, dass Sie Kontakt zu mir aufgenommen haben.

Sie leben also in Washington State. Ich habe gehört, dass der Mount St. Helens rumort. Als langjähriger ABC-Korrespondent habe ich bei der Wahl meiner Einsatzorte ein gewisses Maß an Freiheit. Wenn möglich, werde ich versuchen, einen Weg zu Ihrem Berg zu finden.

Mit den Geiseln scheint im Augenblick nichts zu passieren. Es hat Spekulationen über einen Rettungsversuch gegeben, aber da sich bisher nichts in dieser Richtung ereignet hat, sind diese vermutlich falsch.

Schreiben Sie mir, ich werde mich melden, sobald ich wieder auf amerikanischem Boden bin.

Mit herzlichen Grüßen
Cole Greenberg

* * *

JILLIAN LAWTON GORDON
331 WEST END AVENUE
APARTMENT 1020
NEW YORK CITY, NY 10023

26. April 1980

Liebste Lesley,
du hast eine Antwort von Cole Greenberg erhalten? Ich bin so aufgeregt, dass ich es kaum aushalten kann. Ich versuche mich an jedes Wort zu erinnern, was du mir am Telefon vorgelesen hast. Ich wusste, dass etwas Besonderes geschehen sein musste, als du

anriefst, aber das ist besonderer als besonders. Es tut mir Leid, dass ich nicht länger mit dir sprechen konnte.

Was wirst du nun tun? Ihm antworten, oder? Du musst! Oh Lesley, das erinnert mich an unsere High-School-Zeit. Es war so schön, diese Aufregung in deiner Stimme zu hören. Es scheint mir lange her zu sein, seit du das letzte Mal so glücklich geklungen hast.

Ist das, was gestern passiert ist, nicht schrecklich? Der gescheiterte Rettungsversuch der Geiseln im Iran war erniedrigend. Acht tapfere gute Männer sind in diesem Hubschrauber einen schrecklichen Tod gestorben. Das alles hat mich erneut daran erinnert, wie ich Nick verloren habe. Ich konnte mir die Nachrichten gar nicht anschauen. Ich habe Leni Jo ganz eng an mich gedrückt, um sie vor all dem Grauen in der Welt zu schützen. Aber das kann ich nicht, das weiß ich.

Nach dieser Krise wird Cole wohl noch eine Weile im Iran bleiben müssen. Lass es mich wissen, sobald du wieder etwas von ihm hörst, ja? Ich bete darum, dass die Geiseln bald frei sein werden.

Verfolgst du den Wahlkampf? Du wirst es nicht glauben, mir gefällt das, was ich über Ronald Reagan höre. Mein Vater wäre überglücklich, wenn er wüsste, dass ich ernsthaft darüber nachdenke, einen Republikaner zu wählen.

Ruf mich in der Sekunde an, in der du etwas von Cole Greenberg hörst. Versprich es!

Jillian

* * *

12. Mai 1980

Lieber Daddy,
Mommy hat einen neuen Freund. Er ruft sie ständig an und schreibt ihr lange Briefe. Ich dachte, das würde dich vielleicht interessieren.
In Liebe,
Lindy

* * *

Barbara Lawton
2330 Country Club Lane
Pine Ridge, Washington 98005

20. Mai 1980

Meine Lieben, Jillian, Monty und Leni Jo,
es geht mir gut, Kinder. Ich möchte nicht, dass ihr euch Sorgen macht. Der Ausbruch des Mount St. Helens war beängstigend, obwohl wir eigentlich damit rechnen mussten. Der Berg ruht seit 1857, und obwohl er in letzter Zeit etwas aktiver war, hat niemand einen Ausbruch in dieser Größenordnung vermutet. Ganz sicher nicht unser Gouverneur! Dixie Lee Ray hat noch vor kurzem einen Bereich des Bergs wieder freigegeben, der wegen des Rumorens und der Erschütterungen geschlossen worden war. Das war ein Fehler, der viele Menschen das Leben gekostet hat.

Ihr sollt wissen, dass mich all das zutiefst getroffen hat. Über der östlichen Hälfte des Bundesstaates ging ein starker Ascheregen nieder. In den Nachrichten sah man unglaubliche Bilder von tosenden Flüssen und verheerenden Schlammlawinen. In der Stadt Yakima wurde es mitten am Tag stockdunkel, als die Asche herabregnete. Es war wie in der Apokalypse. Heute Morgen habe ich in der Zeitung gelesen, dass die Nationalgarde den Hausbesitzern hilft, ihre Dächer freizuschaufeln. Ihr könnt euch gar nicht vorstellen, was für eine Verwüstung diese ganze Asche angerichtet hat. Ich bin so froh, dass der westliche Teil des Bundesstaates verschont blieb. Hier in Pine Ridge hatten wir nur ein bisschen Staub.

Da ich noch nie einen Vulkanausbruch erlebt hatte, wusste ich nicht, womit wir rechnen mussten. Ich dachte, wir sähen Lavaströme wie auf Hawaii. Diese grauenhafte Asche hat alle überrascht. Habt ihr gehört, dass man nach neusten Schätzungen mit sechzig Todesopfern rechnet? Wie furchtbar tragisch, zumal man eine Reihe von Todesfällen hätte verhindern können.

Danke für eure Anrufe, aber wie ich schon sagte, ihr braucht euch nicht zu sorgen. Es sieht so aus, als hätten wir das Schlimmste überstanden.

In dem beigelegten Tütchen ist ein wenig Asche. Ein junger Mann aus der Nachbarschaft hat sie mitgebracht. Er und seine Frau sind nach Yakima und Ellensburg gefahren, um die Asche für irgendein Kunstprojekt zu sammeln. Skip und seine Frau sind neu hier in der Gegend, sie sind beide Künstler, und ich wünsche ihnen für ihr Unternehmen viel Glück. Wer weiß, was daraus wird?

In Liebe,
Mum

* * *

LESLEY KNOWLES

5. Juni 1980

Lieber Cole,

danke für deinen Anruf. Es macht nichts, dass du mitten in der Nacht angerufen hast. Ich war sowieso wach und habe darüber nachgegrübelt, wer auf J. R. geschossen haben könnte.

Ich freue mich immer, deine Stimme zu hören. Wie schon gesagt, haben wir von dem Vulkanausbruch nicht viel abbekommen. Die Kinder sind über die wenige Asche ganz enttäuscht, vor allem Dougie. Der Himmel weiß, was er damit angestellt hätte, aber wie ich meinen Sohn kenne, wäre ihm schon etwas eingefallen.

Mein geschäftstüchtiger David züchtet seit neuestem Meerschweinchen. Er verkauft sie an Tierhandlungen, und sein Unternehmen floriert. Die Meerschweinchen machen die ganze Arbeit, und er kassiert das Geld. Eigentlich ein ganz interessantes Projekt. David ist auch der Tierliebhaber in unserer Familie, aber ich war gezwungen, seine Tierliebe auf einen Hund und eine Katze und die beiden Meerschweinchen zu begrenzen.

Sicher hast du von der Entscheidung Carters gehört, die Olympischen Spiele in Moskau zu boykottieren. Den Sowjets werden in Afghanistan ohnehin bittere Lektionen erteilt, ohne dass wir sie noch zusätzlich strafen. Sie hätten aus unseren Fehlern in Vietnam lernen sollen. Ich war nie ein politischer Mensch, aber ich halte das für falsch. Die Olympischen Spiele sollten nicht für politische Zwecke missbraucht werden.

Gibt es etwas Neues über die Geiseln? Die Tage müssen ihnen endlos vorkommen. Ich schließe sie weiterhin in meine Gebete ein. Dich auch.

Deine Lesley

* * *

VERWARNUNG FÜR BUCK KNOWLES

Der Unterzeichnende bezeugt im Namen des Staates Washington, dass
Führerschein-Nr. KNOWLES *DA461TB **State** WA
Gültig bis 5/85 ID #533-24-6009
Nachname KNOWLES   **Vorname** DAVID (BUCK)
Anschrift KNOTTY PINES WOHNWAGENPLATZ
Stadt PINE RIDGE   **Staat** WA **Postcode** 98005
Arbeitgeber SÄGEMÜHLE PINE RIDGE
Rasse W   **Geschlecht** M
Geburtsdatum 28.02.43
Größe 1,81 **Gewicht** 90KG **Augenfarbe** BLAU **Haarfarbe** BRAUN
Telefon 206-458-0522
Datum des Verstoßes **T** 10   **M** 06   **J** 80
Uhrzeit 1.05H
Ort COLUMBIA STREET   **Stadt/Gemeinde** KING

unten stehendes Fahrzeug auf einer öffentlichen Straße fuhr
Fahrzeugnr. #259TIM **Staat** WA **Gültig bis** 06/82
Erstzulassung 1974 **Marke** FORD **Modell** PINTO
Farbe BRAUN

Und folgende(n) Verstoß/Verstöße gegen die Straßenverkehrsordnung beging:
Fahren eines Fahrzeugs unter Alkoholeinfluss
Vorladung T 18 **M** 06 **J** 80 **Uhrzeit** 9.30H
Ohne Schuldeingeständnis für oben stehende(n) Verstoß/Verstöße, versichere ich, dieser Aufforderung nachzukommen.

Beschuldigter

Ich versichere eidesstattlich, dass ich jeden Grund zur Annahme habe, dass die oben erwähnte Person den/die oben angeführten Verstoß/Verstöße begangen hat und dass mein umseitiger Bericht wahr ist und den Tatsachen entspricht.

Polizeibeamter

6. Juli 1980

Liebe Lesley,

sicher bist du jetzt überrascht, dass du einen Brief von deinem Exmann bekommst. Ich bin in einer Entzugsklinik. Dorthin hat mich das Gericht nach meiner zweiten Anklage wegen Trunkenheit am Steuer geschickt. Ich bin nicht stolz darauf, aber es gibt in meinem Leben eine Menge, das ich bereue.

Ich arbeite mit einem Therapeuten und bin jetzt seit zwei Wochen trocken. Mein Kopf wird langsam wieder klar, und ich begreife, was für ein Durcheinander ich in meinem Leben angerichtet habe. Der Therapeut hat mir gesagt, ich hätte keine Chance, es je in den Griff zu kriegen, solange ich nicht gewillt wäre, absolut ehrlich zu mir selbst zu sein. Ich wusste gar nicht, dass Ehrlichkeit so verflucht schwer sein kann.

Ich habe in letzter Zeit viel geredet und viel Seelenerforschung betrieben. Du und die Kinder, ihr seid das Beste, was mir je passiert ist. Ich weiß, dass ich dir das schon mal gesagt habe. Es war damals wahr, und es ist heute noch wahrer.

Es gibt Dinge über meine Kindheit, die ich dir nie erzählt habe. Ich will das nicht als Entschuldigung benutzen, aber ich denke, du hast ein Recht es zu erfahren. Durch die Arbeit mit dem Therapeuten hier habe ich es geschafft, meiner Vergangenheit ins Gesicht zu sehen, und das meiste davon ist sehr hässlich.

Mein Dad ist gar nicht gestorben, als wir klein waren. Er hat meine Mutter und uns drei Kinder verlassen. Eine andere Lüge, die ich dir erzählt habe, war, dass meine Mutter immer gearbeitet hat, damit wir ein Auskommen hatten. Sie hat gestohlen, um für meine beiden älteren Schwestern und für mich etwas zu essen auf den Tisch zu bringen. Als Anne und Lois Teenager waren, war Mum hart und gemein geworden und hat sie anschaffen geschickt. Als sie herausfand, dass ich mir Geld aus ihrem Portemonnaie klaute, um Bier zu kaufen, warf sie mich aus dem Haus. Sie schlug mich erst, und dann schubste sie mich hinaus auf die Straße und meinte, dort würde ich hingehören. Sie hatte wahrscheinlich Recht. Wenig später gelangte ich nach Pine Ridge und bekam einen Job in der Sägemühle.

Ein paar Jahre nach Mums Tod hörte ich wieder von Lois. Anne bekam mit dreißig eine Leberkrankheit, von der sie sich nicht wieder erholt hat. Niemand weiß, wo sie herkam, und die Ärzte sagten meiner Schwester, es hätte etwas mit ihrem Immunsystem zu tun.

Als ich dich und deine Familie traf, war ich sehr beeindruckt von der Art, wie ihr euch umeinander gekümmert habt. Um mich hat sich nie einer gekümmert. Dein Vater war einer der besten Kumpel, die ich je hatte. Als du zum ersten Mal mit mir ausgingst, wäre ich vor Stolz fast geplatzt. Du warst immer ein Mädchen mit Klasse, und die Tatsache, dass du dich mit einem wie mir abgabst, ließ mich hoffen, dass doch noch alles gut werden könnte.

Ich wollte dir nie von meiner Vergangenheit erzählen. Ich wollte überhaupt niemals davon erzählen.

Seltsam, wie das Leben manchmal spielt, oder? Mir hat es jedenfalls übel mitgespielt. Ich habe dich und die Kinder verloren, und so schmerzhaft das für mich ist, mir ist klar geworden, dass ich an allem schuld bin.

Ich habe eine Menge Dummheiten begangen. Unser Sparkonto abzuräumen, um mir dieses Jagdgewehr zu kaufen, ist nur die Spitze des Eisbergs. Es gab andere Frauen, Lesley. Mehr als ich zählen kann, aber die Einzige, die mir je etwas bedeutet hat, bist du. Ich weiß, dass das keine Entschuldigung ist, aber auch wenn ich mit einer anderen zusammen war, warst du immer diejenige, die ich geliebt habe.

Als du mich das erste Mal verlassen hast, bin ich in Panik geraten. Ich konnte nicht glauben, dass du es tatsächlich wahrmachen würdest, und ich habe Gott tausende Male gedankt, als du mich schließlich wieder zurückgenommen hast. Ich habe mir Mühe gegeben, Baby, wirklich. Für dich und die Kinder bin ich ein Jahr lang trocken geblieben, vielleicht noch länger. Ich weiß nicht mehr genau, aber es war die längste Zeit, die ich je geschafft habe.

Beim letzten Mal wusste ich, dass du die Scheidung durchziehen würdest. Du hattest einen Ausdruck in deinem Gesicht, der mir das klar machte. Ich habe nicht dagegen angekämpft, weil ich wusste, dass ich es verdient hatte. Seither ging es mit meinem Leben bergab.

Niemand hat mich je so geliebt wie du. Niemand hat sich je darum gekümmert, was mit mir geschieht. Weder mein Vater, dieser Bastard, noch diese Hure von Mutter, die ich hatte. Nur du, und ich habe diese Liebe zerstört, weil ich dich so schlecht behandelt habe.

Ich habe gehört, dass es einen neuen Mann in deinem Leben gibt. Ich hoffe, dass er dich besser behandelt, als ich es getan habe. Ich hoffe, er weiß dich zu schätzen.

Danke, dass du das alles gelesen hast, Lesley. Ich nehme mir fest vor, von nun an ein besserer Vater für meine Kinder zu sein. Sie haben die beste Mutter, die man sich vorstellen kann, und es wird Zeit, dass ich ihnen zeige, dass ich fähig bin, ein guter Vater zu sein. Ich habe vielleicht als Ehemann versagt, aber als Vater werde ich nicht versagen.

Buck

* * *

10. Juli 1980

Lieber Dad,

Mum hat mir erzählt, dass du in der Klinik bist. Ich hoffe, es geht dir bald wieder gut. Ich trage jetzt Zeitungen aus, aber nur an zwei Tagen in der Woche. Mrs. Dalton hat mir einen Dollar geschenkt, als ich bei ihr war. Ich spare mein ganzes Geld, um Mum zu helfen.

Ich hoffe, es geht dir bald besser.

David Knowles

* * *

1. August 1980

544 Klondike Avenue #304
Fairbanks, Alaska 99701

Lieber David, liebe Lindy, lieber Doug, lieber Christopher,
danke für eure Karten und Briefe, die ihr mir in die Klinik geschickt habt. Sie haben mir viel bedeutet. Jetzt geht es mir wieder gut. Sagt auch eurer Mutter vielen Dank.

Von nun an wird alles besser. Ich hatte von einem Job in Alaska gehört und lebe jetzt hier. Die Bezahlung ist gut, und ich hoffe, ich bin bald in der Lage, eurer Mum regelmäßig einen Scheck zu schicken.

Ich liebe euch. Seid lieb zu Mum.

Alles Liebe,

Dad

* * *

JILLIAN LAWTON GORDON
331 WEST END AVENUE
APARTMENT 1020
NEW YORK, NY 10023

3. Oktober 1980

Liebe Lesley, liebe Kinder,
es hat gut getan, von euch zu hören. Es ist viel zu lange her. Wir dürfen nicht mehr so viel Zeit vergehen lassen, ohne wenigstens kurz zu telefonieren.

Aber das Leben wird für mich einfach nicht ruhiger, und ich weiß, für dich auch nicht. Du bist ein Juwel, das warst du immer. Ich kann das, was du geschafft hast, erst richtig ermessen, seit Monty und ich Leni Jo haben.

Übrigens habe ich über Monty etwas erfahren, das mich völlig überrascht hat. Er durfte es mir erst vor ein paar Tagen erzählen, er war tief verstrickt in diese ABSCAM-Untersuchung. Das ist auch der Grund, warum er in den letzten Monaten so viel gearbeitet hat. Sein Büro hat mit dem FBI zusammengearbeitet, um Politikern, die Bestechungsgelder von reichen Arabern kassieren, das Handwerk zu legen. Erst heute Nachmittag wurde der Abgeordnete Myers als erstes Mitglied seit 1861 aus dem Kongress ausgeschlossen.

Jetzt, wo das Schlimmste vorüber ist, nimmt Monty auf mein Zureden hin ein paar Tage Urlaub. Wir brauchen beide Ferien. Leni Jo kennt ihren Vater ja kaum.

Die Neuigkeiten über Buck sind unglaublich. Er zahlt dir tatsächlich Unterhalt für die Kinder? Ich weiß nicht, wie er an diesen Job in Alaska gekommen ist, aber ich bin froh, dass er Verantwortung gegenüber seinen Kindern zeigt. Aber sei vorsichtig, Lesley – du kennst ihn ja, und er hat sich sicher nicht verändert. Seine Absichten mögen im Augenblick ehrenwert sein, aber vergiss nicht, wie unberechenbar er immer war.

Du hast in letzter Zeit wenig von unserem freundlichen inter-

nationalen Fernseh-Berichterstatter erzählt. Hast du nichts von ihm gehört? Wahrscheinlich fliegt er viel zwischen New York und Teheran hin und her, aber er konnte doch sicher auch einen kurzen Besuch an der Ostküste einschieben, oder? Erzähl mir alles!

Danke, dass du dich um meine Mutter kümmerst. Der Ausbruch des Mount St. Helens ist das erste größere Ereignis in ihrem Leben, mit dem sie sich seit Dads Tod auseinander setzen musste, und das scheint ihr ganz gut zu gelingen. Ich weiß nicht, was ich tun würde, wenn ich mich auf Fremde verlassen müsste, um ab und zu Informationen über sie zu erhalten. Ich weiß, dass du nicht davor zurückschrecken würdest, mir die Wahrheit über ihren Zustand zu sagen.

Ich wünschte nur, ich könnte häufiger in Pine Ridge sein. Wir werden Weihnachten kommen, dann können wir uns in Ruhe unterhalten. Ich mache mir ein bisschen Sorgen um Mum.

Es tut mir Leid, dass der Brief so kurz ist. Melde dich.
Alles Liebe von Monty, mir und Leni Jo,
Jillian

* * *

Lesleys Tagebuch

21. Oktober 1980

Die Kinder haben wieder einen Brief von Buck bekommen. Sie brennen darauf, etwas von ihrem Vater zu hören, und sind jedes Mal ganz aufgeregt, wenn die Post ihnen auch nur die winzigste Nachricht bringt. Dougie und Christopher haben sich sofort hingesetzt und ihm zurückgeschrieben. David hat den Brief seines Vaters nach dem Essen immer wieder gelesen, und Lindy war den ganzen Abend schlecht gelaunt. Leider ist das in letzter Zeit häufig so, und als ich sie irgendwann fragte, was sie so bedrückte, schrie sie mich an, die Scheidung wäre nur meine Schuld gewesen. Ich wäre diejenige gewesen, die unsere Familie zerstört hätte.

Ihre Vorwürfe haben mich schockiert. Ich habe mich nicht verteidigt, und ich habe sie auch nicht aufgeklärt. Aus Gründen, die ich nie verstanden habe, war sie Buck immer sehr nahe. Von allen meinen Kindern ist sie diejenige, die am schwersten mit der Scheidung zurechtkommt. Ich habe sie schluchzend in ihrem Zimmer zurückgelassen und bin später noch einmal zu ihr gegangen, um sie zur Vernunft zu bringen. Das war ein Fehler. Sie beschimpfte mich wegen Cole und warf mir vor, dass es einen neuen Mann in meinem Leben gäbe. Sie hat mir geradezu gedroht. Meine eigene Tochter, mein Fleisch und Blut meinte, wenn ich Cole heiraten würde, würde sie uns das Leben zur Hölle machen. Ich habe nicht die Absicht, Cole zu heiraten, aber ihre Worten haben mich sehr getroffen.

Ich wehre mich dagegen, mir von einem Kind – einem Mädchen, das noch keine dreizehn ist – vorschreiben zu lassen, wie ich zu leben habe. Trotzdem habe ich viel über meine Beziehung zu Cole nachgedacht. Wir haben uns geschrieben, und er hat einige Male angerufen, aber wir hatten bisher noch keine Gelegenheit uns zu treffen. Wir wissen beide, dass wir uns, sobald wir die Gelegenheit dazu haben, ganz einfach der Liebe hingeben können. Es ist naiv so zu denken, aber ich weiß genau, ich würde in Versuchung geraten, wenn er mich fragte, ob ich ihn heiraten würde. Aber das wird wohl nicht geschehen. Cole ist bereits verheiratet – mit seinem Beruf. Und nicht nur das, ich bringe vier Kinder mit in diese Beziehung. David ist schon ein Teenager und Lindy eigentlich auch. Meine Tochter hat es faustdick hinter den Ohren, und dann sind da noch Dougie und Christopher.

Ich weiß nicht mehr, was richtig ist. Ich sollte keine Entscheidungen für Cole treffen, aber ich will nicht, dass das weitergeht. In der Sekunde, in der wir uns wiedersähen, würde ich mir einzureden versuchen, dass es funktionieren könnte, dabei weiß ich genau, dass es das nicht wird.

Außerdem hat meine eine Eheerfahrung genügend Selbstzweifel bei mir hinterlassen – und Zweifel an meinen Fähigkeiten, die richtige Entscheidung zu treffen.

Buck kommt mir in letzter Zeit so aufrichtig vor, andererseits tut er das immer, wenn er Angst hat, mich endgültig zu verlieren. Ich würde ihm niemals verzeihen, wenn er den Kindern Hoffnungen machen und seine Versprechen dann nicht halten würde. Das hat er schon oft genug getan. Ich würde meine Kinder gern vor ihm schützen, aber er ist ihr Vater, und sie lieben und brauchen ihn.

So oder so, das Thema Ehe geht mir ständig im Kopf herum. Zusammen mit Bucks Brief an die Kinder war eine Hochzeitsanzeige in der Post. Roy Kloster. Er ist jetzt verheiratet, mit einer Ärztin. Ich freue mich für ihn und freue mich auch, dass ich ihm so wichtig bin, dass er mir eine Anzeige schickt.

Ich bin dankbar, dass ich die Schule besuchen kann. Ich genieße jede einzelne Minute. Vor vierzehn Jahren habe ich meinen Traum, Krankenschwester zu werden, aufgegeben, und ich werde ihn mir nicht ein zweites Mal zerstören lassen. Dr. Milton und seine Angestellten unterstützen mich sehr. Dr. Milton hat mir eine volle Stelle in seiner Praxis angeboten, sobald ich mein Examen habe. Seine Frau, die seit Jahren bei ihm arbeitet, möchte gern aufhören.

Vielleicht verliebe ich mich nie wieder, aber dann habe ich wenigstens einen Beruf, der mir Spaß macht und der mich erfüllt. Ich habe meine Freunde, meine Familie und – zu guter Letzt – doch ein gesundes Maß an Selbstvertrauen.

* * *

Cole Greenberg
ABC News Network
7 West 66th Street
New York, NY 10023

5. November 1980

Liebe Lesley,

ich habe seit einigen Wochen nichts von dir gehört und bin mir nicht sicher, ob die Post so lange braucht, oder ob es einen anderen Grund gibt. Deshalb habe ich dich angerufen. Ich habe das Zögern in deiner Stimme sofort bemerkt. Du brauchst mir nichts zu erklären oder dich zu entschuldigen.

Deine Briefe zu lesen und mit dir zu sprechen hat mir in meiner Zeit in Teheran sehr geholfen. Es hat mir die langen Monate, in denen ich über die Situation der Geiseln berichtet habe, sehr viel erträglicher gemacht.

Du hast zwar nicht erklärt, wieso du es für keine gute Idee hältst, unsere Beziehung fortzusetzen, aber ich habe eine Vermutung. Du bist auf der Suche nach jemandem, der ein Vater für deine Kinder sein kann und ein Ehemann für dich. Das kann ich gut verstehen.

Ich muss ehrlich zu dir sein, Lesley. Ich bezweifle, dass ich zum Ehemann oder Vater tauge. Meine Arbeit bringt mich durch die ganze Welt. Ich brauche die Freiheit, spontan reisen zu können. Ich bin so viel unterwegs, dass meine Beziehungen einfach nicht funktionieren, ganz gleich wie sehr ich mich darum bemühe.

Ich weiß, dass das Nachdenken über die Zukunft voreilig ist, das hast du ja selbst gesagt, aber du warst trotzdem klug genug, das Thema aufzubringen. Ich schätze deine Ehrlichkeit und deinen Mut, jetzt darüber zu sprechen, ehe wir Emotionen in eine Beziehung investieren, die zwangsläufig in eine Sackgasse geraten würde.

Vielleicht ist es am besten, wenn ich diesen Brief beende, indem ich dich wissen lasse, dass ich unsere Freundschaft in den letzten Monaten sehr genossen habe.

Gott segne dich, Lesley. Ich glaube, wir hätten das, was wir an jenem Tag in Hawaii bei dem anderen gefunden haben, wiederhaben können. Die Frage ist, ob es für uns beide so gut gewesen wäre. Du glaubst, dass es nicht so ist, und ich schätze, du hast Recht. Ich habe meine Arbeit, und du hast deine Kinder und die Aussicht auf einen schönen Beruf.

Als wir uns 1967 zum ersten Mal trafen, fand ich dich klug und süß und, ja, so unverstellt. Ich war beeindruckt von deiner Intelligenz und deiner Ehrlichkeit. Daran hat sich nichts geändert.

In Freundschaft,
C. Greenberg

* * *

9. Dezember 1980

Lieber Daddy,

jemand hat John Lennon erschossen. Ich liebe seine Musik. Ich bin völlig verstört und meine Freunde auch.

Die Schule ist ganz okay. David ist der Klügste in der Familie.

Mum hat keinen Freund mehr.

Lindy

1982

Jillians Tagebuch

1. Januar 1982

Liebster Nick und Daddy,
ein frohes Neues Jahr! Leni Jo ist drei, und Monty und ich hätten gern ein zweites Kind, aber es klappt einfach nicht. Die medizinischen Fortschritte bei Problemen wie unseren sind zwar immens, aber sie sind zeit- und kostenaufwändig, und sie haben belastende Auswirkungen auf meine Gemütsverfassung.

Monty meint, er wäre auch mit einem Kind zufrieden, wenn ich es ebenfalls wäre. Das Problem ist, dass ich ein Einzelkind war und mir zwar der Vorteile bewusst bin, aber auch um die Nachteile weiß. Ich hatte so sehr auf mehr Kinder gehofft. Ich beneide Lesley um ihre Geschwister. Noch heute als Erwachsene haben sie ein enges Verhältnis, auch wenn Lesley und Mike die Einzigen sind, die noch immer in Pine Ridge leben.

Für den Moment haben Monty und ich beschlossen, die Angelegenheit in Gottes Hände zu legen, und damit bin ich zufrieden. Vor einem Jahr hätte ich nie gedacht, dass ich so etwas sagen würde, aber irgendwie habe ich das Gefühl, mit zunehmendem Alter meinen Frieden mit Gott zu machen.

Während Leni Jo heranwächst, denke ich ernsthaft darüber nach, wieder in die Kirche zu gehen. Vielleicht werde ich das tun. Es würde dich glücklich machen, nicht Daddy?

Lesley geht es zunehmend besser. Ihr Ex ist immer noch in Alaska, auch wenn die Pipeline-Arbeiten inzwischen beendet sind. Er scheint irgendeinen neuen Job gefunden zu haben, aber er verdient nicht mehr so viel. Ich weiß nicht genau, was er macht, und es ist mir auch egal. Noch ist die Familie finanziell von ihm abhängig, aber das wird sich bald ändern, wenn Lesley ab Sommer eine volle Stelle hat. Ich bin so stolz darauf, wie sie die Ausbildung geschafft hat, neben ihrem Job, den Kindern und dem Haushalt. Sie wird im Juni Examen machen, und ich würde sie gern überraschen und zu ihrer Feier erscheinen.

Kaum zu glauben, dass David schon auf der High School ist. Nicht verwunderlich finde ich, dass er nur gute Noten hat. Er erinnert mich sehr an Lesley in diesem Alter.

Lindy ist das genaue Gegenteil. Ich sorge mich um sie. Lesley hat mir Weihnachten erzählt, ihre vierzehnjährige Tochter würde sie fast in den Wahnsinn treiben. Die beiden würden sich ständig streiten. Sie ist Buck sehr ähnlich und weiß genau, welche Knöpfe sie drücken muss, um Lesley in Rage zu bringen. Der Knopf »Schlechtes Gewissen« scheint ihr Favorit zu sein, denn sie benutzt ihn regelmäßig.

Dougie wird nun Doug genannt oder Douglas, und er ist auf der Junior High School. Christopher ist fast acht und ganz verrückt nach Sport. Er ist der beste Spieler in seiner Fußballmannschaft und auch als Leichtathlet viel versprechend. Ganz egal wie eng ihr Terminplan ist, Lesley bemüht sich, bei den Wettkämpfen ihres Sohnes dabei zu sein. Und Dr. Milton scheint ihr da große Freiheiten zu lassen. Offenbar hat Lesley einen wunderbaren Chef. Mum hat mir erzählt, er sei ein angesehener Arzt und auch beim Klinikpersonal sehr beliebt.

Ich war enttäuscht, dass Lesley ihre Beziehung zu Cole Greenberg beendet hat. Es war anscheinend eine gemeinsame Entscheidung, aber Lesley hat nicht viel darüber gesprochen. Ich schätze, sie ist verliebt in Cole, sieht aber keine Chance, ihn in ihr Leben mit vier Kindern zu integrieren.

Ich wünschte, ich wüsste, was sie denkt. Ich würde Cole selbst schreiben, wenn ich sicher wäre, dass Lesley dann noch mit mir spricht. Vielleicht sähe sie es als Verrat an, und ich würde nie etwas tun, was unsere Freundschaft belasten würde.

Die beste Neuigkeit hat etwas mit Monty zu tun. Er verlässt das Justizministerium und hat Bewerbungsgespräche bei mehreren Privatunternehmen. Es wird schön sein, wieder einen Mann zu haben! Ich schwöre, er hat sich fast zu Tode gearbeitet.

Ich gehe morgens noch immer nicht gern von Leni Jo fort, aber meine Arbeit macht mir großen Spaß. Jura ist ein interessantes Feld. Ich habe den Eindruck, als würde ich mindestens einmal in der Woche über einen herausragenden Fall lesen. Die Verleumdungsklage der Schauspielerin Carol Burnett gegen den National Enquirer war monatelang in den Schlagzeilen. Dieses Jahr wird es die Deregulierung von AT&T sein. Präsident Carter hat mit der Deregulierung der Fluggesellschaften die Tür dazu aufgestoßen. Ich genieße meine Arbeit als Anwältin, aber ich bin auch gerne Ehefrau und Mutter. Die Balance zu finden ist nicht immer einfach.

Dad, es wird dich freuen zu hören, dass es Mum sehr gut geht. Sie hat sich an das Alleinsein gewöhnt und wird mit jedem Jahr stabiler. Ich bin stolz auf sie, und ich weiß, das wärst du auch. Sie managt ihre Finanzen nun selbst. Ich kontrolliere die Zahlen alle paar Monate, aber bisher sieht alles sehr gut aus. Sie möchte jetzt auch alleine reisen. Dafür kannst du dich bei Leni Jo bedanken. Mum steigt inzwischen ohne zu zögern in ein Flugzeug nach New York, dabei kann ich mich noch genau an die Zeiten erinnern, als sie sich weigerte, alleine Taxi zu fahren, geschweige denn einen Flughafen zu betreten.

Jim und Angie haben letztes Jahr ihr zweites Kind bekommen, Nick. Ein kleines Mädchen diesmal, und es wird dich ebenso freuen wie mich, dass sie sie Nickie Lynn genannt haben, nach uns beiden. Ich habe geweint, als sie mir das gesagt haben. Wir sind Teil dieses Kindes, Nick, durch ihren Namen und die Familiengeschichten, die sie von ihren Eltern hören wird. Ich freue mich darauf, ihre »Tante« zu sein.

Jim und ich bleiben in Kontakt, hauptsächlich telefonisch. (Jim hat mir gestanden, dass er kein großer Briefeschreiber ist.) Es ist

immer schön, seine Stimme zu hören. Ich bin für ihn wie eine Schwester, das betrachte ich als große Ehre.
 Das vor mir liegende Jahr wird ein gutes Jahr werden, da bin ich mir jetzt schon sicher.
 Denkt immer daran, wie sehr ich euch beide liebe.
 Jillian

* * *

Wir freuen uns, Ihnen mitteilen zu können, dass
Montgomery Gordon
ab sofort Sozius
der Anwaltskanzlei Beckham ist.

Montgomery Gordon ist zuständig
für Schiedsfälle und Allgemeinen Rechtsbeistand
in Angelegenheiten des
Vertrags-, Verwaltungs- und Zivilrechts.
Beckham, DiGiovanni, Zimmermann,
Johnson & Blayne
652 Park Avenue
New York, NY 10021

* * *

Park West Klinik
284 Central Park West,
Suite 1A
New York City, NY 10024

19. Februar 1982

Sehr geehrter Mr. Gordon,
 soeben haben wir die Ergebnisse Ihrer Blutuntersuchung aus unserem Labor erhalten. Ihr Cholesterinwert ist sehr hoch. Dr.

Lyman bittet Sie, baldmöglichst in seine Sprechstunde zu kommen. Bitte vereinbaren Sie in den nächsten Tagen einen Termin mit uns. Die Sprechstunden sind täglich zwischen 9 und 16 Uhr.

Mit freundlichen Grüßen
Joan McMahon

* * *

LESLEY KNOWLES

7. März 1982

Lieber Buck,

ich schreibe dir, weil ich mit Lindy nicht mehr weiter weiß. Ich komme einfach nicht mehr zurecht mit ihr. Letzten Freitag war ich abends in ihrem Zimmer und habe festgestellt, dass sie nicht in ihrem Bett lag. Sie ist aus dem Schlafzimmerfenster geklettert und erst am nächsten Morgen um vier Uhr wieder aufgetaucht. Sie war ziemlich überrascht, dass ich in ihrem Zimmer auf sie wartete, als sie wieder hereinkletterte. Ich habe keine Ahnung, wo sie war und mit wem sie zusammen war. Sie weigert sich, beide Fragen zu beantworten. Unsere Tochter ist erst vierzehn Jahre alt.

Ich habe ihre Ausgangszeiten beschränkt und ihr Telefonverbot erteilt, aber das führt nur zu noch größeren Spannungen zwischen uns. Ich weiß nicht, wie ich an sie herankommen soll. Vielleicht könntest du mal mit ihr reden.

Ich würde deine Hilfe sehr zu schätzen wissen.

Danke.
Lesley

* * *

9. März 1982

Lieber Daddy,

Mum ist absolut gemein zu mir. Sie lässt mich nicht mit dir telefonieren und zwingt mich, in meinem Zimmer zu bleiben. Das ist Kindesmisshandlung. Ich kann es nicht mehr ertragen. Du musst etwas tun. Ich kann mit ihr nicht leben.

David ist so perfekt, es ist schrecklich. Ich komme mit Mum nicht klar und bin es noch nie. Darf ich bei dir leben? Ich werde dich auch nicht stören, das verspreche ich dir. Du musst mir helfen, Dad. Du musst einfach.

In Liebe,
Lindy,
deine einzige Tochter

* * *

6. April 1982

Mein liebster Monty,

wenn du dich jetzt wunderst, warum deine Frau dir Blumen schickt, dann denk einmal zwei Wochen zurück an unser Wochenende in Boston. Ahnst du es? Wenn du noch weitere Hinweise benötigst ... ich schlage vor, dass du in achteinhalb Monaten ein paar freie Tage im Büro einplanst.

Es sollte auch Vaterschutz geben! Wenn du keinen guten Anwalt kennst, der sich dafür einsetzen könnte, dann vielleicht ich.

Komm schnell nach Hause! Wir haben etwas zu feiern!

Deine dich liebende, schwangere Frau

* * *

Lesleys Tagebuch

6. Mai 1982

Ich habe Cole heute Abend in den Nachrichten gesehen. Er ist in Port Stanley auf den Falkland Inseln und wartet dort auf die Ankunft der Britischen Flotte. Als ich ihn sah, kam es mir vor, als hätte mir jemand in den Magen geschlagen. Alles um mich herum verschwamm. Glücklicherweise war Christopher da und hat mir ein Glas Wasser gebracht.

Mein Kopf kommt mit den romantischen Bildern, die ich im Herzen habe, nicht zurecht. Ich bin allein erziehende Mutter von vier Kindern und verliebt in einen Mann, den ich nur ein einziges Mal für ein paar Stunden gesehen habe, als ich noch ein Teenager war. Es macht einfach keinen Sinn, so für ihn zu empfinden. Kein Mann könnte den überzogenen Erinnerungen gerecht werden, die ich an Cole habe. Ich glaube, ich habe diese Fantasien mehr gebraucht als die Realität. Nachdem ich all die Jahre mit Buck verheiratet war, habe ich aus Cole in Gedanken den idealen Ehemann und Vater gemacht: liebevoll, geduldig, immer für seine Kinder da. Und mit einem sicheren Job!

Ich bedaure, dass ich so wenig Optimismus für uns beide hatte. Ich habe meinen Ängsten nachgegeben, alle nur möglichen Probleme ersonnen und eine Entscheidung getroffen, die auf meiner begrenzten Erfahrung mit Männern beruht. Cole hat diese Entscheidung akzeptiert, und jetzt ist es zu spät. Es wäre nicht richtig, noch einmal in sein Leben einzudringen.

Aber was mich so frustriert ist mehr als die Tatsache, dass ich Cole gesehen habe. Ich hatte geglaubt, dieses letzte Jahr in der Schule würde leichter als die vorangegangenen viereinhalb. Ich habe mich geirrt. Die Stunden sind ermüdend, die Lehrer verlangen viel, und ich habe so hohe Schulden, dass ich mindestens fünfzehn Jahre brauchen werde, um sie abzuzahlen.

Lindys rebellische Art ist wenig hilfreich. Ich weiß nicht,

was zwischen ihr und Buck vorgefallen ist. Ich vermute, sie hat ihn gefragt, ob sie zu ihm ziehen kann, und da er nicht zurückgeschrieben hat, scheint das seine Antwort zu sein. Ich habe nie ernsthaft befürchtet, dass Buck nach einem der Kinder verlangen oder sich um das Sorgerecht bemühen könnte. Er hat sich nicht um sie gekümmert, als wir noch verheiratet waren, und er wird ganz sicher auch in Zukunft seinen Lebensstil für sie nicht ändern wollen. Lindy hat seit Wochen nicht von ihm gesprochen und macht böse Bemerkungen, wenn die Jungs seinen Namen erwähnen. Andererseits geht sie mit mir auch nicht zimperlich um.

Jillian hat mich und Lindy nach New York eingeladen – es soll ein Geschenk zu Lindys High-School-Abschluss im Sommer sein. Sie möchte unsere Tickets bezahlen, und ich glaube, ich werde ihr mehr als großzügiges Angebot einfach annehmen. Mum und Eric haben versprochen, so lange auf die Jungs aufzupassen. Ich habe Lindy noch nichts gesagt, weil ich sie nicht enttäuschen möchte, wenn es doch nicht klappt. Zunächst muss ich die Schule hinter mich bringen, dann erst wird mir nach Feiern zu Mute sein. Eines ist jedenfalls sicher: Ich möchte nicht, dass meine Tochter den ganzen Sommer zu Hause herumhängt und nichts zu tun hat. Das würde ganz sicher nichts als Ärger bedeuten.

David macht gerade seinen Führerschein und hofft im September fertig zu sein. Ich kann es kaum erwarten! Sobald er fahren kann, brauche ich die beiden Kleinen nicht mehr ständig von einem Sportkampf zum nächsten zu fahren. Vor zwei Jahren hatte Buck versprochen, Davey ein Auto zu kaufen. Für David und mich hoffe ich, dass er sein Versprechen hält, aber ich habe ernste Zweifel. Natürlich weiß auch David, dass man sich auf nichts verlassen kann, was Buck sagt, aber Hoffnung versetzt bekanntlich Berge.

* * *

20. Mai 1982

Liebe Lesley,

Bill und ich haben uns überlegt, ob du Lindy nicht im Sommer zu uns schicken kannst. Da ich eine volle Stelle im Krankenhaus habe und Bill oft Überstunden im Büro machen muss, haben wir von Ende Juni bis Ende August Probleme mit der Betreuung unserer Kinder. Wir würden Lindys Flugticket zahlen und ihr fünf Dollar pro Tag geben.

Melde dich so schnell wie möglich, damit wir uns notfalls etwas anderes einfallen lassen können.

Alles Liebe,
Susan

* * *

6. Juni 1982

Strafvollzugsanstalt Sitka
304 Lake Street
Sitka, Alaska 99835

Liebe Lesley,
es fällt mir schwer, dich das zu fragen, aber könntest du mir Geld leihen? Wie du am Absender erkennen kannst, stecke ich hier in Schwierigkeiten. Ich schwöre dir, Les, ich werde alles zurückzahlen. Beim Grab meiner Schwester, ich werde einen Weg finden, das Geld so schnell wie möglich zu beschaffen.

Es fällt mir nicht leicht, diesen Brief zu schreiben, aber ich gebe offen zu, dass ich Hilfe brauche. Wenn ich nicht bis Dienstag hier rauskomme, kann ich nicht fischen gehen. Wenn ich nicht fischen gehe, kann ich keinen Unterhalt für die Kinder zahlen. Mir das Geld zu leihen würde also dir und den Kindern helfen. Du weißt, dass ich dich niemals darum bitten würde, wenn ich eine andere Möglichkeit wüsste.

Buck

P. S. Überweis bitte das Geld direkt an das Gefängnis, ja? Und hör zu, ich weiß, dass ich mit den Unterhaltszahlungen ein paar Monate im Rückstand bin, aber ich werde das in Ordnung bringen, sobald ich vom Fischen zurück bin.

* * *

DER PRÄSIDENT, DIE FAKULTÄT UND
DIE ABSCHLUSSKLASSE
DER SEATTLE UNIVERSITY,
AUSSENSTELLE PINE RIDGE,
VERKÜNDEN HIERMIT, DASS
LESLEY L. KNOWLES
IN EINER FEIERSTUNDE DAS
KRANKENSCHWESTER-DIPLOM
ÜBERREICHT WIRD.

DIE FEIER FINDET AM SONNTAG, DEM 6. JUNI 1982, UM
15 UHR STATT, IM ANSCHLUSS WIRD ZU EINEM
EMPFANG GELADEN.

* * *

LESLEY KNOWLES

11. Juni 1982

Liebste Jillian,

ich kann dir gar nicht sagen, wie sehr ich mich gefreut habe, dich bei meiner Diplomfeier zu sehen. Es war mir nachher ein bisschen peinlich, dass ich mitten bei »Pomp and Circumstance« in Tränen ausgebrochen bin, aber ich war einfach so gerührt. Und wenn ich mir vorstelle, dass David die ganze Zeit eingeweiht war! Du weißt, wie man eine Frau überrascht, was?

Wenn alles nach Plan verläuft, werden Lindy und ich in der

dritten Augustwoche nach New York kommen. Sie wird bis dahin aus Kalifornien zurück sein und darauf brennen, ihr frisch verdientes Babysittergeld auszugeben. Ich wollte New York schon immer kennen lernen, und ehe du davon anfängst, NEIN, ich weigere mich, noch einmal Kontakt zu Cole aufzunehmen.

Ich bin ja so aufgeregt! Aber bist du sicher, dass du uns so nahe am Geburtstermin des Babys wirklich bei dir haben willst? Wenn es dir lieber ist, können wir unseren Besuch auch verschieben. Sag mir nur Bescheid.

Danke für die wundervolle, wundervolle Überraschung. Du hattest Recht, als du 1966 sagtest, ich hätte das Zeug fürs College. Es hat nur einige Jahre gedauert, bis ich das beweisen konnte!

Ich fange sofort mit einer Ganztagsstelle bei Dr. Milton an. Mrs. Milton kann es kaum erwarten, dass ich ihren Platz einnehme.

Alles Liebe,
Lesley und alle anderen

* * *

JILLIAN LAWTON GORDON
331 WEST END AVENUE
APARTMENT 1020
NEW YORK; NY 10023

7. Juli 1982

Liebe Mum,

bitte komm! Seit der Fehlgeburt höre ich nicht mehr auf zu weinen. Monty weiß nicht mehr, was er tun soll. Es wäre ein Junge geworden, habe ich dir das eigentlich gesagt? Es erschien mir wie ein Wunder, dass ich wieder schwanger war, und wir waren glücklich. Wie grausam von Gott, uns so etwas anzutun. Wie herzlos und gemein, uns erst Hoffnungen zu machen und uns dann einen solchen

Schmerz zuzufügen. Damit hätte ich nie gerechnet, nicht einmal daran gedacht habe ich, dass ich mein Baby verlieren könnte.

Du hast mir nie erzählt, dass du auch Fehlgeburten hattest. Dreimal, bevor ich geboren wurde. Oh Mum, wie hast du das bloß ausgehalten? Ich fühle mich innerlich völlig leer. Meine Arme sehnen sich danach, dieses Kind zu halten, das ich nie kennen lernen werde. Ich fühle mich verloren und habe Angst vor der Zukunft. Die Ärzte meinten, es sei normal zu trauern, aber ich glaube, ich kann meinen Sohn gar nicht loslassen.

Ich brauche jetzt meine Mutter.

Jillian

* * *

Karte an Blumenstrauß an
Jillian Gordon
Mt. Sinai Klinik

Liebe Jillian, Montgomery und Leni Jo,
es tut mir so unendlich Leid.
Meine Gedanken sind bei euch.
Lasst mich wissen, wenn ich irgendetwas tun kann.
Lesley

* * *

14. Juli 1982

Liebe Mum und alle anderen,

Ich dachte, ich schreibe euch, um euch zu sagen, dass hier in Sacramento alles okay ist. Tante Susan und Onkel Bill sagen Hallo. Ich dachte immer, Sacramento läge am Meer und es gäbe hier viele Typen mit Surfbrettern. So ist es nicht! Wusstest du das, Mum, als du mich hierher geschickt hast?

Das mit Tante Jillian und ihrem Baby tut mir echt Leid. Ich

schätze, du hast Recht, Mum, der Zeitpunkt für einen Besuch ist jetzt nicht so günstig, vor allem, wenn auch noch ihre Mutter da ist. Wir fliegen ein anderes Mal hin, ja? Ehrlich gesagt finde ich das nicht so schlimm, weil – und das wird euch wahrscheinlich alle überraschen – ich mein Zuhause vermisse.

Ich habe fast mein ganzes Geld gespart. Wenn ich zurück bin, lade ich euch alle zum Essen ein. In ein richtiges Restaurant, wie das Denny's. Letzte Woche habe ich mir eine Kassette von *Culture Club* gekauft, aber das war wirklich mein einziger Luxus bisher. Ich finde, Boy George ist extrem. Wenn du willst, Doug, kann ich dich auch wie ein Mädchen anziehen. Das war nur Spaß!

Habt ihr etwas von Dad gehört? Ich habe ihm von hier aus geschrieben, aber der Brief ist zurückgekommen. Was ist los mit ihm?

Ich komme am Freitag, dem 20. August, nach Hause. Wer holt mich vom Flughafen ab? Ihr alle? Ich vermisse euch. Ich hätte nicht geglaubt, dass ich das tun würde, aber es ist so.

Alles Liebe,
Lindy

P. S. Christopher, hättest du Lust, *E. T.* zu sehen? Ich lade dich ein, wenn du das Popcorn spendierst.

* * *

Barbara Lawton
2330 Country Club Lane
Pine Ridge, Washington 98005

7. Oktober 1982

Meine Lieben, Jillian, Montgomery und Leni Jo,
ich bin nun wieder zu Hause und versuche in den Alltag zurückzufinden. Trotz der traurigen Umstände, die mich nach New York geführt haben, habe ich meinen Aufenthalt bei euch genossen. Jetzt vermisse ich euch alle ganz schrecklich. Das Haus kommt mir ohne Leni Jos Lachen so leer vor.

Jillian, dieser Sommer und der Verlust deines Babys waren sehr hart für dich. Die Zeit heilt die Wunden; das kommt dir jetzt vielleicht vor wie eine dumme Redensart, aber es stimmt wirklich. Es war eine kluge Idee, dir in deinem Beruf eine Auszeit von drei Monaten zu nehmen. Unsere emotionalen Bedürfnisse verdienen ebenso viel Beachtung wie unsere körperlichen. Diese Lektion habe ich nach dem Tod deines Vater gelernt.

Trauer, meine Kinder, ist ein wichtiger Bestandteil dieses Heilungsprozesses. Als Leonard starb, dachte ich, ich würde nie darüber hinwegkommen. Wir waren 45 Jahre verheiratet, und er war ebenso sehr Teil von mir wie meine Hände und Füße. Ohne ihn fühlte ich mich verlassen und orientierungslos. Diese ersten zwei Jahre meines Witwendaseins möchte ich nicht noch einmal mitmachen müssen. Als ich mein Gleichgewicht wiedergefunden hatte, kam ich ganz gut zurecht, aber das hat einige Zeit gedauert. Auch du wirst dieses Gleichgewicht wiederfinden. Hab Geduld mit dir, erwarte nicht zu viel auf einmal und sei dankbar für die süße Tochter, die du bereits hast.

Montgomery, verzeih mir, dass ich das sage, aber du arbeitest zu viel. Jillian beklagt sich seit Jahren darüber, und ich stimme ihr zu. Mach nicht den gleichen Fehler wie Leonard. Pass auf dich auf, versprichst du mir das?

Leni Jo, du bist das hübscheste, klügste Enkelkind auf der ganzen Welt. Ich kenne keine andere Dreijährige, die so bezaubernd ist wie du. Ich möchte dir noch einmal sagen, wie sehr dich deine Grandma liebt. Es fehlt mir, dir abends etwas vorlesen zu können und mich beim Mittagsschlaf an dich zu kuscheln, aber ich werde nicht lange wegbleiben, das verspreche ich dir.

Ich freue mich darauf, euch alle an Weihnachten wiederzusehen.

In Liebe,
Mum

* * *

LESLEY KNOWLES

1. November 1982

Lieber Buck,
normalerweise öffne ich deine Briefe an die Kinder nicht, und darauf hast du wahrscheinlich vertraut. Dein letzter Brief jedoch trug wieder den Stempel des Gefängnisses von Sitka. Ich wollte den Kindern die Erkenntnis ersparen, dass ihr Vater im Augenblick hinter Gittern sitzt.

Wie kannst du es wagen, mich für deine Lage verantwortlich zu machen? Ich habe nichts getan, was dich ins Gefängnis hätte bringen können. Schließlich habe ich nicht hinter dem Steuer dieses Wagens gesessen. Du warst derjenige, der in einen Unfall verwickelt war. Du warst derjenige mit dem hohen Alkoholgehalt im Blut. Du bist ganz ohne meine Hilfe hinter Gittern gelandet. Es wird allmählich Zeit, dass du selbst die Verantwortung für dein Tun übernimmst.

Ich war schon früher wütend auf dich, und das immer aus gutem Grund, aber nun du bist noch tiefer gesunken, als ich das je für möglich gehalten hätte. Ich habe abgelehnt, dir Geld zu schicken, und nun bettelst du deine halbwüchsigen Kinder an. Es ist schlimm genug, dass du mich für deine Haftstrafe verantwortlich machst, aber David zu bitten, dir Geld für Zigaretten zu schicken, ist ungeheuerlich.

Von nun an werde ich deine gesamte Post an die Kinder kontrollieren. Du wirst von mir keinen einzigen Cent bekommen und von deinem Sohn auch nicht. Was mich betrifft, ich finde, das Gefängnis ist genau der Ort, wo du hingehörst.

Lesley

* * *

Jillians Tagebuch

13. November 1982

Mein liebster Nick,

heute Abend habe ich mir im Fernsehen die Einweihung der Gedenkstätte für die Opfer des Vietnamkriegs angesehen. Sie ist bestechend in ihrer Schlichtheit. Auf dem schwarzen Granit ist dein Name eingemeißelt, zusammen mit den Namen der anderen 52.000 jungen Männer und Frauen, die in Vietnam getötet wurden oder seither vermisst sind. Jedes verlorene Leben ist dort vermerkt. Jedes einzelne wird gewürdigt und geehrt. Ich bin dafür so dankbar, Nick. Ich möchte nicht, dass irgendjemand dich oder das, was du getan hast, vergisst. Ich finde es furchtbar, wenn ich in Pine Ridge bin und irgendwer deinen Namen erwähnt und dann beiläufig hinzufügt, du wärst nicht aus Vietnam zurückgekehrt. Diese Leute wissen nicht, dass du einen Heldentod gestorben bist und dass wegen dir andere überlebt haben.

Als ich den Bericht sah, war Leni Jo schon im Bett, Gott sei Dank, und Monty nicht zu Hause. Die Tränen und die Trauer überkamen mich so plötzlich, dass ich ein paar Sekunden lang völlig überwältigt war. Ich habe den Fernseher ausgeschaltet und saß eine Weile regungslos da, in Erinnerungen versunken.

Oh Nick, ich habe dich so geliebt. Ich weiß noch genau, was ich gefühlt habe, als meine Mutter damals anrief, um mir zu sagen, dass dein Hubschrauber abgeschossen und du getötet worden warst. Damals kannte ich eine solche Trauer noch nicht. Jetzt ist sie mir vertraut, nachdem auch noch mein Vater gestorben ist und ich meinen Sohn verloren habe. Trotzdem habe ich dich, Nick, in all den Jahren ganz schrecklich vermisst.

Meine Mutter hat mir letzten Monat, nachdem sie nach Hause zurückgekehrt war, geschrieben, dass die Zeit alle Wunden heilt. Sie hat Recht – sie dämpft den Schmerz und hilft einem weiterzuleben. Aber sie hat meine Wunden nicht geheilt, Nick. Ich habe nie aufgehört dich zu lieben. Ich habe dich nie vergessen. Ich liebe meinen Mann, aber es gab und gibt Nächte, in denen ich erwache, häufig unter Tränen, weil ich von dir geträumt habe.

Das habe ich noch nie jemandem erzählt, nicht einmal Lesley.

Das Ganze entbehrt nicht einer gewissen Ironie. Der Nachrichtensprecher, der über die Gedenkstätte berichtete, war selbst in Vietnam gewesen. Sein Name ist Cole Greenberg, es ist der Mann, den Lesley in Hawaii kennen gelernt hat. Er ist sehr professionell, aber man konnte ihm anmerken, wie bewegt er war. Seinem Gesicht sah man das nicht an, aber die Worte, die er sprach, kamen aus seinem Herzen. Er weiß Bescheid. Er war dort. Er hat es mit eigenen Augen gesehen. Er hat den Albtraum miterlebt.

Ich kann die Vietnam-Gedenkstätte jetzt nicht besuchen. Vielleicht werde ich nie in der Lage sein, mit Fassung vor dieser Wand zu stehen. Es ist mir schwer genug gefallen, dir einmal Adieu zu sagen.

Denk immer daran, wie sehr ich dich liebe.

Jillian

* * *

LESLEY KNOWLES

20. November 1982

Liebe Jillian,

ich wollte dir schon die ganze Woche schreiben, aber dies ist die erste freie Minute, die ich seit langem habe. Ich kann dir gar nicht sagen, wie sehr ich mich auf unseren Besuch im nächsten Monat freue. Schenk uns so viel von deiner Zeit wie möglich, ja? Ich brauche dringend mal wieder einen richtig guten Quatschabend.

Das Jahr war ziemlich ereignisreich, nicht wahr? Seit Juni, als du dein Baby verloren hast, habe ich fast jeden Tag an dich gedacht. Dann habe ich von der Enthüllung der Gedenkstätte für die Vietnamopfer gelesen und überlegt, wie sehr dich das getroffen haben muss.

Ich habe Dr. Milton gebeten, mir zwischen Weihnachten und Neujahr Urlaub zu geben. Nach meiner Prüfung hat er mir eine ordentliche Gehaltserhöhung gegeben, die wir gut gebrauchen können. Ich habe den Wohnwagen verkauft und einen Teil des Kredits für meine Ausbildung zurückgezahlt. Danach sind wir in ein Mietshaus gezogen, und jetzt haben wir die Möglichkeit, es zu kaufen. Der Besitzer hat mir sehr gute Konditionen geboten, das Haus ist in gutem Zustand, hat einen Garten und liegt sehr zentral. Ich bin so glücklich! Die Kinder sind ebenfalls ganz begeistert, und wir sparen alle tüchtig, um es zu schaffen.

David arbeitet dreißig Stunden in der Woche in Albertson's Store und hat trotzdem noch ausgezeichnete Noten. Ich weiß nicht, was ich ohne ihn tun würde. Lindy ist häufig unterwegs, aber sie zahlt ihr Babysittergeld in den Topf ein. Doug hat Davids Zeitungsaustragjob übernommen, und Christopher führt Hunde Gassi. So bekommen wir genug Geld für die Abzahlraten und unsere anderen Ausgaben zusammen.

Lindy ist etwas umgänglicher geworden, seit sie im Sommer fort war. Sie hat einen Freund, der immerhin zur Schule geht und, soweit ich das beurteilen kann, nicht drogenabhängig ist. Zu ihrem 15. Geburtstag will sie sich Löcher in die Ohren machen lassen. Ich hätte nie geglaubt, dass ich so etwas erlauben würde, aber ich habe es erlaubt. Man muss sich seine Kriegsschauplätze aussuchen, und dieser ist nicht wichtig genug, um unseren zerbrechlichen Frieden zu gefährden. Kannst du dir vorstellen, was die Nonnen damals gesagt hätten, wenn wir uns die Ohren hätten zerstechen lassen? Wie sich die Zeiten geändert haben! Zu unserer Zeit wurden wir schon als Flittchen beschimpft, wenn wir uns die Strümpfe bis zu den Knöcheln heruntergerollt hatten. Wir sind aus der Klasse geflogen, weil wir Kaugummi kauten, während heutzutage ... Tja, aber so ist das eben.

Ich versuche, viel Zeit mit Lindy zu verbringen, aber das nützt auch nichts. Sie hört lieber ihre Musik als mit mir zu reden. Manchmal glaube ich, dass sie mir einfach nie verzeihen wird, dass ich mich von ihrem Vater habe scheiden lassen. Vielleicht wird sie eines Tages verstehen, warum ich Buck verlassen habe. Ich wünsche mir so viel für sie, und ich habe solche Angst, dass sie die gleichen Fehler machen könnte wie ich. Aber jetzt zu angenehmeren Themen. Doug spielt seit neustem in der College-Basketball-Mannschaft, und wir haben das mit einer großen Party gefeiert. Er ist nicht so sportlich wie Christopher, aber trotzdem ein toller Spieler, und ich bin stolz auf ihn.

Ich merke gerade, dass ich nur von mir erzähle, dabei möchte ich doch gern wissen, wie es dir geht. Ich weiß, dass das letzte halbe Jahr für dich und Monty sehr schwer war.

Schreib mir bald, und pass auf dich auf. Du bist die einzige beste Freundin, die ich habe.

Alles Liebe,
Lesley und die Kinder

P. S. Ich habe vor ein paar Tagen einen Autoaufkleber gesehen, bei dem ich lächeln musste. Darauf stand: GOTT SEGNE AMERIKA – UND ZWAR SCHNELL!!!

NOTAUFNAHME-AUFNAHMEFORMULAR
MONTGOMERY GORDON – VERDACHT AUF HERZINFARKT

New York Hospital
Notaufnahme
100 Madison Street
New York, NY 10029
212–555–5555

Name: Gordon, Montgomery
Geburtsdatum: 22.09.33
Alter: 49
Geschlecht: M
Gewicht: 95 KG

Datum der Aufnahme: 08/12/82
Uhrzeit: 21.00 Uhr
Dienst habender Arzt: R. Lammers
Symptome/Beschwerden: Brustschmerzen, kalter Schweiß, Übelkeit
Blutdruck: 220/125 **Temperatur:** 39° C **Puls:** 140
Sauerstoffgehalt im Blut: 92 %

Krankheitsverlauf:
Dauer der Beschwerden: ca. 2 Stunden
Ort: Herzmuskel, linker Arm
Art der Schmerzen: »Zwicken«
Schwere: schwer

Allergien: keine bekannt
Regelmäßige Medikamenteneinnahme: Ibuprofen, Antacida

1986

Jillians Tagebuch
---

1. Januar 1986

Lieber Nick, lieber Daddy,

ich wette, du feierst da oben gerade ein Freudenfest, habe ich Recht, Daddy? Reagan ist wiedergewählt worden, die Inflationsrate ist gesunken, und man spricht davon, die Staatsverschuldung bis 1991 in den Griff zu bekommen! Zum zweiten Mal in meinem Leben als Wahlberechtigte habe ich meine Stimme dem ehemaligen Hollywood-Schauspieler gegeben. Also, auf, freue dich!

Es wird bestimmt ein aufregendes Jahr. Lesley und ich haben im Juli unser 20-jähriges Klassentreffen, und Lindy wird mit der High School fertig sein. Da ich ihre Patentante bin, beabsichtige ich, zur Abschlussfeier zu fliegen und stolz neben Lesley zu sitzen. Das Datum steht bereits fest in meinem Terminkalender, der immer voller wird, seit ich im letzten Jahr zur Richterin berufen worden bin.

Nick, ich bin sicher, Dad ist, was das betrifft, ein schrecklicher Langweiler. Du musst ihm verzeihen, wenn er mit seiner Tochter, der Richterin, so viel prahlt. Ich wette, Dad hat immer geahnt, schon seit ich drei Jahre alt war, dass ich einmal in seine Fußstapfen treten würde.

Leni Jo ist die intelligenteste Siebenjährige in ihrer zweiten Klasse. Sie liest bereits, als wäre sie im fünften Schuljahr. Monty und ich haben bisher gezögert, sie in irgendwelche Hochbegabtenkurse zu schicken, weil es uns lieber ist, wenn sie gleichaltrige Freunde hat. Allerdings bemühen wir uns darum, dass sie sowohl innerhalb als auch außerhalb des Klassenraums genügend intellektuelle Anreize bekommt. Währenddessen kämpfe ich immer noch mit dem Konflikt zwischen den Verpflichtungen des Mutterseins und meines Berufs. Ich habe noch keine wahre Lösung gefunden – lediglich Kompromisse.

Mit Montys juristischer Karriere geht es weiter bergauf. Letzten November hat man ihm eine vollwertige Partnerschaft in der Kanzlei angeboten. Der Herzinfarkt im Dezember 1982 hat uns beiden einen gehörigen Schrecken eingejagt. Ich habe keine Lust, Witwe zu werden, und Monty möchte mich auch nicht unbedingt zu einer machen. Ich bin froh berichten zu können, dass er seit letzten Februar wieder körperlich fit und sein Cholesterinspiegel normal ist. Ob er eine Partnerschaft in der Kanzlei annimmt oder nicht, liegt ganz an ihm. Ich werde seine Entscheidung auf jeden Fall mittragen. Wenn er Ja sagt, werde ich ihn ebenso unterstützen, wie er das bei mir getan hat, als ich mich um die Richterstelle beworben habe.

Ich liebe meinen Mann jedes Jahr mehr. Monty und ich führen eine sehr harmonische Ehe. Uns verbindet nicht die leidenschaftliche Liebe, wie wir beide sie erlebt haben, Nick, sondern eine reife Liebe, die sich langsam und gleichmäßig entwickelt hat.

Jetzt, wo Leni Jo ein bisschen älter ist, lassen wir sie öfter mal bei meiner Mutter, und wenn es unser Terminplan erlaubt, verreisen Monty und ich auch schon mal allein. Mum ist immer glücklich, wenn sie Zeit mit Leni Jo verbringen darf.

Ich habe inzwischen das Gefühl, dass unsere Tochter Mums Leben eine neue Perspektive gegeben hat. Sie ist wirklich eine tolle Großmutter, Dad. Als wir im letzten Sommer in Pine Ridge waren, fand sie, dass es Zeit würde, dass Leni Jo schwimmen lernt, also hat sie es ihr im Pool des Country Club beigebracht. Und ehe sie sich versah, hatte Mum eine ganze Gruppe Sechs- und Siebenjähriger um sich geschart. Ich finde das wunderbar. Leni Jo spricht jedes Wochenende mit ihr am Telefon und vermisst sie ganz schrecklich. Ich bin so froh, dass sie diesen Sommer drei Wochen zusammen verbringen konnten.

Lesley habe ich dieses Jahr nur einmal sehen können, aber wir sind uns so nah wie immer. Sie hat nun seit fast vier Jahren kein Wort von Buck gehört. Als er das letzte Mal schrieb, war er noch in Alaska – im Gefängnis wegen Trunkenheit am Steuer, rücksichtsloser Raserei und allgemeiner Gefährdung anderer Verkehrsteilnehmer. Soweit ich weiß, gibt es auch eine Reihe von Schadensersatzklagen gegen ihn. Wenn man mich fragt, ich glaube, für Lesley ist es besser, wenn sie nichts von ihm hört, und das gilt auch für die Kinder.

David besucht inzwischen das Pine Ridge Community College und jobbt nebenbei in einem Computerladen. Er liebt seinen Job, und der Besitzer des Ladens hat ihm viel Verantwortung übertragen. Vor kurzem hat er mir erzählt, er würde gern selber Software entwickeln. Ich weiß nicht so recht, was das bedeutet, aber ich kann ja auch keinen Computer richtig bedienen. Dabei scheinen sie sich unaufhaltsam auf der ganzen Welt zu verbreiten. Monty schwört auf seinen und meint, über kurz oder lang stände ein PC in jedem Haushalt. Das glaube ich nicht. Ich weiß noch genau, dass man uns früher prophezeit hat, im Jahre 2000 würden wir den Mond besiedeln, und das wird auch nicht geschehen. Weltraumspaziergänge sind nichts für mich und Computer auch nicht.

Irgendwann in diesem Monat wird die Challenger mit der ersten Privatperson an Bord starten. Eine Lehrerin wurde auserwählt. Überflüssig zu erwähnen, dass ich mich nicht beworben habe, aber trotzdem, was für ein Erlebnis! Christa McAuliffe wird ihren Schülern eine Menge zu erzählen haben, wenn sie zurückkommt.

Da die Zinsen inzwischen so gefallen sind, haben Jim und Angie sich ein Haus gekauft. (Ich glaube allerdings nicht, Daddy, dass wir die niedrigeren Zinsraten allein der Tatsache zu verdanken haben, dass ein Republikaner im Weißen Haus sitzt!) Lesley und ihre Familie leben nun schon seit fast vier Jahren in ihrem

Haus. Sie hat so lange gebraucht, bis sie sich ein eigenes Haus leisten konnte, dass sie es nun hegt und pflegt. Der Garten ist makellos, und innen ist das Haus (typisch Lesley!) im Country Style gehalten.

Ja, das Leben ist schön, und ich bin glücklich. Jedes Jahr scheint besser zu sein als das vorherige. Monty und ich haben die Hoffnung auf ein weiteres Kind aufgegeben (Ich werde in ein paar Tagen achtunddreißig, und Monty ist zweiundfünfzig.), aber umso dankbarer sind wir, dass wir Leni Jo haben.

Denkt immer daran, wie sehr ich euch beide liebe.
Jillian.

* * *

Barbara Lawton
2330 Country Club Lane
Pine Ridge, Washington 98005

5. Januar 1986

Meine lieben Kinder,

Jillian, ich erwäge eine Entscheidung von großer Tragweite und möchte sie gern mit dir besprechen, ehe ich sie weiterverfolge. Ich möchte das Haus gern einem Immobilienmakler zum Verkauf anbieten.

Als der Makler heute herkam, um eine »Begehung« vorzunehmen, meinte er, das Haus wäre über 200.000 Dollar wert. Kannst du dir das vorstellen? Er schlug vor, es für einen etwas höheren Preis anzubieten, der uns ein wenig Verhandlungsspielraum lässt. Du meine Güte, ich wäre fast umgefallen, als er mir sagte, was wir dafür bekommen können. Ich habe es nicht gewagt, ihm zu sagen, dass dein Vater und ich 1947 nur 15.000 Dollar dafür gezahlt haben.

Jetzt fragst du dich sicher, warum ich das Haus plötzlich verkaufen möchte. Zunächst einmal halte ich es für Verschwendung, ständig 250 Quadratmeter für eine einzelne Person zu beheizen. Das Haus ist einfach zu groß für mich. Meine Freunde hatten mir damals geraten, im ersten Jahr nach Dads Tod noch keine Entscheidungen von derartiger Tragweite zu treffen. Ich hätte das auch nicht gekonnt, aber inzwischen liegt das alles fast acht Jahre zurück, und nun bin ich so weit.

Jillian, ich höre dich schon fragen, wo ich denn jetzt hinziehen möchte. Vielleicht kommt das alles sehr überraschend für dich, aber ich denke ernsthaft an New York City. Genauer gesagt an Manhattan. Und um ganz genau zu sein – an ein Apartment in eurer Nähe.

Leni Jos dreiwöchiger Besuch im letzten Sommer hat mich zu diesem Entschluss geführt. Sie ist die Freude meines Lebens. Das Haus erschien mir so leer und so dunkel, als sie wieder weg war. Ihr Lachen ist viel zu schnell wieder aus diesen Räumen verschwunden.

Ich möchte nicht, dass du und Montgomery befürchtet, ich würde mich in euer Leben drängen. Ich beabsichtige, meine Privatsphäre zu behalten und auch eure zu respektieren. Ich schätze, du kennst mich gut genug, um dich da auf mich zu verlassen.

Ich hoffe, dass ich bald von dir hören werde, damit ich weiter planen kann. Wenn du irgendwelche Einwände hast, bist du hoffentlich ehrlich genug, sie vorzubringen.

Ich liebe euch alle.

Mum

* * *

Park West Klinik
284 Central Park West, Suite 1A
New York, NY 10024

10. Februar 1986

Sehr geehrter Mr. Montgomery Gordon,
 die Ergebnisse Ihrer Blutuntersuchung liegen vor. Ihr Cholesterinwert ist normal. Wir freuen uns, Sie im nächsten Jahr wiederzusehen.
Mit freundlichen Grüßen
Joan McMahon

* * *

3. März 1986

Grandma Lawton,
 ich freue mich, dass du dein Haus verkauft hast und zu uns nach New York ziehst. In unserem Haus ist ein Apartment zu verkaufen. Es liegt im fünften Stock. Wir wohnen im zehnten Stock. Ich könnte immer mit dem Fahrstuhl zu dir herunterkommen, und du könntest hinaufkommen, um mich zu besuchen.
 Alles Liebe,
 Leni Jo Gordon

* * *

LESELY KNOWLES

1. April 1986

Liebste Jillian,

es gibt einen Grund, warum ich dir ausgerechnet am 1. April schreibe: Ich fühle mich ziemlich verschaukelt. Als ich heute Nachmittag die Wäsche sortiert habe, fand ich in Lindys Hosentasche eine Packung Antibabypillen. Offenbar hat sie sich die hinter meinem Rücken bei einer Familienberatungsstelle besorgt.

Also eigentlich fühle ich mich weniger verschaukelt als feige. Ich hätte Lindy sofort zur Rede stellen sollen, aber das habe ich nicht getan. Stattdessen habe ich mir ein Glas Eistee eingeschüttet, mich hingesetzt und geheult. Meine Tochter hat ihre Unschuld verloren – und damit meine ich nicht nur ihre Jungfräulichkeit. Sie hat sexuelle Erlebnisse mit einem jungen Mann, den ich kaum kenne, und sie kommt nicht auf die Idee, mit mir darüber zu sprechen. Sie ist mit Carl Kennedy zusammen, und soweit ich das beurteilen kann, ist er ein ordentlicher junger Mann. Aber die Vorstellung, dass die beiden miteinander schlafen, lässt mir das Blut in den Adern gefrieren.

Buck und ich hatten in meinem letzten Schuljahr Sex miteinander, aber meine Erinnerungen daran sind nicht besonders schön. Und das Ergebnis war, dass ich mit David schwanger wurde. Ich liebe jedes meiner Kinder – aber kein einziges der vier war geplant gewesen. Buck hat mir nicht erlaubt, die Pille zu nehmen, und damals kämpfte ich darum, eine gute Ehefrau und eine gute Katholikin zu sein. Manchmal glaube ich, dass ich in beiden Fällen versagt habe.

Ich wünschte, Lindy hätte auf den richtigen Mann und den richtigen Zeitpunkt gewartet. Ich sehne mich danach, meiner Tochter diese Dinge zu sagen, aber ich werde es nicht tun. Ich kann nicht die richtigen Worte finden. Die Pille wird eine

Schwangerschaft vielleicht verhindern, aber der Sex wird ihr nicht die Liebe geben, nach der sie sich sehnt. Er wird ihr Leben komplizierter machen und vielleicht auch ihre ganze Zukunft. Carl ist ebenso wenig bereit zu einer wirklichen Beziehung wie Buck damals. Oder ich, wenn man es genau nimmt.

In den ersten Jahren unserer Ehe und noch lange danach lebte ich in einem Zustand totaler Verdrängung. Ich gewöhnte mir an, hässliche oder schwierige Situationen einfach zu ignorieren – wie die mit Lindy. Ich hatte Angst, mich Buck entgegenzustellen, so wie ich nun Angst habe, Lindy entgegenzutreten. Denn sobald man die Wirklichkeit erkannt hat, muss man etwas dagegen unternehmen. Ich erinnere mich an Nächte, als Buck nach Hause kam und nach dem Parfum anderer Frauen roch. Obwohl es mich abstieß, tat ich so, als würde ich es nicht merken. Das beherrschte ich sehr gut. Ich beherrschte es sehr gut, die Augen vor der Wahrheit zu verschließen, denn die Wahrheit war oft sehr schmerzhaft. Jetzt tue ich das wieder, aber diesmal sind meine Augen weit geöffnet, und es geht nicht um Buck, sondern um meine Tochter.

Wie du weißt, war Lindy immer ein schwieriges Kind. Sie hat bereits Probleme gemacht, bevor sie ein Teenager war. In den letzten Jahren hat sich ihr Verhalten zwar ein bisschen gebessert, aber sie scheint sich immer noch einzubilden, sie könnte tun und lassen was sie will. Aber sie ist noch ein Kind, und sie lebt noch in meinem Haus. Nach meinen Regeln und unter meinem Schutz. Und Jillian, ich möchte sie gern beschützen. Und das bedeutet, dass sie mir sagen muss, was sie tut – aber ich habe Angst vor den Konsequenzen einer Konfrontation. Genauso wie damals bei Buck ...

Was soll ich bloß tun? Sie zur Rede stellen, ganz gleich wie schwer das ist, oder ignorieren, was ich gesehen habe? Soll ich riskieren, dass sie davonläuft, oder soll ich ein Verhalten dulden, das ich abstoßend finde?

Was sagst du dazu, du weise und vertraute Freundin? Wie soll ich reagieren?

Noch ein ganz anderes Thema, ich habe diese Woche mit deiner Mutter gesprochen und erfahren, dass sie ernsthaft vorhat, ein Apartment fünf Stockwerke unter eurem zu kaufen. Meine Befürchtung ist, dass ihr gar nicht mehr nach Pine Ridge kommt, wenn sie nach New York zieht. Jillian, wenn du wüsstest, wie viel mir deine Besuche bedeuten! Ich weiß nicht, was ich tun würde, wenn ich das nicht hätte, um mich darauf zu freuen.

Ich habe auch noch gute Nachrichten. Mum und Eric haben sich ein Wohnmobil gekauft. Sie haben die Jungs eingeladen, im Sommer während unseres Klassentreffens eine kurze Reise mit ihnen zu machen. Sie wollen zu Susan und Bill nach Sacramento fahren und ein paar Tage dort bleiben. Du kannst dir gar nicht vorstellen, wie aufgeregt Doug und Christopher sind. Doug wird im August sechzehn, und er hofft, dass Eric ihn auch mal fahren lässt. Ich bin gespannt! Christopher glaubt, er könne die beiden überreden, von Sacramento aus nach Disneyland zu fahren. Ich wünsche ihm viel Glück!

Es tut mir Leid, dass ich so viel geschrieben habe, aber diese Sache mit Lindy reibt mich wirklich auf. Sie ist zu jung, um Sex zu haben. Ich möchte nicht, dass sie dieselben Fehler macht wie ich und meine Mutter. Damit meine ich nicht nur die frühen Schwangerschaften, sondern vor allem die Gefahr, zu früh in einer Ehe oder einer Beziehung gefangen zu sein, die sie im besten Fall ersticken, im schlimmsten Fall zerstören könnte. Ich wünsche mir so viel für sie!

Schreib mir bald.

Lesley

* * *

20-jähriges Klassentreffen
der
Holy Name Academy und der Marquette High School
18.-20. Juli
Holiday Inn
Pine Ridge, Washington

Freitagabend: Geselliges Beisammensein in
Tink's Sports Bar

Samstag: Abendessen und Tanz im
Pine Ridge Country Club
Es spielt die Dion's 60s Revue Band

Sonntagnachmittag: Picknick in
Lions Field, 231 8th Avenue

Verantwortlich: Diane Andrews Coleman
Lesley Adamski Knowles

* * *

1. März 1986

Mum,

du bist so ungerecht. Du lässt mir keine andere Wahl als auszuziehen. Ich wohne bei Shannon und ihren Eltern, bis Carl und ich etwas Eigenes gefunden haben.

Ich bin kein Kind mehr und lasse mich auch nicht wie eins behandeln.

Lindy

* * *

2. Mai 1986

Englischaufsatz
Christopher Knowles, Klasse 7

WARUM MEINE MUM DIE BESTE MUM DER WELT IST

Meine Mum ist supercool. Sie macht ganz verrückte Sachen. Im Sommer weckt sie uns alle mitten in der Nacht, und dann gehen wir alle nach draußen, legen uns ins Gras und schauen die Sterne an. Sie nennt das Überraschungs-Pyjama-Party, weil wir vorher nie wissen, wann der Nachthimmel klar genug sein wird. Dann bekommen wir jeder ein Eishörnchen.

Einmal als ich klein war, meine Geschwister in der Schule waren und ich alleine zu Hause, haben wir Rückwärtstag gespielt. Zum Frühstück gab es Hamburger, zum Abendessen Cornflakes, und wir waren den ganzen Tag komisch angezogen. Die anderen wünschten sich, sie könnten mit uns zu Hause bleiben, anstatt zur Schule zu gehen.

Nachdem mein Dad fortgegangen war, wurde Mum Assistenz-Trainerin in unserer Fußballmannschaft. Sie kannte die Regeln gar nicht, aber dann hat sie sie ganz schnell gelernt, weil sie unbedingt mit zu unserer Mannschaft gehören wollte. Zweimal in der Woche kam sie früher von der Arbeit nach Hause, damit sie rechtzeitig auf dem Fußballplatz war.

Jeder liebt seine Mum, weil sie seine Mum ist. Ich liebe meine Mum, weil sie auch lustig ist. Sie ist cool.

* * *

LESLEY KNOWLES

7. Mai 1986

Liebe Lindy,

es war deine Entscheidung, von zu Hause auszuziehen. Ich habe es dir gesagt, als du gegangen bist, und ich sage es dir noch einmal: Du kannst jederzeit wieder nach Hause zurückkommen, wenn du bereit bist, meine Regeln zu akzeptieren. Auch wenn du mir nicht glaubst, es tut mir Leid, dass Carl mit dir Schluss gemacht hat. Süße, ich weiß, wie weh es tut, wenn dich ein Mensch, den du liebst, wegen eines anderen Menschen fallen lässt.

Ich vermisse dich sehr, und die Jungs vermissen ihre Schwester. Komm nach Hause, und wir unterhalten uns nochmal in Ruhe. Ich denke, wir haben beide unsere Lektion gelernt.

Ich liebe dich.

Mum

* * *

Die Pine Ridge High School
gibt bekannt:

Feierliche Überreichung der Abschlusszeugnisse
an den Jahrgang 1986

Sonntag, 8. Juni
15 Uhr

Nur für geladene Gäste

* * *

```
┌─────────────────────────────────────────────────────────┐
│  Jillian Gordon     BANK OF AMERICA              16062  │
│  Montgomery Gordon                                       │
│  331 West End Ave.                                       │
│  Apartment 1020                                          │
│  New York, NY 10023              Datum: 5.6.86           │
│                                                          │
│                                                          │
│  Auszuzahlen an:   Lindy Knowles            $ 100,00    │
│                                                          │
│  Einhundert und 0/100                                    │
│                                                          │
│                                       Jillian Gordon     │
└─────────────────────────────────────────────────────────┘
```

* * *

Liebe Mum,

ich schreibe dir, weil ich dir für alles danken möchte. Es war furchtbar, als ich von zu Hause fort war. Ich fand es dumm und ungerecht von dir, dass du von mir verlangt hast, mit Carl Schluss zu machen. Aber ich war diejenige, die dumm war. Du hast nicht einmal von mir verlangt, mich für die ganzen bösen Dinge, die ich dir gesagt habe, zu entschuldigen.

Aber ich möchte mich entschuldigen. Es tut mir Leid, Mum. Du hattest Recht mit Carl. Ich hätte den Schulabschluss nie geschafft, wenn du mir nicht so viel geholfen hättest. Ich fühle mich viel viel besser, seit ich wieder zu Hause bin.

Ich weiß, dass es schwer für dich war, mich zu einer Entscheidung zu zwingen. Du wirst mir das vielleicht nicht glauben, aber ich bin froh, dass du hart geblieben bist. Du hast Recht, ich hatte gehofft, Carl würde mich heiraten. Ich dachte, wir würden nach Reno gehen oder so, aber er war nicht interessiert, und nach ein paar Tagen wusste ich, dass eigentlich keiner von uns dazu bereit war. Ich würde sowieso lieber David Cassidy heiraten.

Als ich ausgezogen bin, war ich ziemlich sauer, aber ich weiß es sehr zu schätzen, dass du mir die Freiheit gegeben hast, meine eigene Entscheidung zu treffen, ganz gleich welche. In der Zeit, als ich bei Shannon und ihrer Familie war, habe ich eine Menge über mich gelernt. Ich fand es immer toll, dass sie alles tun durfte, was sie wollte, aber nun merkte ich, dass das, was von außen so aufregend aussah, in Wirklichkeit gar nicht aufregend war.

Es war eine Riesenparty nach der Zeugnisübergabe. Danke, Mum. Ich wünschte, Dad wäre auch dabei gewesen, aber ich habe schon vor langer Zeit begriffen, dass ich mich auf Dad nicht verlassen kann. Glaubst du, er hat die Einladung überhaupt bekommen? Wahrscheinlich nicht, schließlich war seine letzte Adresse ein Gefängnis.

In Liebe,
Lindy

* * *

JILLIAN LAWTON GORDON
331 WEST END AVENUE
APARTMENT 1020
NEW YORK; NY 10023

8. Juli 1986

Liebe Lesley,

ich weiß, dass das sehr plötzlich kommt, aber ich fürchte, ich kann nicht zum Klassentreffen kommen. Monty geht es nicht gut. Er hat zwar darauf bestanden, dass ich trotzdem fahre, aber ich habe ihm gesagt, dass ich nirgends hinfahre, solange er nicht bei Dr. Lyman war. Er war letzte Woche bei ihm und hat nun die Untersuchungsergebnisse bekommen.

Monty hat Krebs. Wenn ich dieses Wort nur schreibe, zittern meine Hände schon. Ich hatte noch nie so viel Angst. Mein Mann hat Krebs. Oh Lesley, ich glaube nicht, dass ich das ertragen kann. Monty ist zuversichtlich, dass alles gut wird. Ich bin das nicht.

Ich erinnere mich an die erste Woche, als ich keinen Brief von Nick aus Vietnam bekam. Damals überkam mich eine fürchterliche Angst – eine Vorahnung, wie mir später klar wurde. Jetzt habe ich wieder dasselbe Gefühl. Lieber Gott, ich hoffe, ich täusche mich. Ich weiß nicht, was ich ohne Monty machen soll. Habe ich denn nicht schon genug Menschen verloren?
Bitte bete für uns, Lesley.

Mum war mir eine große Stütze. Sie hat sich sofort um mich gekümmert, mich beruhigt und mir einen Tee gekocht. Dann hat sie mir von all den Fortschritten in der Medizin erzählt und mir versichert, dass es keinen Grund gibt, in Panik zu geraten. Als sie schließlich wieder ging, hatte sie mich davon überzeugt, dass Montys Operation nicht schlimmer wäre als das Entfernen eines Muttermals.

Die Operation ist für den Donnerstag vor unserem Klassentreffen geplant. Ich werde Monty nicht allein lassen. Ich weiß, dass du mich verstehen wirst, aber, oh Lesley, ich hätte dich so gern wiedergesehen.

Bitte, bitte schließe uns in deine Gebete ein. Ich will meinen Mann nicht verlieren.
Jillian

* * *

Lieber Daddy,

werde bald wieder gesund. Ich habe das Bild mit den Blumen extra für dich gemalt. Ich hab dich lieb.

Leni Jo

* * *

Lesleys Tagebuch

21. Juli 1986

Das Klassentreffen war sehr schön, auch wenn es mir komisch vorkam, ohne Begleiter dort zu sein. Ich war deshalb vorher etwas nervös, doch als ich dann dort war und mit meinen ganzen alten Klassenkameradinnen ins Gespräch kam, hatte ich schon bald völlig vergessen, dass ich alleine war. Es hat wirklich keinen Unterschied gemacht.

Wie es der Zufall wollte, war einer der ersten, denen ich in die Arme lief, Dr. Roy Kloster. Seine Frau bekommt gerade das dritte Kind, und die zwei sahen furchtbar glücklich aus. Roy hat mich ihr als seinen alten High-School-Schwarm vorgestellt.

Bob Daniels wollte wissen, wo Buck sei. Ich sagte ihm, das wüsste ich ebenso wenig wie er. Dann habe ich das Thema gewechselt, weil ich das ungute Gefühl hatte, dass Buck ihm noch Geld schuldet. Bob hat versucht mit mir zu flirten, aber ich habe ihn noch nie gemocht und schnell nach einem Vorwand gesucht, von ihm wegzukommen.

Viele haben nach Jillian gefragt. Sie wurde sehr vermisst. Leider sind die Nachrichten über Monty nicht gut. Die Operation war erfolgreich, aber sein Darm war voller Krebs, und er hat bereits auf andere Organe gestreut. Der Chirurg hat so viel wie möglich entfernt, und sobald Monty wieder bei Kräften ist, wird er Chemotherapien und Bestrahlungen bekommen. Natürlich macht Jillian sich große Sorgen. Sie behauptet, sie hätte gewusst, dass es schlecht ausgehen würde, und sie hätte Recht behalten. Wenn ich doch nur bei ihr sein könnte.

Trotz meiner Sorge um sie habe ich mich an dem Abend halbwegs amüsiert. Ein paar Leute wollten wissen, ob ich einen neuen Freund hätte oder ob ich noch zu haben sei. Ich wusste nicht, was ich darauf antworten sollte. Es hat bisher nur einen Mann in meinem Leben gegeben, und nach Buck hatte ich Angst, mich auf eine neue Beziehung einzulassen. Außerdem sind mir meine Kinder im Moment das Allerwichtigste, und ich bin ganz sicher in der Lage, ohne Mann zu leben. Das habe ich von Anfang an bewiesen, denn auf Buck konnte ich mich nie verlassen.

Als mich meine früheren Mitschülerinnen immer mehr bedrängten, erklärte ich schließlich, ich würde ein ruhiges Leben bevorzugen. Ruhig? Nicht ganz! Schließlich habe ich vier Kinder zu Hause, drei davon im Teenager-Alter.

Wenn ich noch einmal heiraten würde, hätte ich gern einen Mann wie Jillians Monty. Oder Jillians Dad. Oder Dr. Milton, der glücklich verheiratet ist. Oder Susans Mann Bob. (Also, es gibt sie offenbar doch!)

Ich weigere mich, an Cole Greenberg zu denken. Ich habe mir ein Fantasiebild zusammengesetzt und absolut keine Ahnung, wie der Mann wirklich ist.

Alles in allem war das Klassentreffen sehr schön, aber Jillian hat mir gefehlt.

* * *

JILLIAN LAWTON GORDON
331 WEST END AVENUE
APARTMENT 1020
NEW YORK, NY 10023

15. August 1986

Lieber Gott,

ich möchte dir einen Handel vorschlagen. Du rettest meinen Mann, und ich gehe ab sofort wieder in die Kirche. Ich werde im Chor singen. Ich werde Gemeindedienerin, spende an die Hungernden, tue, was immer du von mir verlangst.

Bitte, Herr, lass Montys Körper positiv auf diese ganzen fürchterlichen Behandlungen reagieren. Und wenn es keine Hoffnung gibt, dann lass es ihm wenigstens nicht so übel sein.

Heile ihn, Herr. Ich glaube an Wunder. Tue jetzt eins.
Deine
Jillian Gordon

* * *

16. September 1986

Lieber Daddy,

Mommy hat gesagt, ich darf nicht ins Krankenhaus, um dich zu besuchen. Ich finde das ungerecht. Ich möchte dich gern sehen. Ich hoffe, es geht dir besser. Grandma war mit mir im Park spazieren. Dort haben wir einen Hund gesehen. Kann ich auch einen Hund haben? Ich würde ihn Blackie nennen.

Ich hab dich lieb,
Leni Jo

* * *

Dr. Steven Milton
100 Spruce Avenue
Pine Ridge, WA 98005

12. Oktober 1986

Liebe Lesley,
 aus Anlass Ihrer achtjährigen Zugehörigkeit zu unserer Praxis möchten wir Ihnen eine Woche Extraurlaub schenken. Gloria und ich wissen, dass Ihre Freundin in New York im Moment schwere Zeiten durchmacht. Als Dank für alles, was Sie für unsere Praxis geleistet haben, möchten Gloria und ich Ihnen deshalb außerdem ein Flugticket nach New York schenken.
 In aufrichtiger Verbundenheit,
 Dr. Steven Milton und Gloria Milton

* * *

Park West Klinik
284 Central Park West, Suite 1A
New York, NY 10024

7. November 1986

Sehr geehrte Richterin Gordon,
 es tut mir Leid, dass ich nicht in der Praxis war, um Ihren Anruf persönlich entgegenzunehmen. Andererseits war dies vielleicht gut, denn so hatte ich etwas Zeit, um über Ihre schwierige Frage nachzudenken.
 Obwohl ich der Hausarzt Ihres Mannes bin, bin ich nur einer aus dem gesamten Ärzteteam, das Ihren Mann im Augenblick behandelt. Ich habe erfahren, dass der Krebs weder auf die Chemotherapien noch auf die Bestrahlungen so angesprochen hat, wie wir das erhofft hatten. Es tut mir sehr Leid, das

zu hören. Ich habe inzwischen mit meinen Kollegen gesprochen und weiterhin erfahren, dass Ihr Mann jede weitere Behandlung ablehnt. Ich kann seine Entscheidung sehr gut verstehen.

Nun zu Ihrer Frage. Nein, ich kann ihn nicht dazu überreden, die Therapie fortzusetzen. Ebenso wenig empfehle ich Ihnen irgendeine andere Behandlungsform, wie sie möglicherweise im Ausland praktiziert wird. Ich weiß, wie schmerzhaft das für Sie ist. Leider ist es zu spät. Ihr Mann möchte in Würde sterben. Mein Vorschlag wäre, dass Sie sich mit einem privaten Pflegedienst in Verbindung setzen und Ihren Mann zu sich nach Hause nehmen.

Mit tiefem Bedauern,
Dr. Larry Lyman

* * *

**In liebevollem Gedenken
an
Montgomery Charles Gordon
22. September 1933 – 23. Dezember 1986**

1989

Jillians Tagebuch

1. Januar 1989

Mum und Leni Jo verbringen heute den Tag zusammen, das verschafft mir ein wenig Zeit für mich. Seit Montys Tod sind die Weihnachtstage besonders schwierig geworden. Es war schmerzhaft für mich, mich an das Alleinsein zu gewöhnen. Ich hätte nie vermutet, dass ich mit achtunddreißig Witwe sein würde, aber ich habe schließlich auch nicht damit gerechnet, dass Nick so früh sterben könnte. Das Leben ist voller unangenehmer und unwillkommener Überraschungen.

Selbst jetzt, kaum zwei Jahre nach Montys Tod, kämpfe ich noch gegen Verbitterung und Selbstmitleid. Diese Gefühle schwelen in mir, leise und gefährlich. Es fällt mir schwer, den Kopf einigermaßen über Wasser zu halten. Die Einzige, die weiß, wie schwer die letzten Jahre für mich waren, ist Lesley. Ich wage es weder Mum noch Leni Jo zu zeigen, was ich fühle. Für sie verstelle ich mich und lächle.

Ich habe etwas Bemerkenswertes festgestellt. Sich zu verstellen ist eine völlig unterschätzte Kunst. Ich bin ziemlich gut darin geworden. Gut genug jedenfalls, um mich beinahe selbst zu betrügen und zu glauben, ich hätte mich an das Witwendasein gewöhnt. Es gibt Tage, da gelingt es mir, mich so zu verstellen, dass ich mich tatsächlich glücklich fühle. Dann vergesse ich völlig, dass Monty nicht zum Essen zur Tür hereinkommen wird. Erst am späten

Abend begreife ich, dass ich nicht mit meinem Mann vor dem Kamin kuscheln oder Schriftsätze studieren kann. Für Leni Jo und Mum kann ich mich verstellen, aber nachts, wenn ich allein im Bett liege, holt mich die Wirklichkeit mit Macht ein.

Ich glaube nicht, dass ich eine einzige Nacht durchgeschlafen habe, seit Monty krank geworden ist. Ganz bestimmt nicht seit seinem Tod. Manchmal wache ich nachts auf und starre die Wände an. Alle Männer, die ich in meinem Leben geliebt habe, sind gestorben. Nick, mein Vater, mein ungeborener Sohn und jetzt auch noch mein Ehemann. Aber ich darf nicht zulassen, dass diese Verluste mir meine ganze Lebensfreude nehmen. Es gibt Zeiten wie diese – wenn mich die Last der Trauer beinahe überwältigt –, in denen ich innehalte und darüber nachdenke, was ich alles habe. Meine Tochter ist mein ganzer Stolz, und meine Mutter ist gesund und fit. Ich habe einen interessanten Beruf, der mich ausfüllt und fordert. Lesley ist mein Leben lang meine beste Freundin gewesen, ich weiß nicht, was ich ohne sie getan hätte.

Monty hat mir ein so großes Vermögen hinterlassen, dass ich mir nie finanzielle Sorgen machen muss. Ich kann arbeiten oder nicht, ganz wie ich möchte. Ja, ich habe großen Schmerz in meinem Leben erlebt, aber es gibt auch vieles, wofür ich dankbar sein muss.

Also weiter, vorwärts. Dies ist der Beginn eines neuen Jahres. Leni Jo ist im November zehn geworden und verblüfft mich immer wieder mit ihrem wunderbar trockenen Humor. Es überrascht mich nicht, dass meine Tochter und meine Mutter beste Freundinnen sind. Die beiden verbringen jeden Tag ein paar Stunden zusammen. Häufig haben sie schon mit dem Abendessen begonnen, wenn ich nach Hause komme. Im Augenblick bringt Mum Leni Jo das Besticken von Küchenhandtüchern und Kissenbezügen bei. Ihre Beziehung ist sehr eng, sie ist geprägt von Liebe und Fröhlichkeit. Mum hat Leni Jo in einer Weise, in der mir das nicht möglich gewesen wäre, über den Verlust ihres Vaters hinweggeholfen.

Mein Gegenmittel gegen die Trauer ist die Malerei geworden. Daddy hatte nach seiner Pensionierung mit der Ölmalerei begon-

nen, und später hat sich auch Mum eine Zeit lang darin versucht. Als Mum nach New York zog, verkaufte sie einige von Daddys Sachen, um sie nicht quer durchs Land transportieren zu müssen. Aber sie brachte es nicht übers Herz, seine Farben und Pinsel wegzugeben. Da sie nicht wusste, was sie damit tun sollte, hat sie mir den ganzen Kram gegeben, ich habe alles in einem Schrank verstaut und bis vor kurzem vergessen.

Zu meiner Verwunderung habe ich festgestellt, dass mir das Malen Spaß macht. Ich glaube nicht, dass ich sonderlich begabt bin, aber es beruhigt mich sehr. Bisher habe ich meine Kunstwerke noch niemandem gezeigt (außer Leni Jo und Mum). Ich habe ein paar kleinformatige Bilder gemalt und besuche seit neuestem samstagnachmittags einen Kurs. Das ist meine einzige Freude.

Ich bin gespannt, was 1989 mir bringen wird. Mehr Arbeit, natürlich! Ich bin froh, dass ich so einen anspruchsvollen Beruf habe, sonst hätte mich der Verlust sicher umgeworfen. Ich habe nur wenige Freunde, die meisten sind Bekannte und Kollegen. Mein Leben ist so hektisch, dass ich keine Zeit habe, tiefere Beziehungen aufzubauen. Aber Lesley und ich werden immer ganz enge Freundinnen bleiben.

Ihre Kinder sind bald erwachsen und aus dem Haus. David ist bei der Armee. Er hat sich letztes Jahr verpflichtet, weil man ihm dort die Gelegenheit bot, seine Computerkenntnisse zu vertiefen. Er hat diese Chance genutzt, denn er ist davon überzeugt, dass Computer eine große Zukunft haben. Lesley war nicht besonders glücklich darüber, zumal er seine Entscheidung weder mit ihr noch mit sonst jemandem besprochen hatte. Er ist in Kalifornien stationiert, und er genießt seine Arbeit, auch wenn ihm die Familie fehlt.

Übrigens, was Computer angeht, glaube inzwischen auch ich, dass sie die Welt erobern werden. Monty hat einmal behauptet, am Ende des Jahrhunderts hätte jeder Haushalt einen, und mittlerweile beginne ich zu begreifen, dass er Recht hatte.

Lindy ist inzwischen im zweiten College-Jahr, sie besucht das Pine Ridge Community College. Sie hat mir zu Weihnachten geschrieben, dass sie einem medizinischen Beruf nicht abgeneigt ist, aber sie spielt auch gern Theater und ist Mitglied einer kleinen Theatergruppe im Ort. Mich würde es nicht überraschen, wenn sie einen Pflegeberuf ergreifen würde, wie ihre Mutter und ihre Tante Susan; wer weiß, vielleicht wird sie sogar Ärztin. Ich bin sicher, dass Lindy alles schafft, was sie sich in den Kopf setzt. Schon seit Jahren behauptet Lesley, Lindy sei diejenige in der Familie, die Buck am ähnlichsten ist, und sie hat sicher in vielerlei Hinsicht Recht. Aber Lindy hat auch eine Menge von ihrer Mutter, und niemand sollte ihren Ehrgeiz und ihre Willenskraft unterschätzen.

Doug wird dieses Jahr die High School beenden und spricht bereits davon, ebenfalls zum Militär zu gehen, wie sein älterer Bruder. Er klingt ziemlich entschlossen, und ich bezweifle, dass es Lesley gelingen wird, ihn davon abzubringen.

Christopher ist im letzten Jahr an der Junior High School und hat sich einen Namen als Crossläufer gemacht. Er hat viele Wettbewerbe gewonnen und letztes Frühjahr sogar an einer bundesweiten Ausscheidung teilgenommen. Lesley geht sehr gern zu seinen Wettkämpfen. Dr. Milton ist ausgesprochen großzügig, und sie kann die Praxis häufig früher verlassen, um Christopher laufen zu sehen.

Es wird nun nicht mehr lange dauern, bis alle Kinder aus dem Haus sind und Lesley allein zurückbleibt. Ich frage mich, ob sie sich dann wieder einen Partner sucht. Ich hoffe es sehr, aber wenn nicht, kann ich das auch verstehen. Ich bin seit zwei Jahren Witwe, und der Gedanke an eine neue Beziehung erscheint mir wenig verlockend. Ich kann mir nicht vorstellen, dass sich das je ändern wird.

* * *

Brad Lincoln
30 Market Street
St. Simons Island, GA 31522

8. Februar 1989

Lieber James Murphy,

ich habe Ihre Adresse aus einem alten Telefonbuch, deshalb weiß ich also nicht, ob Sie meinen Brief je lesen werden. Ich bin auf der Suche nach dem Bruder von Nicholas Patrick Murphy. Der Nick, den ich kannte, ist 1968 in Vietnam gestorben. Er hat oft von seinem kleinen Bruder gesprochen, und ich hoffe, dass Sie das sind.

Lassen Sie mich damit beginnen, dass ich mich Ihnen vorstelle. Mein Name ist Brad Lincoln. Ich weiß nicht, ob Nick meinen Namen je erwähnt hat, aber ich vermute, er hat in seinen Briefen nach Hause ebenso von mir erzählt wie ich von ihm. Nach all den Jahren haben Sie meinen Namen wahrscheinlich wieder vergessen, aber vielleicht fällt er Ihnen jetzt ja wieder ein. Ihr Bruder war der beste Freund, den ich je hatte. Er hat mir das Leben gerettet und ist dabei selber umgekommen. Sein Tod hat mich schwer getroffen. Das Einzige, was mich in den Jahren danach bei Verstand gehalten hat, war die Gewissheit, dass ich in einer umgekehrten Situation dasselbe für ihn getan hätte.

In den einundzwanzig Jahren nach Vietnam habe ich geheiratet, Kinder bekommen und ein halbwegs normales Leben geführt. Die meiste Zeit habe ich meine Kriegserlebnisse so tief wie nur möglich in mir vergraben. Mit anderen Worten, ich habe alles getan, um sie zu vergessen. Aber ich möchte, dass Sie wissen, dass ich Nick nie vergessen habe. Nicht einen einzigen Tag in all den Jahren.

Letzten Sommer habe ich mit meiner Frau und meinen Kindern die Vietnam-Gedenkstätte besucht und dort nach Nicks Namen geforscht. Als ich ihn schließlich fand, war ich zutiefst erschüttert. Ich muss Ihnen nicht sagen, was für ein guter Mensch Ihr Bruder war. Ein ehrenwerter Mensch. Viele der Jungs haben ihre Ehefrauen und Freundinnen betrogen, während sie in Vietnam waren, Nick jedoch nicht. Er hat seine Jillian mit Herz und Seele geliebt. Das waren seine Worte – mit Herz und Seele –, und so war es auch.

Das bringt mich zum Anlass meines Briefes. Ich vermute, Nick muss geahnt haben, was geschehen würde, denn er gab mir etwas, das Jillian gehört hat, und bat mich, es ihr zurückzugeben. Er hat einen Brief dazu geschrieben. Ich habe ihn nie geöffnet.

Als ich aus der Klinik entlassen wurde und wieder zu Hause war, habe ich versucht, Kontakt zu Jillian aufzunehmen, aber ihre Mutter schrieb mir und bat mich, sie in Ruhe zu lassen, weil sie gerade wieder ein wenig inneren Frieden gefunden habe. Ich musste das akzeptieren, habe den Brief also zur Seite gelegt und auf den passenden Augenblick gewartet.

Sie hatte nun mehr als zwanzig Jahre Zeit, Abstand zu gewinnen, ebenso wie ich. Vor der Mauer in Washington, D. C., erinnerte ich mich wieder daran, dass die Sache, um die Nick mich gebeten hatte, noch immer nicht erledigt ist.

Ich schrieb Jillian an die Adresse, die ich von ihr besaß, aber der Brief kam zurück. Offenbar lebt in Pine Ridge keiner von ihrer Familie mehr. Wissen Sie, wo sie jetzt wohnt und wie ich sie erreichen kann?

Ich wäre Ihnen sehr dankbar für Ihre Hilfe.
Mit den besten Grüßen
Brad Lincoln

* * *

LESLEY KNOWLES

5. März 1989

Lieber David,

es war schön, gestern deine Stimme zu hören. Du klangst so aufgeregt – obwohl ich zugeben muss, dass ich keine Ahnung habe, wovon du geredet hast. Es tut mir Leid, aber die Ankündigung eines Millionen-Transistoren-Mikrochips beeindruckt mich einfach nicht so besonders. Danke für die Erklärung, dass eine Million Transistoren auf eine halbe Briefmarke passen würden, aber ich kann einfach nicht erkennen, was das mit meinem Leben zu tun haben soll. Wenn du allerdings so aufgeregt deswegen bist, dann muss es sich um eine gute Nachricht für uns alle handeln.

Ich weiß, dass der Grund deines Anrufs nicht nur die Neuigkeiten von Intel waren. Glaube bloß nicht, ich hätte der Tatsache, dass du deine Freundin erwähnt hast, keine Beachtung geschenkt. Meagan, sagtest du, sei ihr Name, oder? Es klang für mich, als wäre sie mehr als eine flüchtige Beziehung. Ich freue mich schon darauf, sie kennen zu lernen, denn du hast sie sehr gern, nicht wahr? Ich warte schon lange darauf, dass du jemand Besonderes erwähnen würdest. Wir sind uns sehr ähnlich, David. Du bist in deiner Wahl vorsichtig und gewissenhaft, und so gehe auch ich an Beziehungen heran. Das hat mich das Leben gelehrt. Und dennoch – es gibt Gelegenheiten, die man am Schopfe packen muss. Ich habe keine große Erfahrung in der Liebe, aber ich weiß ja, dass du von mir keinen Rat haben willst. Du musst auf deine eigenen Gefühle hören. Schütze dich selbst – aber nicht zu sehr.

Wenn Meagan diejenige ist, die dieses Lächeln in deine Stimme zaubert, dann habe ich sie gern. Ich wünsche mir für dich das, was sich jede Mutter für ihren Sohn wünscht: Glück.

Uns allen geht es gut. Lindy hat sich für das Sommersemester an der University of Washington für Medizin eingeschrieben.

Doug hat gestern mit einem Marine-Offizier gesprochen. Er hätte sich sofort verpflichtet, wenn er dazu nicht meine Unterschrift benötigt hätte. Ich bete zu Gott, dass wir nicht bald in irgendeinen Krieg verwickelt werden, da nun zwei meiner Söhne beim Militär sind.

Christopher richtet dir liebe Grüße aus. Er sagt, er wünschte, du wärst wieder zu Hause. Das wünsche ich mir auch.

Noch eine traurige Nachricht: Bei Dr. Miltons Frau hat man einen Gehirntumor entdeckt. Bitte bete für sie. Sowohl Dr. Milton als auch Gloria waren immer sehr gut zu uns. Ich weiß nicht genau, was los ist, da Dr. Milton sehr verschlossen ist, wenn es um seine persönlichen Probleme geht, aber ihr Zustand scheint sehr ernst zu sein.

Pass auf dich auf und schreib wieder, wenn du Zeit hast.
In Liebe,
Mum

* * *

Leni Jo Gordon

3. April 1989

Sehr geehrte Exxon Company,

die Fernsehbilder zeigen, was passiert ist, als aus Ihrem Tankschiff 44.000 Tonnen Öl in den Prince William Sound in Alaska gelaufen sind. Sie sollten sich schämen! Meine Mutter ist Richterin. Sie können von Glück sagen, dass Sie sich nicht vor Gericht bei ihr verantworten müssen, denn sie ist ebenso wütend auf Sie wie ich.

Mit freundlichen Grüßen,
Leni Jo Gordon
10 Jahre

* * *

LESLEY KNOWLES

14. Mai 1989

Liebe Jillian,

Hilfe! Ich bin in Panik! Ich habe gerade erfahren, dass die Armee David nach Panama beordert hat. Mein Sohn ist da unten bei diesen Rebellen! Wenn man den Abendnachrichten glauben kann, haben wir schon zehntausend Soldaten da unten. Das klingt beängstigend.

Bisher hat David nur an Computern gearbeitet, aber jetzt steht er plötzlich mitten auf dem Schlachtfeld. Du kannst sicher verstehen, warum ich fast durchdrehe. Die Kinder meinen, ich würde mir zu viele Sorgen machen. Aber wie sollte ich das nicht tun?

Ich bin noch immer schockiert über die Nachricht von David, aber das, was ich von dir gehört habe, klingt genauso beunruhigend. Dann hat sich Brad Lincoln also nach all den Jahren wieder gemeldet. Unglaublich! Du wirst dich mit ihm treffen, nicht wahr? Versprich mir, dass du dich durch nichts, was er sagt, aus dem Gleichgewicht bringen lassen wirst. Selbstverständlich kannst du mich jederzeit anrufen, egal ob tagsüber oder nachts, wenn du das Bedürfnis hast mit jemandem zu reden.

Ich habe eine Idee. Letztes Jahr sind wir beide vierzig geworden – ohne großes Aufheben. Mir ist aufgefallen, dass wir zwei seit Ewigkeiten nicht mehr so richtig Zeit füreinander hatten. Ich denke da an weiße Sandstrände, Piña Colada und viel Sonne. Normalerweise mache ich im Oktober Ferien, aber ich bin auch bereit, zu jeder anderen Zeit zu fahren, in der du mich in deinem vollen Terminkalender unterbringen kannst.

Dr. Milton ist im Moment sehr mit seiner Frau beschäftigt, ich glaube nicht, dass es eine Rolle spielt, wann ich meinen Urlaub nehme. Dennoch denke ich, dass es wichtig ist, in den nächsten Monaten hier zu sein. Leider sieht es für Mrs. Milton nicht sehr gut aus. Der Tumor ist inoperabel, und er wächst. Ich brauche dir nicht zu sagen, wie niederschmetternd das für die Familie ist. In der Praxis wird kaum noch ein Ton gesprochen.

Schreib mir so bald wie möglich, was du von einem »Wir sind jetzt vierzig«-Urlaub hältst. Lass uns das Leben genießen, solange es geht. Ich habe gelernt, dass das Leben kostbar und zerbrechlich ist und daher mit aller Leidenschaft, die wir in uns haben, gelebt werden muss.

Wie heißt noch das alte Sprichwort? Das Leben beginnt mit vierzig. Bist du bereit? Ich bin es.

In Liebe,
Lesley

* * *

Außerhalb von Khe Sanh in Südvietnam

15. September 1968

Meine geliebte Jillian,
nach Anbruch der Dunkelheit erfuhren wir, dass wir morgen bei Sonnenaufgang aufsteigen werden. Die Kämpfe sind nun sehr heftig geworden. Ich habe tapfere Männer sterben sehen. Tatsache ist, Jillian, ich komme vielleicht nicht wieder zurück. Dich in den Armen zu halten, dich zu lieben und zu heiraten ist das Einzige, was mir wichtig ist. Aber so wie die Dinge hier stehen, könnte es sein, dass das nicht möglich sein wird.

Wenn du diese Zeilen liest, ist es zum Schlimmsten gekommen. Ich weiß, dass Brad einen Weg finden wird, dir diesen Brief zu überbringen und das Medaillon meiner Mutter zurückzugeben. Eines möchte ich dich noch wissen lassen, und ich hoffe, dass es dich beruhigt. Ich habe keine Angst vor dem Tod. Nicht, seit er als blinder Passagier auf jedem meiner Flüge dabei ist. Ich möchte nicht sterben, aber ich glaube inzwischen fest an Gott und akzeptiere seinen Willen für mein Leben, ganz gleich wie lang oder kurz es ist. Natürlich würde ich es lieber in einem Schaukelstuhl an deiner Seite und mit einem Enkelkind auf dem Schoß beenden.

Deine Liebe zu mir ist alles, was ich brauche. Du hast an mich geglaubt und mir gezeigt, dass ich alles sein und tun konnte, was ich wollte. Wenn ich sterbe, Jillian, möchte ich, dass du weißt, dass ich dich in alle Ewigkeit liebe.

Denk immer daran, wie sehr ich dich liebe.

Nick

* * *

Doug Knowles
Kurs für Kreatives Schreiben

FÜR DIE FREIHEIT STERBEN

Es geschah vor 200 Jahren,
Und es geschieht noch heute.
In Boston war es die Tea Party
Und Friedenskämpfer von gestern.
Heute stehen Studenten am Tiananmen-Platz,
Und ihre Herzen sind voller Träume.
Sie hoffen auf die Demokratie
Und alles, was sie bringt.
Das Feuer in ihren Herzen
Spiegelt sich in ihren Augen.
Das Wüten der Armee
Klingt durch das Kriegsgeschrei.
Ihre Göttin der Demokratie
Liegt zertreten auf dem Platz.
Sie stand für ihren Kampf;
Jetzt will sie, dass jeder sich bereit macht.
Der Ruf nach Freiheit ist lauter

Als jede Glocke klingt.
Regierungen können Menschen morden,
doch nie ihre Ziele zerstören.
Was als Demonstration begann,
Wuchs sich aus zum Bürgerkrieg.
Deng hoffte, dass durch das Töten
Die Dinge wieder würden wie früher.
Aber die Menschen sind nicht mehr glücklich
Mit dem, was früher war.
Sie sind bereit für Veränderungen.
Sie sterben für die Freiheit.

* * *

Die Pine Ridge High School
gibt bekannt:

Feierliche Überreichung der Abschlusszeugnisse
an den Jahrgang 1989
Sonntag, 4. Juni, 15 Uhr

Nur für geladene Gäste

* * *

LESLEY KNOWLES

5. Juni 1989

Lieber Doug,
 Herzlichen Glückwunsch! Deine Mutter und deine Familie können stolz auf dich sein.
 Es sieht so aus, als könnte ich dich nicht von deinem Vorhaben abbringen, der Marine beizutreten. Also gut, Doug, dann

tu, was du möchtest. Du bist ein starker, fähiger junger Mann, und du hast eine Menge zu bieten.
In Liebe,
Mum

* * *

14. Juli 1989

Liebe Mum, lieber Christopher,
Davey hatte Recht. Die Grundausbildung ist wirklich hart. Es ist wahrscheinlich das Härteste, was ich je gemacht habe, aber ich werde es durchstehen.

Ich habe Neuigkeiten. Wir wurden letzte Woche getestet, und ihr wisst doch, dass ich immer so gute Noten in Französisch hatte. Nun, offenbar habe ich eine Begabung fürs Sprachenlernen. Zumindest stellte sich das bei den Tests heraus. Ich habe mit dem Sergeant gesprochen, und er meinte, man würde mich vielleicht auf eine Sprachenschule schicken. Ich habe ihn gefragt, welche Sprache ich lernen soll. Ich habe keine große Hoffnung, dass es wieder Französisch sein wird, aber wer weiß.

Ich habe einen Brief von David erhalten, er hofft, bald aus Panama herauszukommen. Er hat über die Hitze und das Ungeziefer geklagt, aber ich glaube, er vermisst Meagan ganz schrecklich.

Hey, Christopher, bist du schon in mein Zimmer gezogen? Lass es besser sein, denn wenn du es tust, versohle ich dir den Hintern, wenn ich zurückkomme. Ich habe ungefähr hundert Arten zu töten gelernt, und ich habe keine Skrupel sie anzuwenden. Und noch etwas: Es würde dir nicht wehtun, deinem großen Bruder ab und zu mal zu schreiben.

Passt auf euch auf.
Doug

* * *

LESLEY KNOWLES

4. August 1989

Liebe Jillian,

ich bin gerade aus dem Reisebüro zurückgekommen und habe alles gebucht. Ich bin so aufgeregt wie ein kleines Kind! Der letzte richtige Urlaub, den ich hatte, war mit dreizehn. Damals sind wir mit der ganzen Familie Zelten gewesen.

Ich fliege am 17. Oktober über Atlanta nach Miami. Mein Flugzeug landet nur fünfzehn Minuten später als deins. Wir treffen uns am Gate, dann können wir unser Gepäck gemeinsam abholen. Der Mietwagen steht am Flughafen für uns bereit. Ich kann gerne fahren, wenn du die Karte liest.

Ich habe den Namen des Ferienorts noch nie gehört, aber wie sollte ich auch? Marathon Key. Gibt es einen Grund, warum er so genannt wird? Nicht dass es eine Rolle spielt. Ich würde überall hinfliegen, solange wir beide neun himmlische Tage zusammen verbringen können. Ich habe mir schon ein paar Bücher zurechtgelegt, die ich lesen möchte.

In der Praxis ist es kein Problem, dass ich Urlaub nehme. Dr. Milton hat für sich und seine Frau eine Kreuzfahrt gebucht, ebenfalls im Oktober. Sie scheint nun doch auf die Therapien anzusprechen. Dr. Milton liebt sie abgöttisch.

Christopher beklagt sich darüber, dass er bei Mum und Eric bleiben muss, solange ich fort bin. Aber ich kann einen Fünfzehnjährigen doch nicht ganz allein lassen. Ich bin fest entschlossen, bei meiner Entscheidung zu bleiben, auch wenn er sehr gut weiß, wie er mich rumkriegen kann. Ich weiß noch, wie sehr Mum Bruce verwöhnt hat, und jetzt erwische ich mich dabei, dass ich bei meinem Jüngsten dasselbe tue.

Ich kann es kaum erwarten, dich wiederzusehen. Nur noch zwei Monate!

Alles Liebe,
Lesley

1991

Jillians Tagebuch

1. Januar 1991

Zu Beginn eines neuen Jahres stecke ich normalerweise immer voller Enthusiasmus und Energie. Diese Jahr ist das anders. Dieses Jahr empfinde ich nichts als Angst und Sorge. Es ist beinahe sicher, dass wir einen Krieg gegen den Irak führen werden. Die Koalition zieht seit Monaten ihre Truppen zusammen, und das Ende des Ultimatums für den Irak, die Soldaten aus Kuwait abzuziehen, rückt bedrohlich näher. Man sagt, Außenminister James Baker würde sich Anfang des Monats mit seinem irakischen Amtskollegen treffen, aber niemand hat viel Hoffnung auf eine friedliche Lösung.

Ich kann auf den Straßen New Yorks, wo die Sicherheitsvorkehrungen noch nie höher waren, die Spannung geradezu spüren. Die Angst vor Terroranschlägen geht zwar in ganz Amerika um, aber viele glauben, dass es vor allem New York treffen würde. Jeden Morgen, wenn Leni Jo zur Schule geht, überkommt mich ein ungutes Gefühl. Ich könnte es nicht ertragen, wenn meiner Tochter etwas passieren würde.

Apropos Kinder, ich habe große Angst um Lesley. Sowohl David als auch Doug befinden sich am Persischen Golf. David ist bei den Bodentruppen und Doug an Bord eines Flugzeugträgers. Lesley ist außer sich. Sie hat ihr ganzes Leben den Kindern gewidmet. Der Gedanke, dass einer der Jungs getötet werden könnte, reicht, um unkontrollierte Weinkrämpfe bei ihr auszulösen. Für mich bringt das Erinnerungen zurück an die ganze Angst, die ich empfand, als Nick damals nach Vietnam aufbrach. Ich weiß noch gut, wie zuversichtlich er war, als er nach Südostasien flog. Er war sich so sicher, dass er seine Aufgabe dort erfüllen und heil nach Hause zurückkehren würde. Denselben Enthusiasmus erkenne ich auf den Gesichtern der jungen Männer, und das macht mir Angst. Diese Jungen habe keine Ahnung, was ihnen bevorsteht, nicht die leiseste Vorstellung. Meine Güte, das ist Wahnsinn!

Mum und Leni Jo gehen jeden Nachmittag in die St. Patrick's Kirche, um für den Frieden zu beten. Leni Jo hat mir erzählt, dass die Kirche hell erleuchtet ist von den ganzen Kerzen, die die Menschen dort aufgestellt haben. Es erstaunt mich, wie viel Einfühlungsvermögen meine Tochter in dieser Situation beweist. Ihr Lehrer hat zusammen mit der ganzen Klasse einen Brief an unsere Soldaten geschrieben. Glücklicherweise kann sie mit Mum über diesen Krieg reden, denn ich kriege kaum einige zusammenhängende Worte hin. Das ist mir alles zu vertraut, zu wirklich. Tief in meinem Herzen weiß ich, dass Saddam Hussein sein Spiel bis zum bitteren Ende treiben wird, wie auch immer das aussehen mag. Die größte Sorge der Menschen ist, dass er biologische Waffen einsetzen könnte, was er gegen den Iran schon einmal getan hat.

Ich weiß nicht, was die Zukunft unserem Land, meiner Familie und mir bringen wird. Als das Leben so glatt vor sich hin plätscherte, habe ich nicht viele Gedanken an den Frieden verschwendet. Jetzt bringen mich die Sorgen fast um, und die ungewisse Zukunft ist eine beängstigende Aussicht.

* * *

🌲 Pine Ridge Herald 🌲
7. Januar 1991
Todesanzeige

Gloria Milton, 50, starb am Sonntag, dem 6. Januar, in ihrem Haus. Mrs. Milton erlag einer langen schweren Krankheit. Die Trauerfeier findet am Mittwoch, 9. 1., um 13 Uhr in der Kapelle Our Lady of the Woods statt. Die Bestattung erfolgt anschließend auf dem Friedhof von Pine Ridge

Mrs. Milton wurde am 10. August 1940 in Portland, Oregon, geboren. Sie besuchte die University of Oregon, wo sie Dr. Steven Milton kennen lernte, den sie 1964 heiratete.

Sie hinterlässt neben ihrem Ehemann zwei Töchter, Maryanne Steadman und Sandy Princeton, zwei Enkelkinder, Bryce und Jay Ann, eine Schwester, Joan, sowie einen Bruder, Ken, weiterhin mehrere Neffen und Nichten.

Mrs. Milton war ein aktives Gemeindemitglied. Sie gehörte der Baptisten-Kirche an und sang im Chor. In der Sonntagsschule unterrichtete sie die Zwölfjährigen.

Statt Blumen und Kränze bittet die Familie im Sinne der Verstorbenen um Spenden für die amerikanische Krebs-Stiftung.

* * *

IRGENDWO IN SAUDI-ARABIEN

14. Januar 1991

Liebe Mum, lieber Christopher,
danke für die viele Post von euch. Ich kann euch gar nicht sagen, wie schön es ist, von euch zu hören. Sie halten uns hier beschäftigt, sodass wir kaum eine Sekunde für uns haben. Es ist heiß und stickig, aber auch die Wüste soll ihre schönen Seiten haben. (Ich habe sie allerdings noch nicht entdeckt, also gebt mir noch etwas Zeit.) Wir arbeiten auf ein gemeinsames Ziel hin, deshalb können alle an den Unbequemlichkeiten vorbeisehen.

Ich weiß, dass ihr das nicht hören wollt, aber es sieht so aus, als würde es bald losgehen. Die hohen Tiere haben ihre Kriegspläne nicht mit mir diskutiert, aber eine bewaffnete Auseinandersetzung scheint unausweichlich zu sein; morgen läuft das UN-Ultimatum aus. Ich möchte nicht sterben. Wenn es jedoch passiert, möchte ich darauf vorbereitet sein, und das ist einer der Gründe, warum ich euch diesen Brief schreibe. Mum, du warst immer die Größte. Ich hätte mir keine bessere Mutter auf der ganzen Welt wünschen können, und das ist kein leeres Gerede. Ich meine es aus tiefstem Herzen. Ich weiß, dass das Leben mit Dad nie leicht für dich war, aber du hast getan, was du konntest, um die Familie zusammenzuhalten. Lindy mag das anders sehen, aber Doug, Christopher und ich sind davon überzeugt.

Ich habe seit Jahren nichts von Dad gehört. Keiner von uns hat das, aber ich habe das Gefühl, ich müsste meinen Frieden mit ihm machen. Ich habe mit einer Frau gesprochen, die für das Rote Kreuz arbeitet, und sie meinte, sie könne mir helfen, ihn ausfindig zu machen. Ich habe ihm einen Brief geschrieben und ihr alle Informationen gegeben, die ich habe. Das Letzte, woran ich mich erinnere, ist, dass er in Sitka in Alaska war. Das stimmt doch, oder? Sie versprach alles zu tun, was möglich ist, um ihm meinen Brief zu übergeben.

Danke, Mum, dass du Meagan angerufen hast. Sie sagte, es habe ihr eine Menge bedeutet. Wenn ich hier lebend herauskomme, werde ich sie fragen, ob sie mich heiraten möchte. Was hältst du davon? Ich möchte dich gern in den nächsten Jahren zur Großmutter machen.

Mach dir keine Sorgen um mich, Mum. Das meine ich ernst. Wir alle haben auf dieser Erde einen Job zu erledigen, und es könnte sein, dass meiner getan ist. Du hast mich zum Christen erzogen, daher weiß ich, wo ich hinsteuere, wenn dies das Ende ist.

Ich werde so bald wie möglich mehr schreiben, aber ich wollte dir gern sagen, dass ich versucht habe, Dad ausfindig zu machen. Ich erwarte keine Antwort, aber es gab Dinge zwischen ihm und mir, die ich gern in Ordnung bringen wollte, für alle Fälle ... Ich weiß, dass du das verstehen wirst.

In Liebe,
David

* * *

Lesleys Tagebuch

4. Februar 1991

Ich bin abhängig vom Fernseher, sehe nur noch die Nachrichten vom Krieg. Desert Storm ist ein passender Name für diesen Krieg. Es kommt mir so vor, als wäre mein ganzes Leben von einem Sandsturm durcheinander gewirbelt worden, einem Wirbel aus Chaos und Unsicherheit. Erst werden David und Doug in den Mittleren Osten beordert, um für ein Land zu kämpfen, von dem ich bis letztes Jahr noch nie etwas gehört habe. Dann stirbt Mrs. Milton, und auch wenn wir mit ihrem Tod gerechnet haben, hat er mich doch sehr getroffen. Sie war so eine großzügige, nette und freundliche Frau. Der arme Dr. Milton scheint ohne sie völlig verloren zu sein. Er arbeitet erst seit zwei Wochen wieder und ist einfach nicht mehr er selbst. Es ist eine schwierige Zeit für ihn.

Cole Greenberg ist einer der Korrespondenten, die für den CNN direkt aus Bagdad berichten. Immer wenn ich sein Gesicht auf dem Bildschirm sehe, schlägt mir das Herz bis zum Hals. Dann überkommen mich die ganzen Emotionen, die ich lieber weit von mir schiebe. Er war ehrlich zu mir, und ich war jung, naiv und ängstlich. Meine Scheidung von Buck hat die Kinder sehr erschüttert, und ich musste voll und ganz für sie da sein. Ich glaube noch immer, dass es richtig war, die Sache abzubrechen, auch wenn ich es ab und zu bedaure.

Alle rechnen damit, dass der Bodenkrieg bald beginnt. Im Moment sieht es noch so aus, als hätten wir Anlass, optimistisch zu sein. Hussein tut, was er kann, um uns in einen Bodenkrieg zu verwickeln, und das würde für Kuwait eine Umweltkatastrophe bedeuten. Sobald die Bodenkämpfe beginnen, wird David mittendrin stecken. Alles was ich tun kann, ist beten und auf Gott vertrauen. Ich hatte immer geglaubt, ich wüsste, was Gottvertrauen bedeutet, als wir damals von der Hand in den Mund lebten. Aber das Leben zweier meiner Söhne in Gottes Hände zu geben – das ist *wahrer* Glaube.

Jillian und ich sprechen nun fast jeden Tag miteinander. Sie versucht zu verbergen, wie besorgt sie wegen des Krieges und um David und Doug ist. Sie hat Angst, dass meine Söhne nicht mehr zurückkehren. Sie befürchtet, die Geschichte könnte sich wiederholen. Ich erinnere sie immer wieder daran, dass dies nicht Vietnam ist, aber ich glaube nicht, dass sie mich hört.

Im August kommt sie uns besuchen. Wir haben für eine Woche ein Haus in Mexiko gebucht. Keine Kinder, keine Sorgen, bloß Sonne und Lachen und glückliche Erinnerungen. Ich bete darum, dass der schreckliche Krieg bis dahin zu Ende ist.

* * *

11. Februar 1991
Postfach 984
Lubbock, Texas 79460

Liebe Lesley,
Überraschung! Ich wette, ich bin der Letzte, von dem du einen Brief erwartet hast. Es ist schon ziemlich lange her, oder?

Hör zu, ich schulde dir gigantische Summen an Unterhaltszahlungen, aber die letzten Jahre waren für mich nicht einfach. Es war schwer genug, mich selbst zu unterhalten, von vier Kindern ganz zu schweigen. Aber es sieht ja auch so aus, als wärst du ohne mich gut klargekommen. Wahrscheinlich werde ich das Geld, das ich dir schulde, nie auftreiben können. Ich wünschte, die Dinge stünden anders, aber das tun sie nicht, und damit musst du dich wohl oder übel abfinden. Wie ich dich kenne, hast du das längst getan. Du warst nie nachtragend.

Nach meinem Aufenthalt in Alaska bin ich nach Texas gegangen, was ein Fehler war. Ich will dich jetzt nicht mit Einzelheiten langweilen, aber es gab noch andere Gründe, weshalb du nichts von mir gehört hast. Ich bin jetzt seit sechs Monaten trocken und glaube, ich habe mein Alkoholproblem gelöst. Ich habe einen Job und eine ordentliche Wohnung. Ich habe ein zweites Mal geheiratet, aber das war ein weiterer Fehler, den ich in den letzten dreizehn Jahren gemacht habe.

Genug von mir. Ich habe die Überraschung meines Lebens erlebt, als ich von David hörte. Sein Brief kam letzte Woche, und ich muss dir sagen, er hat mich ziemlich schockiert. Ich hatte keine Ahnung, dass er im Mittleren Osten ist. Doug auch, hat er geschrieben.

Ich mache mir Sorgen um David. Was er in seinem Brief geschrieben hat, hört sich für mich so an, als rechnete er nicht damit, nach Hause zurückzukommen. Ich habe dir das sicher schon gesagt, aber ich habe eine Menge Dinge gemacht, die ich inzwischen bereue. Ich schäme mich nicht, das zuzugeben. Verdammt, jeder macht mal Fehler. Aber dich zu heiraten und vier Kinder zu zeugen gehört zu den Dingen, auf die ich sehr stolz bin. Du hast einen höllisch guten Job gemacht, sie zu erziehen, und du hast es mit verdammt wenig Hilfe von meiner Seite getan.

Davids Brief hat mir klar gemacht, was ich alles aufgegeben habe, als du damals die Scheidung verlangt hast. Ich habe mit meinem Therapeuten bei den Anonymen Alkoholikern geredet, und einer der zwölf Schritte zur Entwöhnung hat mit Entschädigung zu tun. Und wenn ich die nächsten fünfzig Jahre dazu brauche, ich schwöre dir, ich werde dich und die Kinder für allen Schmerz, den ich euch zugefügt habe, entschädigen.

Ich schätze, damit meine ich, dass ich wieder zur Familie gehören möchte. David sagt, dass du nicht wieder geheiratet hast. Ich bin froh darüber, Lesley, weil das bedeutet, dass ich eine Chance habe. Sag mir, dass das so ist. Es würde die ganze Welt für mich bedeuten.

Heute Morgen habe ich meinen Job gekündigt. Ich brauche nicht lange, um meine Klamotten hier zusammenzupacken. Mein Auto müsste mich gerade noch bis Washington bringen, und wenn alles gut geht, werde ich vor dem 1. März in Pine Ridge sein.

Zum ersten Mal seit langer Zeit habe ich wieder Hoffnung. Und ich sage dir, es fühlt sich verdammt gut an.

Bis bald,
Buck

* * *

15. Februar 1991

Liebster Dad,

ich weiß nicht, ob du meinen Brief bekommst, ehe du Texas verlässt, aber vielleicht habe ich ja Glück. Mum hat gesagt, sie möchte nicht, dass du zu ihr und Christopher kommst, aber du kannst bei mir wohnen, wenn du willst. Ich habe eine Katze und nur ein kleines Apartment, aber wir kriegen das schon hin, meinst du nicht? Ich freue mich, dich wiederzusehen.

Deine Tochter
Lindy

* * *

Vom Verteidigungsministerium
An: Mrs. Lesley Knowles

16. Februar 1991

Mit tiefem Bedauern teilen wir Ihnen mit, dass Ihr Sohn
David Michael Knowles
im Irak vermisst wird.

* * *

JILLIAN LAWTON
331 WEST END AVENUE
APARTMENT 1020
NEW YORK, NY 10023

20. Februar 1991

Liebste, liebste Lesley,

ich kann nicht schlafen. Ich weiß, dass wir schon eine Stunde geredet haben, aber ich stehe noch immer unter Schock. Ich kann das, was passiert ist, einfach nicht begreifen. Der Bodenkrieg hat doch noch gar nicht angefangen. Wie kann David da vermisst sein? Du hast mir alles erklärt, aber ich kann es nicht verstehen.

Wenigstens gibt es noch Hoffnung. Du hast gesagt, dass man am Boden Männer gesehen hat, die den Hubschrauberabsturz offenbar überlebt haben. Ich muss einfach glauben, dass David einer von ihnen war, sonst verliere ich den Verstand. Ich kann mir nicht erlauben, an das erinnert zu werden, was mit Nick geschehen ist. Aber wie du mir in den letzten Monaten schon so oft gesagt hast: Der Irak ist nicht Vietnam, und David ist nicht Nick.

Seit Montys Beerdigung war ich nicht mehr in der Kirche. Ich hatte das Gefühl, Gott hätte sich von mir abgewendet, und um ehrlich zu sein, ich habe ihn auch nicht vermisst. Du hast deinen Glauben immer bewahrt, aber für mich ist die Religion keine Antwort. Trotzdem, Lesley, gebe ich unumwunden zu, wie sehr ich mich fürchte, für David und für dich. Ich werde gezwungen, den größten Albtraum meines Lebens erneut zu durchleben.

Sag ein Wort, und ich komme mit dem nächsten Flugzeug zu dir. Wenn es irgendetwas gibt, was ich für dich tun kann, und ich meine wirklich EGAL WAS, lass es mich wissen. Du stehst mir so nahe wie eine Schwester.

In Liebe,
Jillian und Leni Jo

* * *

LESLEY KNOWLES

25. Februar 1991

Lieber Cole,

damals, 1980, habe ich beschlossen, dass es besser sei, keinen Kontakt mehr zu dir zu haben. Diese Entscheidung ist mir nicht leicht gefallen, zumal ich sie in einer besonders schwierigen Phase meines Lebens getroffen habe. Jetzt stelle ich fest, dass ich meine Meinung geändert habe.

Zwei meiner Söhne sind am Golfkrieg beteiligt. David ist Mitglied der 101. Luftlande-Division, und Doug befindet sich an Bord des Flugzeugträgers *Independence*. Letzte Woche waren zwei Männer bei mir und überbrachten mir die Nachricht, dass David als vermisst gilt. Es gibt Hinweise darauf, dass er gefangen genommen wurde. Im Augenblick verweigert der Irak jegliche Stellungnahme zu seinem Verbleib und seinem Zustand, und du kannst dir vorstellen, was diese Ungewissheit für mich bedeutet.

Cole, gibt es irgendeine Möglichkeit für dich, etwas über ihn und seinen Aufenthaltsort herauszufinden? Ich habe deine Berichte aus Bagdad aufmerksam verfolgt, und ich bete nun, dass du irgendwo irgendwen kennst, der dir Informationen über meinen Sohn geben kann.

Ich habe in all den Jahren häufig an dich gedacht und mich gefragt, wie es dir wohl ergangen ist. Ich bin sehr gefasst, aber wenn ich nicht bald herausfinde, was mit meinem Sohn geschehen ist, verliere ich noch den Verstand. Ich wäre dir zutiefst dankbar für jede Nachricht.

Ich bitte dich im Voraus um Verzeihung dafür, dass ich dich um diesen Freundschaftsdienst bitte. Ich weiß nicht, an wen ich mich sonst wenden könnte.

Ich kann dir nicht genug danken.

Lesley Knowles

* * *

Jillians Tagebuch

20. Februar 1991

Lieber Gott,
ich habe mich schon früher an dich gewandt. Als ich damals keinen Brief mehr von Nick bekam, habe ich gebetet. Als mein Mann schwer krank war, habe ich dich um ein Wunder angefleht. Auf diese Gebete aus tiefster Seele hast du nie geantwortet. Jetzt ist der älteste Sohn meiner besten Freundin vermisst, am anderen Ende der Welt. Ich fühle mich verloren, hilflos, leer. Es ist das gleiche Gefühl, das ich vor Jahren bei Nick hatte, und es zerreißt mich.

Ich war so wütend auf dich. Du bist angeblich der Gott der Lie-

be. Nun, vielen Dank, aber ich habe deine Liebe lange nicht mehr gespürt.

Früher habe ich versucht mit dir zu handeln. Wenn du dies für mich tust, tue ich das für dich. Aber diese Handelsversuche sind gescheitert, nicht wahr? Du brauchst oder willst nichts von dem, was ich dir geben kann, das ist mir inzwischen klar geworden. Lesley meinte, du wolltest von mir immer nur, dass ich mich dir ergebe. Also gut, ich bin verzweifelt genug, auch das zu tun.

Hier bin ich nun also, Gott, ich bin gewillt, das zu tun, was du von mir verlangst, gewillt, Davids Schicksal in deine Hände zu legen. Es fällt mir nicht leicht, aber ich bin bereit loszulassen und dich nun übernehmen zu lassen.

Richterin Jillian Gordon

* * *

COLE GREENBERG
CNN-KORRESPONDENT

1. März 1991

Liebe Lesley,

glücklicherweise waren wir in der Lage, eine Telefonverbindung zwischen uns herstellen zu können, deshalb habe ich dir das meiste von dem, was ich herausgefunden habe, bereits mitteilen können. Ich verstehe, wie erleichtert du bist zu erfahren, dass David am Leben ist und es ihm einigermaßen gut geht. Gemessen an der Geschwindigkeit, mit der der Bodenkrieg voranschreitet, sollte es nicht allzu lange dauern, bis er und die anderen Gefangenen freigelassen werden.

Wie ich dir bereits erklärte, war es mir nicht möglich, mit ihm selbst zu sprechen, da David auf für mich unzugänglichem Gebiet festgehalten wird. Aber mit Hilfe meiner Kontakte gelang es mir, eine Nachricht an ihn zu schicken und auch eine zurückzubekommen.

Es ist ein bisschen egoistisch von mir, dankbar zu sein für diese Gelegenheit, wieder mit dir sprechen zu können. Ist es wirklich elf Jahre her? Es kommt mir vor, als hätten wir uns erst kürzlich geschrieben, findest du nicht auch? Du hast mich zwar nicht danach gefragt, aber ich möchte trotzdem, dass du weißt, dass ich nicht verheiratet bin. Offenbar hast auch du nicht wieder geheiratet. Ich war viel zu sehr mit meinem Beruf beschäftigt, bin von einem Brennpunkt zum anderen gejettet. Ich vermute, du bist wegen der Kinder allein geblieben. Schon damals hast du mir klar zu verstehen gegeben, dass dir deine Familie das Allerwichtigste ist. Ich habe das verstanden, weil ich das Gleiche für meinen Job empfunden habe.

Wie ich bereits erwähnte, ist dieser Krieg so gut wie vorbei. Ich freue mich darauf, Bagdad verlassen und wieder nach New York zurückkehren zu können. Ich werde dann viel Freizeit haben, und ich würde dich gern sehen, Lesley. Du hast mich um einen Gefallen gebeten, jetzt bitte ich dich um einen. Gehst du mit mir essen? Sobald ich etwas von dir höre, werde ich einen Flug buchen.

Bis dahin,
Cole Greenberg

* * *

5. März 1991

Lieber David,

deine Mutter hat mir erzählt, sie habe heute Morgen mit dir gesprochen, nachdem die Iraker dich freigelassen haben. Es freut mich zu wissen, dass du dies alles hinter dir hast und es dir gut geht.

Ich hatte keine Gelegenheit, deinen Brief zu beantworten, der mich in Lubbock, Texas, erreichte. Dort habe ich in den letzten fünf Jahren gelebt.

Wie du geschrieben hast, war unser Verhältnis nie besonders

gut. Ich übernehme dafür die Verantwortung. Ich war derjenige, der euch Kinder und eure Mum im Stich gelassen hat. Ich hatte schon ein Problem mit dem Alkohol, bevor du geboren wurdest. Du warst so nett, nicht meine sämtlichen Fehler aufzuzählen, und dafür danke ich dir. Alles, was du sagst, ist richtig.

Dein Brief erreichte mich, als ich mich auf einem Tiefpunkt befand und mich mal wieder aus einer finanziellen Misere befreien musste, in die ich mich gebracht hatte. Doch diesmal war ich wenigstens nüchtern und konnte meinen Weg klar vor mir sehen.

Es hat mich stolz gemacht, von deinen Brüdern und deiner Schwester zu hören und zu erfahren, was für ein tapferer Soldat du bist. Es ist lange her, seit ich Grund hatte, mich wegen irgendetwas in meinem Leben so zu fühlen. Deine Mutter ist diejenige, die die meiste Anerkennung dafür verdient, dass ihr so gut geraten seid, aber am Anfang war ich immerhin auch beteiligt, ein kleines bisschen hatte ich auch damit zu tun. Der Fernsehreporter hat von dir gesprochen und gesagt, du seist ein Held. Mir wären vor lauter Stolz fast die Knöpfe vom Hemd gesprungen, als er das sagte.

Was ich zu sagen versuche ist, dass mir dein Brief Hoffnung gemacht hat, dass ich zu euch zurückkommen kann. Ich weiß, dass deine Mutter mich nicht mit offenen Armen empfängt, aber Lindy meinte, ich könne eine Weile bei ihr wohnen.

Ich habe in der Vergangenheit versagt, David, aber ich habe fest vor, alles wieder gutzumachen.

Dein Vater
Buck Knowles

* * *

> David James (Buck) Knowles
> Postfach 984
> Lubbock, TX 79460
>
> **Wir weisen Sie hiermit darauf hin, dass Sie gegen die Grundsätze der bedingten Haftentlassung verstoßen, wie sie in Ihrem Gerichtsurteil festgesetzt wurden ...**
> **Bitte nehmen Sie innerhalb von fünf (5) Tagen Kontakt mit uns auf, andernfalls wird erneut ein Haftbefehl gegen Sie erlassen werden.**
>
> Kommission für bedingte Haftentlassungen
> des Staates Texas

* * *

LESLEY KNOWLES

3. Mai 1991

Lieber Cole,

unser Abendessen war mit Abstand das romantischste in meinem ganzen Leben. Du verstehst es wirklich, eine Frau zu beeindrucken! Champagner, Kerzenlicht und rote Rosen. Vielen Dank für alles. Es tut mir Leid, dass du so früh gehen musstest, aber ich habe das verstanden.

Die Antworten auf deine Fragen lauten: Ja, ich möchte dich wiedersehen, und ja, ich glaube auch, dass wir möglicherweise etwas ganz Besonderes gefunden haben.

Lesley

* * *

Mr. und Mrs. Ronald Fullbright
Laden herzlich ein zur Vermählung ihrer Tochter
Meagan Adele Fullbright
Mit
David Michael Knowles
Sohn von Lesley Knowles
Am Samstag, 12. Juli 1991
Um 15 Uhr
First Baptist Church
Fullerton, Kalifornien

Empfang und Dinner im Anschluss an die Trauungszeremonie

* * *

10. Juli 1991

Lindy,

tut mir Leid, dass ich dich nicht rechtzeitig benachrichtigen konnte, Kleine, aber ich hatte Gründe, schleunigst zu verschwinden. Mir blieb leider keine andere Wahl, aber mach dir bitte keine Sorgen. Die Nachbarin hat versprochen, deine Katze zu füttern. Ich weiß, dass du, deine Mutter und deine Brüder euch auf Davids Hochzeit amüsieren werdet. Er versteht, warum ich nicht dabei sein kann. Aber da er meinen Namen auf der Hochzeitseinladung nicht erwähnt hat, schätze ich, dass er ohnehin keinen großen Wert auf meine Anwesenheit legt.

Ich bleibe in Kontakt.

Dad

* * *

Lesleys Bücherliste für Mexikoreise mit Jillian:
1. *Saint Maybe* von Anne Tyler
2. *Die Firma* von John Grisham

* * *

Das Buch, das Jillian in ihre Reisetasche für Mexiko gepackt hat:
1. Der unerklärte Krieg gegen die amerikanischen Frauen *von Susan Faludi*

* * *

COLE GREENBERG
CNN-KORRESPONDENT

8. August 1991

Liebe Lesley,

dieser Brief müsste bereits auf dich warten, wenn du mit deiner Freundin aus Mexiko zurückkehrst. Ich werde am 7. September in Pine Ridge sein. Ich hoffe, du magst chinesisches Essen (damit meine ich nicht Nasi Goreng an der Imbissstube).

Also bis zum Siebten!

Cole

* * *

Ein guter Mann ist schwer zu finden.
Spruch auf Lesleys Glückskeks

* * *

JILLIAN LAWTON GORDON
331 WEST END AVENUE
APARTMENT 1020
NEW YORK, NY 10023

1. Oktober 1991

Liebste Lesley,

seit Jahren hast du nicht mehr so glücklich geklungen. Ich freue mich so für dich und Cole. Du weißt gar nicht, wie gern ich dich vor elf Jahren geschüttelt hätte, um dich zu Verstand zu bringen, als du diese Beziehung so plötzlich beendet hast. Ich habe dich zwar verstanden, aber ich war mir nicht sicher, ob ich ganz deiner Meinung war.

Das, was du mir über Buck berichtest, wundert mich nicht. Wieso hat Lindy nicht schon früher erzählt, dass er sich von ihrer Nachbarin Geld geliehen hat? Das arme Kind. Schlimm genug, dass er sich so einfach aus dem Staub gemacht hat, aber die eigene Tochter in finanzielle Schwierigkeiten zu bringen, ist wirklich unverzeihlich. Lindy hat immer die Augen verschlossen, wenn es um ihren Vater ging. Ich hoffe, sie versteht jetzt, warum du nicht wolltest, dass er zu euch zurückkommt. Ich glaube, wenn du die Willkommensfahne für Buck gehisst hättest, wäre ich persönlich gekommen, um dich zur Vernunft zu bringen.

Glücklicherweise waren David und Doug nicht in der Situation, ihn verteidigen zu müssen. Und was Christopher betrifft, es beeindruckt mich, dass er klug genug war, Buck schon früher zu durchschauen. So oder so, das Jahr hat eurer Familie bisher so einiges Neues gebracht.

Ich habe unsere Mexikoreise sehr genossen. Leni Jo hat mir eröffnet, dass sie nun jeden Sommer ins Feriencamp möchte und ich häufiger ohne sie verreisen könne. Will meine Tochter mir damit sagen, dass sie nun ein großes Mädchen ist und ihre Mutter nicht mehr braucht? Ich frage mich, ob ihr klar ist, dass ich es noch brauche, dass sie mich braucht ...

Es fällt mir schwer, mich wieder daran zu gewöhnen, jeden Tag zum Gericht zu gehen. Sich ständig mit den Problemen anderer Menschen auseinander setzen zu müssen, verliert allmählich an Reiz. Wer weiß, vielleicht finde ich doch noch einen Grund, mich vorzeitig pensionieren zu lassen.

Mum ist in letzter Zeit ein wenig wetterfühlig, trotzdem ist sie noch in einem ziemlich guten gesundheitlichen Zustand.

Ich weiß, dass Cole viel unterwegs ist, aber wie lautete noch die Weisheit in deinem Glückskeks: Ein guter Mann ist schwer zu finden. Cole ist ein guter Mann.

Umarme alle von mir.
Alles Liebe,
Jillian

* * *

1. November 1991

Mum,
denk daran, ich wünsche mir zum Geburtstag nur Rollerblades.
Alles Liebe,
Leni Jo

1993

Jillians Tagebuch

1. Januar 1993

Ein glückliches Neues Jahr!

Glücklich – so fühle ich mich. Ich bin zufrieden mit meinem Leben. Seit Montys Tod sind etwas mehr als sechs Jahre vergangen, so lange habe ich gebraucht, um mich daran zu gewöhnen, dass ich tatsächlich Witwe bin. Und nun kommt die Überraschung: Jetzt, wo ich endlich Frieden mit mir selbst geschlossen habe, habe ich jemanden kennen gelernt. Das heißt, eigentlich war es meine fast achtzig Jahre alte Mutter, die mich mit Gary Harmon bekannt gemacht hat. Er wohnt im selben Haus wie wir und hat sich ihr, ganz Gentleman, im Aufzug vorgestellt. Und ehe ich mich versah, gingen Gary und ich einmal in der Woche zusammen essen. Er ist einsam, ich bin einsam. Er ist berufstätig, ich bin berufstätig. Er ist Witwer, ich bin Witwe. Was läge also näher? Leni Jo findet ihn cool. Dieses Wort benutzt sie recht sparsam, deshalb weiß ich, dass sie es ehrlich meint.

Ich bin nicht die Einzige, die eine Romanze hat. Lesley und Cole sehen sich immer noch regelmäßig. Cole ist noch bei CNN unter Vertrag und wie immer ständig unterwegs. Wie Lesley seinen Terminplan durchschaut, ist mir schleierhaft. Das Beste ist, dass sie es trotz der zahllosen Trennungen geschafft haben, eine stabile Freundschaft aufzubauen. Cole tut ihr gut. Zum ersten Mal in ihrem Leben hat Lesley eine gesunde, reife Beziehung zu einem Mann.

Und nun, Dad, halt dich fest – noch in diesem Monat wird ein Demokrat ins Weiße Haus einziehen. Drehst du dich jetzt in deinem Grab um? William Jefferson Clinton scheint eine Menge frischer Ideen zu haben, und ich kann nicht anders, ich mag ihn und seine Frau. Hillary wird sicher von einigen Menschen skeptisch beäugt, das werden starke Frauen immer. Aber ich bin gewillt, den beiden eine Chance zu geben. Auch wenn ich politisch nicht immer ihrer Meinung bin, ein Wechsel wird uns gut tun.

Ich höre dich geradezu mit mir argumentieren, Dad, aber ich bitte dich, versuche tolerant zu sein und lass sie sich beweisen. Hillary hat angekündigt, sich um das Gesundheitswesen zu kümmern, und wirklich, es wird höchste Zeit, dass das mal jemand tut.

Leni Jo geht gern auf die High School und ist nach wie vor eine sehr gute Schülerin. Sie ist ein Juwel, wie ich immer sage. Wir beide sind uns sehr nahe und können über alles reden. Sie fängt jetzt an, nach den Jungs zu schauen, aber ich habe großes Vertrauen in ihre Vernunft. Fast jede Woche treffe ich am Gericht Mädchen in ihrem Alter, die schon Mütter sind. Kinder, die Kinder kriegen, so sagen die Sozialarbeiter. Ich bin immer sehr betroffen, wenn ich diese Mädchen mit ihren oft so hoffnungslosen Zukunftsaussichten sehe – und noch schlimmer, ihre Kinder. Es gibt kaum etwas, was ich für sie tun kann.

Meine Amtszeit endet dieses Jahr, und ich müsste mich erneut zur Wahl stellen. Aber ich weiß noch nicht so recht. Der Gedanke, mich pensionieren zu lassen, erscheint mir jeden Tag verlockender. Ich möchte gern mehr von der Teenagerzeit meiner Tochter mitbekommen und ihr mehr Zeit und Aufmerksamkeit schenken. Manchmal frage ich mich, ob Lesley vielleicht weniger Probleme mit Lindy hätte, wenn sie nicht dazu gezwungen gewesen wäre, ihre Familie zu ernähren. Nein, ich nehme das zurück. Lindy war von Anfang an ein schwieriges Kind. Manche Leute müssen ihre Lektionen eben auf dem harten Weg lernen. Zu denen scheint auch Lindy zu gehören, leider.

Lesley hat aufregende Neuigkeiten über David. Er wurde bei Microsoft eingestellt, was eine großartige Chance für ihn ist. Es ist ein viel versprechendes Unternehmen. Das einzige Problem ist, dass er so viele Überstunden machen muss. Lesley hat erzählt, er würde oft sogar im Büro schlafen. Glücklicherweise scheint Meagan sehr verständnisvoll zu sein.

Doug arbeitet inzwischen für Nicks Bruder. Jim hat, was mich gar nicht wundert, seit zehn Jahren ein eigenes Unternehmen, das sehr gut läuft. Als Dougs Vertrag bei der Marine beendet war, kehrte er nach Pine Ridge zurück. Er brauchte dringend einen Job, und ich habe Lesley erzählt, dass Jim Leute sucht, und ihr vorgeschlagen, dass Doug sich doch bei ihm bewerben solle. Natürlich hat Jim Doug genommen, und in kürzester Zeit wurde er vom Vorarbeiter zu Jims rechter Hand. Nick wäre sehr stolz auf seinen erfolgreichen Bruder. Angie schickt mir jedes Jahr Bilder ihrer Kinder. Nickie Lynn wird im August elf, sie hat einen besonderen Platz in meinem Herzen.

Das Jahr fängt gut an. Ich habe mich zu einem neuen Malkurs angemeldet und freue mich sehr darauf. Das Malen beruhigt mich, und ich glaube, ich mache Fortschritte. Ich habe sogar schon ein paar Porträts gemalt. In meinen Arbeiten sind noch viele Fehler, die mir offensichtlich erscheinen, aber außer mir scheint sie keiner zu bemerken. Typisch. Wie auch immer, ich gebe mir größte Mühe, mich noch zu verbessern und die letzten Fehler auszumerzen.

* * *

10. Januar 1993

Mum, kannst du mir 300 Dollar leihen? Ich würde dich nicht darum bitten, wenn es nicht wichtig wäre. Ich brauche das Geld bald. Ich habe einen Schuldschein beigefügt und werde dir das Geld Anfang des nächsten Monats zurückzahlen. Ich verspreche es.
Lindy.

* * *

**Überraschungsparty zum 80. Geburtstag
von Barbara Lawton
Helmsley Towers
331 West End Avenue
Apartment 1020
New York, NY
Am 6. Februar um 15 Uhr
Bring bitte einen Luftballon mit und viel gute Laune!
Psst – denk dran, es ist eine Überraschung!
Organisiert von:
Jillian Lawton Gordon und Leni Jo Gordon**

* * *

Lesleys Tagebuch

22. Februar 1993

Heute war kein guter Tag. Er begann mit einem Vorfall bei der Arbeit – wir hatten ein Feuer im Haus, ein Stockwerk über uns. Dr. Milton hat die Lage sehr gut bewältigt. Er war ruhig, hatte alles unter Kontrolle und hat uns alle nach draußen gebracht, bevor die Feuerwehr kam. Ich habe den Alarm erst gar nicht ernst genommen, und als mir schließlich klar wurde, dass er echt war, habe ich mich mehr darum gekümmert, wichtige Disketten in Sicherheit zu bringen, als um mich. Aber dann bestand Dr. Milton darauf, dass ich das Gebäude unverzüglich verlassen sollte und hat mich fest am Arm gepackt. Da ich keine andere Wahl hatte, ging ich mit ihm. Wir beiden waren die Letzten, die das Gebäude verließen.

Auch danach bin ich von einer Krise in die nächste gestolpert. Am Nachmittag hatte ich meine übliche Routineuntersuchung bei meinem Gynäkologen. Auch wenn ich sehr viel von Dr. Milton halte, ist mir die Vorstellung, mich von ihm gynäkologisch untersuchen zu lassen, nicht angenehm. Deshalb gehe ich weiterhin zu dem Arzt, der auch Christopher auf die Welt gebracht hat. Nach dem Feuer an jenem Morgen war ich eigentlich nicht in der Stimmung, zum Arzt zu gehen, aber da man bei Dr. Nelson immer wochenlang auf einen Termin wartet, bin ich doch hingegangen – und ich bin froh, dass ich es getan habe. Es scheint ein Problem zu geben. Aber nach den ganzen schrecklichen Periodenblutungen, die ich in den letzten fünf Jahren hatte, wundert mich das nicht. Dr. Nelson will erst noch einige Untersuchungen machen, aber wir haben bereits über die Möglichkeit einer Gebärmutterentfernung gesprochen. Sollte es dazu kommen, werde ich drei oder vier Wochen lang nicht arbeiten können. Nach unserem katastrophalen Vormittag habe ich Dr. Milton erst einmal nichts davon erzählt. Ich werde warten, bis ich Gewissheit habe.

Als ich bei Dr. Nelson war, hat mich die Sprechstundenhilfe nach Lindy und ihrer Schwangerschaft gefragt. Ich konnte genau merken, dass sie diese Frage sofort bereute, als sie meine Reaktion sah. Lindy schwanger? Dann begriff ich. Sie wollte unbedingt 300 Dollar von mir haben, genau so viel kostet eine Abtreibung. Also hatte ich meiner Tochter Geld gegeben, um mein eigenes Enkelkind abzutreiben. Seit mir das klar ist, fühle ich mich völlig elend.

Ich habe Lindy sofort angerufen, als ich nach Hause kam, und sie gefragt, wozu sie das Geld gebraucht hätte. Aber da ich einmal gehört hatte, dass man einem Kind keine Gelegenheit zum Lügen geben soll, habe ich ihr, ehe sie antworten konnte, gesagt, dass ich von ihrer Abtreibung wüsste und sie nach dem Vater des Babys gefragt. Sie wurde sofort wütend und wollte von mir wissen, ob Christopher mir das erzählt hätte. Schlimm genug, dass sie mich um das Geld gebeten hat, aber ich finde es unmöglich, dass sie auch noch ihren jüngeren Bruder in die Sache hineingezogen hat. Das Gespräch endete damit, dass Lindy den Hörer aufknallte.

Ich sollte inzwischen an ihre Ausbrüche gewöhnt sein, aber

ich habe mich trotzdem darüber aufgeregt. Dabei wusste ich, dass Lindy nicht wütend auf mich war, sondern auf sich selbst. Deshalb habe ich sie später am Abend noch einmal angerufen, und diesmal klang sie ruhig und sachlich und versuchte mir zu erklären, wieso sie das getan hatte. Sie meinte, es sei das Beste für alle Beteiligten gewesen, diese Schwangerschaft zu beenden. Daraufhin fragte ich sie, ob sie glaubte, es sei auch das Beste für das Baby gewesen. Da fing sie an zu weinen. Ich hätte sie gern in die Arme genommen. Ich hätte sie gern gefragt, wieso sie so eine wichtige Entscheidung nicht mit mir besprochen hat. Ich habe es nicht getan, weil ich die Antwort bereits kannte. Meine Tochter war sich sicher, die richtige Entscheidung für sich zu treffen, und sie hatte befürchtet, ich könnte versuchen sie umzustimmen. Und jetzt empfindet sie Reue und Scham.

Seit unserem Gespräch fühle ich mich sehr niedergeschlagen. Ich weiß, dass ich um den Verlust meines ersten Enkels trauere und weil ich als Mutter versagt habe. Arme Lindy. Sie hatte geglaubt, eine Abtreibung wäre ein einfacher Ausweg aus ihren Problemen, aber sie hat die Konsequenzen nicht bedacht. Ich weiß, dass sie froh ist, dass ich nun alles weiß. Was sie jetzt braucht, ist weder meine Vergebung noch die Vergebung Gottes. Lindy muss lernen, sich selbst zu vergeben.

* * *

Lesley Knowles
Von: Cole Greenberg
An: Lesley Knowles
Datum: 15. März 1993
Betr.: Willkommen im World Wide Web!

15. März 1993

Liebe Lesley,

ich bin froh, dass du endlich meinen Rat angenommen hast und nun auch online bist. Du wirst sehen, dass E-Mails für uns die ideale Art der Kommunikation sind. Ich bin immer noch in Waco und sitze diese David-Koresh-Geschichte aus. Hier wimmelt es von ATF-Agenten. Wenn ich mit ihnen rede, habe ich jedes Mal das Gefühl, sie haben keine Ahnung, was sie tun. Diese Sache endet noch in einem Fiasko, wenn sich nicht bald jemand darum kümmert.

Ich weiß noch nicht genau, wann ich dich wiedersehen kann. Bald, so hoffe ich. Was soll das heißen, du musst dich operieren lassen? Es ist doch nichts Ernstes, oder? Lass mich den Termin wissen, und ich werde alles so organisieren, dass ich bei dir sein kann.

Mach dir keine Vorwürfe wegen dieser Sache mit Lindy. Du hattest unendlich viel Geduld mit ihr. Jeder macht mal einen Fehler, vor allem in dem Alter. Ich übrigens auch.

Ich muss jetzt Schluss machen. Schreib mir bald. Und bedank dich in meinem Namen bei David, dass er dieses Computersystem für dich installiert hat. Du wirst sehen, wir werden ein Vermögen sparen, wenn wir nicht mehr so viele Ferngespräche führen müssen.

Bis bald,
Cole

* * *

19. April 1993

Mum,

Mr. Harmon hat angerufen. Er wollte wissen, ob du Lust hast, dir *Der Kuss der Spinnenfrau* mit ihm anzusehen. Ich habe ihm gesagt, das hättest du bestimmt. Ruf ihn an, wenn nicht, aber ich glaube, er besorgt Superkarten. Weck mich, wenn du noch Fragen hast.

Ach ja, er besorgt die Karten für Freitagabend.

Liebe dich,

Leni Jo

* * *

LESLEY KNOWLES

20. April 1993

Lieber Dr. Milton,

ich möchte mich auf diesem Weg für die Einladung zum Essen am Sekretärinnen-Tag bedanken. Es war eine große Überraschung für mich, schließlich bin ich gar nicht Ihre Sekretärin! Über das Essen und die Blumen habe ich mich sehr gefreut. Sie waren immer ein wunderbarer Chef. Ich möchte, dass Sie wissen, wie viel Spaß mir die Arbeit bei Ihnen macht und wie dankbar ich dafür bin, dass ich nun schon so lange für Sie arbeiten darf. Ihre Ermutigung und Ihr Glaube an mich haben mir durch schwere Zeiten geholfen. Ohne die flexiblen Arbeitszeiten, die Sie mir zugestanden haben, wäre ich nie in der Lage gewesen, meine Ausbildung zur Krankenschwester zu machen.

Mit freundlichen Grüßen

Lesley Knowles

* * *

Lesley Knowles

Von: Cole Greenberg
An: Lesley Knowles
Datum: 21. April 1993
Betr.: Bitte verzeih mir!

Liebe Lesley,

ich bin sicher, du hattest Verständnis dafür, dass ich unser Treffen verschieben musste. Diese ganze Waco-Geschichte ist aus dem Ruder gelaufen. Wenn du meinen Bericht gesehen hast, weißt du ja, was geschehen ist. Es war, als wäre ich mitten in einem Kriegsgebiet gewesen. Ich habe im Laufe meiner Berufsjahre eine Menge erlebt, aber das übertrifft alles. Köpfe werden rollen, das prophezeie ich dir.

So, so, ich habe also Konkurrenz bekommen. Der gute Doktor hat dich zum Essen eingeladen? Das ist interessant. In ein schickes französisches Restaurant, he? Dabei bist du nicht mal seine Sekretärin. Wie kommt es?

Cole

* * *

Cole Greenberg

Von: Lesley Knowles
An: Cole Greenberg
Datum: 22. April 1993
Betr.: Du & Ich

Lieber Cole,

du bist eifersüchtig! Das finde ich toll. Es kommt mir fast so vor, als hättest du dich mit Jillian abgesprochen. Sie hat mir nämlich eine Mail geschickt und wollte wissen, ob sich zwischen mir und Dr. Milton eine »Romanze« anbahnen würde. Ich versichere euch beiden:

NEIN!

Ich könnte in ihm nie etwas anderes als Dr. Milton sehen. Ich könnte mir eine Romanze mit ihm nicht einmal vorstellen. Er ist mein Chef. Also hört auf mit dem Unsinn!

Lindy war heute Abend hier, und wir haben noch einmal über alles geredet. Unsere Beziehung wird allmählich besser, und es schmerzt mich, dass sie eine solche Entscheidung getroffen hat.

Gib mir Bescheid, wann du mich wieder besuchen kannst. Ich habe dich fast vier Monate nicht gesehen.

Alles Liebe,
Lesley

* * *

AN DEN
VERBAND DER RICHTER UND ANWÄLTE
RICHTERIN JILLIAN LAWTON GORDON
BETR. KÜNDIGUNG

Sehr geehrte Damen und Herren,
hiermit teile ich Ihnen mit, dass ich mich nach reifer Überlegung entschlossen habe, mich nicht wieder zur Wahl zu stellen. Ich danke Ihnen für Ihr langjähriges Vertrauen. Ich freue mich darauf, zu reisen und mehr Zeit mit meiner Tochter zu verbringen.
Mit freundlichen Grüßen
Richterin Jillian Lawton Gordon

* * *

Lesley Knowles
―――――――――――――――――――――――――――――――
Von: Cole Greenberg
An: Lesley Knowles
Datum: 1. Juli 1993
Betr.: Ich vermisse dich!

Liebe Lesley,
bist du sicher, dass du nicht doch für ein paar Tage zu mir nach Hongkong kommen kannst? Es ist eine wunderbar verrückte Stadt. Es ist wie eine große Silvesterfeier, mit der sich Hongkong wieder chinesischer Herrschaft unterstellt. In den Hotels wimmelt es von britischen und chinesischen Diplomaten und Presseleuten.

Ich lande am 5. in San Francisco. Willst du mich dort für einen Tag treffen? Ich würde gern länger bleiben, aber ich muss nach New York zurück. Ich habe für Anfang der Woche ein Interview mit Vince Foster verabredet.

Es scheint so, als müsste ich mich ständig entschuldigen, oder? Hab Geduld mit mir, Süße. Ich war schon vor fast dreißig Jahren verrückt nach dir, und daran hat sich nichts geändert.

Cole

* * *

5. Juli 1993

Liebe Mrs. Gordon,
danke für die 25 Dollar zu meinem Geburtstag. Ich werde mir davon eine Nirvana-CD kaufen. Über Ihren Brief habe ich mich sehr gefreut. Mum hat erzählt, dass Sie früher mit Onkel Nick verlobt waren, aber ich wusste nicht, dass er ein Motorrad hatte und Sie darauf zur Schulabschlussfeier mitnahm (nur dass Sie gar nicht auf der Schulabschlussfeier waren). Ich finde es viel romantischer, dass Sie mit ihm im Stadion unter dem Sternenhimmel getanzt haben.

Mum und Dad haben ein Foto von Onkel Nick in Soldatenuniform auf dem Kamin stehen. Ich dachte immer, es sei einfach nur ein Foto von irgendjemandem, der vor meiner Geburt gestorben ist. Jetzt ist er für mich eine richtige Person, und ich wünsche mir, er wäre nicht in Vietnam gestorben. Ich wünsche mir, ich hätte ihn kennen gelernt.

Danke für den Schnappschuss von Ihnen und Onkel Nick. Sie sahen früher ganz anders aus, nicht wahr? Ich habe das Foto meiner besten Freundin Jennifer gezeigt und ihr erklärt, dass ich nach den beiden Personen auf dem Bild benannt worden bin. Nickie für Onkel Nick und Lynn, weil das Ihr mittlerer Name ist.

Dad sagte, Sie würden dieses Jahr pensioniert. Jennifer hat mit erzählt, ihr Großvater wäre auch gerade pensioniert worden und würde sie besuchen kommen. Wenn Sie pensioniert werden, heißt das, dass Sie bald nach Pine Ridge kommen? Ich würde Sie wirklich gern sehen. Dad sagt immer, Sie seien das einzige richtige Familienmitglied, das er noch hat, aber dass Sie eigentlich gar nicht wirklich zur Familie gehören. Trotzdem sagt er, Sie seien seine Familie, weil Sie Onkel Nick geliebt haben und Onkel Nick Sie.

Nochmals danke für das Geburtstagsgeschenk und Ihren Brief.

Alles Liebe,
Nickie Lynn Murphy

* * *

Lesley Knowles

Von: Jillian Gordon
An: Lesley Knowles
Datum: 10. August 1993
Betr.: Mein Besuch

Liebe Lesley,

mein letzter Tag am Gericht ist am 1. Oktober, wenn du deine Operation also auf einen Termin danach legen kannst, könnte ich kommen und dir ein wenig Gesellschaft leisten. Ich weiß, dass Lindy und auch die Jungs da sein werden, aber sie sind Kinder. Glaubst du ernsthaft, du kannst damit rechnen, dass Cole auftaucht? Hat er nicht mindestens die letzten fünf Verabredungen

abgesagt? Okay, nur drei, aber du weißt, was ich meine, oder?
Lass es mich wissen, sobald dein Termin feststeht.
  Jillian

* * *

HERZLICHEN GLÜCKWUNSCH ZUM GEBURTSTAG, MUM
Hier endlich die ersehnte Nachricht!
Erwarte am 17. März 1994
DEIN ERSTES ENKELKIND
Gesponsert von
DAVID UND MEAGAN KNOWLES

* * *

> **Quittung**
>
> Lindas Strickstübchen
> Pine Ridge, WA
> 6x50g-Knäuel à $ 4,25
> Anleitungsbuch Babydecken $ 5,95
> + 8,1 % MwSt
> Gesamt $ 34,00
> Scheckzahlung #1299 über $ 34,00

* * *

Lesley Knowles
___
Von: Cole Greenberg
An: Lesley Knowles
Datum: 4. Oktober 1993
Betr.:   Michael Jordan

Liebste Lesley,

ich habe am 6. Oktober einen Termin für ein Interview mit Michael Jordan. Er wird eine der wichtigsten Ankündigungen seines Lebens machen, und er hat versprochen, mir vorher ein paar Fragen zu beantworten. Bist du jetzt neugierig? Ich wage eine Vermutung, was er sagen wird, mal sehen wie dicht ich an die Wahrheit herankomme. Also, er beabsichtigt, seine Basketballkarriere zu beenden und von jetzt an Baseball zu spielen. Das ist natürlich reine Spekulation von mir, aber wir werden sehen.

Ich weiß, ich weiß, ich sollte eigentlich direkt im Anschluss daran nach Pine Ridge kommen, und das werde ich auch. Ich komme am 7. Oktober, und wir werden drei lange, wunderbare Wochen zusammen verbringen.

Im November sehen wir uns wieder. Danke für dein Verständnis, dass ich am 2. November wegen der Wahlen in Washington, D. C., sein muss. Aber ich weiß, dass Jillian am 3. November kommt und die Operation erst für den 5. angesetzt ist. Ich werde in der Klinik sein, wenn du aus der Narkose erwachst.

Alles Liebe,
Cole

P. S. Wenn Michael Jordan am Tag vor meinem Interview Selbstmord begeht wie Vince Foster, stürze ich mich auch von der nächsten Brücke. Ich werde wohl sterben, ohne zu erfahren, was Foster mir erzählen wollte.

* * *

1. November 1993

Liebe Jillian,

ich weiß, dass du mit Packen für deine Reise nach Pine Ridge beschäftigt bist, aber ich wollte dir nur schnell sagen, dass ich dich vermissen werde, wenn du fort bist. Wenn ich es recht verstanden habe, ist Leni Jo in der Zeit bei deiner Mutter. Ich werde ab und zu nach den beiden sehen, wenn es dir recht ist.

Wenn ich sonst irgendetwas für dich tun kann, zögere nicht, mich darum zu bitten.

Mit besten Grüßen,
Gary Harmon

P. S. Ich bin jetzt auch online, wenn du mich über PC erreichen willst.

* * *

LESLEY KNOWLES

10. November 1993

Lieber Steven,

es wird wohl noch eine Weile dauern, bis ich mich daran gewöhnt habe, du zu sagen und dich Steven statt Dr. Milton zu nennen, aber ich schätze, im Laufe der Zeit wird es mir leichter über die Lippen kommen. Danke für den wunderschönen Blumenstrauß. Ich glaube nicht, dass ich je ein schöneres Arrangement gesehen habe.

Es war beruhigend, dich an meinem Bett zu sehen, als ich aus der Narkose erwachte. Dankbar bin ich dir auch dafür, dass du mitten in der Nacht Jillians Fragen beantwortet hast. Ich war mir eigentlich sicher, dass ich mir als Folge der Operation eine Blaseninfektion zugezogen hatte, aber Jillian wollte lieber sichergehen. Das musst du meiner besten Freundin nachsehen. Sie hatte Angst, es könnte sich um etwas Ernstes handeln, und du warst die einzige Person, die sie mitten in der Nacht anrufen konnte. Jillian fliegt nächste Woche nach New York zurück, und ich werde gleich nach Thanksgiving wieder anfangen zu arbeiten.

Nochmals vielen Dank für die Blumen.
Mit herzlichen Grüßen,
Lesley

P. S. Du darfst mich natürlich jederzeit besuchen, wenn du möchtest. Und wenn du eine Frage in Bezug auf die Praxis hast, stehe ich dir immer zur Verfügung.

* * *

Gary Harmon

Von: Jillian Gordon
An: Gary Harmon
Datum: 11. November 1993
Betr.: Ich komme nach Hause

Lieber Gary,
danke dass du dich ein wenig um meine Mutter und Leni Jo gekümmert hast. Ich wusste, dass sie auch ohne mich gut zurechtkommen würden, aber es ist immer beruhigend, wenn man jemanden im Haus weiß, den man im Notfall um Hilfe bitten kann.
Meine Freundin hat sich gut erholt, und ich fliege am frühen Samstagmorgen nach Hause. Diese Reise war in vielfacher Hinsicht sehr lohnend für mich. Ich habe dir ja erzählt, dass ich in Pine Ridge geboren und aufgewachsen bin, deshalb gibt es hier für mich eine Menge Erinnerungen, und die meisten sind gut. Ich habe eine Reihe alter Freunde getroffen, Leute, die ich seit Jahren nicht gesehen hatte. Außerdem habe ich hier eine ganz besondere Freundin, eine Zwölfjährige, die nach mir benannt ist. Wir haben einige Zeit zusammen verbracht, und sie hat mein Herz im Sturm erobert. (Ich werde dir bei Gelegenheit mehr über sie erzählen.)
Es war ausgesprochen spannend, die Anstrengungen der beiden Männer zu verfolgen, die im Augenblick um Lesleys Aufmerksamkeit buhlen. Cole ist ein langjähriger Freund von ihr, Lesley und Cole haben ihre Freundschaft vor ein paar Jahren erneuert. Du

hast sicher schon von ihm gehört – es ist der CNN-Korrespondent Cole Greenberg. Er wollte eigentlich drei Wochen mit Lesley verbringen, aber er hat mit Mühe und Not fünf Tage geschafft, dann musste er überstürzt nach Washington, D. C., abreisen, um dort über irgendeine große Geschichte zu berichten, und kam am Tag der Operation zurückgeflogen. Leider hatte sein Flugzeug Verspätung, sodass er die Klinik erst erreichte, als Lesley bereits auf der Aufwachstation lag.

Erster Akt, zweite Szene: Auftritt Dr. Milton. Dr. Steven Milton, Witwer. Lesley arbeitet seit Jahren für ihn. Er ist rundum wunderbar. Lesley hat mir oft erzählt, was für ein toller Ehemann und Vater er ist. Zuverlässig, verantwortungsbewusst, liebevoll. Er hat Lesley im April zum Sekretärinnentag eingeladen, und er war während der Operation in der Klinik. Er hat ihr sogar die Hand gehalten, als sie aus der Narkose erwachte. Cole war nicht da, Steven war da. Verstehst du, was ich damit meine? Lesley versteht es. Und was noch wichtiger ist, Cole versteht es auch. Er schickt ihr seither jeden Tag Blumen, Karten, Pralinen. Es würde mich nicht wundern, wenn er ihr, nachdem er sie zwei Jahre lang hingehalten hat, jetzt plötzlich einen Heiratsantrag machen würde.

Ich war sehr gern in Pine Ridge, aber jetzt freue ich mich, wieder nach Hause zu kommen. Wage es bloß nicht, mich vom Flughafen abzuholen. Ich werde mir ein Taxi nehmen.

Ja, lass uns unbedingt zusammen essen gehen. Ich freue mich schon.

Bis ganz bald,
Jillian

* * *

Cole Greenberg
Von: Lesley Knowles
An: Cole Greenberg
Datum: 28. November 1993
Betr.: Du & Ich

Lieber Cole,
es fällt mir nicht leicht, dir diese Mail zu schicken. Wahrscheinlich wäre es besser, wenn ich dir einen Brief schriebe, aber ich weiß nie, wann du deine Briefe bekommst. Es könnte Wochen dauern, wenn ich ihn über deine Agentur schicken würde, und man weiß nie, wie viele andere Leute ihn dann noch lesen. Also ist diese E-Mail die beste Lösung.

Deine Freundschaft in den letzten drei Jahren hat mir eine Menge bedeutet. Als ich 1991 wieder Kontakt mit dir aufnahm, war ich überrascht, dass du nicht verheiratet warst. Jetzt verstehe ich, wieso. Du bist viel zu beschäftigt, um eine Ehefrau oder auch nur eine Beziehung zu haben.

Als ich im Krankenhaus lag, hatte ich die Gelegenheit, viel Zeit mit jemandem zu verbringen, den ich seit vielen Jahren gut kenne. Ich habe ihn immer respektiert und bewundert. Seine Frau ist vor fast drei Jahren gestorben, und er hat ihren Tod zutiefst betrauert. Aber er ist erst 56, jung genug also, um sich wieder nach Liebe und Geborgenheit zu sehnen.

Am Abend von Thanksgiving kam Steven zu uns nach Hause, um mit mir über uns zu sprechen. Er war sehr offen und ehrlich und hat mich gefragt, ob wir nicht einmal zusammen ausgehen könnten. Er sagte, er wolle sich auf keinen Fall zwischen mich und dich drängen, wenn es mit uns ernst wäre.

Ist es mit uns ernst, Cole? Ich glaube nicht. Wir laufen lediglich einer Fantasievorstellung nach, die wir vor fast dreißig Jahren an einem Strand auf Hawaii geschaffen haben. Wenn diese Beziehung uns so viel bedeuten würde, wie sie sollte, hätten wir längst einen Weg gefunden, zusammen zu sein. Ich gebe dir nicht die Schuld daran, es ist ebenso gut meine. Ich war ebenso zufrieden mit dem Austausch von Briefen und E-Mails wie du. Oft vergingen Monate, ohne dass wir uns sahen.

Ich habe ein paar Tage gebraucht, um über Stevens Frage nachzudenken, und jetzt bin ich bereit, sie zu beantworten. Ich bin bereit ihm zu sagen, dass du und ich sehr enge Freunde sind, aber dass das alles ist. Ich bin mir ziemlich sicher, dass Steven und ich früher oder später heiraten werden, wenn wir uns jetzt näher kommen. Ich kenne ihn, und ich weiß, wie er denkt. Er würde mich nicht bitten mit ihm auszugehen, wenn er nicht an eine dauerhafte Beziehung denken würde. Wir haben beide erwachsene Kinder. Wir verstehen uns gut, und wir teilen dieselben Ansichten. Ich bin fast ein wenig erschrocken über die Intensität meiner Gefühle zu ihm. Ich schätze, die Grundlagen waren immer da, und jetzt sind auch die Umstände passend – und richtig.

Du warst mir immer ein guter Freund, Cole.

Danke dafür und für deine Zuneigung, Großzügigkeit und Unterstützung. Ich würde nie etwas tun, was dich verletzen könnte. Aber ich denke, du weißt ebenso gut wie ich, dass wir zwar immer gute Freunde, aber als Liebende nicht füreinander geschaffen waren.

Danke für dein Verständnis.

Lesley

1997

Jillians Tagebuch

1. Januar 1997

Die Neunzigerjahre rasen vorbei. Es kommt mir so vor, als hätte ich das Kalenderblatt zu einem neuen Jahr gerade erst umgeschlagen und dabei wären mir drei weitere durch die Finger gerutscht. Es waren allerdings auch sehr ereignisreiche Jahre. Erst musste ich mich an meine Pensionierung gewöhnen, dann Leni Jo bei ihrem Wechsel zum College helfen, schließlich habe ich Mum verloren.

Meine Mutter fehlt mir immer noch sehr. Ihr Tod hat sowohl mich als auch Leni Jo ganz überraschend getroffen. Inzwischen sind fast zwei Jahre vergangen, seit sie friedlich im Schlaf gestorben ist. Für Leni Jo war es besonders schlimm. Mums geistiger und körperlicher Gesundheitszustand hatte kurz nach ihrem 80. Geburtstag begonnen, rapide nachzulassen. Ich weiß, wie verzweifelt sie sich wünschte, in ihrer eigenen Wohnung bleiben zu können, die Entscheidung, sie in einem Seniorenheim unterzubringen, hatte ich deshalb so lange wie möglich vor mir hergeschoben. Trotz ihrer herabgesetzten geistigen Aufnahmefähigkeit war sich Mum ihrer Umgebung noch sehr wohl bewusst, und ich konnte sie nicht einfach von all dem trennen, was ihr lieb und vertraut war. Erst als es nicht mehr anders ging, habe ich sie in ein Pflegeheim gebracht. Wie sich herausstellte, geschah dies kurz vor dem Ende. Ich kann nicht sagen, dass ihr Tod ein Segen war, aber wie immer war das Timing meiner Mutter perfekt. Allerdings fehlt sie mir sehr.

Leni Jo geht nun aufs College. Sie ist das erste Jahr von zu Hause fort, und ich sorge mich um sie, dabei ist meine Tochter durchaus in der Lage, ihr eigenes Leben zu leben. Sie hat mir eröffnet, dass sie sich nicht für Jura interessiert, aber das tut mir nicht weh. Sie ist sehr talentiert, vor allem künstlerisch, und hat noch keine genaue Vorstellung, was sie sein möchte oder mit ihrem Leben anfangen will. Mit ihren achtzehn Jahren hat sie noch viel Zeit.

Ich bin froh, dass wir uns weiterhin so gut verstehen. Wir haben fast jeden Tag Kontakt, entweder am Telefon oder per E-Mail. Auch mit Lesley korrespondiere ich rege, und ich fühle mich manchmal in die Zeit zurückversetzt, als wir uns auf der High School im Unterricht kleine Briefchen geschickt haben.

Mit Gary Harmon treffe ich mich regelmäßig, aber es ist nach wie vor nichts Ernstes. Er würde unsere Beziehung gern festigen, aber ich bin nicht am Heiraten interessiert, und das hat ihn sehr enttäuscht. Ich bin froh, dass wir ehrlich zueinander sind. Letztes Jahr hat er mir erklärt, er hätte nicht die Absicht, den Rest seines Lebens allein zu bleiben, und dann begann er sich im Juni mit einer anderen Frau zu treffen. Um ehrlich zu sein, hat mich das sehr irritiert, aber dann habe ich akzeptiert, dass ich meinen besten Freund verlieren würde. Offenbar hat die Beziehung nicht funktioniert, und jetzt sind Gary und ich wieder zusammen. Wir mögen die gleichen Dinge, verreisen ab und zu gemeinsam und genießen unsere gegenseitige Gesellschaft. Trotzdem ist unsere Beziehung keine Liebesbeziehung. Vielleicht wird sich das eines Tages ändern, ich weiß es nicht.

Im Moment bin ich in guter Verfassung, sowohl emotional als auch körperlich. Der Dow Jones strebt die 7000er-Marke an, und die Investitionen, die Monty für mich getätigt hat, sind im Wert deutlich gestiegen. Selbst die Aktien, die ich irgendwann einmal gekauft habe, behaupten sich, aber ich weiß nicht, ob die Republikaner oder die Demokraten dafür verantwortlich sind. Dad, mir ist klar, dass du eine klare Meinung hierzu hast, und ich werde mich nicht mit dir streiten. Nicht an so einem wunderbaren Tag, dem ersten dieses neuen Jahres.

Wenn ich auf der Suche nach einem Omen wäre, würde ich auf Hale-Bopp zeigen, der sich als wahrhaft majestätischer, mit dem bloßen Auge erkennbarer Komet entpuppt hat. Ich war 1991 ganz aufgeregt über die Rückkehr des Haleyschen Kometen. Dieser ganze Medienrummel, und dann diese Enttäuschung! Aber Hale-Bopp ist unglaublich, und da er vor 4397 wohl nicht mehr zu sehen sein wird, ist das, was wir erleben, ein echt einmaliges Ereignis!

Lesley und Steven sind nun seit fast zwei Jahren verheiratet, und ich kann mich nicht erinnern, sie jemals glücklicher gesehen zu haben. Ich habe Steven sehr gern, schon allein deshalb, weil er meine beste Freundin so liebt. Die beiden reisen gern und fahren ständig in der Weltgeschichte herum, vor allem seit Steven einen Partner in der Praxis hat und weniger arbeitet. Niemand, der die zwei zusammen sieht, würde auf die Idee kommen, dass es sich um zwei Frischvermählte handelt. Sie kennen sich beide so gut, dass man fast meinen könnte, sie hätten ihr ganzes Leben zusammen verbracht.

Lesley hat angefangen Golf zu spielen, und zur Freude ihres Mannes ist sie durchaus nicht unbegabt. Steven bemüht sich um ihre Kinder, wie Buck es nie getan hat. Die Jungs lieben ihn, und er hat auch Lindy im Sturm erobert. Erst dachte ich, es könnte vielleicht Probleme mit seinen eigenen Töchtern geben, aber beide haben Lesley akzeptiert.

Steven hofft, im Jahr 2000 endgültig in Rente gehen zu können. Dann wollen er und Lesley einen Monat in Mittelamerika verbringen und sich dort um Kranke kümmern. Sie wollen sich einem Wohltätigkeitsverein anschließen, und ich bewundere ihre Hilfsbereitschaft. Mein eigenes Engagement beschränkt sich auf finanzielle Hilfen.

David und Meagan sind inzwischen zweifache Eltern, und auch Doug ist verheiratet. Ich habe seine Frau bei ihrer Hochzeit im letzten Oktober kennen gelernt. Lesley ist ganz begeistert von Julie.

Glücklicherweise hat Lindy sich völlig verändert. Ich weiß nicht genau, was passiert ist, aber aus der rebellischen, egoistischen

Nervensäge ist quasi über Nacht eine verantwortungsbewusste junge Frau geworden. Sie hat eine ernsthafte Beziehung zu einem jungen Mann, von der jede Mutter träumt, und nach reiflicher Überlegung hat sie die Schule abgebrochen und arbeitet nun als Buchhalterin bei Microsoft. David hat sie zwar für diese Stelle empfohlen, aber genommen wurde sie letztlich wegen ihrer eigenen Leistungen, und inzwischen wurde sie sogar schon befördert.

Christopher hat uns alle überrascht, denn er ist Lehrer geworden. Er arbeitet in einer Junior High School, und die Kinder sind begeistert von ihm.

Unsere Kinder sind also alle erfolgreich und stehen fest im Leben. Die letzten Jahre waren die besten in Lesleys Leben. In mancher Hinsicht auch in meinem.

* * *

AN DIESEM TAG WERDE ICH MEINEN
BESTEN FREUND HEIRATEN,
MIT DEM ICH LACHE, FÜR DEN ICH LEBE,
VON DEM ICH TRÄUME.
WIR LADEN EUCH EIN, DABEI ZU SEIN, WENN WIR UNSER
GEMEINSAMES LEBEN BEGINNEN.
LINDY KNOWLES
UND
JORDAN KEVIN PARKER
AM 7. JUNI 1997
UM 14 UHR
HIGHLINE CHRISTIAN CHURCH
2189 33RD AVENUE SOUTHEAST
PINE RIDGE, WASHINGTON

ANSCHLIESSEND LADEN WIR EIN ZUM EMPFANG
U.A.W.G.

* * *

Lindy Knowles

10. Februar 1997

Lieber Dad,

ich schicke diesen Brief an die letzte Adresse, die ich von dir habe. Niemand hat mehr etwas von dir gehört, seit mindestens zwei Jahren. Ich möchte dir gern mitteilen, dass ich im Juni einen wirklich wunderbaren Mann heiraten werde. Wir haben uns letztes Jahr kennen gelernt, hier bei Microsoft, und wir sind seit September zusammen. Ich wusste im ersten Augenblick, dass Jordan der Mann ist, den ich heiraten möchte. Oh Daddy, ich liebe ihn so.

Ich habe mir viel Zeit gelassen, ehe ich mich entschieden habe zu heiraten, oder? Jordan ist 31 und war ebenfalls noch nie verheiratet. Das Lustige ist, dass ich ihn vor ein paar Jahren wahrscheinlich nicht einmal angeschaut hätte. Er ist alles das, was ich damals auf keinen Fall wollte. Erfolgreich, zuverlässig und solide!

Noch bis vor drei Jahren war ich nur mit Versagern zusammen. Ich habe Männer angezogen, die sich mehr für Alkohol und Drogen als für mich interessierten. Männer, von denen ich glaubte, ich könnte sie vor sich selber retten. Erst als ich schwanger war und mein Kind abtreiben ließ, wurde mir klar, dass *sie* es nicht waren, die ich retten wollte. Ich wollte *dich* retten. Ich wollte meinen Vater so unbedingt zurück, dass ich mir Männer aussuchte, die wie du waren. Zum Glück bin ich aufgewacht, ehe sie mein Leben ruinieren konnten.

Ich weiß, dass das sehr kritisch klingt, aber es ist nicht meine Absicht, dich zu verurteilen. Im Gegenteil, es ist meine Absicht, dich zu meiner Hochzeit einzuladen. Ich würde mich wirklich freuen, wenn du auch kommen könntest, Daddy, und ich gebe dir viel Zeit, um es zu arrangieren. Wenn ich dir Geld schicken soll, werde ich das tun. Dieser Tag ist sehr sehr wichtig für mich, und ich möchte gern, dass du dabei bist und siehst, dass ich nun erwachsen bin und mir meinen Lebenspartner gut ausgesucht habe. Ich kann es kaum erwarten, dir Jordan vorzustellen.

Die Vergangenheit spielt für mich keine Rolle mehr. Du hast Fehler gemacht und ich auch. Alle haben mir immer gesagt, ich sei diejenige von uns Kindern, die dir am ähnlichsten ist. Nun, ich werde dir beweisen, dass ich in der Lage bin, ein anständiges Leben zu führen. Wenn du siehst, wie glücklich ich bin, hilft dir das vielleicht, dasselbe Glück für dich zu finden. Jetzt versuche ich schon wieder dich zu retten, aber das ist okay, weil ich mich diesmal erst um mich gekümmert habe.

Ich liebe dich trotz all deiner Probleme und Schwächen. Bitte lass etwas von dir hören. Ich möchte gern wissen, dass es dir gut geht.

Lindy

* * *

East Side Radiologiezentrum
30 East 60th Street
New York, NY 10021

17. Februar 1997

Sehr geehrte Mrs. Jillian Gordon,

Dr. Wilson hat sich die Aufnahmen Ihrer Mammographie angesehen. Wir bitten Sie, möglichst bald einen Termin bei Ihrem Gynäkologen zu vereinbaren.

Mit freundlichen Grüßen
Ruth Carey

* * *

Jillian Gordon

Von: Leni Jo Gordon
An: Jillian Gordon
Datum: 27. Februar 1997
Betr.: Ich komme nach Hause

Mum, was soll das heißen, du musst vielleicht operiert werden? Du kannst mir so etwas doch nicht so einfach in einem Nebensatz sagen.

Es hat etwas mit dem Knoten in deiner Brust zu tun, nicht? Den, den man bei der Mammographie gefunden hat. Es ist mir egal, was du dazu sagst, ich komme nach Hause, wenn du ins Krankenhaus gehst. Weiß Tante Lesley schon Bescheid? Teile mir bitte den genauen Termin mit, damit ich sofort alles organisieren kann.

Oh, und Mum, ich weiß, dass dies eigentlich nicht der richtige Zeitpunkt ist es zu erwähnen, aber ich hab jemand ganz Tolles kennen gelernt. Ich erzähle dir später mehr darüber.

Liebe dich.
Leni Jo

* * *

Jillians Tagebuch

20. März 1997

Heute Morgen bin ich aus der Klink entlassen worden, und es ist wunderbar, endlich wieder zu Hause zu sein. Ich bin noch sehr schwach, und Lesley und Leni Jo scheinen das zu spüren. Sie haben mich ins Bett gebracht und mir befohlen, etwas zu schlafen. Ehrlich gesagt bin ich froh, ein wenig allein zu sein, damit ich das, was geschehen ist, aufschreiben kann, solange ich es noch frisch in Erinnerung habe.

Die Operation, die bei Frauen so häufig gemacht wird, sollte eigentlich ein Routineeingriff sein. Aber aus irgendwelchen Gründen gab es Komplikationen bei der Anästhesie. Dr. Wilson hat Leni Jo und Lesley sogar gesagt, ich wäre fast auf dem Operationstisch gestorben. Ich glaube, das stimmt, denn ich hatte einen ganz unglaublichen, lebensnahen Traum.

Das Letzte, woran ich mich erinnere, ist die Anästhesistin. Sie lächelte mich an und meinte, ehe ich mich versähe, wäre alles vorbei. Ich schloss die Augen – und in diesem Moment kam Nick auf mich zu. Ich war so überrascht ihn zu sehen, dass ich nicht wusste, was ich denken sollte. Es kam mir so vor, als wäre ich noch einmal achtzehn. Und Nick, mit seinem jungenhaften sexy Grinsen schaute mich an wie vor 31 Jahren. Er nahm meine Hand, und alles, was ich damals empfand, als wir uns kennen lernten, kam zu mir zurück und erfüllte mich mit ungeheurer Freude. Dann setzte er sich zu mir und begann zu sprechen.

Es war so, als wäre er all die Jahre bei mir gewesen. Er sprach mit mir über Monty, über das Kind, das in mir gestorben ist, über Leni Jo und ihre Zukunft. Er sagte mir, er sei froh, dass ich meinen Frieden mit Gott geschlossen hätte. Er meinte, er hätte das ebenfalls getan, damals in Vietnam, als es besonders schlimm wurde.

Ich habe ihm immer wieder gesagt, dass das alles nicht sein könnte. Daraufhin lachte er nur leise. Dann zog er meine Hand an seine Lippen und küsste sie. Er sagte, er hätte die ganze Zeit auf mich gewartet, aber er würde auch noch länger warten.

Ich habe versucht, so viel wie möglich von unserem Gespräch zu behalten, aber ich habe schon einen großen Teil vergessen. Woran ich mich gut erinnere, ist, dass Nick mir gesagt hat, wie sehr er mich lieben würde, immer noch. Und dass er es so erstaunlich fände, dass diese Liebe so stark wäre. Stärker als das Leben und stärker als der Tod.

Nick versicherte mir, dass er mich erwarten würde, wenn ich an der Reihe wäre, zusammen mit meinen Eltern, Monty und seinem Dad. Dann sagte er, er müsse jetzt gehen. Ich protestierte und flehte ihn an zu bleiben, aber er schüttelte den Kopf, und dann war er verschwunden.

Das Nächste, woran ich mich erinnere, ist, dass ich im Auf-

wachraum lag. Später, als ich in mein Zimmer gebracht wurde, bat ich darum, die Anästhesistin sprechen zu dürfen. Als sie kam, habe ich sie gefragt, ob es viele Patienten gebe, die über besonders lebhafte Träume während der Operation berichtet hätten. Sie versicherte mir, dies sei eine normale Erscheinung, der ich weiter keine Bedeutung beimessen solle.

Das kann ich nicht. Ich weigere mich, es so leicht abzutun. Diese Zeit mit Nick war so wirklich wie ... wie meine Tochter und meine beste Freundin jenseits dieser Schlafzimmertür. Und so wirklich wie meine Liebe zu Nick.

Ich möchte gern glauben, dass es wirklich war. Seit der Operation habe ich die Erinnerung an diese Zeit tief im Herzen bewahrt, die Worte haben mich gewärmt und ermutigt. So seltsam es klingt, aber meine ganze Angst vor dem Tod ist verschwunden, er wirkt auf mich nicht länger bedrohlich.

Die Entdeckung, dass ich Krebs habe, hat mich tief erschüttert. Für Leni Jo habe ich versucht, mir nicht anmerken zu lassen, wie viel Angst ich habe. Ich kann die Vorstellung, mein einziges Kind mit achtzehn Jahren zur Waisen zu machen, nicht ertragen. Sie braucht mich doch noch!

Ich bin jetzt müde und muss mich erholen. Denn als Nächstes folgen Chemotherapie und Bestrahlungen. Ich bin darauf vorbereitet, meine Haare und meine Würde zu verlieren. Das erscheint mir einfach, verglichen mit dem Verlust meiner Brust ... und dem möglichen Verlust meines Lebens. Es hilft mir sehr, dass ich von denen umgeben bin, die mich lieben – in dieser Welt ebenso wie in der nächsten.

* * *

Steven Milton
Von: Lesley Milton
An: Steven Milton
Datum: 23. März 1997
Betr.: Das Neuste von Jillian

Mein liebster Steven,
ich wollte mich nur kurz bei dir melden, bevor ich ins Bett gehe.

Jillian geht es ganz gut. Die Chemotherapie beginnt bald, und sie hat mir versichert, sie sei bereit dazu. Sie ist die ganze Zeit so ruhig, so gelassen und friedlich. Ihr Freund Gary hat sich rührend um sie gekümmert. Er liebt sie, das ist nicht zu verkennen. Ich weiß, dass er sie gern heiraten würde, aber er hat das Thema nicht angesprochen, und ich habe es auch nicht getan. Ich hatte etwas Sorgen wegen des Transports zur Klinik und wieder zurück, aber Gary will sich darum kümmern und bei Jillian bleiben. Das ist eine große Erleichterung für mich und Leni Jo. Leni Jo muss Ende der Woche zurück in die Schule.

Ich bin dankbar für diese Zeit mit Jillian. Wir hätten sie bei dieser Operation fast verloren. Ich glaube nicht, dass ihr wirklich bewusst ist, wie knapp es war.

Ich weiß, dass du neugierig bist und dich ein wenig gefürchtet hast, weil ich Cole getroffen habe, aber ich kann dich auch hier beruhigen.

Cole und ich waren zusammen essen, und es tat gut, ihn wiederzusehen. Er macht einen ausgeglichenen und zufriedenen Eindruck. Er geht bald in Rente, aber ich glaube das erst, wenn ich es sehe. Er ist viel zu sehr Workaholic. Als wir uns bei einem Glas Wein unterhielten, wurde mir klar, dass wir nicht viel gemeinsam haben. Das hatten wir eigentlich nie. Was ich unter anderem in ihm sah – und was mich am meisten faszinierte –, war sein Einblick in das aktuelle Weltgeschehen. Ich habe ihn dazu ermuntert, nach seiner Pensionierung über

Vietnam und die Veränderungen dort zu schreiben. Ich sagte ihm, er könnte der Stephen Ambrose unserer Generation werden. Er hat mir dafür gedankt und meinte, er hätte schon häufiger darüber nachgedacht, Schriftsteller zu werden. Ich hoffe, dass ihm das gelingt.

Positiv an meinem Aufenthalt war, dass ich ein ganz wunderschönes Halsband für Lindy zur Hochzeit gefunden habe. Was für ein einfühlsamer Ehemann du doch bist, dass du mich auf diese besondere Idee gebracht hast.

Ich komme bald nach Hause, mein Geliebter. Ich vermisse dich sehr.

Lesley

* * *

30. März 1997

Liebste Tante Jillian,

ich hoffe, du bist nun wieder zu Hause, und es geht dir besser. Hast du immer noch vor, im Juni zur Hochzeit der Tochter deiner Freundin nach Pine Ridge zu kommen? Ich hoffe es sehr. Es wäre so cool, dich wiederzusehen. Es ist immer cool, dich zu sehen.

Ich nehme jetzt Fahrstunden und müsste bis dahin eigentlich meinen Führerschein haben, wenn ich dich also irgendwohin fahren kann, sag es nur. Ich wäre furchtbar gern dein Chauffeur.

Deine »Nichte«
Nickie Lynn Murphy

P. S. Liebe Grüße von Mum und Dad

* * *

Peter Punch
Kommission für bedingte Haftentlassungen
des Staates von Texas
2190 Turtle Creek Road
Fort Worth, Texas 76105

5. April 1997

Sehr geehrte Lindy Knowles,

hiermit möchte ich Ihre Anfrage zum Aufenthaltsort Ihres Vaters, David »Buck« Knowles, beantworten. Ich hatte zuletzt im April 1996 Kontakt mit ihm.

Ich bedaure zutiefst, Ihnen mitteilen zu müssen, dass Ihr Vater im November letzten Jahres in einem Obdachlosenheim verstorben ist. Er wurde von der Stadt Fort Worth beigesetzt.

Mir freundlichen Grüßen,
Peter Punch

* * *

Lesley Milton

Von: Jillian Gordon
An: Lesley Milton
Datum: 25. April 1997
Betr.: Buck

Meine liebe Lesley,

das mit Buck tut mir Leid, aber wie du bereits sagtest, es ist nicht wirklich ein Schock. Wie schrecklich nur für Lindy, auf diese Weise vom Tod ihres Vaters zu erfahren. Die Jungs hätten weniger heftig reagiert, schreibst du, aber ich stimme dir zu, sie trifft sein Tod sicher auch hart.

Aber was ist mir dir, Lesley? Du musst doch auch etwas fühlen. Du warst so viele Jahre mit Buck verheiratet, und er ist der Vater deiner Kinder. Wenn du jemanden zum Reden brauchst, ruf mich jederzeit an.

Habt ihr beide die Nachrichten aus Grand Forks in Nevada gesehen? Die armen Menschen dort! Die Stadt stand halb unter Wasser, und alles, was nicht überschwemmt war, ist verbrannt. Ich habe zufällig die Nachrichten von CNN gesehen, und rate mal, wer der Reporter war? Hattest du nicht erzählt, Cole würde dieses Jahr aufhören? Anscheinend hat er beschlossen, doch noch ein bisschen weiterzumachen. Wie du glaube auch ich erst dann daran, dass er pensioniert ist, wenn ich es sehe.

Es geht mir inzwischen viel besser, danke. Sag Lindy, ich würde mir ihre Hochzeit im Leben nicht entgehen lassen. Ich werde mich doch nicht von einer Kleinigkeit wie Krebs davon abhalten lassen zu kommen!

Ich habe Leni Jos neuen Freund noch nicht kennen gelernt, aber muss sich meine Tochter ausgerechnet in einen arbeitslosen Musiker verlieben? Allmählich bekomme ich eine Vorstellung davon, wie sich meine Eltern gefühlt haben müssen, als ich ihnen damals verkündete, dass ich mich in Nick verliebt hätte und ihn heiraten wolle. Aber Nick hatte immerhin eine Stelle, die hat Paul Robbins nicht. Ich werde dir nähere Einzelheiten über diesen Möchtegern-Bob Dylan berichten, wenn ich welche kenne. Aber ich schätze, es könnte schlimmer sein.

Alles Liebe,
Jillian

* * *

Lesleys Tagebuch

7. Juni 1997

In wenigen Stunden wird Steven meine Tochter zum Altar führen, und Lindy wird einen wunderbaren Mann heiraten. Ich hätte keinen besseren für sie finden können, auch dann nicht, wenn ich mich selbst auf die Suche gemacht hätte! Ich bin überzeugt davon, dass Gottes Hand über ihr und dieser Hochzeit liegt.

Trotz meiner Zuversicht und meiner Freude über diese Hochzeit, bin ich ein Nervenbündel. Aber so fühlt sich wohl jede Brautmutter.

Lindys Hochzeit, die Verurteilung Timothy McVeighs wegen des schrecklichen Bombenattentats in Oklahoma City vor ein paar Jahren und die Nachricht von Bucks Tod halten mich wach. Im Lichte der schrecklichen Ereignisse auf der ganzen Welt erscheint mir der Tod meines Exmannes eher unbedeutend. Buck und ich sind nun schon viel mehr Jahre geschieden, als wir verheiratet waren, dennoch hat mich die Nachricht über seinen Tod bestürzt. Aber das ist verständlich, wenn man bedenkt, dass ich Buck einmal geliebt habe und er unsere vier Kinder gezeugt hat.

Ich wünschte mir so sehr, sein Leben wäre anders verlaufen. Ich hätte ihm etwas Besseres gegönnt. Selbst nach dem ganzen Schmerz, den er mir zugefügt hat, habe ich immer etwas für Buck empfunden, aber das habe ich erst gemerkt, als Jillian wissen wollte, wie ich die Nachricht aufgenommen hätte. Als ich ihre E-Mail ein zweites Mal las, liefen mir plötzlich die Tränen übers Gesicht. Und als ich einmal angefangen hatte zu weinen, konnte ich lange Zeit nicht mehr aufhören.

Was mich am meisten betroffen gemacht hat, ist die Tatsache, dass Buck sich so völlig von mir und den Kindern isoliert hatte. Wir wurden nicht einmal informiert, nachdem er gestorben war. Es gab also nichts an ihm, was uns noch mit ihm verbunden hat. In dem Brief stand, er hätte in einem Obdachlosenheim gewohnt. Es fällt mir schwer, das zu begreifen.

Der Vater meiner Kinder war so tief gesunken, dass er in unserer Gesellschaft nicht mehr funktionierte. Ich hoffe nur, dass er im Tod Frieden gefunden hat, denn traurigerweise war ihm das im Leben nicht vergönnt.

Die Jungs haben die Nachricht ohne sichtliche Regung aufgenommen. Christopher war noch sehr jung, als wir uns scheiden ließen. Aber David, Doug und Lindy erinnern sich an ihn. Lindy hat ihren Vater ihr Leben lang in Schutz genommen und ihn gegen mich und ihre Brüder verteidigt.

Als sie mir den Brief mit der Todesnachricht brachte, war ihr Gesicht ausdruckslos, als hätte sie immer geahnt, dass es einmal so kommen würde. Ich bin froh, dass Jordan bei ihr war, als sie den Brief öffnete. Sie wird schnell über den Tod ihres Vaters hinwegkommen, schätze ich, und das werde ich auch.

In wenigen Stunden wird meine Tochter Jordans Frau. Steven wird in der Kirche die Vaterrolle übernehmen. Sie hat ihn selbst gebeten, sie zum Altar zu führen, und ich weiß, dass ihm das viel bedeutet. Lange Zeit hatte Lindy mir unmissverständlich klar gemacht, dass sie nicht wollte, dass ich noch einmal heiratete. Sie hatte immer gehofft, dass Buck und ich uns wieder versöhnen würden. Mein kleines Mädchen ist in den letzten Jahren erwachsen geworden, und ich bin sehr, sehr stolz auf sie.

Übrigens hat Cole Greenberg über den Prozess gegen Timothy McVeigh berichtet. Ich glaube nicht, dass er sich je zur Ruhe setzen wird, dazu ist er einfach nicht der Typ. Aber ich habe eine interessante Feststellung gemacht. Er arbeitet nicht mehr für *CNN*, sondern für den Fox News Channel. Ich frage mich, wie das kommt.

* * *

Paul Robbins
Von: Leni Jo Gordon
An: Paul Robbins
Datum: 8. Juni 1997
Betr.: Lindys Hochzeit

Liebster Paul,

die Hochzeit war so romantisch. Lindy war eine wunderschöne Braut. Meine Mum hatte Tränen in den Augen, als sie durch das Mittelschiff schritt. Ich kann mir ihre Reaktion gut vorstellen, wenn sie von uns erfährt. Nein, ich habe ihr noch nicht erzählt, dass wir im nächsten Jahr heiraten wollen. Noch nicht. Es würde sie schockieren.

Diese Trennung ist grässlich. Ich vermisse dich auch, und ich verspreche, dir jeden Tag zu mailen, solange ich in Washington State bin.

Alles Liebe,
Leni Jo

* * *

15. September 1997

Liebe Mum, lieber Steven,

Julie und ich möchten euch nächste Woche zum Abendessen einladen, wenn ihr Zeit habt. Wir haben eine Überraschung für euch. Mum, es wird Zeit, die Stricknadeln wieder hervorzuholen. Ich hoffe, du bist nächsten Februar in der Gegend.

Alles Liebe,
Doug und Julie

* * *

Jillians Tagebuch

20. November 1997

Liebster Nick,

es ist Jahre her, seit ich dir zuletzt geschrieben habe. Ich habe kurz nach Montys Tod damit aufgehört, aber seit meiner Operation und dem Traum fühle ich mich dir näher als je zuvor. Wenn ich abends den Kopf auf mein Kissen lege und die Augen schließe, kommt es mir fast so vor, als wärst du bei mir. Ich bin voller Gedanken an dich. Vor meinem geistigen Auge sehe ich immer wieder den Traum; was du gesagt hast, was du angedeutet hast, was du versprochen hast. Ich habe mir davon gemerkt, so viel ich irgend konnte.

Früher war ich immer so ungeduldig. Eine der positiven Begleiterscheinungen meiner Krankheit ist, dass ich ein ganz neues Zeitgefühl entwickelt habe. Dinge, die mir noch vor einem Jahr schrecklich wichtig erschienen, sind nun bedeutungslos und umgekehrt. Ich habe gelernt, dass Kleinigkeiten wichtig sind – ein Lachen, die Farbe des Herbstlaubs, das Gefühl des Windes in meinem Gesicht. Du weißt sicher, was ich meine, nicht?

Ich schätze, eine Menge Leute denken seit dem Tod von Prinzessin Diana so. Die Nachricht von ihrem Tod hat jeden berührt. Es hat eine ungeheure und ganz unerwartete Welle der Trauer gegeben, weltweit. Es war fast so, als hätten die Menschen diesen kollektiven Emotionsausbruch gebraucht.

Unsere Welt ist eine völlig andere als die, die du damals zurückgelassen hast. Alles geschieht in Lichtgeschwindigkeit. Das Internet ist zu viel mehr im Stande als zum bloßen Übertragen von Nachrichten. Menschen sind aus allen erdenklichen Gründen online. Es gibt sogar eine Site, wo man Dinge versteigern kann, und du kannst dir gar nicht vorstellen, was da alles verkauft wird. Kriegsorden (was mir nicht gefällt und dir sicher auch nicht gefallen würde), Elvis-Platten, selbst Texaco-Schilder aus den Fünfzigerjahren.

Dieses Jahr wurde erstmals ein Schaf geklont, und erst gestern hat eine 29-Jährige sieben Kinder geboren. Unser Leben unterliegt beinahe täglich neuen wissenschaftlichen und technologischen Veränderungen. Das Einzige, was unveränderbar zu sein scheint, ist die Liebe. Und das ist die Botschaft, die du mir mitgegeben hast, nicht wahr?

Leni Jo ist bis über beide Ohren verliebt, und ich muss mich ständig konzentrieren, damit ich nicht Dinge sage, die ich nicht sagen sollte. Ich hätte mir jemand Vernünftigeren, Verlässlicheren gewünscht als diesen Musiker. Paul ist süß und talentiert, aber er strotzt nicht gerade vor Ehrgeiz.

Gestern Abend hat Leni Jo angerufen und mir eröffnet, dass sie und Paul heiraten wollen. Ich habe versucht, ruhig zu bleiben, aber ich weiß nicht, ob es mir gelungen ist. Zum Glück hat sie mir versprochen, nichts weiter zu planen, bis wir Gelegenheit hatten, uns in Ruhe zu unterhalten. Ich wäre um einiges beruhigter, wenn Paul wenigstens einen Job hätte!

Dann denke ich an uns beide damals und daran, wie unmöglich meine Eltern sich benommen haben, als wir ihnen unsere Gefühle füreinander offenbarten. Ich habe meinem Daddy unmissverständlich klar gemacht, dass ich dich heiraten würde, ganz gleich, was sie davon hielten. Und jetzt wiederholt sich die gleiche Geschichte bei meiner Tochter. Erstaunlich, nicht, dass ich nun die Gelegenheit habe, diese Situation aus Elternsicht zu betrachten? Wer hat eigentlich behauptet, Gott habe keinen Humor.

2000

Jillians Tagebuch

1. Januar 2000

Zum ersten Mal seit Jahren bin ich bis Mitternacht wach geblieben, um das neue Jahr zu feiern. Leni Jo hatte mich dazu überredet, und sie hatte Recht. Wie alle anderen hat mich der Wirbel um den Eintritt ins neue Jahrtausend mitgerissen.

Zum Glück führte der gefürchtete Y2K-Virus nicht zu dem Desaster, das Fachleute vorhergesagt hatten. Wenn die Computer dieser Welt zusammengebrochen wären, wäre das in manchen Fällen auch wohl nur halb so schlimm gewesen, vor allem bei denen unserer Regierung. Ich weiß, das klingt zynisch, aber wie soll man nicht zynisch sein nach dem letzten Jahr, als das ganze Land mit nichts anderem beschäftigt war als mit Clintons Affäre. Der Prozess um eine mögliche Amtsenthebung hat Monate gedauert und Millionen von Dollar verschlungen, die man wirklich besser hätte verwenden können. Ich gebe Clinton die Schuld an dieser Verschwendung. Um genau zu sein, betrachte ich angesichts seiner intellektuellen Fähigkeiten den größten Teil seiner Amtszeit als Verschwendung. Ein aufrechter Republikaner wie mein Vater muss über die Korruption, die Clintons Präsidentschaft zu umgeben scheint, absolut entsetzt sein. Und was mich betrifft, ich habe den Glauben an beide Parteien verloren.

Silvester in New York war ein unglaubliches Erlebnis! Gary, Leni Jo und ich waren erst essen, und dann überfiel uns der völlige

Wahnsinn, und wir mischten uns unter die Menschenmassen am Times Square. Ich konnte selbst nicht glauben, dass ich dem zugestimmt hatte, aber dann war ich ebenso begeistert wie alle anderen.

Leni Jo meinte, wir würden es unser Leben lang bereuen, wenn wir nicht hingingen. Sie wollte unbedingt, dass ich in ein paar Jahren meinen Enkelkindern erzählen kann, dass ich bei dem großen Ereignis dabei war, als New York von einem Jahrtausend ins nächste überging. Ich bin sehr dankbar, dass ich dieses Neujahrsfest mit meiner Tochter und Gary feiern durfte.

Ich gebe zu, dass im Moment eine wunderbare Zeit ist, um am Leben zu sein. Wenn ich zurückblicke auf alles, was ich in meinen fast 52 Lebensjahren erlebt habe, stehe ich starr vor Staunen. Ich weiß noch, wie begeistert mein Vater über das erste Transistorradio war. Meine Großtante Jillian hat als Kind die Prärie noch in einem Planwagen durchquert, und kurz vor ihrem Tod in den Sechzigerjahren überflog sie sie in einem Flugzeug. All das in einem einzigen Leben!

Als Leni Jo und ich in unsere Wohnung zurückkehrten, wünschte Gary uns gute Nacht, und dann haben meine Tochter und ich noch eine Stunde zusammengesessen und uns unterhalten. Es kommt in letzter Zeit nur selten vor, dass wir beide einmal ganz für uns sind.

Meine Tochter ist sehr ausgeglichen, sie hat die unglücklichen Ereignisse des letzten Jahres einigermaßen verarbeitet. Leni Jo hat eine interessante Stelle als Kuratorin bei Sotheby's. Sie hatte schon immer ein Faible für Antiquitäten, vor allem für Keramik und Porzellan, und ihre Stelle ist die perfekte Verbindung aus Geschichte und Schöngeistigem, aus Kunst und Kommerz. Im Frühjahr wird sie nach London fliegen und möchte mich unbedingt mitnehmen. Sie trifft dort einen Mitarbeiter der Londoner Niederlassung, mit dem sie offenbar ein sehr gutes Arbeitsverhältnis hat. Ihr Job hat Leni Jo im letzten Jahr viel Kraft gegeben und ihr über manche schwierige Zeit hinweggeholfen.

Paul hat ihr das Herz gebrochen. Es war unausweichlich. Ich

habe schon zu Beginn ihrer Beziehung gemerkt, wie wenig die beiden zusammenpassten, aber Leni Jo musste das selber herausfinden. So schwer es ist, untätig zuzuschauen, wie das eigene Kind leidet, es gibt gewisse Dinge im Leben, die man nur aus eigener Erfahrung lernen kann. Ich habe mit ihr getrauert, auch wenn ich von Anfang an vermutet hatte, dass Paul nicht der richtige Mann für sie ist. Aber ich bin mir absolut sicher, dass sie schon bald zu mir gelaufen kommt, um mir zu berichten, dass sie jemand ganz Wunderbaren kennen gelernt hat, der die gleichen Interessen hat wie sie und sie als die Frau schätzt, die sie ist.

Leni Jos Beziehung zu Paul hat dazu geführt, dass ich noch einmal über meine erste Liebe nachgedacht habe. Wenn Nick nicht getötet worden wäre, was wäre wohl aus uns geworden? Unwillkürlich habe ich mich gefragt, ob wir uns vielleicht getrennt hätten, wie Leni Jo und Paul, auch wenn ich mir das nicht vorstellen kann. Denn Nick ist nach all den Jahren immer noch ein Teil von mir. Ich liebe ihn so sehr, dass ich bisher nicht in der Lage war, die Gedenkstätte für die Vietnamopfer zu besuchen. Ich kann es einfach nicht. (Aber ich habe mir geschworen, dass ich es eines Tages tun werde.)

Am 15. werde ich 52. Mein Gesundheitszustand ist gut, es gibt keinerlei Anzeichen dafür, dass der Krebs zurückgekehrt sein könnte. Ab und zu erschrecke ich noch, wenn ich mich zufällig im Spiegel sehe. Nach der Chemotherapie ist mein Haar ganz grau nachgewachsen. Ich habe es absichtlich in dieser Farbe belassen, als Erinnerung an das, was ich erlebt habe. (Und eigentlich finde ich, dass es mir ein sehr würdevolles Aussehen verleiht!) Ich bin mir völlig bewusst, dass ich so aussehe wie die Frau mittleren Alters, die ich nun mal bin. Gary gefällt es auch, er macht mir häufig Komplimente.

Die Malerei nimmt einen großen Teil meiner Freizeit in Anspruch. Trotz Leni Jos gegenteiligen Beteuerungen glaube ich nicht, dass ich besonders talentiert bin, aber es macht mir so viel Spaß, dass die Frage meiner Begabung im Grunde auch völlig irrelevant ist.

Mein Leben hat einen neuen Rhythmus bekommen. Es widerstrebt mir ein wenig, es als Routine zu bezeichnen. Ich stehe früh auf, lese die Zeitung und schreibe in mein Tagebuch. Dann korrespondiere ich per E-Mail mit Lesley. Für mich ist diese Art der Kommunikation immer noch wie eine moderne Version des Briefchenschreibens im Unterricht! Ich finde das Internet inzwischen absolut faszinierend und verbringe häufig ein oder zwei Stunden damit, durchs Netz zu surfen.

Gegen zehn Uhr machen Gary und ich einen Spaziergang durch den Central Park. Wir haben eine bestimmte Route und ein bestimmtes Tempo. Diese Spaziergänge sind eigentlich eher ein Vorwand zusammen zu sein, aber die Bewegung an der frischen Luft tut uns trotzdem gut.

An den meisten Nachmittagen bin ich inzwischen ehrenamtlich aktiv. Ich arbeite als Dozentin in verschiedenen Museen, und im Augenblick betreue ich zusätzlich eine drogengefährdete Jugendliche. Im Laufe dieser Tätigkeiten habe ich viele mir neue Facetten dieser Stadt kennen gelernt.

Das Leben in New York ist ganz sicher nicht eintönig, trotzdem freue ich mich auf meinen Trip nach London mit Leni Jo.

* * *

Jillian Gordon

Von   LesleyMilton@friendsnetwrk.com
An: JillianGordon@friendsnetwrk.com
Datum: 1. Januar 2000
Betr.:   Frohes neues Jahr!!!!!!

Liebste Jillian,

weißt du noch, als wir uns auf der High School über das Jahr 2000 unterhalten haben? Wir haben versucht uns vorzustellen, wie wir zur Jahrtausendwende sein würden. Du glaubtest damals, du würdest dein Haar zum Knoten aufgesteckt tragen, am Stock gehen und mit schwarzen Nonnenschuhen herumlaufen (Erinnerst du dich an diese hässlichen Dinger zum Schnüren?). Das war mit fünfzehn unsere Vorstellung von über Dreißigjährigen. Lachst du jetzt? Es hat überhaupt nichts mit dem zu tun, wie wir heute sind, oder? Ohne Zweifel erlebe ich gerade die beste Zeit meines Lebens.

Ich bin unendlich glücklich und liebe meinen Mann wie verrückt. Wenn ich auf die Jahre mit Buck zurückschaue und auf die als allein erziehende Mutter, schüttle ich verwundert den Kopf. Alles, was ich damals ertragen musste, hat sich gelohnt, jede Herausforderung und jede Schwierigkeit, die mich dahin brachten, wo ich heute bin. Mir war damals gar nicht klar, wie elend es mir ging, weil es mich so viel Anstrengung kostete, den nächsten Tag zu überstehen. Alles hat sich geändert, und zwar zum Besseren.

Unsere Silvesterparty mit allen Kindern, Enkeln und Freunden war ein Riesenspaß. Um Mitternacht haben David und die Jungs ein großes Feuerwerk veranstaltet. Danach haben wir den Abend mit einem riesigen Buffet beendet.

Ehrlich gesagt bin ich jetzt ziemlich erschöpft. Ich bin froh, dass es 1000 Jahre dauert, bis sich dieses Ereignis wiederholt!

Ich kann gar nicht glauben, dass du bei dieser Wahnsinnsfeier am Times Square dabei warst.

Heute ist Faulenzen angesagt. Steven und ich werden heute Nachmittag ein ausgedehntes Schläfchen halten.

Ich melde mich später wieder bei dir.

Lesley

* * *

GORDON, LENI JO

Globetrotter-Reisen
225v Fifth Avenue
New York, NY 10010
Tel.: 212 178-4521
Fax: 212 178-4522

CA 456-9071
INV-058497
Fahrpeis: 348,00   MwSt.: 82,00   Insgesamt: 430,00

FLUGSCHEIN * VORLAGE DES PERSONALAUSWEISES BEI EINCHECKEN ERFORDERLICH *
HINWEISE AUF DIE BEFÖRDERUNG IM LUFTVERKEHR SOWIE AUF ALLGEMEINE
HAFTUNGSBEGRENZUNGEN UND HAFTUNGSBESCHRÄNKUNGEN FÜR GEPÄCK UMSEITIG.

NICHT ÜBERTRAGBAR. KEINE RÜCKERSTATTUNG.
AUSGESTELLT VON GLOBETROTTER-REISEN, NEW YORK, NY

17. **MÄRZ** 747 ✈ **FLUG BA 178** ABFLUG: NEW YORK **21.05**   NONSTOP **SITZ 32-C**
FREITAG

18. **MÄRZ**   ANKUNFT: LONDON **09.00**   FREIGEPÄCK 20 KG
SAMSTAG   TERMINAL H

GORDON, JILLIAN

Globetrotter-Reisen
225v Fifth Avenue
New York, NY 10010   CA 456-9071
Tel.: 212 178-4521   INV-058497
Fax: 212 178-4522   Fahrpeis: 348,00   MwSt.: 82,00   Insgesamt: 430,00

FLUGSCHEIN * VORLAGE DES PERSONALAUSWEISES BEI EINCHECKEN ERFORDERLICH *
HINWEISE AUF DIE BEFÖRDERUNG IM LUFTVERKEHR SOWIE AUF ALLGEMEINE
HAFTUNGSBEGRENZUNGEN UND HAFTUNGSBESCHRÄNKUNGEN FÜR GEPÄCK UMSEITIG.

NICHT ÜBERTRAGBAR. KEINE RÜCKERSTATTUNG.
AUSGESTELLT VON GLOBETROTTER-REISEN, NEW YORK, NY
17. MÄRZ 747 ✈ FLUG BA 178 ABFLUG: NEW YORK 21.05   NONSTOP **SITZ 32-B**
FREITAG

18. MÄRZ   ANKUNFT: LONDON 09.00   FREIGEPÄCK 20 KG
SAMSTAG   TERMINAL H

JILLIAN LAWTON GORDON
331 WEST END AVENUE
APARTMENT 1020
NEW YORK, NY 10023

15. März 2000

Meine liebe Nickie Lynn,
ich wollte diesen Brief gern noch vor meiner Londonreise losschicken. Ich werde dort mit meiner Tochter drei Wochen lang entspannen, shoppen und Spaß haben.

In dem kleinen Kästchen befindet sich ein Medaillon. Es ist etwas ganz Besonderes, und ich habe schon darauf gewartet, es dir endlich geben zu können. Das Medaillon hat eine lange Familientradition bei den Murphys. Es gehörte zuerst deiner Großmutter, und sie schenkte es vor ihrem Tod Onkel Nick. Jahre später gab Nick es mir, und ich trug es zur Erinnerung an seine Liebe um den Hals. Ich war gerade aufs College an die Ostküste gegangen und vermisste ihn ganz schrecklich. Er sagte mir, ich solle es berühren, wenn ich mich einsam fühlte, und mich daran erinnern, wie sehr er mich liebe. Ich habe es nicht abgelegt, bis die Armee ihn einzog und nach Vietnam schickte. Da gab ich ihm das Medaillon zurück und bat ihn, es zu tragen. Ich hatte gehofft, meine Liebe und die Liebe seiner Mutter würden ihn beschützen.

Als ich erfuhr, dass er getötet worden war, war mein Schmerz so groß, dass ich gar nicht mehr an das Medaillon dachte. Als ich mich irgendwann daran erinnerte, vermutete ich, es wäre mit ihm begraben worden. Dann schrieb mir 1989 ein Freund und Kriegskamerad von Nick, der im Besitz des Medaillons war. Offenbar hatte Nick Brad gebeten, es mir zurückzugeben, falls ihm etwas passieren würde. Aus irgendwelchen Gründen dauerte es 21 Jahre, bis Brad sein Versprechen wahrmachen konnte. Von diesem Tag an habe ich das Medaillon immer in der Nähe meines Herzens getragen.

Du bist nun alt genug, um seine Geschichte und seinen ideellen

Wert würdigen zu können. Ich bin mir sicher, dass die Großmutter, die du nie kennen gelernt hast, sich gewünscht hätte, dass du es einmal bekommst. Und auch ich möchte, dass es dir gehört. Trag es mit Stolz und Liebe.

Es war für mich eine große Ehre, dass deine Eltern dich nach Nick und mir benannt haben. Ich hatte das Vergnügen, dich zu einer wunderbaren und schönen Frau heranwachsen zu sehen.

Du hast das ganze Leben noch vor dir. Ich weiß, wie stolz deine Familie darauf ist, dass du dich entschieden hast, Lehrerin zu werden. Wo immer dich das Leben hinführt und was immer du tust, denk immer daran, dass dich deine Eltern, dein Onkel Nick und ich von ganzem Herzen lieben.

Jillian Gordon

* * *

Lesleys Tagebuch

5. April 2000

Ich kann gar nicht glauben, wie sehr Jillian mir fehlt. Drei Wochen sind mir noch nie so lang vorgekommen. Es würde viel helfen, wenn wir uns gegenseitig E-Mails schicken könnten, so wie wir das geplant hatten. Ich kann nicht verstehen, wie jemand so herzlos sein kann, hunderttausende von Computern mit einem Virus zu verseuchen. Wie unzählige andere Menschen sind auch Steven und ich Opfer des I LOVE YOU-Virus geworden. Unser gesamtes Computersystem ist zusammengebrochen und noch immer nicht wiederhergestellt.

Jillian wird morgen früh wieder in New York sein. Nach der Postkarte zu urteilen, die sie mir geschickt hat, hat sie die Zeit in London sehr genossen. Zumindest hat sie mich das glauben lassen wollen. Aber ich kenne Jillian fast ihr ganzes Leben lang, irgendetwas stimmt da nicht. Ich wünschte, ich wüsste genau, was es ist. (Meine größte Befürchtung ist natürlich, dass sich der Krebs zurückgemeldet haben könnte, aber ich weigere mich, über diese Möglichkeit länger nachzudenken.)

Steven meint, ich sollte zu ihr fliegen und mich selbst vergewissern, und ich glaube, das werde ich auch tun. Meine Freundin kann vielleicht andere täuschen, selbst Leni Jo, aber mir kann sie nichts vormachen.

* * *

Leni Jos Tagebuch

7. April 2000

Nach drei Wochen London ist es einfach göttlich, wieder im eigenen Bett zu schlafen. So müde ich von dem Rückflug von Heathrow auch immer noch bin, mir schwirrt der Kopf. Und das Herz. Der Grund heißt William Chadsworth. Wir arbeiten seit vierzehn Monaten per Fax und Computer zusammen. Die Beziehung war immer rein geschäftlich, und er hätte ebenso gut ein Sechzigjähriger sein können. Zum Glück ist er das nicht!

Ich weiß nicht, was er dachte, als wir uns zum ersten Mal gegenüberstanden, aber mich überkam ein ganz seltsames, warmes Gefühl. Das Ganze sollte eigentlich eine Art Arbeitsurlaub für mich und Mum werden. Ich wollte ein wenig Sightseeing und Shopping mit ihr machen, aber am Ende haben William und ich jede freie Minute zusammen verbracht.

Ich kann selbst kaum glauben, dass ich mich nach so kurzer Bekanntschaft so Hals über Kopf verliebt habe, aber er hat alles, was ich mir immer von einem Mann gewünscht habe. Am besten hat mir gefallen, wie er mit meiner Mutter umgegangen ist. Ich glaube, sie ist selbst ein bisschen verliebt in ihn! Er war so unglaublich rücksichtsvoll und nett zu uns beiden.

Mum konnte mir nichts vormachen. An den meisten Abenden hat sie Müdigkeit vorgetäuscht, damit William und ich allein sein konnten. Drei Wochen sind noch nie schneller vorübergegangen. Er ist zehn Jahre älter als ich, aber das stört mich kein bisschen. Dad war fünfzehn Jahre älter als Mum, und sie haben eine wunderbare Ehe geführt.

Ich vermisse Will schon jetzt, und wenn die Unmengen an E-Mails, die mich erwartet haben, als wir zu Hause ankamen, etwas aussagen, empfindet er genauso. Wir glauben beide, dass es nötig ist, unseren Gefühlen etwas Zeit zu lassen. Aber da er in London ist und ich in New York, ist das kein Problem.

Wir haben beschlossen, in den nächsten sechs Monaten per Internet und Telefon Kontakt zu halten, so oft wie möglich gegenseitige Besuche einzuschieben, und dann zu sehen, wie es läuft. Das ist ein vernünftiger Ansatz. Ich habe es ganz bestimmt nicht eilig, mich schnell wieder auf eine enge Beziehung einzulassen, nicht nach der Geschichte mit Paul.

Will könnte natürlich jemand anderes kennen lernen. Aber das könnte ich auch. Mum meint, eine Fernbeziehung hätte Vor- und Nachteile. Im Moment sind mir vor allem die Nachteile schmerzlich bewusst.

William hat bereits vorgeschlagen, im Juli nach New York zu kommen; das wäre perfekt. Diesmal würde unser Treffen nicht geschäftlich sein, und ich zähle schon jetzt die Tage.

Mutter mochte Will auf Anhieb, und sie hat eine sehr gute Menschenkenntnis. Schon nach dem ersten Treffen wusste sie, dass Paul nicht der Richtige für mich war, und sie hatte absolut Recht.

Ich bin nicht die Einzige, die in diesem Jahr Besuch bekommt. Tante Lesley hat einen Flug für Anfang Oktober gebucht. Offenbar ist die Reise ein Geburtstagsgeschenk von Steven. Ich freue mich riesig, sie wiederzusehen.

* * *

Jillian Gordon

Von: LesleyMilton@friendsnetwrk.com
An: JillianGordon@friendsnetwrk.com
Datum: 25. Juli 2000
Betr.: Mein Besuch

Jillian,
ich plane gerade meine Reise. Was hältst du davon, mit mir nach Washington, D. C., zu fahren? Ich wollte schon immer das Smithsonian Museum und das Washington Monument sehen. Bist du bereit, die Vietnam-Gedenkstätte zu besuchen?
Lesley

* * *

Lesley Milton

Von: JillianGordon@friendsnetwrk.com
An: LesleyMilton@friendsnetwrk.com
Datum: 26. Juli 2000
Betr.: Dein Besuch

Liebste Lesley,
ich fahre gern mit dir nach Washington, D. C., aber ich werde die Vietnam-Gedenkstätte für dieses Mal noch auslassen.
Wir haben einige Aufregung hinter uns. Erinnerst du dich, dass ich dir von dem jungen Mann erzählt habe, den Leni Jo kennen gelernt hat (der Kollege aus England)? Er war zu Besuch hier. Ursprünglich hatte er geplant, mit der Concorde aus Paris zu kommen. Mit exakt der, die abgestürzt ist und bei der es nur Tote gegeben hat. Gott sei Dank hatte er im letzten Moment beschlossen, einen anderen Flug zu buchen!
Dieser Mann ist der Richtige. Ich hatte dieses Gefühl im ersten Moment, als ich meine Tochter und William zusammen sah. Ich schätze, dass sie innerhalb eines Jahres verheiratet sein werden. So glücklich habe ich Leni Jo lange nicht erlebt.

Sie ist so gelassen, so wie Monty. William weiß ganz genau, was er an ihr hat. Ich finde die Vorstellung, dass sie nach London zieht, grässlich, aber so wird es wohl kommen, wenn sie tatsächlich heiraten.
Alles an dieser Beziehung erscheint mir richtig.
Jillian

* * *

Riverside-Klinik
258 West 81st St.
New York, NY 10024
Dr. Louise Novack, Onkologin

11. August 2000

Sehr geehrte Jillian Gordon,
der Laborbericht Ihrer letzten Blutuntersuchung ist soeben eingetroffen. Bitte vereinbaren Sie so bald wie möglich einen Termin mit Dr. Novack.
Mit freundlichen Grüßen
Pat Terney

* * *

Lesley Milton

Von: JillianGordon@friendsnetwrk.com
An: LesleyMilton@friendsnetwrk.com
Datum: 25. August 2000
Betr.: Dein Besuch!!!!!

Lesley,
ich habe meine Meinung wegen der Vietnam-Gedenkstätte geändert. Du hast absolut Recht, es ist höchste Zeit, dass ich sie mir ansehe.

Ich kann es kaum erwarten, bis du kommst. Wir werden eine herrliche Zeit zusammen verbringen.
Bis zur ersten Oktoberwoche.
Alles Liebe,
Jillian

* * *

19. September 2000

Guten Morgen, Mum!

die Kaffeemaschine ist an, ich bin heute Morgen früher zur Arbeit gefahren. Hast du mich gestern Abend mit Will telefonieren gehört? Ich konnte gar nicht glauben, dass er sich so ein teures Telefongespräch leistet, wo es doch so einfach ist zu mailen. Aber er wollte mich etwas fragen, und das wollte er persönlich tun. Ich wette, du hast es schon erraten.

Mum, Will hat mich gebeten, ihn zu heiraten, und ich habe Ja gesagt. Dann habe ich ganz feuchte Augen bekommen, weil ich so gern bei ihm gewesen wäre. Sein Besuch im Juli scheint schon eine Ewigkeit zurückzuliegen. Wir wollen zusammen sein, je eher desto besser.

Weder ich noch Will möchten eine lange Verlobungszeit, und wir beide bevorzugen eine Hochzeit im engsten Kreis. Ich hoffe, dass du jetzt nicht enttäuscht bist. Jetzt kommt der zweite Teil. Wir würden gern in London heiraten. Wills Familie ist viel größer als meine, und es macht einfach mehr Sinn, dass du und ich nach London reisen anstatt seine Eltern, Zwillingsschwester und seinen Bruder hierher kommen zu lassen. Wir können anschließend hier einen Empfang geben, wenn du möchtest. Ich wollte dich nicht wecken, um das mit dir zu besprechen, deshalb habe ich allein entschieden und zugestimmt. Ich konnte mir nicht vorstellen, dass du etwas dagegen hast.

Nach dem Telefonat war ich so glücklich und aufgeregt, dass ich nicht schlafen konnte. Als Paul und ich damals Schluss hatten, wollte ich nie wieder etwas mit Männern zu tun haben. Du sagtest damals, das würde sich wieder ändern, und du hattest natürlich Recht. Oh Mum, ich bin so verliebt. Will ist ein toller, toller Mann, und ich bin verrückt nach ihm.

Ruf mich an, wenn du aufgestanden bist. Sollen wir heute Abend essen gehen und feiern? Ich finde schon.

In Liebe,
Leni Jo

* * *

Jillians Tagebuch

15. Oktober 2000
Heute Morgen habe ich Lesley ganz früh verabschiedet, und erst jetzt habe ich Zeit, ihren Besuch noch einmal in Ruhe zu überdenken. Mit meiner besten Freundin und einer Leni Jo, die nur noch durch die Gegend schwirrte und mit Hochzeitsvorbereitungen beschäftigt war, hatte ich kaum einen Augenblick für mich. Alles scheint plötzlich so perfekt. Leni Jo strahlt vor lauter Glück, und wenn sie in meiner Nähe ist, werde ich von ihrer Freude und Aufregung regelrecht angesteckt. Auch Lesley freut sich riesig für sie.

Der Höhepunkt ihres Besuchs war unser Ausflug nach Washington, D. C. Ich hatte große Angst vor der Vietnam-Gedenkstätte; seit Jahren habe ich einen Besuch dort gescheut. Ich war mir sicher, dass die Emotionen mich überwältigen und mein mühsam errungenes Gleichgewicht zerstören würden. Und in dem Moment, als ich Nicks Namen in die Wand gemeißelt sah, ist genau das geschehen.

Ich war froh, dass Lesley bei mir war. Wir haben uns in die Arme genommen und gemeinsam geweint. Als ich schließlich die Kraft dazu fand, berührte ich Nicks Namen mit meinen Fingerspitzen. Gleichzeitig sah ich mein eigenes Spiegelbild in dem schwarzen Marmor. In diesem Augenblick war er tatsächlich und bildlich, emotional und geistig ein Teil von mir. In all den Jahren seit seinem Tod habe ich seine Gegenwart nie so intensiv gespürt – sie war sogar noch stärker als an dem Tag, als ich dieses todesähnliche Erlebnis hatte. Ein Gefühl des Friedens überkam mich. Ich hielt den Kopf hoch erhoben, voller Stolz, Nicholas Patrick Murphy geliebt zu haben, voller Stolz auf seinen aufopfernden Einsatz. Die politischen Dimensionen des Vietnamkriegs sind vergessen und beschäftigen nur noch die Historiker, aber die Männer und Frauen, die dort ihr Leben ließen, werden in unseren Herzen weiterleben.

Der Besuch der Gedenkstätte hat mich verändert. Ich wünschte nun, ich wäre schon vor Jahren hingefahren. Ich erinnere mich an Brad Lincolns Brief nach seinem Besuch dort; leider kann ich ihn nicht mehr finden. Ich glaube, ihm ging es ähnlich wie mir. Die Wand konzentriert die eigenen Gedanken – über den Tod und über das Leben. Die tapferen und ehrenhaften Männer und Frauen, derer hier gedacht wird, werden auf ewig jung bleiben, auf ewig geliebt und auf ewig erinnert.

Lesley weiß alles. Ich konnte ihr noch nie etwas verheimlichen. Wir waren noch keinen Tag zusammen, da hat sie mich schon nach dem Brustkrebs gefragt. Er ist wieder da, aggressiver als je zuvor. Ihr konnte ich meine Ängste gestehen. Für Leni Jo und Gary halte ich tapfer die Fassade aufrecht, aber dies ist meine zweite Konfrontation mit der wütenden Bestie, und ich bin zutiefst verunsichert. Dr. Novack möchte mich ein zweites Mal operieren, danach kämen wieder Chemotherapie und Bestrahlungen. Gerade wo ich mich an meine grauen Haare gewöhnt habe, sieht es so aus, als würde ich sie wieder verlieren.

Ich würde gern leben, aber wenn ich diesen Kampf verliere, dann soll es so sein. Zumindest werde ich in der Gewissheit ster-

ben, dass meine Tochter glücklich ist. Ich weiß, dass mein Schwiegersohn gut auf Leni Jo aufpassen wird.

Ich habe mit niemandem darüber gesprochen, ganz gewiss nicht mit meiner Tochter oder Gary. Lesley musste mir versprechen, mein Geheimnis für sich zu behalten. In weniger als einem Monat ist die Hochzeit, da ist das wirklich das Letzte, was Leni Jo wissen muss. Sie wird es ohnehin früh genug erfahren. Bis dahin tue ich alles, was man von mir verlangt, nehme die Medizin, höre auf die Ärzte und lasse keine der unzähligen Untersuchungen aus. Ich habe großes Vertrauen, dass alles, was getan werden kann, getan wird.

Mein einziges Problem ist, dass ich in letzter Zeit so müde bin. Ich wünschte, ich hätte Lesley nicht so kurz nach ihrer Ankunft die Wahrheit gesagt. Von dieser Sekunde an war sie schlimmer als jede Mutter, sie hat mich nur noch gegängelt, wollte ständig wissen, wie es mir geht, ob ich irgendetwas brauche. Ich fürchte, in den letzten Tagen war meine Geduld ziemlich am Ende.

Ich schätze, Gary ahnt auch etwas. Er hat vorgeschlagen, unsere Spaziergänge zu verkürzen und auf dreimal pro Woche zu beschränken. Angeblich würden seine Knie schmerzen, aber ich glaube ihm kein Wort.

Ich wollte nicht makaber sein, aber ich habe mir einen Grabstein ausgesucht. Lesley war entsetzt. Ich habe den Liegeplatz neben Monty bereits bei seiner Beerdigung reservieren lassen, weil ich schon damals wusste, dass ich nie wieder heiraten würde. Ich hatte das große Glück, in meinem Leben zwei wunderbare Männer lieben zu dürfen, und wollte mein Schicksal nicht herausfordern.

* * *

William Chadsworth

1. Dezember 2000

Liebe Mum,

ich weiß, dass es etwas voreilig ist, dich jetzt schon Mum zu nennen, da Leni Jo und ich erst am nächsten Wochenende heiraten, aber ich dachte, du hast bestimmt nichts dagegen.

Ich möchte dir dafür danken, dass du Leni Jo zu der Frau gemacht hast, die sie heute ist. Zu der Frau, die ich liebe. Obwohl wir viele Monate zusammen gearbeitet hatten, war sie für mich damals nicht mehr als ein Name unter einem Fax oder einer E-Mail. Ich wusste so gut wie nichts von ihr, auch wenn ich ihre Klugheit und ihre Gewandtheit schon damals bewundert habe.

Ehe ich Leni Jo kennen lernte, bin ich auf der Suche nach einer Frau für mich fast verzweifelt. Leni Jo war wie eine Sommerbrise, die in mein Leben geweht ist und mir Lachen und Wunder und Glück gebracht hat. Ich habe mich sofort in sie verliebt. Und zu meiner unendlichen Dankbarkeit empfindet sie dasselbe für mich.

Meine Familie liebt sie und ist wie ich glücklich, dass sie nun zu uns gehören wird.

All dies ist ein umständlicher Versuch, dir für Leni Jo zu danken. Ich liebe sie mehr, als ich je für möglich gehalten hätte. Wenn wir uns das Eheversprechen geben, möchte ich, dass du weißt, dass ich sie den Rest meines Lebens lieben und für sie sorgen werde. Ich gehöre ihr voll und ganz.

Mit besten Grüßen,
William Chadsworth

* * *

Richterin A. D. Jillian L. Gordon
Freut sich, die Hochzeit Ihrer Tochter
Leni Jo Gordon
mit
William Henry Thomas Chadsworth III
am 9. Dezember 2000
bekannt zu geben.

Dem Hochzeitspaar zu Ehren
findet ein Empfang statt
im
The Water Club
500 East 30th Street
am
30. Dezember 2000
um 15 Uhr

U.A.w.g.

2001

Jillians Tagebuch

1. Januar 2001

Wenn ich doch nur wüsste, wo die letzten zwölf Monate geblieben sind. Im Augenblick habe ich das Gefühl, keinen Kalender zu brauchen, sondern eine Stoppuhr. Die Wochen schmelzen nur so dahin. Das hat sicher auch damit zu tun, dass ich im vergangenen Jahr so beschäftigt war. Erst die Londonreise mit Leni Jo, dann diese zweite Krebsattacke, die jeden Augenblick meines Lebens, meine ganze Stärke und Willenskraft in Anspruch nimmt. Selbst nach meiner ersten Krebsdiagnose habe ich mich um meine Gesundheit kaum gekümmert. Doch diese Lektion habe ich inzwischen gelernt: Wenn ich geheilt bin, nein, nicht wenn, SOBALD – werde ich meine Gesundheit nie mehr als Selbstverständlichkeit betrachten.

Leni Jo ist rundum glücklich. Will ist ein toller Ehemann, und ich besuche sie regelmäßig für ein paar Tage, wenn es mein Therapieplan zulässt. Es ist jedes Mal anstrengend, aber lohnend.

In den letzten fünf Jahren habe ich Lesley viel gesehen. Sie war vor, während und nach meiner Operation hier, und sie und Gary haben abwechselnd an meinem Krankenbett gewacht. Ich fühle mich jetzt langsam wieder kräftiger, und ich bin sehr zuversichtlich, vor allem wegen der neuen Medikamente, die ich einnehme. Die Chemotherapie ist hart und laugt mich sowohl geistig als auch körperlich völlig aus, aber Lesley und Gary geben sich alle Mühe, mich zum Durchhalten zu ermutigen.

Gary und ich sind uns näher als je zuvor. Seit Lesley nach Hause zurückgeflogen ist, kümmert er sich alleine um mein Wohlbefinden. Er ist wunderbar, und ich bin ihm zutiefst dankbar. Ich weiß, dass er Leni Jo und Will regelmäßig E-Mails schickt und sie auf dem Laufenden hält. Wir setzen unsere täglichen Spaziergänge fort und essen mindestens dreimal in der Woche, manchmal auch häufiger, abends zusammen. Er ist mein Begleiter und liebster Freund – nach Lesley natürlich. Ich weiß, dass er es gern hätte, dass wir heiraten, aber er hat das Thema lange nicht mehr angeschnitten, und ehrlich gesagt bin ich froh darüber. Ich wünschte, ich könnte sagen, warum ich so zögerlich bin. Aus Angst schätze ich. Ich hatte bereits zwei Lieben in meinem Leben, erst Nick und dann Monty, und ich habe beide verloren. Ich glaube nicht, dass ich diesen Schmerz noch einmal ertragen könnte. Lesley meint, ich würde Gary und mir etwas vormachen, vielleicht stimmt das auch, aber ich habe wirklich genug, womit ich klarkommen muss. Ich kann jetzt nicht ans Heiraten denken. Nicht im Augenblick. Ich weiß nicht, was die Zukunft mir bringt, nicht solange ich mit dem Krebs leben muss.

Der Wahlkampf ist nun endlich vorbei, Gott sei Dank. In wenigen Tagen wird George W. Bush ins Weiße Haus einziehen. Wer hätte gedacht, dass dieses ganze Theater sich wochenlang hinziehen würde? Ich hoffe nur, dass es nie wieder ein solches Durcheinander geben wird.

Ich werde jetzt müde – wie so häufig in der letzten Zeit –, deshalb werde ich schließen. Gary holt mich später zu einem Spaziergang durch den Park ab, und danach gehen wir essen.

* * *

Jillian Gordon

Von: LesleyMilton@friendsnetwrk.com
An: JillianGordon@friendsnetwrk.com
Datum: 28. Februar 2001
Betr.: Erdbeben!

Liebste Jillian,

eine kurze Nachricht, damit du weißt, dass es uns gut geht und den Kinder auch. In den Nachrichten wurde gesagt, dass das Erdbeben in der Gegend um Seattle 6,8 auf der Richterskala erreicht hat. Das kann ich mir gut vorstellen – wir waren alle ziemlich erschüttert. (Das Wortspiel war nicht beabsichtigt.)

Ein paar Fotos und Bilder sind von den Wänden gefallen, die Schubladen in der Küche sind aufgegangen, und es ist viel zerbrochen, aber das ist alles nichts im Vergleich zu den Schäden in der Innenstadt von Seattle. Jetzt verstehe ich, warum so wenig Leute hier in der Gegend Häuser aus Ziegelsteinen haben. Gott sei Dank war Steven zu Hause, als die Erde bebte, und wir waren wenigstens zusammen.

Ich schreibe dir, sobald ich kann, ich wollte nur sicherstellen, dass du dir keine Sorgen machst.

Alles Liebe,
Lesley

* * *

Lesley Milton

Von: JillianGordon@friendnetwrk.com
An: LesleyMilton@friendsnetwrk.com
Datum: 11. September 2001
Betr.: Die Ereignisse von heute Morgen

Liebste Lesley,

lieber Gott im Himmel, wie kann so etwas passieren? Terroristen, Wahnsinn, Tod und Verwüstung. Ich weiß kaum, was ich schreiben soll, außer dass wir in Sicherheit sind. Die Telefone funktionieren nicht, und es gibt keine Möglichkeit, mit dir zu sprechen. Durch irgendeinen glücklichen Umstand konnten Leni Jo und Will mich erreichen, und ich bin froh, dass ich wenigstens kurz mit meiner Tochter sprechen konnte. Wir haben beide geweint, und ein paar Sekunden später war die Leitung tot.

Mein Herz schreit angesichts des Grauens, das sich ganz in meiner Nähe abspielt. Ich kann einfach nicht fassen, dass so etwas Schreckliches geschehen sein kann – nicht hier in New York, nicht in meiner Heimatstadt, meiner Umgebung. Nicht uns als Nation. Ich stehe unter Schock, Schmerzen und Trauer. Ich glaube nicht, dass irgendein Amerikaner sein wird wie früher. Wie könnte das gehen? Wie sollen wir uns je von einem solchen Schlag erholen? Ich habe keine Antworten, nur Fragen. Alles, was noch vor wenigen Tagen so bedeutsam erschien, ist nun völlig unwichtig.

Ich kann kein Blut spenden, aber ich werde tun, was immer ich kann.

Gott segne Amerika, das Land der Freiheit und die Heimat der Tapferen.

Jillian

* * *

2002

Lesley Milton
Von: JillianGordon@friendsnetwrk.com
An: LesleyMilton@friendsnetwrk.com
Datum: 15. Januar 2002
Betr.: Ich habe es satt!

Lesley,
ich habe so stark gekämpft wie ich konnte, aber jetzt habe ich genug von allem und will, dass endlich Schluss ist. Meine Ärzte möchten, dass ich mich einer dritten Therapieeinheit unterziehe, aber das kann ich nicht. Diese letzten sechzehn Monate waren einfach schrecklich. Die Therapien sind schlimmer als die Krankheit. Was kann mir der Krebs anhaben, das die Mediziner mir nicht schon angetan haben? Ich wurde gestochen, gezwickt und gequält. Ich habe genug ertragen. Versuch nicht mich umzustimmen. Es ist zu spät. Ich habe ihnen gesagt, dass Schluss ist.

Weißt du noch, als Monty die Ärzte damals bat, sämtliche Behandlungen einzustellen und ihn sterben zu lassen? Ich habe ihn angefleht, mit Engelszungen auf ihn eingeredet, seine Entscheidung zurückzunehmen und weiterzukämpfen. Er hat mir so selten etwas abgeschlagen, aber damals hat er es getan. Er hat darum gebeten, in Würde sterben zu dürfen. Heute verstehe ich ihn. Ich verstehe ihn sehr gut.

Ich kann das nicht mehr mitmachen. Ich kann in keinem Wartezimmer mehr sitzen, kann das keinen Tag länger ertragen. Ich kann auch meinen eigenen Anblick nicht mehr ertragen, abgemagert und haarlos wie ich bin. Ich will die Erschöpfung und die Übelkeit nicht mehr. Ich werde heute 54, und ich fühle mich wie 104.

Nach diesem letzten Schub habe ich den Kampf satt. Die weiße Flagge ist gehisst. Die Soldatin hat ihre Waffen abgelegt und ergibt sich.

Sei mir nicht böse, Les. Ich bin es einfach nur satt, so todkrank zu sein. Wie immer verhält Gary sich vorbildlich, aber ich lauge auch ihn emotional total aus, das weiß ich. Es waren sechzehn höllische Monate für uns beide. Ich kann ihm das nicht länger antun – ihm nicht und mir nicht. Ich will da raus!

* * *

Jillian Gordon

Von: LesleyMilton@friendsnetwrk.com
An: JillianGordon@friendsnetwrk.com
Datum: 15. Januar 2002
Betr.: Happy Birthday!

Liebste Jillian,

nein! Das kann ich nicht, ich werde dich nicht gehen lassen. Du bist meine liebste und beste Freundin, und ich lasse nicht zu, dass du mit 54 stirbst. Und du weißt verdammt gut, wie hartnäckig ich sein kann.

Ich hätte schon längst bei dir sein müssen. Ich hätte es wissen müssen. Steven ist meiner Meinung. Meine Koffer sind bereits gepackt, und Steven ist unterwegs, um mir ein Flugticket zu besorgen. Ich fliege morgen Früh zu dir, und ich werde nicht eher wieder gehen, bis du mich aus der Tür trittst.

Weißt du noch, damals als wir Latein hatten und ich mit diesen blöden Verben einfach nicht zurechtkam? In Biologie und Chemie war ich immer ein Ass, aber Latein hätte mir fast das Genick gebrochen. Ich wollte schon aufgeben und mich mit einer schlechten Zensur abfinden, aber du hast mich nicht gelassen. Du hast mich stundenlang geknechtet, bis ich diese Verbkonjugationen besser kannte als meinen Namen. Meine Liebe, jetzt haben wir wieder Lateinstunde, und diesmal bin ich diejenige, die hinter dir steht.

Wir werden es zusammen schaffen. Der Krebs hat dich sicher erschöpft, aber ich werde bei dir sein und dich festhalten. Wir werden diesem Monster ab sofort gemeinsam entgegentreten! Gary auf deiner einen und ich auf deiner anderen Seite. Wie du sagtest, du bist gestochen, gezwickt und gequält worden, es ist höchste Zeit, dass du gehätschelt wirst.

Ich hätte viel früher kommen sollen, hätte spüren müssen, dass du mich brauchst, aber nun weiß ich es, und bin unterwegs.

***

Mr. und Mrs. William Chadsworth
112 Waterbury Street
London, England

15. Januar 2002

Liebste Mum,

alles Gute zum Geburtstag! Will und ich haben eine tolle Nachricht, die wir extra für deinen Geburtstag aufgespart haben. Wir werden dich zur Großmutter machen. Es stimmt, ich bin schwanger. Oh Mum, du kannst dir gar nicht vorstellen, wie aufgeregt Will ist. War Daddy genauso, als du ihm damals erzählt hast, dass ich unterwegs sei? Will behandelt mich jedenfalls, als wäre ich die einzige Frau auf der Welt, die je eine solche Aufgabe gemeistert hat.

Das Baby ist für die letzte Augustwoche ausgerechnet. Du wirst doch nach England kommen können, oder? Es ist schrecklich, dass du dich in letzter Zeit so schlecht fühlst. Du versuchst dir nicht anmerken zu lassen, wie krank du bist, aber ich kann zwischen den Zeilen lesen. Will und ich hoffen sehr, dass die Freude auf dein erstes Enkelkind dir wieder Kraft gibt.

Wir lieben dich beide sehr. Oh Mum, ich glaube nicht, dass ich je so glücklich und so verliebt war.

Genieß deine Geschenke, buch sofort ein Ticket für den August und feiere einen schönen, schönen Geburtstag.

Will und Leni Jo

* * *

JILLIAN LAWTON GORDON
331 WEST END AVENUE
APARTMENT 1020
NEW YORK, NY 10023

Riverside Klinik
z. Hd. Dr. Louise Novack
258 West 81st St.
New York, NY 10024

Liebe Louise,
ich möchte mich für mein Benehmen während meines letzten Termins am 30. Dezember entschuldigen. Ich hoffe, Sie können mir meine negative Einstellung verzeihen. Sie haben Recht, eine Krebserkrankung hat insofern durchaus positive Aspekte, als sie uns viel über uns selbst lehren kann.

In den letzten Wochen habe ich noch einmal nachgedacht und beschlossen, die nächste Therapieeinheit in Angriff zu nehmen. Es sieht so aus, als würde ich bald zum ersten Mal Großmutter – und ich habe eine hartnäckige Freundin, die sich weigert, von meiner Seite zu weichen. Bei so viel Anreiz und Unterstützung bleibt mir wohl nichts anderes übrig, als der weiteren Behandlung zuzustimmen.

Ich danke Ihnen für Ihre Geduld.
Mit freundlichen Grüßen
Jillian Lawton Gordon

1. März 2002

Jillian,
   nur diese kurze Nachricht auf deinem Kopfkissen, um dir zu sagen, dass du der tapferste Mensch bist, den ich kenne.
Lesley

* * *

2. März 2002

Lesley,
   nur diese kurze Nachricht auf deinem Kopfkissen, um dir zu sagen, dass du die verrückteste, witzigste und wunderbarste Freundin bist, die man sich vorstellen kann. Ich kann einfach nicht glauben, dass du dir die Haare abrasiert hast, damit wir wie Zwillinge aussehen! Bist du wahnsinnig??! Ja – und ich finde es großartig. Danke, dass du meine beste Freundin bist.
   Jillian

* * *

JILLIAN LAWTON GORDON
331 WEST END AVENUE
APARTMENT 1020
NEW YORK; NY 10023

3. Juli 2002

Liebe Lesley,
   ich habe tolle Neuigkeiten! Die letzte Blutuntersuchung hat ergeben, dass meine weißen Blutkörperchen wieder so gut wie in Ordnung sind – und das zum ersten Mal seit fast zwei Jahren. Ich gelte offiziell zwar noch nicht als geheilt, aber es sieht sehr, sehr gut aus. Noch vor ein paar Monaten wollte ich mich

aufgeben, und du hast es verhindert. Ich verdanke dir mein Leben.

Es gibt noch mehr Neuigkeiten. Gary war heute Morgen hier und hat mich mit der Ankündigung überrascht, dass er sich eine Wohnung in Boca Raton in Florida gekauft hat. Er hat dort Familie und plant, in den nächsten Monaten dorthin zu ziehen. Er hat mich gebeten, ihn zu heiraten, was er im Laufe der Jahre ja schon öfter getan hat. Er möchte mir das Golfspielen beibringen und mich zum Segeln mitnehmen. Er sagte, ich sei der einzige Grund gewesen, warum er so lange in New York ausgeharrt habe, und er sagte auch, er habe keine Lust mehr, noch länger zu warten. Es hieße jetzt oder nie.

Ich höre schon, was du dazu sagen wirst. Heirate ihn. Ich wäre eine Idiotin, wenn ich es nicht täte. Vielleicht hast du Recht, aber ich kann mir einfach nicht vorstellen, New York zu verlassen. Vor allem jetzt, wo die Stadt doch so auf die Unterstützung der Menschen angewiesen ist, die sie lieben.

Gary liebt mich, das weiß ich, und jetzt kommt die eigentliche Überraschung. Ich liebe ihn auch. Ich hätte nie geglaubt, dass das, was uns verbindet, über reine Freundschaft hinausgehen könnte. Ich war so verrückt nach Nick und dann nach Monty, dass ich mir einfach nicht vorstellen konnte, dass ich dieses intensive Gefühl für einen weiteren Mann würde aufbringen können.

Nun höre ich schon deine nächste Frage. Wieso zögerst du dann noch? Lesley, ich weiß es nicht. Ist mein Leben denn so eingefahren, dass ich überhaupt keine Veränderung mehr vertragen kann? Bin ich völlig idiotisch? Ich weiß es einfach nicht. Ich kann den Gedanken, Gary zu verlieren, nicht ertragen, und zugleich bin ich mir nicht sicher, ob eine Ehe mit ihm das Richtige für mich ist.

Wenn du mir irgendeinen klugen Rat geben kannst, würde ich mich sehr darüber freuen.

Alles Liebe,
Jillian

* * *

Mr. und Mrs. William Chadsworth
112 Waterbury Street
London, England

15. Juli 2002

Liebste Mum,

ich schwöre dir, wenn du ihn nicht heiratest, spreche ich nie wieder ein Wort mit dir! Also gut, tue ich doch, aber ich werde immer denken, du bist dumm. Gary ist das Beste, was dir seit langem passiert ist.

Anbei findest du die letzte Ultraschallaufnahme deines Enkelsohnes. Ist er nicht perfekt? Will schwebt wie auf Wolken. Hellblau ist so eine schöne Farbe, findest du nicht auch?

Wie findest du den Namen Charles Leonard Chadsworth? Es kling schön, was meinst du? Ich kann es kaum erwarten, dich wiederzusehen. Es sollte jetzt nicht mehr allzu lange dauern.

In Liebe,
Will und Leni Jo

* * *

JILLIAN LAWTON GORDON
331 WEST END AVENUE
APARTMENT 1020
NEW YORK, NY 10023

29. Juli 2002

Lieber Gary,
du bist seit kaum einem Monat fort, aber du fehlst mir so sehr. Dutzende Mal habe ich bereits deine Nummer gewählt, und dann

fiel mir plötzlich ein, dass du gar nicht mehr unter dieser Nummer zu erreichen bist. Du wohnst ja nicht mehr in New York.

Ich nehme dir nicht übel, dass du die Geduld mit mir verloren hast. Ich kann ein sturer Bock sein (wie meine Tochter und meine beste Freundin mir schon mehr als einmal versichert haben). In den ersten zwei Wochen habe ich darauf gewartet, dass du zur Vernunft kommen und erkennen würdest, dass wir zusammengehören. Und heute Morgen habe ich festgestellt, dass ich diejenige bin, die unvernünftig war.

Also gut, Gary. Ich werde dich heiraten, aber ich weiß nicht, ob ich das ganze Jahr über in Boca Raton leben kann. Können wir einen Kompromiss schließen? Können wir zur Hälfte dort und zur Hälfte in New York wohnen?

Ich muss dich warnen, mein Lieber, dass es in Bezug auf meinen Krebs keinerlei Garantien gibt. Er könnte wiederkommen. Das hat er schon einmal getan, wie du ja weißt. Aber du willst auch gar keine Garantien, habe ich Recht? Du willst eine Frau. Wir sind beide noch jung genug zum Reisen, und ich möchte unbedingt und möglichst oft einen Besuch in London einschieben. Der kleine Charles soll seine Grandma so richtig kennen lernen.

Ich liebe dich.
Jillian

* * *

Lesley Milton
Von: JillianGordon@friendsnetwrk.com
An: LesleyMilton@friendsnetwrk.com
Datum: 16. August 2002
Betr.: Krebs-Marsch

Liebste Lesley,
jetzt, wo Gary und ich verheiratet sind, frage ich mich, wieso ich so lange gezögert habe!
Wir haben unsere Englandreise bis nach dem Krebs-Marsch im

Oktober verschoben; das heißt, eigentlich haben wir unsere ganzen Termine darum herum gebaut. Als ich dir von dem Marsch schrieb, hatte ich gehofft, dass du und Steven mich sponsern würdet. Ich arbeite intensiv daran, Spenden bei meiner Familie und meinen Freunden einzutreiben. Da hat mich deine Absage natürlich sehr gewundert, aber es hat nicht lange gedauert, bis mir klar wurde, was du vorhast. Du kommst her und begleitest mich auf dem Marsch, stimmt's? Das ist wundervoll! Du kannst dir gar nicht vorstellen, wie sehr ich mich freue. Es ist einfach perfekt. Ich hätte diese lange Reise ohne deine Liebe und deine Freundschaft niemals überlebt, und damit meine ich nicht nur meine Krankheit. Du bist die Freundin, die meine Trauer halbiert und meine Freude verdoppelt. Du und die Jahre, die uns verbinden, sind mir unglaublich wertvoll.

Kommt, wann immer ihr möchtet – ihr seid jederzeit herzlich willkommen. Gary und Steven können im Central Park Schach spielen, während wir beide mit den Tausenden anderen Frauen marschieren, die den Krebs überlebt haben.

Wahr ist, dass wir so viel mehr überlebt haben und heute umso stärker sind. Ich erlebe jetzt die schönste Zeit meines Lebens. Ich bin glücklich, Les, richtig glücklich – trotz der tiefen Krisen, die ich nach Nicks und Montys Tod erlebt habe, nach dem verheerenden Anschlag auf New York, mit meiner Krankheit. Oder vielleicht deswegen? Erst die Trauer macht uns klar, was in unserem Leben wirklich zählt, nicht wahr? Liebe, Freundschaft, Familie, Teil einer Gemeinschaft zu sein – und ich begreife mich inzwischen als New Yorkerin durch und durch. Erinnerungen – du und ich teilen so viele, und ich hoffe, es bleibt uns genug Zeit, um noch zahllose neue zu schaffen.

Ich kann es kaum erwarten, dich zu sehen.
In Liebe,
Jillian

**Ein warmherziges Buch über
vier Frauen, ihr Leben und ihre Freundschaft**

Jeden Donnerstagmorgen treffen sich Liz, Clare, Julia und Karen zum Frühstück in Valery's Café. Sie teilen ihre Träume und ihre Sorgen miteinander. So verschieden die Frauen sind, so unterschiedlich ist ihr Leben: Doch die Klippen des Alltags umschiffen sie stets gemeinsam – sei es, als Clare eine schreckliche Nachricht von ihrem Exmann erhält oder als Julias Baby zu früh auf die Welt kommt ...

ISBN 3-404-14784-7

»Eine mitreißende und spannende Lektüre. Ein Page-Turner in der Tradition großer Familiensagas.«
Herald Sun

1945 kehren zwei Männer aus dem Krieg nach Zululand, Südafrika, zurück. Sie haben nichts gemeinsam: Joe King ist ein Farmbesitzer britischer Abstammung, Wilson Mpande ist ein Zulu-Stammesmann, aber ihre Lebenswege sind untrennbar miteinander verbunden – ebenso wie die Zukunft ihrer Kinder.
Liebe und Hass, Freundschaft und Vertrauen, Feindschaft und Argwohn bestimmen das Schicksal der zwei Familien von der Nachkriegszeit bis in die Gegenwart. Ein fesselnder Afrika-Schmöker.

ISBN 3-404-15079-1

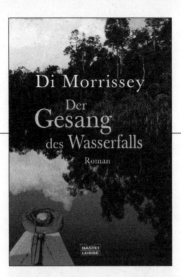

Ein faszinierender Abenteuerroman vor exotischer Kulisse

Eine indianische Legende besagt, dass die Welt nicht verloren ist, solange die goldenen Frösche am Rande der Wasserfälle im südamerikanischen Guyana singen. Ein Stück vom Paradies scheint hier gerettet zu sein. Doch die junge australische Hotelmanagerin Madison Wright, die nach einer anstrengenden Scheidung bei ihrem Bruder Urlaub macht, erkennt bald, dass die Idylle Risse hat. Als sie den Auftrag erhält, an der Planung eines Kasinos mitten im Urwald mitzuwirken, lehnt sie ab und beschließt, ein anderes, naturnahes Konzept zu erarbeiten. Doch noch bevor der Plan Gestalt annehmen kann, werden Madison und ihr attraktiver Begleiter Connor Bain bei einer Expedition entführt ...

ISBN 3-404-15056-2

Drei Schwestern auf der Suche nach dem Glück

April, May und March sind die drei Töchter der englischen Familie Rising. Jede von ihnen hat einen anderen Weg eingeschlagen. March wird von dem Mann betrogen, der Vater ihres Kindes ist und den sie trotz allem liebt. May ist schwanger. Doch der zukünftige Vater ist Musiker und will vom Familienleben nichts wissen. April ist als einzige verheiratet, doch ihr Mann leidet immer noch unter seinen traumatischen Kriegserlebnissen. Werden die drei ihren Traum von Liebe und Glück finden?

ISBN 3-404-15090-2

Wunderbare romantische Komödie à la E-Mail für dich

Annie ist eine erfolgreiche, frisch geschiedene Literaturagentin Anfang 40, deren beste Freundin sich zum Ziel gesetzt hat, sie mit dem Zeitungsredakteur Jack zu verkuppeln. Entgegen aller Vorsicht und Abgeklärtheit ist es Liebe auf den ersten Blick. Jack beschließt, für sie beide eine imaginäre Vergangenheit zu erschaffen. In wunderbaren E-Mails beschreibt er gemeinsame, aber erfundene Erlebnisse. Es entspinnt sich eine heftige Romanze via Internet, und Annie erwartet die E-Mails von Jack immer sehnsüchtiger, und diese werden mit der Zeit immer ausgefeilter und romantischer. Je näher sie sich kommen, desto mehr verspürt Annie das Bedürfnis, ihm ein gut gehütetes Geheimnis anzuvertrauen. Doch als sie ihn schließlich anruft, meldet sich eine Frau am Telefon ...

ISBN 3-404-15091-0

**Erstes Buch der neuen Reihe
von Bestsellerautorin Anne Perry**

Die Welt scheint in Ordnung für den Vikar Joseph Reavley und seine beiden Schwestern, bis ihnen ihr Bruder Matthew eine schlimme Nachricht überbringt: Die Eltern der vier Geschwister sind bei einem merkwürdigen Autounfall ums Leben gekommen. Matthew, der für den britischen Geheimdienst arbeitet, hatte von seinem Vater ein streng geheimes Dokument in Empfang nehmen wollen. Doch das Dokument ist im Autowrack nicht zu finden. Hatte es etwas mit dem Tod der Eltern zu tun? Joseph und seine Geschwister wollen der Sache nachgehen, und eine unglaubliche Geschichte nimmt ihren Lauf ...

ISBN 3-404-15087-2